帝国兔子 著

妃不侍寝 下

重庆出版集团
重庆出版社

目录

第一章　她心最爱 1
第二章　偷取奇花 18
第三章　起死回生 38
第四章　月圆秘密 62
第五章　狩猎陷阱 83
第六章　苦心预谋 107
第七章　坠崖重生 128
第八章　王爷驾到 149
第九章　心锁难解 170
第十章　大战在即 194
第十一章　美人归来 215
第十二章　两情相悦 240
第十三章　新生降临 262

第一章 她心最爱

她又骗了……他？

端木卿绝失去的理智这会儿才渐渐跑了回来，其实她从未变过，她一直都只是他的女人。

突然他的每一个动作都变得很温柔，念沧海累得睁不开眼，当他的唇落在她的唇上，她双手一动，绑在腕间的黑蚕丝跟着收紧——

她痛吟一声，端木卿绝及时斩断了那捆绑着她的绳子，腕间的黑蚕丝刹那消失踪影，他舔着她落满血痕的腕，那濡湿的唾液好像是治愈伤口的药剂……

念沧海扭动着手，奈何他双手握着她的臂膀纹丝不动，她就只能这么看着他舔着她，忽地，他吻住她的唇，顶开她的齿关，从口中递入一颗药丸，喂她吞下。

"这是什么？"

惊色烙满黑亮的杏眸，是如此的美，美得动人，撩心，面具下的俊容就只是邪佞地勾着唇角，"为你疗伤……"说得那样理所当然。

"不用了！"

念沧海坐起身子，谁想对上端木卿绝赫然抬起的眸子，两人视线一对，倒映在彼此的眸子里，她羞得又躺了下来，别过脸去……

他亦躺了下来，一手勾住她脖颈上的链子，把玩着同心锁，"吻我，要不告诉我，上面刻着谁的名字？"

同心锁……难道他看到了？

"松开！"

她慌张地拍开他把玩的大手，脸上情不自禁一片绯红，"在害羞么？"

"我没有！"

"骗人……连身子都红了哟。"

邪肆的大手顺着念沧海的鹅颈抚下，一股滚烫的洪流从她脚心烧到了脖子根，"无耻！"

揽在她腰后的健硕双臂却越收越紧，"吻我。"

"不！"

"那换我吻你……"

"你——"

端木卿绝捏住她的下巴成功一吻封锁，将那所有的怒骂在纠缠的口中都剁成碎片……

"海儿，你爱我，对不对？"

端木卿绝依依不舍地松开念沧海的唇。

就因为同心锁里刻着他的名字，他就以为她爱他？

其实那是因为她出逃时险些流产，在跟着端木离回到北苍的途中，她听到民间有人说如果女子怀了孩子，那将自己和夫君的名字刻在贴身物上就可以保佑腹中孩子平安出生，安康一世。

所以她一回到宫中就悄悄地在同心锁上刻上了她和他的名字。

她就只是为了腹中的孩子才这样做的，绝对绝对不是因为爱着他！

"不对？"

等不到她的回答，端木卿绝妖冶的金瞳一眯。

"是不对，我就是死也不会爱上你！"

念沧海试图从他的身上跃下，可他坐起身就将她牢牢扣在怀中，"别动，乖乖躺着，你的伤口需要包扎。"

端木卿绝一脸的温柔，念沧海后知后觉腕间的伤口仍在流血，她瞧见他向着衣柜走去，不一会儿又坐回床边为她包扎。

大手裹住她的小手，两人的距离是挨得这么近，彼此的呼吸纠缠着，分不清谁是谁的……

念沧海不得不承认这一刻小心为她包扎的男人让她心动，至少她的心有着瞬间的失神。

这份温柔会不会是另一个阴谋的开始，他为何那么在意同心锁上刻着他的名字？

明明他都不爱她，他的心里就只有那个叫做忘莫离的女人啊……

"好了……"

端木卿绝放下手中的白纱，大手轻捏着她垂低的下颌抬起，从方才起，她就不看他的眼睛，是又酝酿着什么逃跑的小伎俩么？

"好就好了，难道你还指望我谢谢你么？"

"能得话就最好了。"

男人邪恶地坏笑，"少说废话！我才不信你的假好心。"

"不信也无妨，海儿，告诉我，当初为何要逃？为何又要那么绝情地伤我？不要告诉我，你是为了回到端木离的身边才那么做的，我不会信的。"

既然不会信，刚才又是谁借题发挥在榻上那么欺负人？

"端木离对小幽下了毒，他答应我，只要我带回丹书铁券就会给我解药，但是我发现小幽中的毒根本没有解药，所以当我听闻沙漠之地有种神奇的红花可以解天下所有的奇毒，所以——"

"所以你才带着小幽一起出逃？"

端木卿绝夺过念沧海的话，她沉默着，那表情给了他肯定的答案。

"那逃走的理由，我知道了；现在说说为何那么绝情地伤我，明明你那么爱我。"

金瞳邪肆地坏笑，长指勾着她脖颈上的同心锁，他就这么相信她的解释了？一点都不怀疑她可能是在撒谎么？！

"那是因为——我只是，讨厌你罢了。"

"可刚才不是这样的。"

说时，拇指摩挲过她的唇瓣，提醒着方才的吻她是多么乖顺地配合着。

"是你强吻我的。"她红着脸否认。

"让你承认喜欢我就这么难么？"

"是。"

"那我就让这张小口自己说。"

他笑得邪恶妖冶，她傻傻一愣，双唇又被他霸占了去，他炽烈地吻着她，大有她若是不用这张嘴说喜欢他，他就不会停下这狂野的吻……

"够了……端木卿绝，你知不知道端木离今夜秘见朝中诸多大臣，也许他们正在商讨如何对付你！"

"我知道，我知道我喜欢你叫他端木离，而不是阿离。"

他还在说笑！他都不担心也许大半夜的，也许端木离就会派人来暗杀他？！

"海儿……你在担心我么？"

第一章 她心最爱

3

"才没有，你该想说不定我是端木离派来的眼线，随时都会整死你！"

"你要杀我的话，刚才在床上就那么做了。告诉我端木离那畜生没要过你，但他吻过你，对不对？"

有股浓浓的醋味从耳后传来，念沧海身子微微一顿，"如果我说是呢？"

"那我会让他偿还碰了我的女人的代价！"

他的女人？！

说得那么理所当然，却叫心莫名的温暖，好像在保护她似的，因为她是他的……女人，所以任何伤害她的人，他都会让他们见鬼去……

合欢宫

端木离夜半而来，一见念沧海不见了人，当即率领一众侍卫前往承景宫。

夜色漆黑，侍卫们人手一支火把，气势汹汹地来到承景宫，眨眼黑夜变成了白昼，护在宫外的北域侍卫全副武装。

"是谁来了，这儿竟是这么热闹？"

烛火照亮的道上，端木卿绝魁梧的身影健步凌云地走来，他的怀中还揽着一个女子，那娇小玲珑的身影倒映在端木离的眼瞳里，"海……海儿？！"

端木离木讷低喃，不敢相信他的海儿真的被端木卿绝掳走了。

对于端木离脸上轮番上演的诧异，惊愕，费解，愤怒，端木卿绝看得是相当趣味浓浓，对于他的来临，早已在他的预料之中。

"原来是皇侄儿呢，真是相请不如偶遇，皇叔正想为你引见孤王的内人……"

端木卿绝说时一手搂着念沧海的腰间，念沧海完全感觉到就在眼前的那个男人的愤怒，她不禁畏惧，眼神下意识地不敢与端木离对视，她试图回避，端木卿绝却硬是拉着她出来。

他到底在打算着什么，不怕激怒端木离么？

"呵呵……瞧瞧皇叔这记性，内人是皇侄儿你钦赐给皇叔的，又怎需皇叔引见，对于海儿的相貌，侄儿一定比皇叔更熟悉。"

端木卿绝又夺过话来，他厌恶极了端木离睨着念沧海的眼神，那双肮脏的眼没有资格窥探海儿的美丽。

"朕怎会不记得念姑娘。"

端木离努力地抑制着就要濒临失控的怒火。

"念姑娘？侄儿也太见外了，该称一声皇婶才是。"

端木离满脸爬满又恼又怒的狰狞，明明是同样的年纪，他更是万人之上的天子，他为什么得忍耐这侮辱至极的羞辱之味？！

更是在他最爱的女人的跟前,颜面尽失……

可是他仍是畏惧这个男人的,从小都是这样,好像是生来的宿敌,从他被先帝带回宫中开始,所有的皇子都敬他三分,就是那时身为太子的父王也因此成了废物。

先帝宠爱他有加,有人说他是天神转世,也有人说他是魔鬼附体。

从没有人敢招惹他,所有人都敬而远之地不敢靠近他。

那时他同样也只有九岁,胆小怕生,只要面对他,就会不自觉地怯懦,哪怕是经过了二十余年的历练,这颗心还是不足够强大,在他的跟前总是自卑得抬不起头来——

"太子殿下,外面雪大,快进屋来。"

那道深藏他心灵深处的灵动女音,端木离一辈子也不会忘记是那个女孩的出现彻底改变了他的命运。

当那个如雪的巫女甄选入宫,当她闯入他情窦初开的心灵,那时他们不过十一二岁,大雪天,她总是笑盈盈地伴他左右。

她从不笑话他爱哭,也不会拿他和端木卿绝比较,就只是那么一眼,初遇的第一面,他已在心间发誓一定要娶她为妻,与她相守相依。

可是命运就像个笑话,当他在雪山之下,看着她投入端木卿绝的怀抱,亲吻着他的唇,他的心狠狠地被撕裂成万段碎片。

为什么……

莫离,为什么连你也选他弃我?!

那张冷酷鬼面的脸为何能让所有人都为之倾心?!

为什么?!

"皇上……?"

端木离的走神是谁也不曾料想到的,身侧的侍卫唤了几声,他才缓缓缓过神来。

幽绿的眼眸首先睨上的就是依偎在端木卿绝怀中的那轮娇美的身影——

"莫离……"

他动着唇,喃喃的声音极低,念沧海却听得一清二楚,心口狠狠一记刺痛。

果然忘莫离和端木离的事是确有其事……

真是个傻瓜,她非但被端木卿绝当做替身,原来在他端木离眼里,从一开始她也就只是个替代品……

"皇侄儿这样情深地凝着孤王的爱妃,孤王可是要嫉妒了。"

端木卿绝忽然扣起念沧海的下颔就是——深情一吻……

两瓣唇被温柔又霸道的动作撬开,端木卿绝长舌纠缠着念沧海不停畏缩的丁香小舌,每一记厮磨,每一下舔舐吮吻都清晰无误地落入所有人的眼瞳——

看得那些侍卫们是个个眼睛都直了。

"海儿，你的唇真甜，为夫总是情不自禁……"

端木卿绝煽情的话说得教人面红耳赤——

念沧海是腿软得都要站不住了，她能感觉到端木离冷冽杀气的眼神定格在她的身上。

"让皇侄儿见笑了，话说回来，皇侄儿深夜到此究竟所为何事？"

"朕是担心皇叔的安危，方才侍卫们正在巡视，瞧见了不明黑影出现，怕是刺客，朕便率人一路追踪，谁想黑影在承景宫外消失了踪迹。"

"原来是这样……呵，正好，既然侄儿那么在意皇叔的生死安危，便帮皇叔一个忙如何？"

"皇叔请说。"

"其实皇叔有件事一直没有告诉皇侄儿，皇叔的丹书铁券一个多月前被人偷了，那人身着皇室锦衣卫的衣裳，被皇叔的人马一路追踪，却见他溜入北苍皇宫，皇叔又不得擅自搜查，所以这一趟只得劳烦侄儿定要为皇叔揪出那个人来。"

端木离好不容易平复下来的心跳再次乱了节奏，他要他帮着他把御景秋揪出来，这话是什么意思？！

"啊，对了，丹书铁券上抹了剧毒，碰过的人没有孤王的解药，必死无疑！"

端木离幽绿的眼眸赫然一震——

这是个谎话，他验证过那块丹书铁券，那上面绝无可能抹了剧毒，不然他现在已经死了——

"剧毒无气无味，百日毒发，之前毫无任何征兆。"

端木卿绝就像是看得懂端木离蓦然呆滞的缘由，"好心"给他补上了最后一句解释——

百日毒发？

那他不是还只剩下两个多月的性命？

"皇侄儿一定不会拒绝皇叔的吧？因为皇叔知道……侄儿绝不会背负上暗地里偷盗皇叔的免死金牌，借机暗杀的恶名，不是么？！皇叔要是客死北苍，北域军定会对皇侄儿有所误解，要是一时冲动下杀来北苍那就不好了……对不对，皇侄儿？呵，皇叔始终不希望因为这么小事一桩，引来两国不必要的纷争。"

说罢，端木卿绝猿臂拍落端木离的肩头——

他眼瞳一紧，双拳握得死紧，唇际却硬是挤出几缕笑。

"皇叔言重了，皇叔贵为北苍王爷，千岁的身份，在情在礼，朕岂会与皇叔为敌。"

端木卿绝那话根本就是变相的战书，先是拿先帝钦赐的丹书铁券施压，再以北域军强

大的人马威迫，话里还无一不透露出北苍和北域就是两个国家，他一人脚下的北域绝非他北苍膝下小国。

母后一直没有除去他，也是顾忌着他手上攥有先帝赐予的丹书铁券——

北苍乃一方大国，享有千年盛誉，是诸多大国联盟之间的领袖，若是身为后代帝王不将先帝亲赠的丹书铁券放在眼里，那就是藐视祖上皇族威信，等同于自己掌掴自己，非但会在他国落下话柄，更会失去一方大国的威严。

同时，如此"不齿下作"的行径会失去诸多大国的联盟信任，一旦暗杀端木卿绝失败，反倒是给他拉拢其他大国的机会，要是连同他国围攻北苍，那北苍岂不是一夜之间就将成为所有人的阶下囚。

端木离脑海里有太多的顾虑，每多一分，他执著夺回念沧海的心就退缩一分。

无论是背信弃义的不孝后裔的头衔，还是抗衡北域军的强大军力，就目前北苍被一割为三的局面，对他是相当的不利。

"皇叔说得有理，朕定会为皇叔揪出那只败坏朕北苍盛誉的贼老鼠！"

端木离收起所有的难堪愤慨，扬起几缕阴冷至极的笑，言下之意他这是要夹着尾巴溜了。

"有劳皇侄儿了。"

端木卿绝邪笑生靥地笑脸相送，临别前，端木离始终依恋不舍地凝着念沧海——

海儿，朕定会来救你！

不管丹书铁券上有毒是个骗他入瓮的圈套，还是丹书铁券上真的有毒，是他错算了一步，被他摆了一道，但这份耻辱，他日他定当加倍追讨回来！

走出承景宫，林公公的人马已经候在了外面，侍卫们恭恭敬敬地分开两排跟在他们身后，"皇上，王爷提及的下毒之事要不要告诉太后？"

林公公小声附耳问。

只见方才怯怯懦懦，又懊恼无能的端木离一扫窝囊的神色，眼中迸出猛鸷的冷光道："不需要……"

两日后

北苍千年国宴即在明日举行，凤寰宫里，喜气洋洋，皇甫静婉的檀香桌上放着各式各样，精工细作的珠宝首饰，李公公伴在身边挑选。

"明日就是国宴，小李子，你说皇上要是耐不住性子和那小杂种大庭广众之下争斗起来，可会丢尽我北苍颜面？"

"皇上虽是嫉恨九王爷可应该不至于当着众多他国宾客的面和他过不去，不过这私底

下嘛，就怕他去抢人，这可会恼到九王爷，九王爷要是兴师问罪，那就可不好说了。"

"怕什么？他闹起来正得本宫的心，本宫这就拿下他，反正这丹书铁券在本宫手上，本宫还怕他不闹呢。"

皇甫静婉打开手边的一个锦盒从里拿出御景秋从北域偷回的丹书铁券。

从端木离将这块东西交给她后，她日日都会拿出来好好抚摸一番——

就是这块破铜烂铁，逼得她十多年来不得不放端木卿绝一条生路，今次他有命来，她定要他无命回！

妖艳的眸狰狞着刺骨的冷光，皇甫静婉只觉她想要的天下就尽在她眼下，只要再那么一步，这天下就都是她的囊中之物。

"太后英明，一切都将如太后所愿，不过奴才不懂，太后为何不连同要了那念沧海的命？毕竟她腹中还有了九王爷的孽障。"

要说皇甫静婉早知念沧海有了孩子，她初听翠荷描述念沧海时常没有胃口，偶有嗜睡，就能猜到她定是带着身孕回到北苍的。

试问这宫里，上上下下，哪个敢违背她的意思？

那女太医中了她的蛊毒，成了傀儡乖乖听话，趁着皇儿为念沧海诊脉时她便被她派了过去。

谁想念沧海还真是有了，还用毒针威迫太医就范，更是胆大惊人地半夜逃出合欢宫，跑去太医院索要人皮面具，最后却还是落入了端木卿绝的手中——

其实这一切，所有人都一步步走入她皇甫静婉设计好的圈套，没有人能逃得出，也没人能挣脱她的五指山。

"小李子，本宫让翠荷那丫头在念沧海食物里下的蛊毒会带入胎中，生下的孩子生来就染有蛊毒，受本宫摆布，现在端木卿绝迷恋念沧海成痴，到时要用她们母子做威胁，将端木卿绝玩弄于股掌之中，还不是轻而易举的事儿。何况那孩子继承他生来神力，绝对是个拿来利用的绝佳傀儡，你说本宫岂容这么好的'武器'葬送她的腹中？"

"原来如此，太后果真英明，不过放任端木卿绝活到念沧海诞下孽障可有变数？"

"何须等到那时候，让念沧海自个儿选，要保住她肚子里的孩子，还是保住端木卿绝，让他所爱的女子再杀他一次，该是多么有意思的事儿！"

"呵呵……太后料事如神，一切必当如您所愿，所以念元勋将军突然愿意借助皇甫一族军力抵抗九王爷的那十万大军，怕是太后早就料算到其实他很是在意念沧海这女儿的性命，以保她的性命作为条件，可北域军实力强大，与念元勋的军力相争，必当两败皆伤，到时皇甫一族的军力就是北苍最强，就是皇上手握的兵权都不足为惧，而念元勋耗损过大，再难翻身对抗，到时亦能要了他们念家一家大小的性命！"

他还想向来冥顽不灵的念元勋世代忠于北苍天下，怎会突然出手相助皇甫一族，原来竟是为了那个从小就被嫌弃的女儿……

"聪明，小李子，你真是越发的聪明了，本宫喜欢得甚呢。"

凤寰宫里阴冷的笑声连连，这场被开启的诡计大戏轮盘已转动，注定无法停止……

同一时间，承景宫里也是到处张灯结彩，喜气欢腾。

端木卿绝的屋子里摆满端木离送来的金罗绸缎和各色珠宝首饰，稍稍看下都知道是价值不菲的宝物。

一堆珠宝中，一支镶着红豆的发簪勾起端木卿绝的注意，这支发簪和北域时被他从海儿那儿扣下的那一支有着异曲同工之妙——

"呵，小杂种，你是想暗示海儿，你没有忘却她，也要她勿忘你……么？"

发簪攥在掌间，微微用力之际断成了两段。

端木卿绝手一甩，碎片掉在门边，正巧念沧海跨门而入，她只是顺着声音好奇地扫了地上一眼。

红豆……

她的眼神有着小小的变化，不过并未去捡，收回视线走到端木卿绝的身边。

"找我来什么事？"

她不在乎地走过着实出乎他的意料。

端木卿绝笑眼如花，忽地扣起念沧海的下颔，樱桃小嘴猛地凑近他的唇前，念沧海心底一颤——

"做什么？！"她防备地向后挪了挪，他坏心地又使劲凑近，"想你只看着我。"

无端端找她来就是为了说这个？

念沧海知道那被折断的发簪肯定是端木离送来的，而之所以被折断是因为他……吃醋了……

要说这几天，端木卿绝待她相当好，好得她都开始动摇，要不要相信他才好。

"端木卿绝，我问你个问题，如果我有了孩子，你会保护他，不伤害他？"

她声音好像一只等待有人呵护的小猫，她还是不信任他对她的感情么？

"当然，孤王不准任何人伤害我们的孩子。"

他捧起她的小脸道，那温顺的小表情格外的陌生，陌生得都有点不合适出现在这张总是倔强傲慢的小脸上。

端木卿绝扑哧笑了出声，"笑什么？！"念沧海不悦地皱了皱眉头，她可是问得认真，他竟敢没正经地笑。

"爱妃一次次地提及孩子，就那么迫切想要孤王的孩子么？"这些天她总是有意无意地提起孩子的话题。

"你——！"

念沧海被问得满脸突然涨红，随即他的唇便落在她半开的小嘴上，长舌长驱直入，"爱妃若想要，孤王乐意——'随时效劳'。"

他笑得邪恶，身子越发贴得近，如火的欲望贴在她的小腹上，健硕的长臂绕着她的小腰搂得可紧。

"哟！一大清早就有春宫戏看，难怪昨个儿好像听到猫儿发情的声音！"

就在这时，门外惊现一道铜铃清脆的少年声，被吻得火热激烈的女子面色一怔，立马将端木卿绝推到一边。

那杵立门边的少年英气俊俏，扎着高高的马尾，一袭碧天海蓝的锦袍，说不出的俊朗倜傥，"迦……？"念沧海愣是没敢喊出迦楼的名字，虽是见过他男儿装，可这番久别重逢，他长得更俊了……更像个男人了……

"偷窥人家亲热，你倒还是有理了？"

端木卿绝倒是淡定，脸不红心不跳地责问道。

"这不能赖我，谁让你们大开着门，那不就是欢迎路过的人看不要钱的大戏么？"

迦楼的口气说有多酸就有多酸，水凉妖艳的眸子凝着念沧海。

他这身男儿打扮还真让人不习惯，一点儿都找不见当初"迦楼姐姐"那股女儿家的秀气，骨子里凌驾于人桀骜不驯的媚劲倒是丝毫没变。

能受着端木卿绝责难也面不改色的人也就只有他了，念沧海下意识地嘴角一勾浅浅一笑，双眸是紧紧地回凝着迦楼。

搭在她腰间的大掌立马抗议地用力一捏，好像是某人表示她看着别的男人，他可是相当不满，念沧海对着迦楼小脸扑腾得整个烧烫起来——

不留情面地将他的大手掰下来，"没事，我就先走了！"

念沧海没有料想到为了一场国宴，一天内能收到两次价值不菲的珠宝首饰。

当李公公来到承景宫，赶巧她路过宫门边，"王妃娘娘，这是太后钦赐的珍宝，望娘娘定要好生收着。"

"是。"

念沧海接过珠宝盒子，总觉得那公公脸上阴里阴气的笑让人后脊梁骨发冷。

太后向来将她视作眼中钉，无端端那么好心送她这么珍贵的珠宝？！

李公公并没有多做停留，念沧海抱着珠宝盒子回到屋子，坐在桌边打开盒子，随手翻了几下就发现有张奇怪的红色纸条被珠宝压在盒子底下。

她抽了出来,上面赫然写着几行字——

蛊毒入身,一世为奴,他朝一日,百骸如麻,不由心控,生不如死。

"蛊毒……?"

念沧海不太明白这字条上写的字到底是在暗示着她什么,可蛊毒……

她听说过,那是一种比任何毒药都可怕的毒虫,种植在人的身体里,蚕食人的灵魂,控制着他们成为空壳的傀儡……

这是太后"有心"送她的,难不成她中了——

像是被什么东西猛然电击在心口,念沧海伸出手挽起袖子,只见腕间的青筋暴起,好像有着一只虫子顺着她的经脉在攀爬,"好痛!!"

忽地,臂膀一记抽搐痛得念沧海一手挥落手边的珠宝盒子。

"小姐?!"

小幽推门而入只瞧念沧海蹲在地上,"小姐,你怎么了?"

"不……小幽……我……我没事……"

念沧海逞强道,手臂是颤得越来越厉害,根本不受自己控制,就连说话都很困难。

"呃嗯!!"

那只毒虫好像在啃咬着她的骨头,念沧海一头倒在小幽的怀中,可是把人吓坏了,"王……王爷!!"小幽急得朝着屋外大喝,"不要,不要让他知道!!"

念沧海捂住小幽的嘴巴,臂膀上的痛突然怎么就又不痛了?!

念沧海茫然失措,然而这个时候掉落在地上的字条上又显现出了另一行字:杀了端木卿绝,要不赔上你腹中孩子的性命……

小幽给吓得不轻,顺着她注视的目光看去,那是一张字条,上面写着——

"小幽,我没事!"

察觉到小幽的眼神,念沧海立马将手中的字条揉成团捏在掌心,用力之大整条手臂都在震颤。

"小姐,你不要这么用力,会伤着身子的。"

该怎么办?

她好像中了太后的蛊毒,而解毒的代价就是亲手杀了端木卿绝。

承景宫别院幽静的院落里,端木卿找来醉逍遥:"念元勋那边如何?"

"念府这些日子安静得很,不过前阵子,念元勋的人悄悄与皇甫一族的人有来往,怕是暗中已经和太后的人同流合污。"

端木卿绝虽是离开北苍十多年,但是这些年来,他安排了不少北域的人潜伏在攸关北

苍沦亡昌盛的人的身边。

念元勋就是其中至关重要的一个,他手上的兵力久经沙场,是唯一够格和他北域军一较高下的。

"海儿的身世调查妥了么?"

"能调查到的和先前的如出一辙,她娘姓廖名媚伊,当初闻名北苍的靖州第一大美人,嫁给念元勋后深居不出,周遭人都说他们恩爱有加,不过自从诞下一子后就离奇失踪,关于她的下落,派出去的人都找不到一点蛛丝马迹。"

"她诞下的一子就是海儿?"

"推算日子,应该是王妃没错。"

"那那一天发生了什么也仍未查出什么?念元勋从小幽禁她的理由是什么?"

"念元勋的保密功夫做得很好,当初知情的人不是死就是失去踪迹,哪怕是周遭的人被提及那一日的事也唯恐不及地绕开话题。有人说念元勋是嫉恨她娘亲无故出走才对这个女儿不好,也有人说那个女儿天生破相不得宠才被像狗一样关着养大,但也有上了年岁的老奴说,念元勋幽禁那个孩子是变相的庇护,当初端木离下旨要迎娶念沧海,念元勋是有心装糊涂将另一个女儿送入皇宫顶替,最后迫于端木离施压,才不得不将王妃送入宫。"

海儿的身上果然藏着很多秘密——

如果一个人真的憎恨另一个人,那最合理的方法就是斩草除根,纵然顾念父女之情没有痛下杀手,但也可以将她丢弃,但是念元勋将她护在身边,就是端木离相中她,他却存心故意地将另一个女儿送去……

"念元勋的偏房叫什么?"

"偏房叫上官凌蝶,端木离现在的妃子念雪娇就是当初顶替王妃嫁入皇宫的念家长女。"

"那个念雪娇是不是在太后的面前很得宠?"

"是,太后三番五次给端木离施压,希望他能将念雪娇扶上正位,半年前就要他册封她为皇贵妃了,不过端木离阳奉阴违,一个多月前才正式应允册封她,不过最后却是诏告天下,他要迎娶王妃为皇贵妃,着实将念雪娇激怒,那女人三天两头跑去太后那里哭诉。"

"呵,太后那只老狐狸是在利用她拉拢念元勋?"

端木卿绝寓意颇深地勾唇浅笑,"九哥以为那等女子能登上凤位?"

"太后需要的不过是个有头无脑的傀儡,那种女人再合适不过。"

端木卿绝并不觉得念雪娇会是太后成功拉拢念元勋的关键,他们一定还有别的交易筹码,"九哥有何定夺,念元勋手中的兵力不可小觑,我军驻扎边界是为了给端木离施加无形压力,若是他的军队突袭和北域军交战,那势必给了端木离偷袭的机会。"

12

"十弟以为有谁能伤着我？"

端木卿绝毫不畏惧，唇角上的笑俊冷美艳，金瞳傲冷杀气，突然问道："月圆之夜……还有几日？"

醉逍遥骤然一震，银绿的眼瞳闪着妖异的冷光……

自从念沧海嫁来北域后，九哥向来控制得很好，他本以为九哥也许已不再需要……

"明日子时过后，月圆正中，九哥'需要的'，十弟会为九哥备齐……"

"对了，还有一件事儿，去将烈北陌手中的红花掉包，海儿需要那红花。"

"是。"

华阳宫——

端木离给烈北陌准备的宫殿外，念沧海装扮成小太监的模样鬼鬼祟祟躲在树丛中靠在宫墙外向里张望。

她之所以这么身打扮是为了寻机偷溜进去找到那明日就要进贡给端木离的红花，如果红花可以解百毒，那也许就能逼出蛊毒虫……

太后向来心狠手辣，当初迫使端木离逼她远嫁北苍，明着说只要她偷回丹书铁券，她就会同意端木离册封她为后，可背地里却派来大臣来想要置她于死地，定要她客死异乡。

如此毒妇，她有什么理由再相信她？！

只要将那红花得到手，一半给予小幽解毒，一半自己服下，她就能平安无事地带着小幽离开皇宫。

可是眼下她要怎么突破重围闯进去？

跟着烈北陌而来的东炙礼队排场也不小，光是守在宫门的侍卫就有数十人，就是一只苍蝇都飞不进去。

念沧海抬头望了眼高耸的宫墙，再端量着凑近的几棵大树，硬闯不如巧夺，她摸了摸小腹，"小东西，娘亲会保护你的，不要怕。"

想起蛊毒发作时小腹阵阵绞痛，念沧海就后怕得很，若是可以，她并不愿拿有孕的身子去冒险爬树跳墙，可是眼下情势危急，过了今日，她要是不在国宴上对端木卿绝下手，孩子怕是就要见不着后日的太阳了——

想罢，念沧海身手矫捷地攀爬上身边的大树，既是被逼梁山，她也唯有赌一把了。

可是有孕的身子果然比平日是笨拙许多，好不容易爬到一半，正要踩上横生的枝丫上跳入宫墙时，脚底竟是一个踩空，"啊？！！"

空中惊现惨叫，整个身子凌空坠落，念沧海脑海一片空白，只觉身子就要摔落地上，双手是死命地抱着小腹，救命，谁来救救我的孩子！

忽地,耳边划过一道诡异的冷风,它好似张开一双手臂将她托入它的怀中,念沧海紧闭着眼,本来坠地应该出现的疼痛并没有绽开整个后背,倒是有股暖意包裹着她——

"笨丫头。"

谁的声音?!

念沧海蓦然睁开眼,映入眼瞳的竟是端木卿绝冷怒着的脸孔,是他救了她,她傻傻地不能反应过来,为什么他会在这个时候出现在这儿——

许是方才刺激过度,念沧海根本就无法思考,内心汇流着无法言明的激动,她无法形容这样的感觉是什么,她只是不敢去想若是他没有出现的话,她和孩子只怕就……

"呃?!"

忽地,小腹惊现一记跳动,念沧海止不住低吟了一声,"怎么了?"端木卿绝冷着的脸挽起一丝紧张。

"没什么。"

她习惯地否认,如果他没有察觉出什么端倪,应该还不知道她有了身孕,"你好大的胆子,打扮成这样躲在华阳宫外是想要做什么?"

端木卿绝口吻很凶,听不出丝毫怜香惜玉的味道,念沧海心头一酸——

混蛋!

她还不是为了他,为了能解自己身子里的蛊毒,她才不得不拖着有孕的身子来偷红花,她不想听太后的命令,对他下手,早知道他这么凶巴巴地指责她,她不如就听太后的,一针扎进他的胸膛里,要了他的命!

"什么做什么?!东炙王子俊朗风流,我是看上他了,要来勾引他,不成么?!"

念沧海孩子似的顶撞道,简直把那张俊美的脸都气得发绿了。

"你个丫头,是为偷红花来的!"

端木卿绝怒声一喝,念沧海心口一紧,难道他知道了太后要挟她的事了?"红花我已交代了逍遥去掉包,今夜就会偷取过来,根本不用你多此一举!"

端木卿绝方才去屋子里找她,因为找不见她所以放心不下出来瞧瞧,结果还真在这里逮到她了。

"你又没和我说过,我当然只能靠自己了!"

"你还有理了?!"

她怎么就这么倔强,一点都不让他省心,想想方才要不是他及时出现,要就是差那么一步,指不定这么从树上摔下来,不死也弄成残废了!

"要你管,快放我下来!"

念沧海就是不认错,挣扎着要下来,而就在这个时候听到这边骚动,东炙的侍卫们跑了过来,"站在那儿的是何人?"

侍卫首领喝道,映入他们眼帘的却是一个戴着面具的男人打横抱着一个太监模样的小鬼头——

这算是什么风景?

两个男人打情骂俏着,眼神深情,动作暧昧,就是个傻子都能感觉到气氛微妙,虽说听闻北域王嗜好男色,不过亲眼所见,还真是大开眼界呢……

这算是丢脸丢到家了,端木卿绝是跳进黄河都洗不清"嗜好男色"的恶名了,当烈北陌从华阳宫中走来,他只得将怀中的惹事精放了下来。

烈北陌,那是个极为英俊的少年,今次是代替父王出席北苍国宴的。

此刻,他看着不远处的两个人,端木卿绝他是认得的,可他身边的那个小太监,那娇小的身板的确符合太监的阴柔,只是总有种说不出的感觉,总觉得这小太监唇红齿白,有着比其他太监说不出的风情诱人……

"北域王。"

烈北陌向前一步有礼道,端木卿绝嘴角扯出一抹笑,怎么瞧都好像是硬挤出来的,"北陌殿下。"

气氛还是尴尬得很。

烈北陌有点茫然失措,方才听见外面骚动,还以为是端木离派来的什么人,怎么都没想到会是端木卿绝。

"这位是……?"

烈北陌看向念沧海,似乎是想破开这尴尬的气氛。

端木卿绝皮笑肉不笑,堂堂一国之君的颜面可算是丢尽了,这敢情就是在人家院外偷情,偏还被个十六岁的少年抓了包。

"他叫小海子,孤王的贴身宦官。"

端木卿绝一手搂上念沧海的细柳蛮腰,亲昵答道。

"原来如此。"

烈北陌倒也没为难,寒暄了几句后就领兵回宫,不过走了几步他又回过头冲着念沧海别有意味地扬起一笑,她耳边立刻冒出一道酸溜溜的话音:"爱妃,果真魅力超凡,还真勾引到了呢。"

醋缸一个!

念沧海白了端木卿绝一眼,掰开他缠在腰间的手,大步流星地从林间走了出去,身后那个人自然紧紧跟着。

一路鼓着脸回到承景宫,念沧海向着的方向自然是小幽的寝屋,谁想身后伸来一只

第一章 她心最爱

15

手，一把揪住她的后领子就往相邻的别院而去，"端木卿绝，你做什么？放开我！！"

"夜色都暗下了，爱妃该回屋就寝了。"

就寝？！

怎么地，今夜他色心又起了么？！

"你给我等一下！"怎么着她都不能被这个大色鬼得逞，今夜休想要她和他同床共枕，可——

奈何她的力道在他面前简直是个笑话，身子就这么情非所愿地被他拽进了他的寝屋。

当他松开拽着她后领子的手，她立马朝着大门跑去，双手刚搭上门把手，那道猛鸷冷冽的怒声就传了过来："要敢再迈一步，孤王就让逍遥毁了红花！"

"你敢——"

念沧海立刻转过身，气冲冲地奔到端木卿绝的跟前，"孤王有什么不敢？"

端木卿绝怒颜倏然换上一脸没正经的邪笑，修长的指把玩着她的翘下巴，凑近她的唇威迫道。

映入眼瞳里的那张小脸似羞似愤地微微红起了脸，扭捏地别过脸又被他"无情"地扳正——

他真是拿这匹小烈马没辙！

要不是她一个眨眼的工夫就跑出去捅娄子，他也许可以给她更多的自由……

"今夜就乖乖待在这里，哪儿都不许去。"

他"霸道"地宣布今夜她的自由由他说了算，他不能再让她离开他半步，她就像个孩子，必须得由他时时刻刻地保护着她。

念沧海自然不乐意，要她乖乖待在这儿，还不是为了满足他的兽欲！

休想！这一天里，她受了两次不小的刺激，肚子里的小东西可不能再受他的摧残了，"要我留在这里也可以，不过你不可以碰我！"

她冷冰冰地拍开他的大手，表情认真地说道，邪魅的男人瞅了眼自己不得宠的手儿，俊眉一挑，连同另一手厚脸皮地环住她的小蛮腰："不可以碰你，那这样也不可以么？"

金瞳里的笑靥戏谑挑逗——

混蛋，他知道她说的"碰"不是说的这样的"碰"！

"呵……"

她怒着脸，他倒是没心没肝地坏笑出声，混蛋恶蛋王八蛋，他这是存心逗她玩呢！

念沧海掰开端木卿绝的双手，气鼓鼓地走到床边坐下——

她可没工夫和他再磨嘴皮子了，知不知道她现在是心急如焚，要是醉逍遥没法将那红花掉包，偷回来，明日国宴开始，她要怎么办才好？！

"端木卿绝，醉逍遥真的可以把红花偷来么？你也瞧见了华阳宫内外东炙侍卫的严密，就凭他一个人，怎么可能办到？！"

纵然醉逍遥武艺高超，可要以一敌百，这也太玄乎了！

"呵，你都可以，还能难到逍遥？！"

端木卿绝走近，口吻不乏戏谑，念沧海冲他做了个不高兴的鬼脸，她还不是被逼上梁山，才头脑发热地这么去做了，结果要不是他出现，她现在怕是……

"以后不许再做那么危险的事，你想要的告诉我，我什么都可以为你夺到。"

念沧海一个侧眸，端木卿绝已坐在她的身边，一手搂住她，修长的指在她的面颊上摩挲，又一次，她沦陷入了他情迷爱浓的目光之中……

"端木卿绝……你说我要什么你都为我夺到，那我要你的心脏呢？"

"那它就是你的。"

他答得竟是如此轻松，笑靥中却没有一丝玩笑。

念沧海不禁怔住，情不自禁地靠在端木卿绝的胸膛，一手抚在他的心口，一手抚在自己的小腹，掌心感觉着他铿锵有力的心跳和小东西顽强不屈的心跳，眼眶强忍酸楚，心里是一阵阵的绞痛……

这样的感觉是何其奇妙，就这么靠在夫君的怀中，感受着孩子的跳动，世间好像安静得就只剩他们三个人。

没有伤害，没有分离……

端木卿绝，我该恨你的，我该毫不留情地用你的性命换取孩子的性命，可为什么我是这么害怕掌心间再也感觉不到你的心跳……

"孤王答应的，天地无悔！"

端木卿绝以为她不信，扣起她的下巴，印下一吻，她的心口犹若裂开般痛，小手死死攥着他的胸襟，主动地回应着他的吻——

不放弃，无论是孩子还是他！

她谁都不能失去！

第二章　偷取奇花

华阳宫

天色渐暗，原本深蓝色的天空突然乌云密布，悬空吹着股股诡异阴冷的风，大风竟然把宫门都吹动了起来，一班侍卫惊呼起来，"快来人，把宫门挡住！"

数十人分两边推着沉重如山的宫门，混乱间旋流大风之间闪现一道白色身影如鬼影般地窜入了宫内……

醉逍遥混入华阳宫是毫不费吹灰之力，侍卫们还在宫门外忙乱的时候，他已经"正大光明"地迈入了偏殿之中，异国而来的宾客通常都会把进贡的珍品放在这儿。

果不其然，殿内放着各色各样的进贡品，唯独那放在长案上的长条形褐色锦盒最是惹人眼目，那儿一定放着沙漠奇花——

醉逍遥快步走了过去，一手打开锦盒，然而打开锦盒的扣子好像是诱发了某个机关，咻咻咻的怪声自殿内四面八方而来，银绿眸子圆睁，身周竟是飞来数十支冰冷的长箭——

身后的殿门和窗户亦在同一时间啪啪啪地合了起来，就像无形的鬼怪要将醉逍遥锁在其中，死在利箭之下……

嚓嚓嚓的兵刃撞击声震响整个殿宇。

那迅猛射来的数十支长箭被醉逍遥袖中抽出的玉笛道道斩断，统统狼狈不堪地落在地上，"啪啪啪……"殿中的暗处传来某人击掌的声音，"鬼骑军十爷的身手果然名不虚传。"

烈北陌俊美的脸孔上噙着经验老到的笑，与稚嫩的少年气概大相径庭。

醉逍遥掌间玉笛收回袖中，拍拍染上些许尘埃的锦袖，嘴角似有若无地勾起笑，"北陌殿下言过了。"

"一百零一支箭在眨眼瞬间统统斩断，十爷如斯高超技艺还识得谦虚二字，本王才是不知该如何夸奖才好了。"

烈北陌一副老成的口吻，醉逍遥听着心里是千百个不顺气——

本以为他少年耿直，定不是个会耍心机的人，可殿内设下的这种置人于死地的机关，怕是他的心狠手辣的行事也不输他老爹的手腕。

一个他日要继承大国的王子，果然非等闲之辈。

"逍遥是个实在的人，比起夸奖，北陌殿下不如赏赐逍遥一样东西。"

狡辩也是多余，醉逍遥不介意厚脸皮地直接讨要。

果然是不懂人情世故，脸皮比天厚的鬼骑军毒心十爷。

烈北陌睨着醉逍遥暗藏诡笑的绿眸，其实他从未见过他，只是听父王提过犹若神话传说的鬼骑军，鬼骑军个个将领拥有超凡实力，如同神话神将所向匹敌，其中当属那场北苍屠杀后生还的老四、老七、老十更胜一筹——

鬼眼老四通灵两界，美人老七杀人无血，毒心老十绝非凡人。

绝非凡人……难道是并非是人？

烈北陌健步有力迈来，擦过醉逍遥的身边，两人气场相当，气氛微妙。

他来到长案前，将那锦盒打开，缕缕道道奇异的光芒从中迸发，一朵晶莹玉润开得盛艳的红花摆放在一只水晶的花盆里，花盆中飘摇着氤氲，那是天山脚下的千年雪水，将采摘下来的红花放在这里便能保证它永不凋零。

沙漠奇花果然诡秘妖异，醉逍遥目不转睛地看着眼前奇景，那朵红花他定要收入囊中，收回袖中的玉笛悄然蓄势待发，"如果十爷想要的是这朵沙漠奇花，本王倒是可以赏赐……"

正要偷袭之际，烈北陌话音一落，醉逍遥心下一惊，他可是准备好了大战一场，强取豪夺，可他竟这么轻易就答应了他？！

"那就多谢……"

醉逍遥趁势言谢，机不可失，管他是好心还是假意，可烈北陌显然并没想那么简单就送给他，那拖长了尾音的话不过只说到了一半，"不过本王需要十爷给我一个理由。"

"理由？！"

"是，理由。"

烈北陌转身与醉逍遥视线交汇，小小年纪，无畏无惧的气魄，不简单呢这小鬼……

醉逍遥薄唇漫散着慵懒有余的笑，"听闻沙漠奇花可解天下所有奇毒，逍遥想要此花便是用来救人。"

他不打算说谎，烈北陌也并不怀疑，只是可以令到无心无情的人甘愿冒险偷盗，想必那个他想要救的人一定是对他很重要的人，"莫不是北域王中了无药可解的奇毒？"

听闻十多年前北苍对鬼骑军的那场屠杀，端木卿绝被北苍圣女伤及致命之处，濒临死亡，元气大伤，诸多年来"安分"留守北域就是因为体内毒素未清，不敢轻举妄动。

"不。"

第二章　偷取奇花

醉逍遥简简单单吐出一个字,老实说他很惊异,论烈北陌的年纪,根本就不该知晓十多年前的事,然而他可以抛出那样的疑问,便可以断定东炙王烈焰定是知道九哥身中剧毒的秘密……

"那是谁?"

烈北陌口气淡淡但架势是咄咄逼人,"如果逍遥不说出那个人是谁,殿下就不会将红花给逍遥?"

"应该如此说,如果十爷告诉本王你要给的人是谁,救人与七级浮屠,本王断不会拒绝。"

"是一个女子……"

"女子?"

烈北陌表情微微一怔随即又神神秘秘地笑开,"带本王去承景宫,本王要亲自见见那位女子。"

能令毒心十爷豁出性命的女子,肯定是个非同一般的女子。

烈北陌立马从水晶花盆里拿出红花,"殿下留步,这是进贡给皇上的,明日若是贡品失踪,该如何解释?!"

烈北陌的决断反而教醉逍遥心生疑惑。

"换一朵不就成了?"

烈北陌露出少年俏皮的笑,"天下人都在传一望无垠的沙漠之河中盛开着一种奇花,花蕊能解天下奇毒,即使死了也能起死回生,那仅仅只是传说罢了,除了东炙,天下人谁也没真正以此花为药,起死回生,所以即使皇上用了,不见成效,也不能说是本王撒谎吧?"

这小鬼果真胆量过人,敢用一朵假花愚弄北苍一国之君?!

"别愣在这儿了,离开千年雪水,红花只有一个时辰就会凋零。"

烈北陌催促着,转身疾步向着承景宫而去。

烈北陌的到来是出乎所有人预料的,夜幕笼着一望无际的天,夜深人静下院落中的嘈杂传入端木卿绝的寝屋,搂着他坐靠床头默默静待的念沧海蓦然激动起来,"端木卿绝听到外面的声音了么?是醉逍遥回来了,还是他被东炙的人发现了踪迹追杀过来了?!"

念沧海坐不住地要从床上下来,"等一下,你不许出去,孤王去瞧瞧。"

端木卿绝拉住心急的念沧海,知道她不会乖乖听话,脚才落地就被他瞪了一眼,刚要跟着下床的念沧海只得乖乖地把腿收了回去——

"逍遥?!"

端木卿绝打开屋门,只瞧烈北陌同他正向着相邻的院落,"北陌殿下?!"

"北域王。"

两人眼神打了个照面,"听醉大人说小幽姑娘中了毒,所以本王特意带着红花而来,事不宜迟,快去请女婢来帮手,将红花花蕊磨成粉煎制药汤,再将花瓣放入其中,让小幽姑娘赶快喝下。"

屋外烈北陌的话,念沧海听得一清二楚,他是将整朵红花都带来了,如果都让小幽服下,那她体内的蛊毒……

"让我来!让我磨制红花,入药给小幽!"

念沧海推门跑了出来,那一身没有换下的太监服,教烈北陌和醉逍遥都怔了一怔,"王……妃?"

"王妃?!"

烈北陌不可置信地听着醉逍遥冲着那个小太监喊出的称谓,这小太监不就是刚才在他宫外和端木卿绝亲热的那一个……

难道她其实就是那个传言中的丑颜王妃?

"北陌殿下,恕我无礼,小幽随时会毒发,请将红花给我。"

念沧海看得出烈北陌看着她时的讶异,他一定猜到她乔装打扮刚才就是要去偷红花的,可是不论如何,她没有时间解释,既然他愿意救小幽,她就得赶快服下红花逼出蛊毒才行。

念沧海趁着烈北陌仍然有些发怵的时候从他的手中将红花夺了过去,直奔厨房而去,"等……等一下,王妃,红花用量得看中毒者的中毒程度调剂,请先让我为小幽姑娘诊脉——"

"那你先为小幽诊脉,我先准备红花,再等你来调配用量。"

念沧海推着烈北陌朝向小幽的屋子,醉逍遥使了个眼神,"醉大人,劳烦你带着北陌殿下去小幽那儿。"

两个男人不由得被推向小幽的屋子,见他们走远,念沧海急迫地转身向着厨房而去,完全忘了端木卿绝的存在,就更加不知道他一路跟在她的身后——

跑入厨房,念沧海摘下花蕊磨成粉,随即摘下一朵花瓣统统倒入器皿——

"你偷红花不是为了小幽。"

念沧海刚要点燃炉火就听端木卿绝的声音灌入耳中,她惊慌的手一抖,器皿整个翻下来,就要砸上她的脚,"小心!"端木卿绝一手拉开她,念沧海看着散落一地的粉末,"不可以!!"

念沧海蹲下身试图将那些粉末捡起来,但是那么丁点儿的粉末被风一吹都散入空气中,"不要!"念沧海几近绝望地喊了起来,眼泪倏地夺出眼眶——

第二章 偷取奇花

21

"海儿，你怎么了？！你为什么要这样做？难道你不顾小幽的生死了？"

"不，我只需要一片花瓣就可以！剩余的我都不会用！"

念沧海哭得好伤心，她不会让小幽的性命受到威胁，可她不想被蛊毒操纵，伤害孩子和……

"为什么？！你到底怎么了？！"端木卿绝抓着念沧海的双臂，扳正她的身子，她的异常让他心急如焚——

"因为我中了蛊毒！"

念沧海大声喝了出来，眼泪吧嗒吧嗒地淌下脸颊，小手紧紧地攥着端木卿绝的胸襟，"太后在我的身子里种了蛊毒虫，她逼我在明日的国宴上对你下手，我不想被操纵，我不想伤害你……我——"

"够了，海儿，什么都不要说了……"端木卿绝猛地将那哭得发颤的小身子拥入怀中，面具下的冰眸金瞳迸出仇恨的火光——

皇甫静婉，明日就是你的死祭！！

"王妃，红花是无法解蛊毒的。"

烈北陌不知几时已经来到了门外，一同而来的醉逍遥也听到了她方才的话，"蛊毒虽是毒，实则是一种蛊虫，是巫术，想必北域王也非常清楚，中蛊毒的人若想要解毒，只有趁自己的身心被蛊虫蚕食之前自尽了结，要不就杀了种下蛊毒的施蛊人。"

念沧海傻傻地怔在原地，要杀了种下蛊毒的施蛊人，那岂不是要杀了皇甫静婉？！

目光越渐空滞，端木卿绝凝着她游移飘离的双眼，看到了那双黑亮杏眸深处写满的无助，她的身子在发抖，她在绝望，她已选择了自我了结？！

这小丫头究竟是爱他有多深，才能将自己逼到如斯绝境……

"中了蛊毒的人，多久就会被蛊毒蚕食身心？多久就会失去理智，任人操控？"

念沧海看着烈北陌寻求答案，如果她真的最后只能沦为一具没有灵魂的躯壳，被太后操纵杀害端木卿绝，她宁愿……小手下意识地抚在小腹：孩子……如果是为了救爹爹牺牲你，你会不会恨娘亲……

醉逍遥察觉到念沧海的那个动作，"还有第三个选择——"

端木卿绝薄唇翕动，再也听不得念沧海做好了自我了结准备的那些言词。

"九哥？！"

醉逍遥最是惊诧，仿佛知道他想说的第三个选择是什么。

九哥……你还是为情所动，身心俱陷了……

醉逍遥能感觉到端木卿绝眼中深不见底的怒意，那怒火由心，一旦爆发，后果不堪设想。

他竭力想要避免的事终究还是逃不过么……

太后故伎重演加害念沧海，就是为了诱发九哥再次历史重演啊……

"卿绝……？"

念沧海焦急地一手攥着端木卿绝的衣襟，她想要知道那第三个选择，她想要给孩子一个生的希望。

"海儿……"

端木卿绝托着她冰凉的小手吻着她的指背，"不要害怕，谁说你的身心会被蚕食？你忘了，它们可都是孤王的，蛊毒也好，太后也罢，敢伤你的，孤王要劈开阴曹道统统让他们下地狱！"

冰眸金瞳缭绕着暧昧煽情的火光，同时迸发着冷鸷凶狠的怒光。

那股能将整个世间颠覆的霸气教烈北陌心生敬畏，"必要之际，东炙愿意成为北域的联军，皇城外埋伏着东炙的大军，只要本王一声令下，他们就会攻入皇宫。"

谁都没有想到烈北陌会伸出如此援手，东炙果然不简单，竟然堂而皇之地在皇城埋伏下东炙军，而北苍竟是毫无知晓，甚至北域都是一无所知……

不过眼下之急，烈北陌更想见见的是那个小幽姑娘，所幸她中的毒用剩余的花蕊已足够。

众人都守在小幽的榻边，她不敢相信原来自己一直中了端木离暗下的毒，才令小姐当初没有半路出逃，甚至逃离北域也是为了带着她去沙漠寻找解毒的红花。

"小姐……"

小幽热泪盈眶地端着已经熬好的药汤，"不要说话了，快喝下……"念沧海端着药汤递到小幽的唇边。

她欠了小姐太多太多，就是用性命来报也无法偿还得清。

站在她榻边的都是她的恩人，如果没有王爷暗中给她延缓毒发的药，她也无法活到今天，如果没有北陌殿下调换进贡给皇上的贡品给她入药，她随时都会死。

"多谢殿下救命之恩。"

喝下药汤，放下药碗，小幽感激涕零地凝着一直站在榻前凝望的烈北陌，她不知当她睁开眼眸的那一刹，烈北陌看着她竟是痴痴地一愣，那双纯净的黑眸让他有种一见倾心的情愫。

两个年龄相当的少年少女四眸交会，"只要你无事就好……"

烈北陌蹲下身子，指节分明的手包裹住小幽纤细的小手。

门外有人发出一声低低的轻哼，夜色勾勒着他落寞的身影，就连那拖长的黑影都染着月冷的清寂……

从方才起，醉逍遥就没有进屋，此刻听着烈北陌为小幽把脉，说她体内毒素已清，再无性命之忧，心口好像有什么紧紧绷着的东西放了下来。

他不太懂那是什么，也许是不屑懂，又也许是不想……懂……

只要你无事就好……？

多伟大多无私的胸襟呢……

任凭哪个女子听到这样的告白都会心生爱慕的吧……

他这是无端为别人做了嫁衣，他怎样都料想不到烈北陌会对小幽一见生情。

可那个人却是他想要独占的女子！

从出生起，他的世界里，只有想要的夺取，夺不到的摧毁，绝没有成人之美的那等子事。

他的心是怎么了……

为什么变得如此扭扭捏捏，优柔寡断，为什么即使拼上性命他也要偷回那朵红花……

深怨的眼穿过窗户看着依旧与小幽两手相握的烈北陌，眼中的憎恶深刻入骨……

如果终究得不到，他定会亲手摧毁……

烈北陌等到小幽入睡才离开承景宫，一出宫门，暗黑中跟来一道可疑的脚步声，"十爷，这么夜了还未休息？"

"北陌殿下救了我北域的人，逍遥自当得感恩图报，确保北陌殿下的安全。"

醉逍遥从黑暗中先行，烈北陌敏锐的直觉再次出乎他的意料。

傲慢能杀死自己，小觑他人的实力就是把对自己不利的双刃剑，"呵，十爷是不是有何疑问想要向本王讨要答案？"月光下，烈北陌少年俊秀的脸上找不出丝毫稚嫩的痕迹。

他的表情还真是多变，凝视着小幽时的他深情脉脉，睨着他时暗藏杀机。

醉逍遥能感觉到烈北陌对他是存有敌意的，"的确，逍遥想知道殿下为何愿意以东炙军相助北域？"

烈北陌但笑不语，都说毒心老十杀人不眨眼，挥刀不见血，无心无情犹若不懂世间情为何物的毒蛇，可他对端木卿绝却是一等一的忠臣，心心念念想着的都是北域的国政大事……

"本王可以回答，不过你也要回答本王一个问题。"

醉逍遥眉头微拧，没有料到烈北陌会抛出这么个要求，而烈北陌继续道："一个人问一个问题，大家公平，不是么？！"

俊眸狡黠盈笑，绿眸目光一沉："北陌殿下想要知道什么？"

"你和小幽姑娘是什么关系？"

醉逍遥面现唐突，完全对这突如其来的问题毫无准备，"本王可以先答你的问题。"

烈北陌见状不失时机地将话又抢了过去，完全掌握着主导权。

"东炙愿意和北域联军，是因为不屑北苍的卑鄙行径，利用女子，在女子身子里下毒，那根本是无耻小人之作，与其同小人联盟，不如同英雄光明正大地一较高下。"

俊秀的眸中翻腾着热血男儿的火光，他像极了他的父亲东炙王烈焰。

站在一统天下的角度上，东炙时常和北域边界有所摩擦，也知道北域和北苍势不两立，大可以同北苍联军攻打北域，只是目睹北苍种种卑劣行动，指不定哪天他亦会用同样见不得光的肮脏手段背后射箭。

与其死在小人手中，不如和北域来一场真正的浴血奋战。

父王时常说只有与端木卿绝的对战才能令他热血沸腾，即使死，也了无遗憾。

"该是十爷回答本王的问题了。"

没有一刻停留，烈北陌将握在手中的主导权发挥得一滴不漏，这种被牵着鼻子走的感觉教醉逍遥相当不痛快，"什么关系都没有。"他冷淡地吐出几个字，侧开的眼眸反复错杂，摆明了才不是什么关系都没有。

"很好！本王对小幽姑娘一见倾心，少十爷为情敌，是本王的福分。"

烈北陌口气傲然，他的直言不讳再一次让醉逍遥胸口憋得慌。

他是在光明正大地宣布要占小幽为己有，即使有他人作梗，他也绝不礼让——

然而烈北陌从醉逍遥的眼中寻觅到了相同的目光，那种目光更强烈，不……是更蛮狠更霸道。

仿佛是他抢夺了他的所有物！

眼中充满了对他的敌意，真是个傲慢无礼的家伙，嘴巴那么硬，心可是一点都不老实……

"你们素昧平生，为何能做到将如此珍贵的奇花拿来救她？！"

醉逍遥追问道。

其实这个才是他真正想要知道的问题吧？

终究这张嘴还是泄露了心迹，呵，铮铮男儿又有哪个能逃过一个情字。

"一人一个问题，十爷要的答案，本王已经给过了。"

烈北陌唇瓣扬笑，就像只扬着胜利尾巴的狐狸，语毕人已擦过醉逍遥渐行渐远……

夜深人静，深蓝的颜色笼着整片天际，一切寂静无声，某间屋子上却悠扬起忧伤的笛音，睡梦中的小人儿眨动着卷翘的羽睫，缓缓睁开眼，只觉那悲伤的音律点点沁入心坎，好悲伤……

她好像能听懂那笛声中错杂的情愫，她起身下床推开门，笛声离着她很近，但是张望

第二章 偷取奇花

25

四周却找寻不到半个人影，不会是小姐的，王爷说小姐身子不适，今夜她会和王爷待在别院的寝屋。

到底是谁呢？

就在小幽迈开几步朝着院外张望时，一道背影从屋顶跃下紧跟在她的身后，她一个回头，"啊？！"小幽冷不丁被吓出一身冷汗，"醉大人？！"

"是我。"

受惊的小脸映入银绿的眸子，他却是扬着笑意，似乎爱极了她害怕的小模样。

这表情只属于他的，醉逍遥大手抚上小幽的面颊，拇指摩挲着她的肌肤，眼神片刻不移地凝着她，他从未那么仔细地看过她，她只是被他当做念沧海的替代品用以了解何为情爱的对象……

他未曾想过为她着迷……

就连此刻，他也不承认他是为她着了迷，他只是不愿挪开凝着她的眸子……

蛇本无情，蛇心只有阴暗面，丑陋的，阴狠的，凶残的……

得不到的话就亲手摧毁——

摩挲着的大手被小幽按住，他用力越来越大，磨得她的面颊生生发疼，"这么夜了，还不想休息吗？！"

"有些事还是不要懂的好。"

醉逍遥沉着眸子，那漠然的口吻让人觉得被拒之千里之外。

小幽拉开他的手，一语不发，转身进了屋又转身将门合上，她这是做什么？！醉逍遥跟了上去，一只手立刻横在了中间，被两扇门狠狠地夹住——

"喂，丫头！好歹我也是你的救命恩人，你就这么待我？"他是急了，方才处之泰然的淡漠架势都不知道跑哪儿去了。

她一个转身远离让他的心竟是如此不安。

"不是你说不该懂的不要懂么，救命恩人？我服下解药的时候，你人在哪儿呢？"

这个人真是"有意思"，小幽盯着醉逍遥的眼神就像只受了伤的小鹿，那连连质问教他是哑口无言，但转念之间——"你是在等我出现么？"

小幽心口一跳。

"我没有出现让你失望了？"

醉逍遥跟着追问，脸上还挂着邪恶的笑，小幽微微烫的小脸当即挂了下来，到底是谁大半夜不睡吹着笛打发时间，就是打发为何偏偏跑来她的屋顶扰人清梦？！

"醉大人要是了无睡意，小幽可是困了，这就不奉陪了！"

她拉开门给他收回手的机会，然而再度合上门的时候，他的手还横在那儿，又被狠狠地夹了一下，没有躲闪，连眼睛都不眨一下，他不痛么？！

"你——？"

"我知道你的心现在在疼，为我心疼，对不对？"

他抓住她表情里的不舍，扣起她的下颌，双唇骤降她的唇上，没有给她丝毫畏缩或是躲闪的机会，"唔唔……我的心不疼，就是疼了，也是为应该为的人。"

小幽唯唯诺诺的眼神不在，小姐说了，出身无法选择，可是人生握在自己的手里，她不是比任何人低一等的奴仆，解毒后就是重生的开始，她不可以再卑卑怜怜，她要追寻自己的幸福，再不会傻傻地掉入某些人用欺骗编织的陷阱。

她坚定的眼神像双手将他远远推开，伸着的手放了下来，小幽不带犹豫地将门合上，就在两扇门只剩下最后一道未有闭合的缝隙时，"值得你应该为的人是他么？"

醉逍遥没有走开，就这么待在被拒的门外，隔着那道门缝——他？小幽静静地听着，他说的他是指的谁……

"烈北陌。"

小幽表情明显一怔，垂低的眼眸抬起睨着他——如此紧张的动作是说明她在乎那个人，不是么？

牙关被狠狠地咬着，就只见过一次凭什么能令她的心向那个小子靠近，醉逍遥像是恨不得要将那个人生吞活剥似的。

"如果有一天你会为他而死，我定会在那之前先毁了你！"

迫人的霸气像无形的网将小幽猛地拢住，内心被什么东西翻江倒海着，掀起惊涛骇浪的疑惑不解，惊慌不安——毁了她，是要杀了她么？

别院寝屋，念沧海被端木卿绝紧紧搂在怀中，她心事重重地未曾入眠。

从小幽的屋子回来后，他就无时无刻不拥着她，未曾离开她，中间玥瑶的丫头冬采来过，说是玥瑶不适请他去，但是他一口回绝，还令没有他的许可，任何人不得靠近别院。

他从没有在玥瑶和她之间选择过她，这一次他是真的下定了决心再也不放开她的手了么？

肚子里的孩子，身子里的蛊毒……

第三个选择……

端木卿绝，如果我还能活着见到后日的太阳，我定会告诉你，我早已有了我们的孩子……

"海儿，海儿？！"

忽然，拥着她的端木卿绝惊呼起来，"端木卿绝，我在这儿，就在这儿！"

她转过身拥住紧闭着双眸的男人，他满额的冷汗，眉目狰狞，像是做了一场可怕的噩

梦,"卿绝？！"

端木卿绝突然眼眸一睁,大手滑过她的腰际,抚在她的小腹上,她整个身子猛地一紧,"那个麝香袋呢？逃开我时你说随身带着的那个麝香袋呢？"

他是做梦梦见了她逃离北域的那一天？

"我丢了。"

"为什么？"

"什么为什么,我只是,只是……"念沧海心里虚得慌,他不会是知道了她有了孩子？

"海儿,你真的愿意为我怀上孩子么？"

银铜的面具凌近她的唇前,那双从未如此真挚的双眼映入她的眼瞳,"如果我不愿意,你会强迫我么？"

"不,我要你的心心甘情愿地向我靠近。"

"所以为什么突然问那个？"

"我只是怕你还带着它,若真的有了孩子,它会让我们失去孩子,我不容任何人将你们母子从我身边夺走。"

他吻着她的前额,鼻尖,唇瓣——

我们……

孩子……

他那向来惹她厌恶的霸道的口吻这一刻却将她整颗心都紧紧地温暖着,灼烫着……

他是不是做了她们母子深陷危机的噩梦？

不知畏惧为何物的他也有害怕失去的么？"海儿,如果有一天你有了孩子,一定要告诉我,不许再想着逃,待在我的身边,让我保护你们母子。"

心又被那真情流露的告白软化了防御,是不是应该现在就告诉他,她有了孩子,就在她的小腹里,"卿绝,你……爱上我了么……？"

念沧海动情地拥着端木卿绝,小脸窝在他的心口,她听到了他的心声,因为那一声爱铿锵有力的一记颤动,但是期待中的回答却是寂静无声——

在等待的流失中,她等到了失落,痛心……

爱是一个何等沉重的字眼,是他负担不起,还是她要的太多……

端木卿绝的沉默无语教念沧海心灰意冷,她好像从他的心声里听到了忘莫离三个字,终究他对她的执著,仍是因为她只是个替代品么？

念沧海没有逼问,微微从他怀中挪开一些距离,察觉到自己的沉默伤了她的心,"海儿？"他试图解释。

"就当我没有问过。"

她转过身，以背对着他———一如既往的倔强，如果得不到完整的心，她宁愿什么都不要。

北苍国宴，盛世空前，诸多大国宾客到访，整个皇宫处处喜气洋洋，庆典从午后开始，宾客入席，东炙与北域并排而坐，小幽站在念沧海身后，烈北陌时常与她眼神交会——

看着他们浓情蜜意地以眼对话，醉逍遥的表情冷得就跟块冰块似的始终未见任何笑意，一杯杯喝着闷酒。

一同入座的玥瑶也是冷着一张脸，她未曾料到念沧海又回到了端木卿绝的身边，难怪这些天九哥都神神秘秘地不准人靠近别院——

几时，到底是几时那个丑陋的女人又回来缠着九哥不放，她根本就不把她放在眼里，为什么她不远远地逃开，都回到了她挚爱的男人的身边，为什么还要和她强夺九哥？！

席上，宾客诸多，很多人都讶异端木卿绝的出现，那让人敬畏的狼形面具很是惹眼，身边的"佳人"丑颜惊悚更是令人震撼。

多年来，北苍和北域交恶是天下人都知道的事，比起北苍，那些人更畏惧色彩神秘的北域，不少人上前敬酒寒暄，趁着端木卿绝被人挡住了视线，醉逍遥起身离座，来到念沧海身后不知和她耳语了什么，她起身离开了坐席——

念沧海向着醉逍遥在她耳边说的那个地方而去，直到踏入一片绿茵丛生，花香四溢的园地时，——

她向后望了一眼，再觅不到醉逍遥的身影，他就这么扔下她一个人留在这儿？！

就在这时，她的身后靠过来另一道修长的身影，张开双臂就从后笼住她，"嗬？！"念沧海倒抽口冷气，吓得差点惊叫出来。

"海儿……"

端木离温柔的声音萦绕耳畔，念沧海猛地收住自己的嘴，却停不下乱蹦的心跳。

"皇上……"

念沧海尽力让自己轻松下来，但是身子很是僵硬，她转过身有意拉开和端木离的距离——

其实她知道来到这会见到的人就是他，是他让醉逍遥将她带来这儿，她之所以听从是因为不想引起不必要的骚乱，她相信有北域十万大军的威慑和东炙的援军在手，端木离是不会轻举妄动的。

"海儿……"

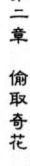

第二章 偷取奇花

端木卿绝眼神痴恋地看着眼前远离他的女人，既然她愿意来到他的身边，为何又要离他那么远？

她还在生气那一夜他没有强行将她从端木卿绝的身边解救出来么？

他修长的手指抒着她脸侧的碎发，拇指摩挲着她滑如凝脂的肌肤，而她却是扭捏着很是抗拒的样子。

海儿，你可以气我，但是不可以连心都沉沦给那个男人……

"皇上，有何事就直说吧，妾身不能离开坐席太久。"

她的话让端木离抚摸着她脸庞的手愣是僵硬了一下，她还想着回到端木卿绝的身边，回到那个将她强夺去的男人的身边？！

"海儿，闻到这满院子的花香没？"

端木离似乎有意回避她的提问，纵然她急不可耐地想要离开，可他的手搂上她的腰际扳正她的身子正向整片园子，这时她才察觉这花香是鸢尾花香，这园子里种满了各色各种的鸢尾花，那是她最爱的花——

"有美人兮，见之不忘，一日不见兮，思之如狂；红颜远，相思苦，几番意，难相负；为伊消得人憔悴，衣带渐宽终不悔；此相别，勿相忘——死生契阔，与子相悦，执子之手，与子偕老。"

他在她耳边念着他对她的相思，对她的承诺，不……是他们共同的承诺。

他要她记得，永生永世都不可以忘却。

"玲珑骰子安红豆，入骨相思知不知？相思一夜梅花发，忽到窗前疑是君，只愿君心似我心，定不负相思意。"

是的，她记得，念沧海唇瓣翕动，吐出那一句她曾说过的话。

她记得还身在北域的时候，从御景秋手中拿过那支他特意为她打造的发簪时，她说过这样的话，她以为她会回到北苍，她以为她爱他的心永不会改变。

"海儿，应诺的誓言，朕绝不会让你食言。"

温柔的口气顿然掺入丝丝狠烈，他很高兴她还记得她对他的承诺。

端木离像是将什么东西插入了她的发髻中，念沧海难掩惊慌，伸手去碰——是一支鸢尾形的发簪，就和他曾送她的那支一模一样？！

"朕知道朕送你的那一支一定给你惹来不小麻烦，他一定将它夺了去，残忍地毁掉了，对不对？所以朕又做了这一支，这一支从今戴上，就是一生一世，朕定不会再让他夺了去！"

那温柔的气息在一片花香下，消散得无影无踪，这让念沧海感到紧张和不安，然而他的手说罢又顺着她的后颈向下探去，轻轻扯住挂在她脖子上的那条链子——

"皇上，不要！！"

念沧海大喊起来，双手死死按住端木离的手，他是要——？！

她意识到他是要扯断她的同心锁，所以不可以，上面刻着她和端木卿绝的名字，是用来保护她腹中孩子性命的！

端木离很是愤怒，念沧海越是紧张就越是激起他更大怒火，论力道她当然拗不过他的，链子被他从她的脖子上扯了下来，明晃晃的两个刻在同心锁里的名字映入眼帘——

他真是个傻子！！

将她接回身边那么久，眼前摆着她赤裸裸地背叛了他的证据，他却是完全的不自知。

"端木离？！"

见链子断开，念沧海不顾礼仪地直呼他的名讳，伸手就要从他的手中夺过链子，"为什么？！海儿，为什么你要背叛我，就和那个女人一样，为何口口声声地说爱我，到头却残忍地背叛我？！"

端木离眼神怒然，双手一把抓起她的双臂，用力之大简直能折断她的骨头，他就像是一头濒临疯狂的野兽，恨不得将她活生生地撕裂。

那个女人？那个叫做忘莫离的女人么？

无论是他还是端木卿绝，其实她念沧海都只是个残次的替代品，想起昨夜端木卿绝的沉默，念沧海的心就泛起阵阵刺痛，为什么总是要拿她和另一个女人比较，她即使背叛过他，也不该是由她来偿罪啊！

她爱他爱得真切，她当真想过要同他白首到老，但是从头是他先欺骗了她，他对她所谓的爱从来不是因为她！

"我没有背叛，是你的心从未放下，你爱的是那个忘莫离，她的离去让你痛不欲生，而我长得像她，纵然半张颜面丑陋惊悚，你也宠爱有加，你不是爱我，而是爱一个离你而去的影子！"

"为何你知道忘莫离？！"

端木离满目悲愤，愤怒中掺着更多的激动难抑，他抓着她双臂的力道越来越大，"因为把我当做替代品的不止你一个。"

说出这句话的分分刻刻，念沧海的心就像被一把刀子割开一道道血口。

"哈哈哈……哈哈……哈哈哈……"

端木离突然张狂地失声大笑，念沧海越发地紧张，试图掰开他钳制着她的双手的动作变为了保护着她的小腹，再简单不过的一个改变，竟是让端木离彻底暴怒——

在这样的情境下，她还是选择了那个男人。

知不知道当那个女太医向他请罪，说是她诊断出她有了身孕，还被她的银针下毒不得

第二章 偷取奇花

31

不给了她人皮面具，帮助她逃宫时，他的心是何等的痛？！

然而他不曾信过，定要给她解释的机会，可现在……

没有必要了……

她的每一个动作都在告诉他，她早已背叛了他，这肮脏的身子早已被那个男人玩弄，还留下了那该死的孽障——！！

"即使被他当做替代品，你也甘愿为他生下这个孩子？"

端木离突然收起大笑，冷冷掷过来的那一问，就像一块千斤大石砸得念沧海顿然无措，脑海里乱成一片——

他知道了她有了孩子？！

她从他的眼中抓到了杀气腾腾的冷光，他会伤害她的孩子，他会对她——

念沧海袖间一动，银针夹在指间，不等端木离留心就直扎在他的臂膀上，"啊？！你——"一声痛吟，端木离手臂上的力道一松，念沧海趁势转身就跑，然而——

"来人！"

她根本跑不出园子，园子里四面埋伏的暗卫统统现身，就是她将身上暗藏的银针都用上，也无法冲出重围，念沧海心下一滞——

是她不该轻信醉逍遥，不该轻易离开端木卿绝——

绝望攀上念沧海的心头，再多的悔意也唤不回时光倒流，端木离靠了上来，扳过她背对的身子，"念沧海，你知不知道朕想过要好好地爱你一生，也许开始朕的确将你当做忘莫离的替代品，但朕真的对你用了心、用了情，只要乖乖地兑现允诺朕的承诺，朕会封你为后，朕会好好爱你一生一世……"

幽绿的眼眸里闪动着似有若无的泪。

端木离此刻的脸孔上，是无法言喻的表情，痛苦、狰狞、扭曲、不甘、不舍……

她该相信他说的这些么？

呵，信与不信，走到这个地步，还有什么差别……

手臂就这么一抬，不偏不倚地将夹在指间的银针推入端木离的心口？！

"呃，你，海儿，你……？"

端木离圆睁双眸，震诧得说不上话来，也许是他无法说话，"端木离？！我，不是的，我……"映入他绿眸的那张脸孔也同样是双目圆睁，满眸震惊——

念沧海不懂，她不懂为何就那么一霎，手儿好像不听她的使唤，就这么夹着银针刺入了他的心口——

他眼瞳怒瞪，鲜血横流地倒在地上，"皇上？！皇上？！"四面八方响起惊呼，声声摄人心魄，场面一片混乱，念沧海浑身都在颤抖，不是的……

她没有想过要杀死他,纵然爱已不再,他亦是这世上第一个对她爱怜的男人……

"离……离……"

她痛心地低低呢喃,迈着僵硬的步子向端木离靠近,"大胆毒妇,来人呢,将她拿下——!!"有人大喝,跟着一把把锋利的冷剑架在了念沧海的脖子上。

冰冷的触觉激起一身惧怕的冷战,再然后她眼前一黑陷入了无尽的昏暗之中……

再醒来的时候,耳边有着窸窸窣窣的铁锁碰撞的声音,念沧海倒在一堆杂草堆上睁开眼,只觉双手很重,唔?!双腕上竟是被一条沉重的锁链锁住了?!

她记得她将银针扎入了端木离的心口,跟着那些侍卫喊打喊杀将冷剑刺向她的脖子——

念沧海摸了摸脖子,没有伤痕,他们没有杀了她?!

周遭昏暗潮湿,阴冷寒凉,难道是地牢?!

她记得这里,就是在这里她被无情的皮鞭鞭打了数日,浑身是血,遍体鳞伤——

这里让她感到不安,此刻的她不比当初,她有着孩子,挨不起那样的鞭打了,"卿绝……卿绝……"脑海里第一个冒出端木卿绝的名字,她喊着,才发现声音嘶哑得发不出声。

她试着走到铁栅栏边——

没有人,阴冷昏暗的廊道上寂静得可怕,一点人气都觅不到……

"有人么?有人么?!"

她用尽嘶哑的声音喊,没有人回应,没有人……

无数彷徨不安的念头轮番折磨着念沧海,她逼着自己冷静下来,双手放在小腹上,感觉到那强烈的跳动,悬着的心才倏然一松,孩子还在,她也没有死,没死!

"海儿?!"

"海儿?!"

廊道的那一头突然传来一道铿锵有劲的呼喊,那是他的声音,念沧海认出了端木卿绝的声音,只是怎么会是他,是她听错了么?

"海儿?!"

声音越来越急促,越来越靠近——

"卿绝……卿绝!!"

念沧海喊了起来,紧抓着铁栅栏朝着那头撕破喉咙地喊着,"我在这儿,卿绝,我在这儿!"她从未这么无助,惶恐过,"海儿。"当端木卿绝如影迅猛跑到她的铁牢外,念沧海强忍的泪水决了堤地涌落下来——

"卿绝……卿绝……卿……"

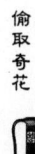

第二章 偷取奇花

她泣不成声，端木卿绝一掌震断锁着铁牢的锁匙，栅栏打开，她扑入他的胸膛紧紧地又紧紧地拥着他——

这体温，这心跳，是他，真的是他！

泪水不听话地落不停，浸湿了他的胸口，模糊了她的视线——

她是多么生气他昨夜的沉默以对，可是为何每一次她落入危难，却都是他奔向她的身边将她护在怀中……

"海儿，不要哭了，有没有伤着？！"

端木卿绝捧起念沧海落满泪痕的小脸，那每一道泪都教他的心狠狠痛过一下，"唔唔……没……没有……"她摇着头，他抹着泪，看着他的脸孔映入眼眸，竟是如此安心——

泪水不争气地怎么都停不下来，拥在他腰间的手不愿松开，她怕一松开就会又再与他分开。

她不知道原来和他分开，竟会让自己如此痛苦难堪……

端木卿绝抹去她面颊上的泪痕，纵然它总是落下，每一记摩挲都绽起无法言语的激动拍打着铿锵跳动的心头，念沧海握住他的手，将面颊摩挲着他的掌心，一手拥着他的腰际，整个身子靠入他的胸膛——

"不要分开，卿绝，再也不要放开我的手……"

楚楚可怜地请求着，端木卿绝捧起她的脸，在她淡粉的唇上印下一吻，好像是一声无声的承诺，答应她，再不会放开她。

只是……

"卿绝？！"

突然，念沧海表情一变，整张脸僵直如石，数不尽的惊恐犹若藤蔓爬上她的脸孔，"怎么了，海儿？！"端木卿绝感觉到搂在怀内的小身子猛力地颤动了一下，随即她的表情，她的眼神都变得阴冷如麻，好像被鬼怪附了身——

"不要靠近我！"

念沧海骤然大喊，因为指间不知几时又夹住了冷锐的银针，就向着端木卿绝的后颈，她看着她的手在动，她却是无能为力——

不要再操纵着她的身子杀害更多的人！！

双手不听使唤地将银针扎入端木离的那一幕重现眼前——

惊恐不舍，绝望无助将念沧海生生吞噬，比起杀死端木离的那一刻，现在的她是真的被阵阵钻心的痛撕扯着四肢百骸，何为痛心疾首的滋味，也不过如此——

"海儿？！"

她的异常让端木卿绝紧张，她向后推他便将她拥得更紧——不要，卿绝不要，放开我，快放开我！！

念沧海惊慌的声音完全嘶哑，喊不出声，怎么都喊不出，"不要……抱紧我……不要……我……我……会杀了……你……"拼尽全力地发出声音，每一下都好像一把刀子在割着喉咙——

卿绝，快逃，不要让我亲手杀了你，不要！！

看着自己在端木卿绝背后不停上扬的手一点点接近他的后颈，念沧海用尽全身的力气阻止，整个身子都在震动，唯独无法停下那手的动作——

端木卿绝对她没有丝毫的防备，"海儿，不要怕，没事的，我就在你身边，再没有人能伤害你。"

他就这么拥着她，用他的体温包裹着她，消除她心头的恐惧——

不是的，她的嘶吟他没有听到，她是在恐惧，恐惧的是银针已抵触在他的后颈，"不……要……不要……卿绝……不要！！"

嘶哑的声音猛地破出喉咙，"海儿，呃嗯？！！"

那一针猛地扎入他后颈致命之处，端木卿绝一声低沉的痛吟震碎念沧海的心神，"卿绝……卿绝？！！不要！！"

拥着她的魁梧身影倏然倒下，砰的一声将她凝结的灵魂砸碎，她怵然地怔在原地，扑通跪倒他的身边，看着鲜血自他的后颈化为一摊红河，仿佛心跳已经跟着他而去……

"卿绝……卿绝……"

像被抽空灵魂的布娃娃，念沧海木讷地喊着他的名字，双手推着他逐渐冷却的身子，那不断流淌的鲜血灼痛着她的眼，手儿潜入他的后颈——

"不要死……卿绝……不要死……"

念沧海呜咽着，心痛到麻木，整个身子扑到他的胸膛，抱着他没有反应的身子嘶喊，不要留下她，不要……"求你不要……"

孩子……卿绝，我有了你的孩子，孩子不可以没有爹爹……

"醒过来……醒过来……求你……"

撕开自己的衣袖按住他不停淌血的伤口，可是鲜血却自她的指间不停地，不停地淌着，就像要将他全身的血都流尽才肯罢休，"不要……卿绝，我不要……"

自出生，纵然被爹爹抛弃，被众人嫌弃，眼泪从来不是她的伙伴，她习惯了用笑面对伤痛，即使心再痛，她也会忍着泪不让它落下，可是……

这个男人……

这个毁了她的人生，颠覆她的人生，让她恨之入骨的男人，直到现在原来恨得切，是因为爱得已入心。

第二章 偷取奇花

35

她停不下眼泪，如果眼泪可以换回他的性命，她宁愿哭瞎双眼……

念沧海哭得神智游移，双眸哭得黯然失色，空洞呆滞，就这么搂着端木卿绝，呜咽变得越来越轻，越来越嘶哑，她不逃也不离开，仿佛心已经跟着他一起离开了……

没有他的话，活着便是多余的……

所以她听不见任何的声响，自当也察觉不到廊道的那一头出现了脚步声，不止一个人，他们一前一后缓步向着她的铁牢而来，当那锦衣玉服的人站在栅栏外，女子阴柔染笑的声先声夺人，"皇上的心在痛么？"

皇甫静婉眉眼似有若无地弯着一道似有若无的笑弧，身边的男子一双幽绿的眼瞳映照着念沧海抱着端木卿绝尸首不放的画卷……

彻彻底底的背叛……

男人走入大开的栅栏，"海儿……"一声轻唤，与端木卿绝有着几分相似，念沧海空洞的眸眼一震，抬起身子看着仍静躺无声的端木卿绝，"卿绝，是你么？是你在喊我么？！"

她欣喜若狂地落着泪扬着笑，然而被她喊着的人却是没有反应，笑就这么化为绝望僵直在唇角，"海儿……"

那个站在她身前的男人又喊了一声，他的心已被她无情地又一次撕裂，她就这么舍不得失去他，当她无情地将银针扎入他的心口时，为何她脸上有的就只是惊恐，而没有一滴——泪？！

男人蹲下身，狠狠捏起念沧海的下颌，扯断她那不愿离开端木卿绝的视线。

"端木……？"

念沧海无法相信映入她眼帘的那张脸孔，这个本该已经死在她手下的人，这张本该已经在这个世上消失的脸孔，"你——？！"

是一场梦……

统统都只是一场梦么……？

念沧海黑眸一亮，抓着男人的衣襟就要大喝什么之际，身后被什么人击了一掌，整个人瘫倒在男人的怀中，合上的唇最后落出的是一声无声的"离……"

"把她带下去。"

皇甫静婉一声令下，几个壮汉就来到念沧海的身后，将她从端木离的怀中抱起，"母后这是要带她去哪儿？！"端木离紧跟着，一手抓着念沧海的手——

皇甫静婉冷眸掷了过去，她了解这个儿子，他对这个女人执念太深，入情太深，即使遭她背叛，他仍没有放下她。

"皇上对她不该再有怜悯，将她交给母后处置。"

皇甫静婉一手覆上端木离抓着念沧海的手，使着暗劲儿将他的手拉开，她不容他再弥足深陷，当然她也不会让他知道她会留着念沧海的命，并会允许她将这腹中的孽障生下。

其实这一开始就是个精心设计好的陷阱——

她先是让中了蛊的女太医跑去和端木离招认自己欺君的弥天大罪。

当然她一早猜到这个傻儿子一定不信，所以定会去找念沧海当面对质，而醉逍遥是他的眼线肯定会助他一臂之力将念沧海引诱来。

当看到端木离情绪失控，她便暗中对念沧海下了幻术，那扎入端木离心口的一针是念沧海脑海里的幻象，端木离根本毫发无损。

接着再让醉逍遥去通知端木卿绝，将他骗到牢房，这一次她才是真的用蛊毒操纵念沧海，让她亲手杀了端木卿绝——

呵，只要看到她为端木卿绝的死伤心欲绝，相信她这个傻儿子就能彻底斩断对她的情丝。

一切都按着皇甫静婉的设计而走，完全无误——

妖艳的眸睨着地上没了声息的端木卿绝，红唇勾开一抹好看刺眼的笑弧，她要的就是这个男人的命，他终究是逃不出她的手掌心，纵然再怎么强大，也只是个为了个女人就能附上性命的蠢货！

当初让他在忘莫离的手上逃过一劫，就是个不该有的错误——

"九王爷国宴席上饮酒纵欲，误闯地牢，不慎猝死，来人，将九王爷抬入皇陵阁。"

"是！"

皇甫静婉说着早已备好的台词，李公公凌空拍了拍掌，几个壮汉抬来一具灵柩，将端木卿绝放了进去，随即向着皇陵阁楼而去——

"国宴正值喜庆之际，皇上不宜离开过久，先回去吧。"

外面还有那么多的宾客，皇甫静婉可不想被这一场横来的丧事扫了盛大的喜庆。

"儿臣知道。"

端木离木讷地答，眼神黯然，说罢就从皇甫静婉的身边走过，身后皇甫静婉抿唇诡笑，却不知背对着她渐行渐远的"傻儿子"亦唇角上扬勾着那一抹诡异的冷笑……

第二章 偷取奇花

第三章　起死回生

皇陵阁，皇族人死后安置灵位的宫殿。

殿内阴气甚重，高高的一排排整齐地放着列祖列宗的灵位，夜深之际身处其中，教人不寒而栗，然而皇甫静婉冷艳的脸上没有一丝害怕，冷眼睨着排排灵位，那每一代皇帝都脱不开皇甫一族的辅佐，然而灵位上的名字无一例外都是姓氏端木。

涂抹艳红色的指甲握紧成拳，冷眸里暗闪女子不该有的权欲精芒。

目光停留在先帝端木邺的灵位上，再一眼扫过放在殿内正中的灵柩，里面静静躺着已死去的端木卿绝，仿佛因为他的亡故，连那张傲冷慑人的狼形面具都跟着犹若灰色的尘土，黯然无光——

修长的指滑过他的面颊，比想象中细滑稚嫩，一点都不着风霜凋零的粗糙。

这一身好皮囊真是可惜了……

就像抚摸着价值连城的惊世奇宝，她还记得第一眼见到这个男人的时候，他还是个不满十岁的孩子。

从那时起他的身上就怒张着无形的霸气，就像个生来的王者，戴着这张常年不离脸的面具，就是小小的年纪却虏获了不少女子的爱慕。

就是那冷若冰霜的圣女也难逃他的魔魅，放下圣女处子之身甘愿欢合他的身下。

当然哪个女人不心动呢？

如果那时她不是太子妃，不是已为端木锦诞下端木离的话，兴许也会对这样的男人暗生情愫。

端木锦软弱无能，他骁勇善战，所向匹敌，小小年纪，威严十足，朝中大臣个个对他敬重。

也难怪先帝会将太子废黜，改立他为太子——

他们根本是两个极端的人，但对女人却都是一样的愚蠢，只要爱上了，就是明知送死也会飞蛾扑火。

"端木卿绝，你如此完美无缺，却偏偏不该爱上那些你不该爱上的女人，知道么？忘莫离之所以会将毒手钻入你的心，正是因为中了本宫的蛊毒，呵呵……不过那个丫头

38

灵力强大，本宫无法将她操纵，但是奈何她对你的信任却不够强大，本宫只是骗她，你在皇位与她之间选择了皇位，她便成日惶惶不安，怀疑、猜忌、愤怒促使她的心神渐渐被本宫的蛊毒操纵，呵呵……那丫头永远都不会知道本宫让她看到的那一幕根本不是真的——"

皇甫静婉仰天猖狂大笑，就像得了失心疯的疯子——

十五年前，雪山脚下，有着一班被选为北苍圣女的少女们，其中属忘莫离最为出色，是圣女早已拟定的不二人选。

然而她却与端木卿绝发生感情，更是私自破戒和端木卿绝欢合，失去处子身，那是不可饶恕的死罪，一旦发现就连身为皇子的端木卿绝都会被贬为庶民。

可是端木卿绝从不将皇位放在眼里，答应忘莫离回到皇城之后便向先帝讨要她，废黜她圣女候选的资格。

但回到皇城之际，先帝身染重病，已心生废黜端木锦的念头，要改立他为太子。

端木卿绝不忍再给先帝打击，便将讨要忘莫离的事搁置。

然而她皇甫静婉身为端木锦的正妃，离后位仅仅一步的太子妃，她岂容就要到手的宝座拱手让人？！

所以她伺机挑拨他们的关系，利用端木卿绝尽孝的间隙忽略对忘莫离的关心，看透忘莫离心生彷徨，趁势暗示她，男人都是寡情薄义的，女人在于他们，不过是一时玩乐的玩物，得到了便不再拥有价值。

初初她毫不相信，坚信端木卿绝对她的爱意，即使被她下了蛊毒，也用灵力压着，绝不容她的身心做出伤害端木卿绝的事。

她佩服这小丫头的凌人孤傲，超人灵力。

但是失去了处子身的女人总是患得患失，再强大也会伪装自己的不安，所以她用了幻术营造了那一幕，教她亲耳听到端木卿绝答应端木邺会继承皇位——

那一夜，她彻底失了控，隐藏在她心里，被她压抑着的不安、猜忌，都化为了愤怒，蛊毒最需要的就是情感的阴暗面，她的灵力再也保护不了她，反而成了杀害她此生挚爱的利器——

那场她精心设计的大屠杀，她不过放出忘莫离遭人迫害生死一线的消息，端木卿绝就带着正班鬼骑军而来，结果一个个死在她的陷阱中——

忘莫离那时灵魂已经污浊，她根本不知道自己做了什么，就这么将满腔的恨意化为毒手钻入端木卿绝的胸膛——

鲜血淋漓，心脏被生生刺穿，但是他竟仍能活下来……

"端木卿绝啊端木卿绝，怪只怪你对忘莫离仍余情未了，为何还要爱上一个和她长着

相同脸孔的女人，哦，不，是半张颜面，呵呵……你竟为了一个丑八怪再次丢开你的性命！"

皇甫静婉笑得越发猖狂，这死去的人是她这一生最大的绊脚石，踢开他，她便离着她想要的更近一步——

"先帝，瞧瞧这就是你引以为傲的儿子，其实他和端木锦一样只是个无能的窝囊废，呵，此刻在阴曹地府相聚，也该感谢我送他一程，让你们父子团圆吧？"

皇甫静婉笑得丧心病狂，她倚着灵柩，长指顺着端木卿绝的脸颊游移在他的脖颈，轻轻擦过面具的边缘，宫里的人说，谁都没有见过他面具下的脸孔，就是先帝也没有，所以别人得不到的，她偏要得到——

长长的指甲潜入面具内就要猛力掀开，谁想本该已死的人一手握住她的手腕，"皇嫂，这是在勾引孤王么？"

什么？！

突然睁眼，金瞳绽笑的端木卿绝教皇甫静婉惊吓过度，整张涂满红妆的脸孔生生脱了一层颜色，她是在做梦，还是他死而复生？！

又或者——

他从未死过？！

端木卿绝勾着眼角鬼魅地笑着，他就像从棺木中苏醒的异界魔王，噙着俊美妖异的脸孔，攥着皇甫静婉的手不放，缓缓坐起身。

"皇嫂天生丽质，即使受惊也一样美丽动人。"

她不是喜欢抚摸他么？他很大度的，可以让她摸个够，在她还可以摸的时候……

金眸暗闪狠烈的杀气。

端木卿绝顽劣的调戏让皇甫静婉彻底清醒过来，他没有死，他从一开始就没有中她的计，反而是她掉入了他的陷阱？！

是哪里出了错？

是皇儿背叛了她，还是那个醉逍遥有问题？！

又或是念沧海也拥有和忘莫离一样的灵力，她根本没有受她操控？！

不，不会的，不可能的！！

她亲眼看到念沧海刺入他的致命穴位，她亲眼看到他鲜血横流，亲自摸过他的鼻息，他根本就是死了——

端木卿绝给足皇甫静婉惊诧的时间，悠悠然地欣赏着轮番在她脸上展现的各色神情，很好，就让她在下地狱前尽情懊丧自己的愚昧自大！

"你对本宫用了幻术？！"

皇甫静婉锐冷的眸中迸着食人的火焰，可惜那对端木卿绝毫无杀伤力，魁梧的身子轻盈地从灵柩中一跃而下，抓着她的手仍没有放开——

呵，那可不是因为她一把年纪还美艳动人……

触碰她，让他觉得恶心，只要回想方才她在他耳边不打自招的那些话，他就恨不得将她千刀万剐——

那一掌，莫离绝情地钻入他的胸膛，是因为受她所控，是她挑拨莫离，是她对莫离用了同一种蛊毒，是她利用了她，又杀了她……

攥着皇甫静婉手腕的手越发大力，大力到皇甫静婉整条手臂都在震颤，这样的震颤代表着，他随时都能折断她的手，毫不留情的，眼都不眨一下的。

"皇嫂可以用幻术骗到海儿，孤王也可以以其人之道还治其人之身，呵，滋味如何呢，孤王的好——皇——嫂？"

端木卿绝拽着皇甫静婉向自己靠近，两人的距离很近，近到能感觉到彼此的鼻息——

这么近对着这张威严的脸孔，皇甫静婉恨极了这种被操控被压制的感觉，"呵，皇嫂怎么不说话，以为孤王是要吻你么？"端木卿绝蔑视的调侃，皇甫静婉整张脸孔都气得抽搐——

"混账，知不知道对本宫无礼是何等下场？！"

他凭什么嘲弄她，戏弄她，就是她的阴谋被拆穿也没关系，念沧海体内的蛊毒仍旧在，她仍握着足以操控他的棋子——

其实只要他放不下念沧海，她皇甫静婉就不会输！

念沧海的灵魂迟早会被她的蛊毒吞噬，他可以逃过今日的这一劫，但未必下一次那么幸运。

被他攥在手心还敢这么嚣张——

做了那么多肮脏下作的事连声悔意的歉疚都没有，"皇嫂诱惑男人的方式还真特别，难怪皇兄无法消受，不过孤王'喜欢'，孤王喜欢女人挣扎，越是挣扎就越有摧毁的价值！"

皇甫静婉越是警告，端木卿绝就越是不松手，金瞳里的笑已经全数化为了憎恶的轻蔑。

"是么？摧毁本宫？！你真是不自量力，你根本不敢杀了本宫，杀了本宫，你插翅也难飞！"

皇甫静婉心在颤瑟，从没有人能让她畏惧，这个男人是唯一的例外——

该死的，为什么一次次她都不能如愿地杀了他！

"不，皇嫂你多虑了，孤王还不想要皇嫂的命，孤王想要的是——"

第三章 起死回生

魁梧英挺的身子倾下，越发逼近皇甫静婉的唇前，"你要做什么？！"她抑不住惊慌大喊，换来的是男人唇上的冷笑："孤王以为皇嫂独身空寂，是不是该赏赐几个壮汉给皇嫂'填补寂寞'。"

他这是在赤裸裸地威胁她，羞辱她，要她堂堂一国太后晚节不保，声名狼藉？！

端木卿绝睨着皇甫静婉惊慌失措还硬是伪装，冰眸金瞳绽放邪肆的笑靥，真是好笑！

她在害怕，她当真以为全天下都是如她这般无耻的人，为了得到自己想要的哪怕用尽肮脏的手段也在所不惜——

她让他恶心！！

碰一下都让他唾弃，他才不屑用那些污秽的手段，哦，不……若真是赏赐她年轻的壮汉，倒是让她捡了便宜！

"皇嫂要是不喜欢的话，孤王可以给你另一个选择——将种在海儿体内的蛊毒逼出来！"

是的，这就是第三种解除蛊毒的方法——

只有施蛊的人才能解蛊，这亦是他对她最为仁慈的方法，只要她愿意配合，他可以暂留她的一条命。

"呵呵……端木卿绝，你真是可怜，你还爱着忘莫离，爱到失去她就如同行尸走肉地活着，你从未忘记过她，你根本就不爱念沧海！你只是把她当做忘莫离的影子，一个残次的替代品！"

"不，孤王从未将海儿当做任何人的替代品！"端木卿绝很是愤怒，腕间暴起青筋，怒不可遏。

"不是么？你从一开始就清醒布局，这足以证明你一点都不爱她，你忘了忘莫离深陷危机时，你理智全无，只为救下她，甘愿被她开膛破腹，之于她，你冷静判断，你救她只是为了保全一个可以替代忘莫离的影子！"

"够了，住口！孤王给你最后一次机会，逼出海儿体内的蛊毒，要不孤王这就让你下地狱——"

端木卿绝不愿再从她的口中听到影子，或是替代品这些字眼。

不，他对海儿不是那样的感情。

"愤怒吧！你的愤怒是因为你恨本宫害那个丫头怀疑你，伤害你，让你们互相残杀，呵呵……呵呵呵……知道当她清醒后，临死时有多痛苦么？！当本宫告诉她，都是本宫骗了她，她悲痛万分，然而来不及了，她只能带着那无尽的悔恨被蛊毒吞噬灵魂，即使能靠着灵力保全一丝魂魄，也只能是永生永世的孤魂野鬼！"

"无耻!"

端木卿绝再也按捺不住翻搅在心头的怒火,将皇甫静婉狠狠甩开,她一个踉跄倒在地上,却是狂癫大笑:"回不去的,就是杀了本宫,你真正想要得到的爱人也不会再活过来了!"

他拿她没辙的,就是手握大军,他也不敢轻易和北苍开战。

他没有什么东西可以威胁她的,只要她不解除念沧海体内的蛊毒,他就只能眼睁睁看着那个丫头和忘莫离一样痛苦地死去,当然他永远都不会知道她肚子里还有了他的孩子!

这会是一出很有趣的游戏——

是他逼她的,原本她还想保住那个小孽障,现在,她要他品尝失去妻儿的切肤之痛。到最后才知道他失去了自己的血骨,那该是多么有意思的画卷……

念沧海那丫头和他一样愚蠢,她并没有将怀有身孕的事告诉他,她并不信任他,她想逃,远远地逃开他,因为他的心不干净,她也知道自己就只是个别人的影子罢了!

端木卿绝是真的被激怒了,他恨了莫离整整十五年,而到头来,是他错怪了她,是他将她撇开一边,才让她的心彷徨无措,才让她走入了皇甫静婉的陷阱,是他害了她——

"呵呵……无话可说了么?!本宫知道你在想什么,你在后悔,后悔当初没有保护好她,是的!你该恨的人是你自己,是你疏离她,冷落她,让她将自己逼入绝境,痛苦无法自拔的时候,你给她的是相信了她对你的背叛,呵呵……说起来,她之所以会死,都是你害的,是你抱了她,占有她,将她本该无风无浪的人生全部毁在你的手上,你甚至让她化为了孤魂野鬼,别说是三生三世,你们永生永世都不可能再相见!你连对她偿罪的机会都没有,永远都不!"

"够了!"

端木卿绝扣住皇甫静婉的双颊,恨不得当下就勒断她的脖子,"来啊,有能耐就杀了本宫,本宫死了,你那小可怜体内的蛊毒不就能无药痊愈了?"

皇甫静婉挑衅着,眼神一动,仿佛看到了什么,她笑得诡秘,"留着那个小可怜,留着她继续做个活着的忘莫离,满足你对忘莫离无尽的思念,渴望,爱恋——让她到死都不知道她只是个可悲的替代品!"

"皇甫静婉——!"

端木卿绝骤然怒喝,她说的那些鬼话,他一个字也听不下去了,然而就在这时,有道单薄的身影迈入殿内,拖着虚弱的身子越发地靠近,那脚步声是——?

念沧海脸上写满了憔悴、病容。

她以为他死了,因为她以为她爱的人死了,死在她的手里,所以她也没有了活下去的

理由。

然而她睁开眼，身处太后的凤寰宫，站在她身边的是李公公，他一脸僵硬浑身抖瑟，那是因为醉逍遥站在他的身边，用匕首抵着他的要害。

她惊慌地从床上跃下，才惊觉身子虚弱得无力，连站立都很困难，而就在这时，有一只手轻轻扶住，那个人是迦楼。

她越发以为自己是在做梦。

追问他们是怎么回事，他们却是一语不发，将她带来了这儿。

是的，就在殿外，她不敢相信的一幕幕就发生在她的眼前，她所爱的男人从灵柩里活生生地一跃而起。

她欣喜若狂的想要飞扑过去，然而那残忍的事实一步步地将她推入悬崖深渊。

一切都是他预想好的计中计，他料算到太后的诡计，他假意落入她的圈套，他根本就不会死的，从头到尾被愚弄的人就只有她。

她不愿相信所看到的听到的，可她看到了也听到了，清清楚楚，每一句话，每一个表情，还有他无尽的愤怒。

他是为了救她才设下这个局，她应该感谢他的，然而——

为何所有人都知道，独独她被蒙在鼓里？

知道么，当她看着他在她的怀中失去心跳，失去呼吸，她的心跟着死了，没有片刻的犹豫跟着他一起死了……

他怎么可以这样对她？

这比给了她活下去的机会更让她痛苦。

"呵呵……端木卿绝，你真是可怜，你还爱着忘莫离，爱到失去她就如同行尸走肉地活着，你从未忘记过她，你根本就不爱念沧海！你只是把她当做忘莫离的影子，一个残次的替代品！"

"不是么？你从一开始就清醒布局，这足以证明你一点都不爱她，你忘了忘莫离深陷危机时，你理智全无，只为救下她，甘愿被她开膛破腹，之于她，你冷静判断，你救她只是为了保全一个可以替代忘莫离的影子！"

知道把心活生生地剥开还在上面撒把盐是什么滋味么？！

太后的每一句话都在她的心上重复着这样的痛，不，是千倍万倍的痛，它们不停地回想在耳边，摧残着她，很痛，痛得每一下呼吸都是那么残忍。

"不，孤王从未将海儿当做任何人的替代品！"

为什么那样的话一点说服力都没有，至少她的心不相信。

纵然端木卿绝一次次地否认她念沧海之于他不是影子，不是替代品，可是她的心在痛，在滴血……

她不愿知道为何她要感到痛心，她不愿相信他对另一个女人的深爱可以伤着她，竟还是这么深。

"海儿……"

端木卿绝唤着她的名字，那声音隐含着一丝颤瑟，是因为他隐藏的心事都被她发现了么？

他来到她的身边扶着她，大手搂在她的腰间，眼神表情都变了个人，就连前一刻还冷冽如麻的狼形面具都显得是如此温柔。

他深情爱怜地凝着她，就是这样的眼神才会让人不知不觉地沉沦……

骗子！

若是不爱，就不该用这样的眼神欺骗她，念沧海同样凝着端木卿绝，然而她眼中的眸光却没有一丝与他相同，见他死去她是如此伤心，然而看到他"复活"，她眼中竟没有一丝愉悦，有的就只是——

疏离……

端木卿绝能感觉到，当他听到她的脚步声，他的心仿佛被应声掐断了跳动，他从不知畏惧的滋味，但是那一刻他明白何为害怕，他不愿她听到他和皇甫静婉说的每一句，他更不愿她会相信自己只是莫离的替代品。

然而她的眼神在告诉他，她听到了……还对此深信不疑……

那是种拼尽全力想要解释，却又无力开口的感觉。

"呵呵……"

寂静的殿内亮起一道嘲弄的冷笑。

皇甫静婉红唇半咧，静观着那一对苦情鸳鸯，四目相会的眼神繁复错杂，那丫头是爱着端木卿绝的。

敏锐的直觉告诉她，她的心正在被痛苦煎熬，她很生气，很愤怒，但独独没有她所期许的恨？！

她愤怒端木卿绝的欺骗，却不恨他将她当做另一个女人的替身？！

她竟和忘莫离不同？！

皇甫静婉难以置信念沧海的心竟没有被丝毫的仇恨污浊，她不失时机地挑拨着，陷害着，那一句"替代品"就是为了让她听到，让她痛心，让她悲伤，然而她的心痛了，伤了，却没有被丁点儿的恨意笼罩。

可恶！

她需要她的心充满阴暗面，只有这样才能加剧蛊毒的发作，她调准时机的刺激，就是

第三章　起死回生

45

要她的心被蛊毒吞噬，只要她失了心，就在这一刻，她便能趁端木卿绝不备，操纵她让她切切实实地了结了他。

皇甫静婉步步逼近他们，殿内的气氛随之犹若利箭在弦，端木卿绝习惯地将念沧海护在身后，"呵呵……瞧瞧王爷是如此爱护你，即使你只是个替代品，残缺的，丑陋的，他也毫不在乎。"

皇甫静婉盯着那魁梧身段后的娇小嘲弄讪笑，倾尽其能地点燃念沧海心中的黑暗。

她是不会承认自己失败的，念沧海，恨他啊，怨他啊，让本宫看到你心里的阴暗！！

端木卿绝拳头紧握，他从不对女人动粗，然而眼前的毒妇让他恨不得将她那张该死的脸撕成碎片——

"多谢太后，太后果真独具慧眼，连王爷对妾身的爱都看得是如此透彻。"

小手抓住端木卿绝就要挥动的手，他诧异地与她对视一眼，念沧海扯出一抹淡淡的笑，从他的身后走到太后的身前，"太后不用太替妾身伤心，更不用担心妾身会因此怨恨王爷，妾身爱王爷，爱到可以为他奋不顾身，他若死，我便亡，影子也好，替代也罢，妾身只是很高兴王爷设计躲过了那卑劣的小人之作！"

念沧海眼神狠烈，气氛如虹地瞪着身前的人，一扫眨眼前还落寞无助，悲痛心碎的模样。

怎么可能？！

如此傲慢的小丫头怎么能允许自己成了别人的替代品？

她怎么可以毫无怨气地说出那些蠢话，即使被愚弄仍站在他那一边反抗她？！

皇甫静婉面上僵直，念沧海的反应打得她措手不及，根本无法掩饰内心的震动——

该死！

她该恨的对象是端木卿绝，而不该是她！

她不可以恨她的，她对端木卿绝的恨能诱发蛊毒发作，而对她这个下蛊毒的人的恨则是能压制蛊毒发作，不妙！情势对她相当不利。

若是无法假她之手杀了端木卿绝，那她的处境，她激怒了端木卿绝——

而只要杀了她就能解开她身上的蛊毒……

皇甫静婉慌了，这种恐慌在端木卿绝和念沧海重重痛恨凝视的视线下加剧，可笑，这算是夫唱妇随，联合御敌么？！

一切的一切本就都操控在她的手心，就是人心她也了若指掌，但是，偏偏为什么只有这个小丫头万事都在她的意料之外？！

这是她的失策，她不该掉以轻心地独自进入皇陵阁。

端木卿绝敢设下这个圈套，只怕殿外守卫的那几个侍卫已经被他的人降服。

皇甫静婉算计着如何才能脱身，她可不能让自己白白葬送在这儿，"太后勿用如此惊慌，王爷一言九鼎是不会要了太后的性命，当然太后得先解除了王妃身子里的蛊毒才行。"

醉逍遥噙着一张似笑非笑的俊脸走了进来，这让皇甫静婉顿然面容失色——

他不是该站在他们北苍一边么？

阿离保证过他是效忠北苍的，可他，定是他对端木卿绝通风报信，才让她反被端木卿绝将了一军，"该死，你——！"

"女人上了年纪动气可不好，一不小心可是又会看到幻象了，呵。"

殿中忽地又响起一道好听的少年之声。

皇甫静婉循着声音而去，视线怔怔地落在迦楼的身上，冷眸赫然圆睁，他……那比女子更美的脸孔不就是……

婆罗律音——

美人老七，幻术云天，是他帮着端木卿绝让所有人都陷入逼真的幻象中，不，他不是早该在15年前就发疯跳崖了么？！

他不该还活着的……

他早该摔得粉身碎骨，下了阎王殿，说不定早轮回为人了——

皇甫静婉凝着迦楼的眼神就像被点了穴，牢牢地依附着可是让迦楼非常的不自在，他眼角一勾迸出一弯轻蔑的冷光，"太后虽然徐娘半老风韵犹存，可是在下对老女人实在没兴趣呢。"

毒舌戏谑，皇甫静婉脸色猛地一沉。

这出口不逊的口吻一点不似记忆中那个婆罗律音？！

性子完全颠覆了原先，难道这世上真有那轮回转世一说？！

"哼，以众敌一，王爷的手段还真是'高干'呢。"

"那可不是跟皇嫂你学的，难道自食其果的滋味，不合皇嫂的口味？"端木卿绝又再将念沧海护到身后，只是当他向她看去，她却是将脸别开——

和方才深情告白那番话时判若两人……

"王爷不必废话，若是想要救她，那就把本宫的命拿去！"

皇甫静婉一扫惊慌的神色，她笃定就是她孤军在此，他们也不敢拿她怎么样，堂堂一国太后岂容他们轻视，随手可杀？

就是逃得出皇陵阁，也别想逃出这所皇宫！

何况阿离不会置她不管，他的人马每隔一个时辰就会巡逻宫里的每个角落，只要她再拖延点时间，阿离的人马就会觉察这里的异端。

第三章 起死回生

47

呵，端木卿绝是没可能杀了她的，如果杀了她，那就是和北苍开战，凭那千人礼队根本不足以和阿离手中的兵力抗衡，他们终究被围困在皇城。

再者，她手中握有念元勋的兵力，只要她出了事，边界上将会上演北苍和北域十万大军的对战，端木卿绝应该清楚得很，在他被北苍处置之前，那些人是绝对无法脱身来营救他的！

纵然有婆罗律音和醉逍遥祝他一臂之力，纵然他们一身奇功，可皇城万千人马难道拿不下他们三个？！

归根究底，杀了她，只有两败俱伤！

"皇嫂既然有所觉悟，孤王就如你所愿。"

端木卿绝步步逼近，金瞳耀着邪肆鬼魅的流光，逼得皇甫静婉故作镇定的心跳陡然而起，难道他真敢亲手了结她？！

为了那个女人他还敢再疯狂一次？！

就在一个心乱的刹那，端木卿绝的手已经伸向她的心口，十五年前忘莫离将毒手破入他心口的画面乍现她的脑海，"不要！！"

皇甫静婉无法抑制铺天盖地笼来的惊恐，大喝地尖叫着，连连向后倒退数步，差点跟跄地跌倒在地，端木卿绝相当"风度"地先一步握着她的手腕，"端木卿绝？！"

他的出手相救反而激起皇甫静婉更大的恐慌，她宁愿狼狈不堪地跌坐在地，也不要被他执掌在手心，他会杀了她的！

"皇嫂，怕了？"

端木卿绝勾着笑唇，眯着眼眸，俊脸逼近她的跟前，皇甫静婉涂满胭脂水粉的脸孔一点点，露出一张丑陋不堪，狰狞扭曲的脸孔。

她敢怒不敢言！

这是她一辈子从没有承受过的侮辱，她不会放过他的，她一定会百倍千倍地讨要回来！！

"皇甫静婉，给孤王记好了！你对莫离犯下的错，孤王要用你的每一滴血来偿还！"端木卿绝忽地俯身贴上皇甫静婉的耳侧，那压低的吼声如同永世无法逃脱的毒咒——

每一滴血来偿还？！

言下之意，他就是不会让她轻易死掉！

端木卿绝笑着，睨着皇甫静婉的脸，他看到了她的心，被恐慌笼罩被不安惊恐蚕食。金瞳中盛开出朵朵带刺的毒花，全数扎进皇甫静婉无力招架的心。

"你、你不会得逞的！！端木卿绝，你休想看到本宫苟延残喘地求你放过本宫的那一日！"

48

"是吗？孤王倒是觉得这一日就近在眼前，呵呵，试想皇嫂想着终于可以杀了孤王，每日抚摸丹书铁券是不是让你——相、当、满、足？"

端木卿绝突然岔开话题，皇甫静婉硬撑的表情彻底崩了线，不自觉地咽着口水，喉咙竟是干涩得犹如刀割。

"你——？！"

她像是猜到了什么，她依稀记得丹书铁券上有着一股股淡淡的龙诞香，闻之让人心脾舒润，心绪舒宁，仿佛有着安神作用，会让人上瘾，情不自禁地靠近。

后知后觉是买不来后悔药的！

端木卿绝笑得更加邪肆，杀了她，轻而易举，身处北苍皇宫也好，敌对万千大军也罢，只要他想，他可以一夜颠覆北苍！

然而他不允许这群肮脏的臭虫轻易死去，就这么一剑杀了他们太便宜他们了！

他们身上背负的血债太多太多了，鬼骑军逝去的每一条性命，还有……莫离……

他做梦也想不到当初和莫离的自相残杀是因她从中作梗，她害他们生死分离，害他枉恨莫离那么多年，害得莫离灵魂四散，不知在哪儿孤独飘零，再也无法轮回转世！

这份罪孽，不撕破她最后一抹灵魂，他绝不罢手！

"皇嫂这下要怎么做呢？！求孤王给你一条生路，还是求孤王给你收尸？！"

端木卿绝笑得张扬，露出的皓齿就像沾血的獠牙，皇甫静婉不曾料想自己会落入他的陷阱，她要是求他，那就是掌掴自己，"毒么？本宫有东炙进宫的红花在手，有何可畏？！"

这女人还真是不见棺材不掉泪，端木卿绝向后睨了一眼，被迦楼拦在殿外的李公公被迦楼喝了一声，立刻快步跑了进来。

"小李子？！"

皇甫静婉没想他们会将她的人给放进来，然而李公公一脸苦相，整个人都在发抖，就连双腿都是软的。

"太后……"

他跑到她的身边，附耳对她说道："太后，那红花被人掉了包，刚才拿去喂被下了毒的老鼠，一个都没救回来。"

今个国宴上收到东炙的贡品后，皇甫静婉就立刻将红花占为己有，吩咐李公公验证红花解天下万毒的功效，然而——

前一句掉包，后一句毫无功效将她彻底逼入绝境——

"端木卿绝，你下手真够绝的！"

"不及皇嫂三分，不过多谢皇嫂美言。"

皇甫静婉气得每一寸皮肉都在抖颤，他早做好了万全之策，他是有心让御景秋带回有毒的丹书铁券，借着追讨盗贼的名义杀回北苍，再偷走真正的红花，要她无所遁形，苟延残喘地趴在他的脚下哀求。

"只要本宫解了她身子里的蛊毒，你就把解药给本宫！"

皇甫静婉没有放下高高在上的架势，那口吻不是哀求而是命令。

"解了毒，孤王自然会给你想要的。"死到临头还敢嚣张，端木卿绝俊脸怒沉。

"本宫凭何相信你？！"

"就凭你不信也得信！"

迫人的霸气震得皇甫静婉说不上话来，那怒瞪着她的眼神，好像已经为她劈开了一条黄泉道，她要再敢多说半个字，就会被毫不留情地推下去！

端木卿绝一把掐住她的双颊："皇甫静婉，记牢了！你没有资格跟孤王讨价还价！"

"休对太后无礼！"

李公公倒是忠诚，自己吓个半死还敢为皇甫静婉袒护，端木卿绝一个厉眸掷去，他整个人倏地向后瘫倒在地，浑身抽搐，裤间泻出一股尿臊味。

"小李子？！"

皇甫静婉惊恐地圆睁双眸，以前她从不信那些说他可以一眼杀人的传闻，然而就展现在她眼前的——

"太子妃，你听说了没，九皇子小小年纪跟着皇上狩猎又打回了头凶悍的野熊，你说他才几岁的孩子，怎么有那能耐？！大家都在传……"

"传什么？"

"传他，也许……不是人，那些跟着皇上从林间将他带回来的仆人们都说，他娘是只妖。"

妖……

她从来不信那些鬼话，人总是嫉妒比自己更强大的人，嫉妒他们的才智，能力，特别是在这皇宠胜于一切的深宫里，得宠的人总是招来万千人的嫉恨。

然而直至今日……

那根本不是一个人可以拥有的能力，杀人于他不过踩死一只蝼蚁——

妖……

不是人……

"放过小李子，本宫答应你。"

皇甫静婉突然态度转变，放下了架子，放下来那高高在上的傲慢无礼，"呵。"识时务者为俊杰，端木卿绝抿唇冷笑，看着皇甫静婉向着念沧海而去，他紧跟在后监视着她不会另出花招——

皇甫静婉很遵守约定,她来到念沧海的跟前,撕开她后肩上的一角衣衫,"做什么?!"端木卿绝一手按住她的腕子,眼中满是对念沧海的怜惜。

"蛊毒虫需要破开人身才能逼出来,难不成王爷是想本宫在她心口上破个洞么?!"

皇甫静婉眼神阴狠染笑,如果是杀了她,那这丫头身子里的蛊毒会化为一摊酸水,吐出来就没事,可他偏不舍得杀了她,那活生生地逼出蛊毒虫就只能在那丫头的身子上挖开一个洞才行。

"皇甫静婉,这若是个谎言,孤王会在你的脑袋上破开一个洞祭奠!"

"王爷息怒,妾身扛得住……"

一直沉默的念沧海小手轻握端木卿绝微微震怒的手腕,只要将那蛊毒虫逼出来,怎样钻心的痛,她都可以忍受,只要能保住这条命,只要能不伤害她腹中的小生命,她什么也不在乎。

端木卿绝松开了按住皇甫静婉的手,转而握紧念沧海的手,只见皇甫静婉在她的后肩肌肤上涂满一层奇怪的药膏,随即红唇微动像是在念着什么奇怪的咒语,只听——"呃嗯!!"

念沧海失声痛叫而起,好痛!

和端木卿绝相握的那只手臂的经脉里好像有只虫在朝着肩膀的方向爬动,每动一下都好像猛力地在撑开她的血脉,随时都会叫她经脉俱断。

凄惨的呻吟接连从念沧海的口中溢出,痛得她无力跌跪在地,"海儿!"端木卿绝先一步单腿跪地将她搂入怀中,她靠在他的胸膛急促喘息,豆大的汗珠自她的额头滴落——

"海儿!"

迦楼也无法淡定旁观一切,噙着一脸心疼冲了过来,念沧海备受煎熬之间,自然而然地将另一手握住他的手,"迦楼……姐……姐,呃嗯——啊!!"

仰头一道痛吟,白皙的后肩应声拱了起来,皮肤红肿得可怕,红肿下有着一道原色黑影,蠢蠢欲动地就要破壳而出!

钻心,切肤已不足以形容念沧海此刻备受的痛楚,她死命地咬着唇,粉白的颜色被咬出深深的血口,"咬住我!"端木卿绝扳起念沧海垂低的脸孔,见不得她再伤害自己,他宁愿受痛的那一个是他——

四目相视之际,体内的蛊毒虫猛地从后肩的红肿里钻了出来,"呃嗯!!"痛吟破喉,念沧海一下咬住端木卿绝的肩头,贝齿深陷他的血肉中——

她听到他闷哼的低吟,她知道她咬得他好痛,她心跟着痛——

端木卿绝,是你欠我的,是你!

泪水在心底里流，身子里如火焚烧，"呃啊！！唔唔……"蛊毒虫点点破开她的肌肤，每一下都是活生生地犹如刀割，倒映在冰眸金瞳里的是一只丑陋可怕的蛊毒虫渐渐冒出恶心的脑袋，从她的肌肤里爬了出来——

耳边是念沧海痛苦不堪的呻吟，咬着端木卿绝肩头的地方从齿间流下道道鲜红的血液。

应该很痛，非常的痛，他却一点都不知痛。

因为这点痛及不上他心痛的万分之一，他知道她此刻承受的痛是他的千倍万倍！

噗哒一声，蛊毒虫掉落了下来，被它破开的硕大血口中猛地涌出大量的鲜血，"呃嗯……"念沧海几乎晕厥，咬着端木卿绝的口松开，他已一手在她后肩点住穴位，羸弱的身子瘫软在他的怀里——

只听，刺啦刺啦的声响，端木卿绝撕开自己的衣袖绕着她的肩膀包扎住伤口，随即将她打横抱起。

"本宫的解药。"

皇甫静婉出声喊住起步离开的端木卿绝，而端木卿绝没有停下脚步，这一刻，他的世界只有念沧海一个人，他什么也听不见，什么也看不见，他怜惜地看着她半是晕厥的脸孔，渐行渐远——

皇甫静婉跟着追，醉逍遥一步拦在她的身前，"太后要的。"他将一个锦囊悬在指间，皇甫静婉一把夺了过去，"太后千岁，逍遥告退。"

他有礼有节地欠身行礼，俊白的脸上挂着狡猾的狐笑。

该死的！

好一个戏子，若不是他欺诈北苍，这一次绝不会落入端木卿绝的陷阱。

"婆罗律音，你忘了你是北苍人了么？！"

皇甫静婉冲着和醉逍遥一同离开的迦楼喊道，那"婆罗律音"四个字教他焦急的脚步顿了一下，只见醉逍遥赫然回过头来，银绿的眸子像条张开蛇牙的巨蟒直射皇甫静婉的眼眸——

她愣在原地，就如方才的李公公一般跌坐在地，泪水生生涌出眼眶，才缓缓缓过神来——

她是怎么了？

就在那么一瞬，她觉得心口好像被一条毒蛇穿透而过，他——

那眼神和端木卿绝如出一辙，他也是先帝从林间带回来的，莫不是他也并非……凡人？！

殿内空寂幽静，静到能听见那蛊毒虫爬动的声音，皇甫静婉向那瞥去一眼，原本该是活蹦乱跳的蛊毒虫竟然残喘缓慢地爬动着，本该通体泛黑的身体亦是一大半变为了透明，它爬动着，就像是在竭尽所能地逃开死神的追捕，然而终究了无声息，一阵风出来，化为一摊粉粒消失于尘——

怎么可能？

活体逼出的蛊毒虫是不会死的，它为何会变为透明的颜色，就像是被灵力净化了——

灵力净化？！

那圣洁的力量，人类中至今只有忘莫离可以办到——

难道念沧海也生来拥有如同忘莫离那般强大的灵力？！

"太后，太后……"

空寂的殿中，一身狼藉的李公公向着皇甫静婉爬了过来，"太后……老奴无用，无法护……太后周全……"

"本宫没事，小李子，今日所受的侮辱，本宫发誓，他日定要数百倍讨回来！"

承景宫外，端木卿绝才现身影，小幽和烈北陌就迎了过来，"王爷，小姐怎么了？！"小幽看着端木卿绝怀中的念沧海面无血色，一颗心紧紧地悬了起来。

"王爷，这是怎么回事？是端木离刁难你了么？东炙援军随时可以——"

"勿用，北陌殿下多虑了，爱妃只是受了点小伤，没有大碍的。"

端木卿绝只是不愿向烈北陌解释其中缘由，而那话听在念沧海的耳中是何其薄情寡义，小伤？原来……她受的只是小伤罢了……

打横在怀的身子微微挣扎，"海儿？！"

"放我下来。"

她眼神倔强地瞪着端木卿绝，他知道她听到了他方才的话，他以为她晕厥了过去，只是想绕开他们，快点将她带回房好好包扎伤口。

"妾身又不是豆腐做的，只是受了点小伤罢了，王爷还怕妾身走不动么？！"

念沧海冷冷的语调教气氛骤冷，小幽和烈北陌都察觉到异端，事态绝对并非如此简单——

方才见小幽慌慌张张地在国宴宴席上四处奔走，他出于担心就一路相伴，最终决定回到承景宫等他们回来，赶巧他们刚到，端木卿绝就出现了——

"九爷。"

"九爷。"

身后接连两道男子轻唤，是醉逍遥和迦楼赶了回来，"十爷。"烈北陌面含微笑朝醉逍遥看去，他则看着站在他身边的小幽，一张俊脸猝然冷了下来，冷得是相当不是滋

味。

"国宴正兴，北陌殿下怎会来到这里？"

他问得相当礼节，那眼神却像是在咒骂他多管闲事，快滚去那无聊的宴席，少在这里瞎掺和！

迦楼绕到端木卿绝身前，还没开口，"迦楼姐姐，陪我回房。"念沧海一句撒娇的话，听得烈北陌一头雾水，为何这王妃对个俊美少年喊"姐姐"？

屋子里，小幽为念沧海换下又脏又被扯坏的衣衫，又为她重新清理了伤口包扎起来，那伤口又深又大，小幽看着好不心疼，"王爷为何不一剑杀了那太后一了百了，迦楼说过只要种蛊的人死了，被下蛊的人体内的蛊毒自然而然就会消失，王爷为何要让小姐那么受苦？！"

"因为我不值得他冒险，惹来两国大战。"

小幽不过只是发发牢骚，却不晓刺痛念沧海的伤处，"不是的，小姐，小幽只是随口说说，王爷没有杀了太后是为了大局设想，要是两国开战，小姐的安危也会受到威胁，王爷一定是有别的考虑才选择这个法子的。"

"如今你身子里的毒已解，我的蛊毒也没了，小幽……你还愿意同我一起走么？"

念沧海不愿听那为端木卿绝辩解的言词，握住小幽的手，"小姐是又要逃离王爷？！"

小幽难掩诧异，都经历那么多事，王爷的真情诸人可见，为何偏偏小姐的心意就是不曾改变？！

"小姐你现在伤成这样，你还有了身孕，难道出逃比待在王爷身边更好么？"

正堂里，四个男人相对而坐，从里屋里传来念沧海的说话声，很响却不明晰。

那丫头一定是在发脾气，他得和她好好谈一谈！

端木卿绝心心切切地向里屋张望，只是这分开的片刻，连带着他的心一并带了去，他知道她肯定误会他了，她一定是在向小幽埋怨他的不是！

他需要和她独处，和她解释——

想着，身子已经站了起来，"王爷。"烈北陌却忽然喊住他。

"北陌殿下，还有何事？"

端木卿绝显得有些不耐烦，这一刻他希望整座承景宫只有他和念沧海，他无暇亦无心应对任何人——

"恕本王没有眼力见儿，占有王爷片刻时辰，本王想说的是——也许现在场合不对，时机也不对，可本王不想错过机会，人生难得遇见一见如故，因缘契合的良人……"

"殿下但说无妨。"

"本王向王爷提婚，本王希望王爷答应将小幽许配给本王，本王定不负王爷信任，待她一生相好。"

正堂里气氛微妙，某人的脸顿笑得乍现冷光，端木卿绝悄然朝醉逍遥瞥了一眼，那皮笑肉不笑的模样可不是个好的兆头。

"女子嫁夫是一辈子的终身大事，北陌殿下若有此意，孤王再次代谢，可这还得看小幽丫头自己的意思。"

端木卿绝折中答道。若小幽只是个普通的小婢女，他自当不会驳了烈北陌的面子，然而小幽被海儿视作亲妹妹，眼下她已在生他的气，他若再替小幽做主擅自答应，指不定她又会带着那小丫头一起出逃了。

"王爷说的是，想来也是本王太鲁莽，可本王不愿错过姻缘，还望王爷给本王一个机会亲近小幽姑娘。"

烈北陌倒是丝毫不恼，反倒越挫越勇。

端木卿绝又扫了醉逍遥一眼，见他仍不说话，便不好再拒绝——

"内人将小幽丫头视为亲妹，她能得北陌殿下倾心是她的福分，殿下若能令她同样倾心，孤王又岂会阻挠？！"

噙着笑答，端木卿绝的眼神却是向醉逍遥，这番话像是有心暗示他，自己所想要的若不亲自去守护，那他这个做兄长的就只好成他人之美了。

某人是听懂了，然而他始终毫无反应，银绿的眸子半睐着，端着一杯茶小啜一口。

身边的迦楼是坐不住了，不过就是要个丫头而已，九爷干吗和那个烈北陌扯那么久？！

他都不担心海儿的伤势么？！

"九爷，我进去看下海儿是不是上完了药。"

迦楼说着就站起身，不过是知会端木卿绝一声，人已经迈步朝着里屋而去，赶巧小幽正好端着脏水盆从屋子里出来，"丫头，来，把这个给我，他们正好在说你呢，你过去，我来照顾海儿。"

迦楼不管三七二十一将水盆夺了过来，手一推就将小幽推了过去，她一脸茫然，无辜地看了看端木卿绝，又看了看烈北陌，直觉有个角落气氛异常，那人事不关己地喝着茶——

"王……王爷，殿下，找小幽是何事？"

小幽看着端木卿绝，烈北陌微微脸颊泛红，少年羞涩却不畏缩，靠近一步过来，一手握住小幽的手，"是本王向王爷讨要你为妃。"

"……"

卷翘的羽睫眨了又眨，小幽茫然地凝着笑脸盈盈的俊美少年，好半晌才头一低，看着被他握着的手，又羞又惊地抽回手，"小幽姑娘？"

手心落空，烈北陌立刻又靠近一步，小幽吓得连连退步，"小幽姑娘，是不是本王太鲁莽了，你不用害怕，本王绝不会勉强你。"

"不是……不是，我不是……"

烈北陌很是紧张地解释，和女孩子告白他也是第一次，根本不知道这么直接会吓坏女孩的。

小幽也紧张得很，一张口都不知道要怎么回答才好，脑袋里乱哄哄的，为什么突然说要讨要她为妃？

心口是小鹿乱撞得紧，眼神是情不自禁地朝着那个悬着诡异气流的座椅看去——

一袭白衣锦袍的男人俊美不凡，温润如玉，阴阴柔柔地微勾着唇角，一口口地品着茶，仿佛这边发生的事完全和他毫无关系——

是啊！

可笑的她，有人要讨要她为妻，管他什么事！

吻过她对他来说，也就只是个毫不重要的过客罢了……

"小幽姑娘，本王性子直，要是措辞不恰，你可别生气。"

烈北陌还是哄着小幽，一手搭在她的臂膀上，某人放到唇边的茶杯愣是一震，因为小幽没有抗拒，倒是比方才多了几许镇定，甚至是迎合，她笑着，煞有礼节地欠身道："北陌殿下言重了，小幽出身凉薄，殿下如此放低身价，是小幽不知轻重了呢。"

"不许这么说，英雄都不问出处，美人儿就更无需计较这些，只要能得到美人的心，本王可以给你最尊贵的身份。"

烈北陌豪爽扬笑，比起方才她不知所措地逃开，这一刻他是笑得畅快——

两手都攀上小幽的胳臂，一个激动就将她拥入了怀中，"呃，殿下？！"小幽羞红着脸，下意识地想要推开，然而察觉某人的脸上再无笑意，还侧眸瞥了过来，眼神冷得犹若寒风刺骨，原本要推开的手成了轻轻搭在烈北陌的腰间。

烈北陌自当高兴小幽如此主动，然而他再有进一步的亲密时，她又含羞将他推开，"夜色不早了，小姐有伤在身，小幽要先去照顾小姐了。"

说罢，不给烈北陌阻拦的机会，小幽转身"逃"回了屋内。

"小幽姑娘。"

烈北陌紧跟着而去，谁想一道白影就悄无声息地绕到了他的跟前，"北陌殿下离开国宴多时，未免北苍心生怀疑，还是同逍遥一起回席上吧？"

朦朦胧胧间，烈北陌似乎察觉到了什么，从方才起醉逍遥是沉默得异常奇怪，回想初次小幽姑娘见着他时亦是畏怯又繁复错杂的眼神，再联想现在他突然反常地阻挠——

难道他们之间有着什么情丝纠葛？

烈北陌朝端木卿绝看去，想问个究竟，但是话到嘴边，"逍遥说的在理，北陌殿下不妨先回席上，孤王要照看内人，就不便相陪了。"

端木卿绝似乎知道烈北陌要问什么，先一步抢过话去，这会儿工夫，既然该有反应的人总算有了反应，这烂摊子自当扔给他自己去解决了。

里屋里，迦楼坐在床边，小幽站在床边，偶尔亲昵低语，气氛相当温馨，然而端木卿绝的出现立刻教先前脸上还有笑意的念沧海脸色一沉。

小幽默默给端木卿绝行了礼，迦楼顺着脚步声向端木卿绝看去，他又不是傻瓜，感觉不到气氛异常。

小幽给他使着眼神，示意他们先离开，可是他偏赖着屁股不走人。

因为坐靠在床头的念沧海一手捏着他的袖子，他知道他不想和端木卿绝独处，从去到皇陵阁，他就察觉到念沧海一直都闷闷不乐，脸上的苦痛并不是因为那伤，而是越发靠近床头的那个男人——

见端木卿绝走到床头，"海儿累了，九爷有什么话就明个儿再说吧。"

迦楼从床边起身了，可他不是要走人，是挡在端木卿绝的身前推着他离开。

睨着床上脸色仍是惨白的念沧海，端木卿绝不好发作，不悦地捣了迦楼一眼，迦楼可是一点都不怕，你白我，我难道不会白你？！

"欺负了人就该老实地待着。"

他压低声音不屑道，端木卿绝按住他推搡的手，"海儿。"他向着床头唤道，语气煞是温柔，还掺着点歉疚和请求的味道。

是的，他在请求她开口留下他，他要和她好好谈谈，可——

"我倦了，今夜就睡小幽这儿了，没有别的事，还望王爷不要让人来打扰。"

念沧海冷冷地动了动唇，眼神都不往端木卿绝这边眷顾一眼，甚至说罢身子就躺了下去，朝里侧了身。

这小烈马真生气，还气得不轻。

不要让人来打扰，不就直说那人就是他端木卿绝！

端木卿绝无法就这么离开，脚步随即迈开，可"明日子时，备好的东西会放在城郊洞穴，九哥与其担心我，不如想好如何避开王妃吧……"

屋外突来一阵冷风将靠近床头的窗户吹开，端木卿绝顺势望了眼窗外的天际——圆月正挂天际，逍遥的话适时地闪现脑海。

第三章　起死回生

57

"好吧，今夜就让小幽陪着你，孤王明日再来。"

端木卿绝走得有些急，转身亦没有留恋地快步离开，念沧海转过身只看到他渐行渐远的背影，每走一步都觉得那背影无情得伤人。

薄情人！

他果真不在乎她，一点都不，他不知她的心有多痛么？

不知她在等他的解释，难道连一个解释，她都没有资格得到么……

"念沧海，丑八怪，你给我出来，别在里面装死不出声！"

屋外突然传来一声凶狠的喊叫，"玥——瑶？！"念沧海认出了女子的声音，更是听到她迫近的脚步声，以及倒映在门上的影子——

"今个儿的事改日再谈，我去把她赶走，你好生休息。"

迦楼一脸正义凛然，朝着门边快步而去，只听砰的一声，玥瑶气势汹汹地推门而入，还没来得及迈腿进来就一头撞在迦楼的胸口，被他硬生生地推了出去——

"你个不男不女的别在这儿碍事，我看到了……那个丑八怪了，让开！！让我进去，我要好好……教训她！"

显然玥瑶的声音醉意醺醺，张口就是一股熏人的酒味，整张脸喝得通红。

整个国宴，她就跟个傻子一样杵在那儿，那个丑八怪不见了后，九哥就跟着去找她，让冬采跟着却是连个人影都找不到，而她只得在席上买醉麻痹自己的心——

"省省口水反省自己吧！死丫头。"

迦楼面色冷然，就跟抓着小鸡一样拎起玥瑶的后襟就拖着她往院外走，"不要，不要！！放开我，找不见九哥，我哪儿……哪儿也不去！九哥肯定在那丑八怪的身边，我……我不准他们一同过夜！"

玥瑶心快痛死了，刚才跑去九哥的屋子，那里根本连个人影都没有——

"胡说什么，你的九哥不在这儿。"

"你才胡说，九哥不在屋子里，肯定在……丑八怪这儿，你别想骗我！"

院子里，玥瑶骂骂咧咧的声响屋子里是听得一清二楚，念沧海径自下了床，端木卿绝不在屋子里？他匆忙地离开，若是没有去国宴又不在屋子，会是去了哪儿？！

念沧海没预警地忽地坐起身跃下床，可把小幽给吓坏了，"小姐，你这是要去哪儿？"见她拿起外袍就朝着门走，一把拦在她的身前，"让开，小幽，让我出去走走，屋子实在太热，这么下去我就要闷死了！"

热？

屋子里哪会热，受了伤还大半夜外出吹凉风，她到底还要不要肚子里的小皇子了？

"小姐，我随你去。"

知道劝不住，小幽只有黏着她陪伴左右，"不要，让我一个人待一会儿。"

"可——"

"如果连你也背叛我，我保准即刻就逃出宫去。"

深信念沧海的警告一定说到做到，小幽只好乖乖地待在屋子里，听着转瞬就消失无影的脚步声，悬着的心再也放不下来……

念沧海也不知道自己是要去哪儿，承景宫外锣鼓喧天，深蓝的夜空绽开朵朵绚烂的烟花，外面的喧闹和这里的寂静好像是两个世界，北苍国宴还在继续，听闻是要彻夜欢庆整整七日，也就是说她还要再忍耐严加守卫的七天才能找到出逃的时机——

脚步就这么绕了回来，不知不觉地走入别院，不偏不倚地就站定在端木卿绝的寝屋外。

先前她还不信玥瑶醉醺醺的怒骂，可屋子真的没有点灯，推开门里面漆黑一片一个人影都没——他是真的回国宴上了？

啪的一声，从屋檐上有什么东西砸了下来发出一声巨响，念沧海跑出屋子抬头望，只瞧一道白影坐在屋檐上仰头灌酒，"醉逍遥……？"

他为什么会跑上屋檐上喝闷酒？！

那一副惆怅失落的模样就好像有什么伤心事？

小幽……

脑海里愣是跳出小幽的脸孔，就在刚才迦楼第一个告诉了她烈北陌向端木卿绝讨要小幽为妃。

念沧海媚眼如丝，不屑地杏眸微眯："对月饮酒，醉大人好大的雅致，不过喝多了可别睡着了呀，要是滚下来，摔个腿断残废的，可不就和那酒壶一样可怜了。"

睨了眼地上一摊碎片，念沧海转身走人，是一点都没有要留下安慰的意思。

"大家都是失意人，王妃又何必落井下石。"

屋檐上，醉逍遥放下到了唇边的酒壶，月光勾勒在绿眸上划开一道迷人又危险的精芒，哗的一声跃下屋檐。

"失意人？醉大人也有情感是控制着伤心的么？"

念沧海白他一眼，他也有心的么？

醉逍遥白皙如玉的脸微微红，鲜少能看见的风情，他向来镇定淡漠，比端木卿绝更看淡红尘似的，可这般酒醉情迷的，是为了谁呢？

"逍遥也许没有，可王妃肯定有，所以逍遥好奇，王妃是如何让自己遭挫也一点都不表露伤心，能否教教逍遥一招半式，也好治治这一直作痛的心。"

念沧海停下脚步，嫌恶地朝他瞪去，他虽是醉意地笑着，她倒好像探到了那笑下掩藏

的悲凉,莫不是他对小幽真的……动过心……?

"我又什么好遭挫的?无稽之谈!"

"那怪逍遥多事了,本以为王妃会扛不住才对。"

"呵,扛不住?扛不住什么?被丢弃么?从小就被亲爹爹、亲娘亲丢弃,还能有什么让我扛不住的?!"

"呵呵呵……呵呵……是啊,王妃就像不死的凤凰,逍遥还真的想知道,什么才能让王妃惧怕……"绿眸绕着醉意,紫着念沧海的小腹窥探。

"你还是不死心?"

她警戒地护着小腹倒退一步,暗怒道。

"王妃不用再害怕逍遥会伤着那孩子,逍遥不再想要你们母子的命了。逍遥当初以为九哥会为你失控,就如十五年前,为救忘莫离不顾连累整个鬼骑军的阵亡。"

所以他这是在挖苦她么,端木卿绝绝不会为了她丢下理智。

"那么现在你可以放心,你也亲眼看到了,亲耳听到了,他是如此的冷静应对,再不会伤你们这些忠心耿耿的同伴,无论怎样都不会再犯那样的错误——救我,根本不值得他折损一兵一卒!"

醉逍遥眼瞳里映着念沧海愤怒的脸孔,还有那强抑在眼角的泪。

是他说错了什么,还是她误解了什么?

"你不打算告诉九哥你有了身孕?"

"我们母子不再会威胁到你们的性命,所以你就要做个好人告诉他真相了么?"

念沧海极尽地挖苦讽刺,醉逍遥似乎嗅到一股不寻常的味道,"莫不是,王妃又想偷跑?!"

醉逍遥难掩讶异,又对此感到是意料之中,初相见她就是如此倔强的个性,一个义气女子又岂容成为另一个女人的替身?!

只是九哥真的只是把她当做莫离的替代品么?

老实说,他曾深深忧虑过,九哥看着她的眼神总让人不安,那是种沦陷的眼神,会为了对方不顾一切,不惜性命的沉沦。

他真的曾以为九哥会为了她再度失去理智,就和十五年前一样,莽撞地冲去杀了太后,但是他估计错了,错得离谱,九哥是如此的冷静,不管太后的如何挑衅都没有乱了阵脚。

倒是提及莫离的往事才让九哥暗怒不已。

终究,最爱的还是此生最初最爱的那一个么?

醉逍遥静静等着念沧海的回答,而她从他的眼神里看到了他对她的怜悯,那就像是在可怜一个乞讨的乞丐。该死，可恶！

她不需要他来同情她，因为她绝不会让自己沦为那个女人的替身，"醉逍遥，我不管你的心又在揣摩什么，总之你和我路归路，桥归桥，互不相干，别怪我丑话说在前头——告诉端木卿绝我有了身孕，对你并没多大好处，你也不想让他知道你曾不止一次地要这个孩子的命吧？"

杏眸盈着强大的母爱，念沧海就是直截了当地警告着。

"既是王妃的决定，逍遥从不阻挠，不过逍遥要提醒王妃——如果你想要胜过一个已经死去的人，那就是逃到天涯海角，你也得不到最后的胜利。"

醉逍遥俊美的脸孔倾下，阴柔的声音钻入念沧海的耳朵——

是赢不了，一辈子都无法赢得了的，可她又何曾想过要赢过谁，怨恨从来不是解决的法子，它换不了她想要的，只会徒增她的悲痛，所以她从不强求不属于自己的，她不会任凭悲伤牵着鼻子走。

离开就好！

只要远远地逃到伤害无法再触及她的地方就好。

"今夜九哥都不会回来的，王妃若是好奇的话可以向东行，城郊洞穴里逍遥给九哥备了点东西，他一定会去那儿取。"

走过念沧海的身边，醉逍遥突兀地岔开话题，让人生气的是，念沧海还真管不住好奇："你给他备了什么？！"

"没什么，只是给九哥备了个女人……"

就是两个三个又如何？

哪怕是给他几百个女人都和她无关，但是身子是怎么了？

心口闷闷的，双腿又是怎么了？

不听使唤地就朝着承景宫外跑，还是循着东面而去……

第三章 起死回生

61

第四章　月圆秘密

说来也奇怪，虽然东面宫门向着一片深山老林，一个不小心就会走迷路，又或是走上悬崖峭壁，但是守卫竟是如此松懈，她那么个大活人偷溜了出来都没人知道？！

别说是追兵，方才溜出宫门就没见着有人看守。

要是早知道逃出东门如此不费吹灰之力，她刚才就该带着小幽一起往这边逃出去。

不过这山林的走势真的很是险峻，夜色朦胧下，泥泞的山路更是难行——可恶，端木卿绝你个大混蛋，到底是什么极品女子能让你国宴之夜离宫跑去城郊欢合？！

只要想起城郊洞穴里正上演着一幕幕鱼水之欢，念沧海就无法按捺。

他忘了她可是他明媒正娶的妻子，就算在他的心里他的妻子永远都只会是忘莫离，可她也不许他这么羞辱她！

念沧海靠着依稀微弱的月光穿梭在林间，朝着城郊走，不停地走，一路找寻着醉逍遥口中的洞穴——

她看到了不远处的一个洞口有着微弱的灯火，那里面应该是有人的。

她顺着坡坐下滑了下去，洞穴很深，有着几道弯曲，"端木卿绝？！你在不在这儿，听到回答我。"

洞穴内壁上点着烛火，看上去并不像是第一次被人占用，仿佛是存在已久的秘密之地。

"端木卿绝？！"

念沧海步子小心翼翼地一步步向着里面，突然轰隆一声，洞穴口传来比方才更甚的雷鸣声，狂风在洞口呼啸而过，壁上的灯火被吹灭一大半，突然骤暗的四周叫人一颗心提到了嗓子眼，而身后亦听到一道逼近的脚步声？！

"端木卿绝？！"

念沧海不自觉地声音发颤，头一回身一转，眼睛却不敢睁开，好像来这里偷乐寻欢，被捉奸在床的人是她似的。

没有回答，没有声音，甚至没有人的气息？！

念沧海睁开眼，眼前是什么都没有，就是连半个人影都没有，怎么可能……

方才明明听到了脚步声？！

"轰隆隆！！"

洞穴外突然电闪雷鸣噼里啪啦地闪不停，带起呼啸的狂风回旋入洞穴，难道只是风声么？！

念沧海不由自主地咬紧下唇，想要往外走又管不住好奇迈开步子继续向着里面走。

不知为何，没有见着人反而叫人更加害怕。

她开始竭尽全力地喊端木卿绝的名字，但得到的就只是自己大喊的回音，一声声的回绕，好像有什么人就紧紧跟在身后似的。

这份恐惧无法言语。

念沧海越往里走，心越是不安，不再是怕看到他和女人鱼水之欢的画面，而是渴望他就在这儿，能回答她就好……

这里实在太诡异了，心里有着说不上来的压抑的感觉，心口是绷得紧紧的，每走一步都提心吊胆着，身后轰鸣不断，声声颤动心窝，四周灯火摇曳时而昏暗时而在壁上勾勒出奇怪的黑影——

简直就好像大婚之夜重蹈覆辙了一般！

四周阴暗诡秘的，分分刻刻心都被无形的手给捏得紧紧的。

"端木卿绝？听到了回答我！"

念沧海扶着洞穴墙壁走，她是放大了嗓门，好像个走迷路的小娃娃，她害怕了，想要他在她身边保护她……

醉逍遥！

要是让我知道你个混蛋存心设计害我，我就是做鬼也天天缠着你！

正咒骂着，念沧海走到了尽头，尽头空旷一片，两边壁上点着灯火，正中是一张似若石床的石头，但是上面非但没有床褥锦被，四周却是脚镣，铐锁——

不是一般用来拷问囚犯的刑具，脚镣和铐锁都大一轮的，好像是为了捆住凶残的野禽猛兽。

念沧海眼前不自觉浮现一头血盆大口的野兽被捆住了手脚、脖颈蹲在那儿的画面，他眼神凶狠，表情狰狞，身子一动扑了过来，"啊嗯！！"

她抑不住惊恐大喊一声，整个身子贴合在壁面尖刺的石壁上，有点痛，却及不上心里的惊恐，她不敢靠近那儿。

就是现在端木卿绝出现，亲口和她说，那些东西就是为了和别的女人偷欢准备的，她也不信！

有哪个女人会发了疯地陪他玩如此病态的游戏？！

第四章 月圆秘密

端木卿绝不会这样对待一个女人的，当初就是那么恨她，他也从未这样待她过。

肯定是醉逍遥搞的鬼，她不能再傻傻地待在这里了！

念沧海是如坐针毡，芒刺在背，那些东西是看多一眼都不自在，耳边竟又再传来了脚步声？！

不过只是风声罢了？

念沧海安抚着自己，然而脚步朝着外面迈开几步就先睨到了一道拖长的黑影，是人！！

脚步声越逼越近，是人，真的有人进来了？！

心猛地被吊到了嗓子眼，念沧海竟是突然发不出声，连退了好多步，一个敏捷的转身躲到了角落的暗处，这儿正好是个死角，可是直视到放着刑具的那一边，手侧的岩石又能挡住自己。

念沧海蹲下身子，一口气屏住，不知为何她总觉得那人绝对不会是端木卿绝，危险步步逼近，当那人的脚步停顿在石床前，映入杏眸的却是那一条眼熟的雪狼尾……

那是端木卿绝衣上的装饰……

端……？

念沧海吊起的心倏地放下，正要欣喜若狂地跑出去时却被那人的一个动作怔住，那人背对着她，脱下了身上的锦袍，又……摘下了脸上的……面具……？！

银铜的狼形面具吧嗒落地，洞穴里的温度好像跟着骤然冰寒，就好像身陷千年冰潭似的。

念沧海无意识地咽了口口水，端木卿绝从未拿下过他的面具。

也许是习惯，即使曾经好奇过他面具下的脸，她也从不曾偷偷窥探，然而这一刻……

心跳管不住地狂躁起来，念沧海朝着石床张望，端木卿绝却并未将身子朝向这边转来——

但是她睨见他微微侧头向着洞穴外探去，好像在计算着什么，又或是在等待着什么？

她看不见他的脸孔，看不见他的表情，但是却能感觉到他心里的焦躁，有什么东西在悄悄地改变，分明知道那人就是他，他不会伤害她，但是转念一想，他方才离开时的急促，决绝——

念沧海又心生余悸，总觉得他背着她藏着一个惊天的大秘密。

为何醉逍遥会说他是给他备了个女人？

为何他会如期而至，还摘下了从未在人前露出过的脸孔？！

呼隆隆——

洞穴内突然狂风咆哮，风力之大将沉重的脚镣、铐锁都吹了起来，钉死在壁上的锁链在空中碰撞发出震耳欲聋的声响,好像一条条飞蛇朝着端木卿绝砸去——

"端木——!!"

念沧海生怕他会被砸到,站起身大喊起来,但是风声将她的叫唤吹散,而处在暴风之中的端木卿绝——

乌黑的长发随风撒乱,就在那么一眨眼的工夫里——

乌黑的颜色变成三千银丝——

念沧海几近惊呼,捂住嘴睁大了眼无法相信。

银白的发像缕缕瀑布泉丝,流光如珠在发间中飘洒,美得惊为天人,好像从天上明月里而来的神将……

他侧着身子,面容在乱发间若隐若现,如若神祇的轮廓更为清晰,挑不出丝毫的瑕疵,是那样的熟悉,又是那样的陌生。

对着念沧海的侧面是右颊,右颊上有着那奇怪的图腾,她每日每日都能瞧见,不过平时所见只是狼形面具没有遮掩到露出的一角——

原来那图腾覆盖住了他半张容颜,并不丑陋,犹若一朵被藤蔓萦绕的夏花,覆在脸上根本掩盖不住其下的俊美不凡,反而徒增俊逸凌人的妖娆……

念沧海挪不开眸子,更是迈不动腿,狂风形成旋涡绕着他转,好像硬生生割开了另一个世界,叫她无法踏足……

为何他会变为一头银发,为何……

为何有那么一刹,念沧海竟感觉不到他的身上有任何"人"的气息,好陌生,好冷冽,他明明就站在她身前几步远的地方,然而她伸出手却觉得怎样都无法再触及到他……

"卿绝……卿绝……?!"

念沧海突然喊起来,她害怕这可怕的狂风会把他带走,"不要——过来!!"端木卿绝听到她声音,就像受到了猛烈的刺激,脸孔向着她侧来,一双冰蓝色的狼眸耀闪着悚人的金芒——

目光凶残血腥!!

海儿怎么会在这儿?!

月圆之夜,子时就要到了……她不该出现在这儿的!

端木卿绝乱了阵脚,向着她而去,却是带起那阵狂风将她推到地上,金眸中倒映她满面爬满惊恐,怔然无声地张着口,娇小的身子无助地颤抖着。

"海儿……唔嗯……?!"

端木卿绝试图靠近,心口却突然爆裂作痛,他捂着心口,伟岸如天的身子倒下,单腿跪地——"走!!走!!走!!"

第四章 月圆秘密

65

不行了，就要发作了，没有时间了……

端木卿绝狂躁怒吼着，那一张脸孔，犹若异界来的王储，高贵尊王，让周遭的一切黯然失色。

他的颜比她想象中的更美，然而这一刻他眉目狰狞，金眸怒睁，像极了一头陡然暴走的雪狼，不，是雪狼之王，兽中之帝！

念沧海跌坐地上，害怕得连爬的动作都不会了……

那人，那人就好像头失控的狼兽，魁梧精壮的身子好像起了突变，变得更强壮，更魁梧，他喊着，吼着，口中好像张开了慑人的獠牙，"不……不要……！"

不是真的，不是真的！！

"卿绝……卿绝……卿绝……"

念沧海绝望地嘶喊，她不想逃，不想离开，那怒瞪着她的目光越发如兽相同，虎豹般的凶残，毒蟒般的阴冷，爆着血丝，然而深处为何她看见他只对她绽露过的温情。

即便他的容貌变了，眼神变了，但她看到了那眼底深处的痛苦挣扎——

端木卿绝，你到底怎么了？

我该如何才能救你？！

"不要，卿绝……不要……"

念沧海突然凄厉地大喊起来，站起身向着端木卿绝飞扑而去，破开那可怕的飓风，撞入他的怀中——

以为只要能这样抱住他，就能救他，但是也许错了，错得离谱——

"卿绝……？"

念沧海喊着抬起头，无数次这样在他的怀中抬起头凝着他的眼，无论是他冷若冰霜的目光，还是凶狠无情的眼神，终究会对她温柔如水……

可是此刻这双冰眸金瞳，不是端木卿绝，不是她的端木卿绝……

一双眸子盛满的冰蓝色被赤红火红的颜色侵蚀，金色的眼瞳转瞬化为晶亮的银色，好像骤然间，将他的灵魂给吞噬了——中毒？！

"卿——呃嗯！！"

纵然畏惧、害怕，念沧海依旧没有想逃，然而才开口，谁料端木卿绝的手绕过她的后颈，揪住她的发，"女人……"声音都变了，死沉，沙哑，就好像是一匹会说话的野兽……

他逼近着，眼神绽着慑人的银光，张开的口中獠牙好像滴着垂涎的唾液……

狂风在他们身周依旧呼啸——

念沧海浑身僵直，无法相信眼前发生的一切，他好像听不到她在喊他，揪住她头发的力道大到再一下就能扯下她的头皮……

他是要吃了她么？

端木卿绝，把她的端木卿绝还给他，不要，她不要这样可怕的他，不要！！

"卿绝，醒醒！！卿绝，是我，是我念沧海啊！！"

念沧海狠命地捶着端木卿绝的胸口，眼泪失了控地飞落脸颊，这都是梦，这都是梦，不是真的，这样人非人，兽非兽的妖怪不是她的夫君，不是她爱的那个男人！！

红眸银瞳看着自己被捶打的胸口，端木卿绝只觉脑中闪过一道空白，像是忘却了极为重要的东西，他听到了什么？

这女人的脸孔好熟悉……

然而洞穴外子时已到，心口突然爆裂作痛，像一只手生生掏了进去将他的心扯出——

"啊！！啊嗯！！呃啊！！"

端木卿绝陡然暴发，双手攥着念沧海的双臂将她摔在地上，"呃嗯！"后背重重着地，念沧海一下子被甩懵了，整个脑袋昏昏沉沉，好像断了骨头似的整个身子都动不了了……

那狂躁的男人抱头嘶喊，透着泪眼，念沧海躺在地上看到那张俊美如魔的脸上，那诡异妖娆的图腾渗出艳红的血液，不会淌下，而是循着那图腾的弯弯曲曲在流走，像是一条在流动的血河……

这到底是什么奇怪的毒液？！

"卿……卿绝……？"

她无助地低喃，谁来告诉她，怎样做才能救救他——

念沧海也不知道是从哪儿来的力气，勇气，抑或是……爱……

她撑起身子，咬牙忍着泛在整个身子里的痛向他爬去，"卿绝……卿绝……"

"不要喊……不要喊……！！"

男人骤然仰天怒吼，那狂风朝她猛力呼啸而来，将她赢弱的身子如羽毛般吹撞出去，"啊嗯！！"念沧海遍体鳞伤的身子撞上石岩，那一霎她紧闭双眸，等着整个背骨断裂的痛，然而撞上的前一刹，好像有什么东西如保护罩在身体的四周张开减轻了那原本数百倍的痛楚——

孩子……

她手抚在腹上，是孩子救了她么？

念沧海来不及思考，身前感觉到一股强势的压迫冲了过来，再抬头，红眸银瞳的男人将她扑倒在地，就像头饥渴失控的野兽，双手死死地按住她的双肩，"端木……卿绝……？"

念沧海怕了，一颗心震颤得好似不再跳动了……

赤红的颜色已经彻底覆盖了冰蓝色，金色高贵的颜色也已经化为了一摊冰冷的银光……

"呵呵……"

她清冷地笑出声，她傻傻地以为只要是她，他就会清醒过来。

她傻傻地以为她是不同的，对他是特别的，果然她……不过和那些女人都一样……

不是毒，而是从一开始就有的"隐疾"……

念沧海脑海里突然想起景云说过的那些话，想起出嫁北域前北苍皇宫里流传的那些可怕的传言——

他的嗜血成性，他的杀戮成性，都是真的……

和他交欢过后的女人都是死的下场……也是真的……

因为她们一定见过他变成这样的模样……这是他一直都隐藏的秘密……

醉逍遥恨她，恨她拿清醒时的端木卿绝威胁他，所以将她骗来这里，要她死在"毒发"的端木卿绝的手下……

念沧海陷入无尽的痛苦绝望中，泪水无声地落下，"端木卿绝……你说过我要的话，你可以把你的心给我，同样……如果你要的话，我的心也可以给你……"

"啊啊！！！住口，女人，住口，不要说话！！！"

那晶莹的泪落下，好像灼烫入男人的心口深处，烫得他好痛，他暴怒大吼，整个洞穴里都回荡着他震耳欲聋的咆哮——

这个女人是怎么回事？！

他闻到了女人的味道，他想要她，然而她的声音，让他的心好痛……她的泪，让他四肢百骸都跟着作痛……

比窒息更难受，比死亡更痛苦！！

他不要听到她的声音，他要她，要她的人，要她的血，"刺啦！！"刺耳的一声，念沧海不敢相信压着她的男人撕开她的衣衫，不过眨眼遮身的衣衫在狂风中变成了无数的碎片，就像尘埃被吹散……

"不要！！"

念沧海凄厉地仰头大喝，她意识到他是想强行同她交欢，然而这一刻他的体形，他的力量，她根本无法负荷，她会被他弄死的——

男人的双手按在她颤抖的身子上，有什么东西锐利如刀在她的肌肤上划开两道血痕——

他的……双手？！

68

念沧海躺在地上向下看去,他的双手,修长的指长出尖锐的甲,他的"抚摸"撕破她的肌肤,像极了一匹嗜血的狼……

孩子……

不要碰她,她的孩子会……

"啊嗯!!"

男人硬生生地闯入她的身子,念沧海仰头痛吟,她甩着头不停地磕绊在身下粗粝的石子地——

血腥……她闻到了血腥的味道——

念沧海觉得身子被撕扯成四分五裂,她痛得脸色煞白,双手抓着地,黄沙陷入指甲中刻出了血,"啊嗯!!不要……端木卿绝……不要!!"她凄厉楚楚地喊,血腥的味道却是更甚先前——

"住口,女人,住口,住口!!"

粗暴低沉的吼声震着双耳,男人埋在她的脖颈,舔舐着她的肌肤,张开獠牙咬下——

她的呻吟刺痛他的心,却无法让他停止吸食——

好甜。

她的味道好甜。

她的一切都是如此美好……

他开始肆无忌惮地占有她,肚子好痛……身体里不断涌出的血叫念沧海惊恐地意识到那是孩子的血……

她的孩子就要……

"卿绝……不要……停下……求你停下……孩子……卿绝……不要伤了……孩子……我们的孩子……"

她紧紧抱着他,用尽所有的力气向他哀求——

孩子……?!

男人咬着她脖颈的动作顿然停下,松开沾满鲜血的獠牙,映入眼瞳的是念沧海昏昏沉沉,徘徊在昏厥边缘的脸孔,她伸出手抚上他的脸颊,覆在他半张颜的图腾上,眼神迷离,含着泪苦苦哀求。

"绝……孩子……我有了你的孩子……在离开北域那时……我有了他……我们的孩子……"

那双黑亮的眼眸落着泪,她的掌心,她的声音,如奇怪的温暖破入他的心脏,叫那颗不再跳动的心又再扑通扑通地跳动了起来……

血腥凶残的眸子向着她身下探去,鲜红的鲜血刺目得扎入他的双眼,孩子……他的孩

第四章 月圆秘密

69

子……他们的孩子……？！

"啊！！！"

男人突然又狂怒起来，他没有停，反而更加疯狂愤怒地占有。

忽然——

"卿绝，对不起……卿绝……对不起……都是我的错，她是无辜的，停下，求你停下，不要再伤害她了，她肚子里的孩子是无辜的！！"

他耳边乍现一道熟悉又陌生的女子话音——

莫……莫离？！

不该出现的名字闪现脑海，她是谁？！

为什么要对他那些鬼话，莫离？！莫离？！哪个莫离，为什么他会想到那个名字？！

端木卿绝怒然地逼着自己去想那声音的主人，然而越想心口越痛，痛得他暴躁如雷，不知躺在地上的念沧海已经浑身是血，痛得连求救也喊不出来。

可是她却听到，纵然他怒然咆哮吞灭了惊天动地的雷鸣，可她听到他动着唇念着那个名字……

那颗心，纵然他那颗心死去，可那心里也只有那个名字是活着的……

无论她在不在他身边，她是不可取代的！

而自己就是个可怜的笑话，她救不了他的……她谁也救不了，连自己也保不住，更是搭上了孩子的性命……

是她太高估自己了，对他来说，她念沧海什么都不是……

即使葬送在他的身下，也是她自不量力自找的……孩子……娘亲的孩儿……对不起……对不起……都是娘亲的错，娘亲的错！

狂风呼啸，吹散她的泪，吹乱她的魂，一颗心摇摇欲坠……

念沧海无力地闭上眼，男人仍在凶狠疯狂地索要，心的跳动越来越虚弱，她好像看到了一轮白影，影中有一双苦苦挣扎的小手，"孩子……孩子……"

那是孩儿的呼救……而她拼死抓住他的手，却只能带着他共赴黄泉……

"骗子。"

细弱空尘的声音自泛白的唇中溢出，念沧海飘零在昏厥的边缘："端木……卿绝……骗子……你骗我……你……不要……海儿……了……你不要我了……""骗子……你只会……伤我……你说你的心是我的……你骗我……你骗我……它不是我的……它……忘了……我……它忘了它的海儿……因为……它从未爱过我……"

沾血的手指颤颤巍巍地抚上他的面颊，指腹深爱不舍又挖心痛恨地来回摩挲着："不要……不要……带走我的孩子……端木卿绝……不要丢下……海儿……不要丢下我们的……孩子……"

"海儿，如果有一天你有了孩子，一定要告诉我，不许再想着逃，待在我的身边，让我保护你们母子。"

他曾说过的话回荡在她的耳边，为什么要对她说那么残忍的情话，不知道她会当真的么？

如果都是骗人的，为什么唯独对她这般残忍……

念沧海哭着，眼前一黑，整个身子倏然瘫软，鲜红的鲜血如潮染红他的双目，男人怵然怔住，凶残的红眸银瞳愣滞地凝着身下失去声息的女子……

海儿……

她说她叫海儿……

她说他的心是她的，她说他的心从未爱过她……

血腥的眼瞳颜色渐渐起了变化，作痛的心为何没有因为她的死而停止……它在痛，痛得胸口被生生地撕裂，端木卿绝垂头看去，心口渗出源源不断的鲜血——

长出锐利指甲的手沾上胸口的血，他的心恍若不见了？！

跟着她一起死去了？！

银白的长睫一眨，眼瞳的颜色一瞬变为冰蓝色，银瞳也变回了金瞳，端木卿绝怔怔地看着身下连呼吸都没有的女子，她遍体惨不忍睹的血痕，那张颜，这个人……

"海儿？！海儿？！！"

洞穴里骤然震响生不如死的嘶叫！

端木卿绝抱起念沧海千疮百孔的身子，褪下身上的袍子包裹着她冰凉的身子，"不要……海儿……醒醒，醒醒！！回答我，回答我！！"痛苦的泪液打红端木卿绝的眼眶——

不堪的身子上沾着她的血液，他到底都做了什么？！

他都对她做了什么？！

一手紧紧搂着念沧海连呼吸都消失的身躯，一拳打在尖石横生的岩壁上，尖石扎入血骨，鲜血横流躺下——

脑海里毒发失控时的画卷犹若走马观灯般闪过，是他，是他对她做尽惨无人道的事……

是他……亲手杀了她……

还有……

她身下仍在流淌的鲜血灼烫他的掌心，"孩子……他们的孩子？！"

心底深处的那一根心弦被狠狠拨断——

"啊！！！"

端木卿绝陡然崩溃，金瞳怒睁，仰天怒喊，一口血跟着猛地咳出，心口的伤再无法愈合，他曾被毒爪掏出的心不跳了……

不可以！！

就是阎罗王都不能将你们母子从我身边带走，端木卿绝眼眸一震，浑身怒张出一股慑人气流，他一手扎入胸口，抓着那颗"死去"的心，俯下身，抽出沾满鲜血氤氲的手托起念沧海的后颈，一吻印上——

自他的口中将他蕴藏多年的真气全数渡入她的体内——

"海儿，海儿……孤王的海儿……我的海儿……醒来……回答我，回答我！！"

端木卿绝大喝着，是在恳求天，央求地，把他至爱的女子还回来，不然他定要天地为她们母子做陪葬！！

紧紧拥在怀中的身子萦绕起层层缥缈朦胧的氤氲，双腿间流淌的鲜血竟倒流回身子，而遍体鳞伤的血口亦被白烟氤氲抚平——

扑通……

扑通……

他的手抚在她的心口，掌心下是她重生的心跳……

"海儿……海儿……"

他捧着她的脸，爱怜款款地呼唤……她微动着紧闭的双眼，如水晶亮的杏眸缓缓睁开……"端木……卿绝……？！"

煞白如雪的唇点点染上粉红的血色，她动着唇唤出他的名字，轻轻地，却教他欣喜若狂，"海儿，我的海儿！！"端木卿绝抓着念沧海的手放在唇边落下数不清的零星碎吻。

他……

他的眼……

她……

孩子……

念沧海怔然地看着端木卿绝变为正常的模样，俊美如画的脸孔，美若湛蓝大海的双眸，像旭日东升的太阳一般温柔璀璨，"你……你……"

脑海里一片空白，混沌无序。

念沧海不知道自己是死了还是活着，"孩子……我的孩子？！"

她紧张地从他掌心抽回手，抚在小腹上，身上竟是找不到丁点儿的伤痕，而小腹里……那铿锵有力的跳动依旧，孩儿还在，还好好平安地活着……

"宝宝……我的宝宝……"

失而复得的愉悦教念沧海喜极而泣，她靠在端木卿绝的肩头泪落不停，哭了好半晌，才忽地察觉到，"端木卿绝……你？！"她眼神一亮，抓着他的衣襟看着他，"你……"

她不知自己想要问什么，而他只是凝着她，眼瞳里盈满幸福温暖的笑……

"没事了，对不起，都过去了，我没有骗你，从未，你和孩子，就是附上性命，我也不会让你们有事！"

端木卿绝环抱着念沧海，她躺靠在他的怀中，他笑着吻着她的额，她的发，能再次感觉到她的体温，她的心跳，真好……

还有……他们的孩子……

原来她竟然早就有了他的孩子，孩子无事就好……他的骨血无事就好……

"端木……卿绝？"

他的吻让念沧海心慌，因为她抚在他心口的手摸到了自他心口里流淌不尽的鲜血……

"血……血……"

念沧海惊慌失措，纤细的手触碰端木卿绝的心口，那鲜血在源源不断地淌出他的身子，指腹下还感觉到了一道凹陷的血口，就像一个窟窿，一个被生生挖空的窟窿……？！

"不要！！端木卿绝！！"

犹若被雷击似的，念沧海逃也似的将手抽回，他的心被掏空了么？！

可怕的念头绽开脑海，表情混乱得不知所措，不是真的，她不能相信这一切是真的，一个人如果没有了心怎么可能还呼吸着，和她对话着？！

凝着念沧海痛苦担忧的脸孔，端木卿绝竟是盈着笑，无比温柔的笑，就好像什么事都没有发生一般，摩挲着她僵直的面颊，"坏丫头，有了孩子都不告诉我……"

他责怪着，责怪的声音甜美如蜜。

大手抚上她的小腹，微微隆起的弧度让他难以言喻地满足……感激……

他真是个笨蛋，肌肤相亲那么久，每夜抱着她，拥着她，早就发现她"胖"了一些，却不曾想到她是有了他的骨肉……

他以为她就是有了他的孩子也不会要，他一直为此忐忑不安地害怕着，畏惧着，而她……

"坏丫头，你真是个坏丫头，这孩子在北域的时候你就有了……你瞒得我好苦……你怎么可以放纵我伤害他，你太坏了……"

端木卿绝温柔的眼里盈满了伤痛的泪液，他红了眼眶，强忍着泪水落下。

此刻的喜悦无法形容，只是他似乎来不及去好好体会这迟来的惊喜了……

听着他的责怪，念沧海咬着唇心如刀割，无力反驳。

"对不起……对不起……我害怕告诉你，你会伤害他，对不起……对不起……"

念沧海抽泣着捧着端木卿绝的双颊，他面色惨白，就像将死的人。

第四章 月圆秘密

是她害他的，他却在责怪自己，他是如此疼惜他们的孩子，都是她的错，都是她太自私了，时刻怀疑他会伤害孩子，到头却是害了他又害了孩子！

"血……血……告诉我，怎么才能帮你止血？！"

念沧海泪落不停，眼神无法从他的心口离开，那儿在流血，一刻不停地在淌着血，这么下去他会死的，她不要他死，不要！！

情急之下，念沧海伸手点住他心口的穴道，那本该止住他的血，但是……

点错了么？为什么会失效？！

念沧海慌了，乱了，眼见着那赤红的鲜血还在流……还在流……

"端木卿绝，你个疯子，你到底对自己做了什么？！停下它，不要再让它流血了！！"

念沧海无法按捺心里的焦急，抓着端木卿绝的衣襟又敲又打，他眉头狰狞，却是没心没肝地嬉笑，"傻丫头，我方才如此伤你，活该一死。"

他还有心情和她说笑？！

"不要！我不要你死，我不许你死！！"

念沧海攥着端木卿绝的衣襟，杏眸进出滴滴硕大的泪珠，不要和她开这样不好玩的玩笑，不要说"死"字，他不可以丢下她们母子不管！

念沧海从未这样害怕过失去一个人，就好像她的世界会因为他的失去自此灰暗，毁灭——

手上点穴的动作又起，那架势誓要那鲜血不再流为止，可她胡乱的触碰却教端木卿绝的伤势更重，他抓住她无措的小手，"海儿，够了，点穴没有用的。"

俊美的脸上狰狞不堪，冷汗横流，"那要怎么做才可以？不要……不要死！！你说过只有我才能得到你的心，你不许带着它离开我，不许……我不许！！"

念沧海彻底失了控，跪坐起身扶着端木卿绝骤然虚软的身子，此刻不是他抱着她，而是她拥着他在怀，他双臂环着她的腰，俊颜贴着她的小腹，"嘘，海儿……让我听听孩子的声音。"

滴答，悲痛的泪滑过念沧海的脸颊落在地上。

她捂着嘴不让撕心裂肺的哭吟出口，"孩儿，对不起……爹爹不知道娘亲有了你，伤了你，你不要恨爹爹……"

扑通，扑通，端木卿绝好像听到了小腹里孩子的回答，他的心跳铿锵有力，好像在呐喊着他不怪他……

端木卿绝笑了，冷魅的唇越渐惨白失色，"对不起……爹爹累了，睡一会儿，陪爹爹睡一会儿……就好……"

他念着，环抱着她的双臂倏然松开，整个身子瘫软在她的怀内，就这样没了声息……

"端木……卿绝……？！"

念沧海轻拍着渐渐失去温度的身子，他就这么躺在血泊中一下也不回应她，"不要……不可以……"不要对她那么残忍，不要……不要！！

念沧海声嘶力竭地哭喊着，喊到喉咙嘶哑，躺在地上的人始终毫无反应——

"救救他，救救他……"

念沧海忽地摇摇摆摆地站起身，跌跌撞撞地扶着岩壁往外跑，是醉逍遥骗她来的，他是想要她死在端木卿绝的手下，所以他一定就在附近的，救救他，救救端木卿绝！！

身子明明恢复了伤势，但是双腿就像铐着千斤重的脚镣，念沧海越是想跑得快越是步子发软，被地上石子一绊狼狈跌坐地上。

"不要……不要……救救他……谁来救救他，醉逍遥，醉逍遥！！"

泪水哭红哭肿了念沧海的双眼，无助，绝望将她压垮，"啊！！"她仰头嘶喊，一口血生生咳了出来，看着掌心沾满的鲜血，身后有着股股白烟飘来——

"卿绝？！"

念沧海转过身去，只瞧端木卿绝躺在那儿，由他身子里流淌在地上的鲜血上结起一层薄冰，烟云氤氲，包裹着他的身子，教她看不真切，好像要把他从她的身边带走——

"不要！！不要！！不要碰他！！"

念沧海站不起来，手抓着岩壁爬过去，她喊着，求着，身子没入那朦胧层层的氤氲里，抓着端木卿绝的手，就是要生死两别，她也要陪他共赴黄泉。

眼泪滴答滴答地落在他的血河上，"念沧海，念沧海……不要哭……不要哭……眼泪救不了任何人，封住卿绝的血口才能救他……救救他……"

恍然间，念沧海听到一道虚弱的央求，那女子的声音她听到过，她是……她是——？！

忘莫离？！

像是埋葬在灵魂深处的一缕孤魂因深爱的人就要死去，拼尽全力地哀求着她救救他，可恶！说什么眼泪救不了任何人，封住他的血口才能救他的风凉话……

他会伤成这样都是拜她当年所赐！！

不需要她求她救他，他是她的夫君，她自当会救他，可封住她的血口，她试过了，根本不奏效！

"救救他……念沧海……快救救他……情毒侵入四肢百骸，就回天乏力了！"

情毒？！

果真他心口的伤都是因她落下，"忘莫离，你收声！！"

第四章 月圆秘密

75

念沧海骤然怒喝,那道声音就像被禁锢在了不见光的深渊深处,嘶喊哀求成了扭曲的风声。

她不需要她这个杀人魔来教导她!

"端木卿绝,你的心是我的,我要它再跳动起来!"

念沧海也不知道哪来的勇气,用沾满自己鲜血的手果断地按在端木卿绝的心口,陡然间,一道刺目的白光破竹之势地自她掌心下、他的心口里迸出——

白光绕着念沧海的手向上旋绕,直到包裹住整条臂膀,仿若被隐藏在灵魂深处的天赋灵力被激发,杏眸圆睁,只瞧她的鲜血融入他的心口之内,那刺目的血泊开始倒流回他的身体——

念沧海不敢相信眼前发生的一切,白光牢牢吸附着她的手按在端木卿绝的心口,她的掌心烫得灼人,很痛,好像整条臂膀都会被烧坏似的,然而她不曾想过抽离,只觉彼此的鲜血在她的掌心下交融交汇,仿佛彼此给予了对方重生的——心跳?!

跳动了!!

她感觉他心口里猛然跳动了一下,只瞧那心口上的窟窿绕着白光一层层愈合,就在鲜血不再流淌的一霎,"呃嗯!!"消失的白光猛地将她的手震开——

念沧海痛得握住手腕,五指不停地抽搐着,"嗯……嗯……"躺倒在地上的人发出低微的呻吟,就像只熟睡的小狗发出叫人怜爱的嘤咛,"卿绝……卿绝……?!"

念沧海喜极而泣,抚着他的脸庞,看着他微微颤动的双眼,看着他缓缓睁开眼睛,冰眸金瞳依旧光彩流溢,炯亮威风,"我只是小睡了一会儿,你怎么哭成这样?丑死了……"

一睁眼,男人看着一张泪珠滚滚的小脸,勾起唇角,一手刮了下她挺翘的鼻子,邪佞地坏笑起来,"你——!"念沧海气得抬起拳头,谁料整条臂膀痛得半个身子倾倒下来,"海儿?!"

端木卿绝敏捷地坐起身接住她,将她护在怀内,"海儿……?"

"海儿你个头,都是你害的,你还笑我?!"

另一手轻轻捶打在端木卿绝的胸口,他闷哼了一声,面色一沉,念沧海立刻又紧张起来,"我是不是打伤你了,痛不痛?!"生怕是捶到他方才破开的地方,念沧海焦急地轻抚着他的心口,都忘却了自己手臂痛得发麻。

"哪儿都不痛,傻丫头……"

端木卿绝紧紧握着她的手按在自己的心口,眼神相对,深情得能将一切融化……

念沧海的心也在他的注视下化为一摊春水,他靠着,她等待着,四片薄唇相亲,淡淡地浅浅地印下一吻,却是内心无比的雀跃,感激……

失而复得的喜悦教泪水再次止不住地落下,她红着脸捧着端木卿绝的脸,他脸上的图腾褪下了猩红的颜色,变为淡淡的银黑色,她顺着图腾抚摸,口吻疼惜道:"戴着面具就是为了遮掩这图腾的么?"

"不……"

他拉下她的手放到唇边亲吻,"那是为什么?难道是觉得自己生得太俊俏才臭美地戴着?"念沧海小嘴撅着嘟囔道,头扭过去好像是生气了。

"见到我的真面目,你就不怕么?"

他从后怀抱着她,轻声细语落在耳边,真面目?那好似狼妖的模样是他的真面目?!端木卿绝只觉怀中的小身子轻轻颤了一下,应该是想起了他发作时兽化的自己,她不出声,他心口紧得很,"怕了么?"

"当然怕了,那人不人,兽不兽的样子,是人看到都会怕的。"她扭过头气鼓鼓地瞪着他,她是怕,但是更气为什么他从不告诉她,这个秘密。

"怕了还不逃?!我昏死过去那会儿,怎么听到有人要死要活地喊着我的名字,还说我的心是她的,谁也不可以把我抢走!"

他又勾起唇明晃晃地坏笑,见她抬起手又打人,先一步握住她的腕子,"想捶哪儿?要是打痛我了,你可是又要心疼了。"

"你——你——!"

念沧海愣是口吃结巴,在他怀里闹起了别扭,推开他站起身,转身走人,"臭美!谁心疼了?谁稀罕你?!"

不过才气鼓鼓地迈出几步,端木卿绝忽地俯下身子捂着心口"嗯呃"的一声发出一道痛哼,念沧海立刻又紧张地折回步子,蹲下身子:"怎么了?怎么了?!"

垂低的俊脸抬头邪魅坏笑,一手勾住她的脖子,凑近她的唇边,"还说不稀罕?!满脸都写着'我在乎得紧'呢。"

"你——!!"

念沧海整张小脸通红,她怎么就拿这个男人没有法子?!

看他倒在血泊里,她连活下去的意志都没了,可看他活过来,就只知道气她,"讨厌鬼,一定是上辈子欠你的。"

"傻瓜,是我上辈子爱你不够……"

深情依旧,相会的视线仿若纠葛着生生世世的牵绊,就好像前世他们真的是一双恩爱眷侣,眼前是熊熊烈火,和嘶喊的人儿,他们是被迫害才阴阳两隔——

念沧海不懂为何会看到那样诡异的画面,还有这很是荒谬的念头。

端木卿绝扣起她走神的小脸,"如果我说我是妖,会不会把你吓走?"

第四章 月圆秘密

77

他问得认真，时间就好像静止了一般。

妖，他说他是妖……？！

念沧海心下似乎早已猜到了些什么，然而真的亲耳听到时又难以相信，怎么会呢？这世上怎么会真的有妖呢？！

"那……方才你……狂躁暴怒都是因为是妖，才会兽性大发么？！"

声音不自觉地颤颤巍巍，想起那时的他，就叫人止不住地畏怯，那时难以磨灭的记忆，他不记得她，凶狠残暴，十足就像头没有血性的野兽一样伤害着她，甚至是想要杀了她。

"不，那是因为情毒。"

情毒……

忘莫离也这么说过，念沧海怔怔地看着端木卿绝，如果告诉他，在她救他之前，她听到过忘莫离的声音，他的反应会是如何？

"情毒……是什么？"

不愿听见的名字还是落在了耳边，还是如此亲昵爱怜的口吻，"阴阳交合？"念沧海微微偏过头，不让端木卿绝看到她脸上的落寞。

"阴阳交合就是男女欢合。"

"所以那些北苍送去的女人……她们？"

念沧海惊愕地抬起头，想起那些有去无回的女人们，想起景云说过月圆之夜就是她们的死祭，联想卿绝方才毒发时的凶残，她们……

哭红的眼眸里写满了惊惶畏惧，她在害怕却在掩饰着害怕？！

端木卿绝能感觉到她的心竖起了一道无形的防御墙，他不由得伸出手，动作极其轻柔地抚摸着她的脸。

他从不曾卑微地恳求什么，但这一刻他恳求她的心不要就此离他远去，"她们都是死在月圆之夜。"

很明显，他的坦诚相待教念沧海整个身子畏惧得微颤起来，他也从不知原来被人知道一直掩藏的真面目会是如此不安焦灼，因为对象是她，是他不可失去的人……

他才知原来自己早已陷入得太深，这份不安有多深就是自己爱得有几番不可自拔。

他怕她会怕他，他怕她会逃开，他最怕她不在身边。

端木卿绝下意识地握紧念沧海的双臂，用力有点大，有点让人生疼，但是念沧海依旧没有接话，没有回答，一如方才的眼神看着他，那简直就是极尽残酷地挑拨着他的心沦陷入忐忑不安中煎熬——

"情毒只有男女交欢才能解毒，而狼族一生只得一个伴侣，我心认定莫离是一生所爱，即使遭她背叛，仍无法做到与别的女人相拥，相欢。初初，情毒发作，我用内力强抑，纵然痛苦不堪，仍然坚持，可强抑的结果却是毒素进入气血，促使气血倒流，剧毒攻心——一次次地发作，一次次地强抑，毒血逐渐污化了我的心。刺激了平时隐藏起来的妖狼本性越发暴躁，每逢月圆之夜，是妖狼本性显形的时候，往常我只会化为妖狼颜面，不会失去理智，然而情毒攻心，我越发地控制不住，变得易怒暴躁，只要月圆之夜显形就会像头失去理性的野兽，杀戮残暴，嗜血成瘾。逍遥怕我这样下去会被情毒吞噬了灵魂，在民间暴露妖狼身份，所以在月圆之夜将北苍送来的女子为我解毒，失去理智的我沉溺在欢合中，蚕食心脏的毒素因此被克制，虽然我知那些女子中了蛊毒，杀了她们可以解脱她们的灵魂，重获转世轮回的机会，可每当清醒的时候，触目的猩红，染满鲜血的双手，只让我觉得身心都越来越肮脏……"

"不，不是的……"

念沧海忽地搂着端木卿绝，她的心疼死了，这番真情告白每一个字都饱含着刺心的痛楚。

她看到他眼中被摧残的痛苦，纵然他双手沾满了鲜血，杀害了那么多无辜的女子，可她不舍责备他，他不是杀人魔，他不是。

"海儿……"

拥抱的温度让心底潺潺悸动，端木卿绝没有预算到她会主动地搂住他，明明看到了他丑陋的满身疮痍，她却想要为他治愈。

他搂紧她，"海儿，对不起……我毒发之时差点儿害了你，害了我们的孩子，我明白你会怕，但请不要离开我，若我再在理智不清时伤害你，你可以毫不犹豫地挖开我的心，我绝无怨言！"

这是他挽留她的筹码，他丝毫不在乎这筹码的代价太高。

"不，它已伤痕累累，我又怎舍让它再受伤？"

念沧海捧起端木卿绝的脸庞，这个与天比肩的男人几时为谁人皱一下眉过？

而这一刻他脸上写满了害怕，因她害怕。

与那些被他毒发杀死的女子比起来，他是如何恢复理智、拼尽全力救她所付出的代价是可想而知——

他的心被污浊被情毒控制，那一刻他足以将她杀死，然而他不惜破开自己的心口，生生刺入自己的心抑制毒素，再用尽一身的真气给她，保全她们母子——

为了她，就是挖了心附上命他都不眨一下眼睛，而她惶恐的一个小表情就让他患得患失，慌乱无措。

这样的男人……

爱……

已不用他说出口，她感觉得到，这一刻这一分紧紧地包裹着她，滚烫着她的四肢百骸，每一寸肌肤，每一根发丝……

所以，她不愿再去计较他的心到底是不是拿她当做忘莫离的替代品，有谁会傻得为了一个可有可无的影子拿自己的性命交换？！

"海儿……"

端木卿绝动情地唤着，与她相拥，抱着她时让心如此安定……

她真的与众不同，纵然给予伤害，她选择的回报绝不会是仇恨……

"所以今夜你是想将自己铐在这儿避免毒发时行凶？为何不让醉逍遥给你找个……女人？"

念沧海问着，端木卿绝笑着，最后两个字落出口的时候，男人笑得邪魅撩人，手下敏捷地捏起她的下巴凑近他唇边，"我要是抱别的女人，你的醋坛子还不翻了？"

"你——！"

念沧海表示抗议，瞧这男人，给他三分颜色就开起了染坊——

"谁……会吃醋呢……"

她反驳着，声音却是随着垂低的头轻若蚊蝇，"当真？"他不依不饶地追问，俊美的脸俯下，睨着她满面羞红的脸笑得让人牙痒痒。

"好了好了，不说这个了，除了那样做能抑制你的情毒外，就没别的法子可以治愈了么？"

他勾着唇，笑得神秘，就只是这么看着她，看得念沧海本来就红的脸蛋更烫了，"喂！到底有没有听到我问的话？"

"答案就是你。"

"哎？我？！"

念沧海指着自己，不明白这算是哪门子答案，她可以抑制他的情毒？！

"'抱'你就是解药。"

端木卿绝唇角勾得邪佞妖异，"抱？这样抱？"念沧海双臂一环抱住端木卿绝，她实在听不懂他是在打哪门子的哑谜，这样抱抱就能给他解毒，他刚才又怎么会狂躁失控？

只听他轻笑一声，"是'这样的抱……"说时，大手顺着腰际拂过她微隆的小腹，"色鬼！"

念沧海涨红了脸，一手按住他为非作歹的手。

视线相对，她又羞又气地想捶他，本以为他肯定又是在戏弄她，但是他的眼神是如此认真，难道和她欢合，真的能解开沉积他心的情毒？！

"为何抱那些女人只是克制你的情毒,而我可以为你解毒?你明明都抱过我好多回了,可方才发作时不还狂暴凶残么?"

念沧海脸红红羞涩涩地问道。

"情毒不是一次'拥抱'就能驱散,我也不知道该如何解释,情毒虽然会在月圆之夜发作,但是平日时而作痛,然而在北域的时候,那一夜……强行占有你之后,我发现心口的痛减轻了不少,之后每一次抱你,痛楚都会逐步减轻,我本以为这才月圆之夜,也许我能控制住自己……"

"所以那些手链,脚镣是为了绑住你自己?"

念沧海恍然大悟地看向那些可怕的刑具,为了不让自己发作时伤害别人,他宁愿伤害自己,"傻瓜!只要让醉逍遥为你准备女人就好。"

"我不愿再碰别的女人,我有了你,这儿,只容得下你。"

端木卿绝激动地握着她的手按在自己的心口——念沧海感觉着掌心下他铿锵有力的跳动,他的心在为她跳,他的心只容得下她?

眼泪刷刷地落下……

"傻瓜……真是个傻瓜……"

他为了她做了那么多,她却傻傻地纠结着他是否爱着她,"为你傻,值得。"他笑得甜,笑得温柔,拥着她靠在他的胸膛,"不要再想着逃离我,如果你爱我,如果不愿让我为祸人间,那你哪儿也不能去,你就是我这辈子唯一的药引。"

"我愿意……"

念沧海坚定地答道,没有一丝犹豫,端木卿绝却是微微一愣,"海儿?"

"如果抱我能解开你的情毒,我愿夜夜相伴。"

她抬起头抚着他的面,眼神动情认真。

夜夜相伴?

这傻丫头知道自己在说什么疯话么?

"你可是有了我们的孩子,就是痛得千疮百孔,我也不会冒险伤了你们。"

念沧海咧开粉唇,勾着他吻上自己的唇,娇柔百媚得诱人,"那夜你认出我,抱了我,也没有伤到宝宝,他可是流着妖狼族的血,像他爹爹一样强大得很。"

她像个调皮的孩子,挑逗着他的把持能力。

"坏丫头,方才那么伤你,没让你怕得退却么?"

"怕,就是因为怕,怕那情毒会吞噬你,将你从我身边带走,所以我选择不能怕,问问这肚子里的小东西,要是那情毒把他爹爹带走,他答不答应?呵呵,他要娘亲也要爹爹的,这一生一世,你若真要护我们母子,就不准再轻视自己的性命,我要你伴在我们身

第四章 月圆秘密

81

边,看着孩子出世,看着他长大,白首相伴。"

"遵命,我的王妃大人,不过一世怎么够?三生三世我都爱不够。"

他吻着她的唇,十五年来时时刻刻被枷锁束缚的心第一次仿佛得到了解脱,溢满了幸福,尽情地愉悦。

只是那一声三生三世教念沧海黯然伤神,已经给了另一个人的承诺还能重新来过么?

他为了不让她伤心而不抱别的女人,可十五年来,他又挨了多少罪不碰别的女人只为心底那份对忘莫离的爱?

像是憎恨着却又甘心情愿地受着这份罪,只要情毒没有驱散一日,他就还有着一样东西与她维系着。

因为深深爱过,所以恨着也不曾忘记啊……

想着不要再纠结的心又隐隐作痛起来……

"十五年前,你不就答应了忘莫离许她三生三世不相离么?"

她低低地吐出一句,声音有点冷,端木卿绝心口一紧,他怎会知道他对莫离许过的誓言,"海儿……"他急着解释,她点指封住他的唇,"我看到过那屏风上的画,我不用你为了我毁了当初的约定。"

"海儿,不是这样的,我从不曾将你当做莫离的影子,抑或替代品,纵然你们长得相似,可我发誓,你就是你,念沧海,过去的已经过去,我无法改变历史,也不悔爱过莫离,可我现在爱的是你,爱上了,爱得弥足深陷,爱得非你不可!"

这一辈子,他再也说不出比这更肉麻的告白了,他怕她在闹脾气,怕她会心底难过,一个退缩就离开他。

该怎么办?

也许当初没有下手决断地杀了她是因为她有着一张和莫离相似的脸孔,可对她动情,动心却从不是因为她长得像莫离,她的倔强,她的坚强,她的善良,她的宽容,她的心,她的情,他为她的一切着迷痴恋……

"傻瓜,这一世,这儿只有我就好,我才不是贪心鬼呢,只要这一世好好爱我就好。"

粉唇咧开,笑若春日夏花,端木卿绝看得失神,这一生下一世他都再也找不到如此女子,她小鸟依人地靠在他的怀中,与他十指交缠,"不过……如果他日你所说的都是骗我的话,那我就罚你永永远远忘记我。"

原谅她小小的霸道。

她不愿再去计较他的心更爱忘莫离,还是爱她,那一句"我现在爱的是你,爱上了,爱得弥足深陷,爱得非你不可"已让她觉得今生爱他是无悔。

一世就好了嘛，犯不着那么贪恋，霸占三生三世，一世就好，一世就够了……

"忘了你？忘了你，你就会带着孩子逃得我远远的？"

他猜透她的小心思，她得意地坏笑，"是，你要是再敢爱上别的女人，别说三生三世，这一辈子就要和你情断爱绝。"

"一定不会有那一天。"

冰眸金瞳闪耀着满满的确信，不等那张粉嫩的小嘴反驳，吻住她的唇，用最炙热的温度告诉她，这辈子他"缠"定了她们母子俩……

第五章　狩猎陷阱

洞穴外晨曦之光渐起，端木卿绝差不多已恢复体力，在通往皇宫的路上他事先设下了结界，逃过守卫宫门的守卫兵的视线，然而结界的时效只有两个时辰，现在务必得赶回皇宫。

端木卿绝转身去捡落在地上的狼形面具，念沧海跟在身后，一手握住他正要戴上面具的手，一手抚上他烙印着图腾的面颊，"为什么还要戴上面具？它很漂亮，不需要遮遮掩掩的。"

端木卿绝笑了笑，轻轻拉开她的手，还是戴上了面具。

面具下的眼眸深邃，如同繁星闪耀的夜空，稍不小心就会教人沉溺其中，"我知道它很漂亮，所以我怕它太俊美了，要是别的女人见着都爱上我，该怎么办？"

"切，臭美！"

他没正经地开着玩笑,念沧海略显失望地白他一眼回过身去,他从后搂着她,"这图腾是我娘亲亲手封印的,是用来封住我的妖力的标记,提醒着我,我是与众不同的。"他认真道。

"对了,你若为妖,难道端木一族都是……"

念沧海后知后觉地惊呼道,端木卿绝猜到她想说什么,摇了摇头,"不,我父王端木邺是北苍最受百姓尊崇的帝王,端木一族都是凡人,我娘亲是妖狼,听我娘亲说,一次狩猎,父王射伤了狼形的娘亲,娘亲情急下不得不化为人形,父王对娘亲一见倾心,将她好生照顾在避暑山庄,娘亲在相处中也对父王渐生情愫,但在怀上我之后得知父王的真正身份,纵然不舍还是选择了离开,她知道人类世界容不得妖的存在,何况对方还是一国帝王,未免我们母子连累到父王,娘亲带着我隐居山林,小时候我不知道我有什么不同,不知道为何要戴着那可怕的面具,我羡慕村子里自由玩耍的孩子们,而我只能躲在黑暗的角落里,一次,我见着林中黑熊袭入村子,为了保护那些孩子,我体内的妖狼之力陡然显形,那时不过七八岁罢了,却徒手杀了那黑熊,尖锐的狼甲,红眸银瞳的眼睛,沾满鲜血的双手,纵然救了那些孩子,可村子里的大人护着孩子们惊恐地看着我,大喊着妖怪撒腿就跑,没有一声谢谢,只有畏惧,憎恶……"

"卿绝……"

听着他的往事,念沧海心疼极了,抚着他被伤感爬满的俊颜,她能明白那种被孤立的无助,虽然她不是妖,从小也是被当做异类看待,在他人的眼神唾弃中长大。

"他们只是不知道你的好,你的善良……"

"那时我也被自己的模样吓到,才知道为何娘亲要在我的脸上烙下奇怪的封印,她就是怕我控制不住体内的妖狼本性,伤害无辜性命,毕竟狼族嗜血是本性,娘亲说我出生时周身金光护体,是妖狼族中的帝王之相,说我的金瞳里藏着对前世的眷恋,妖狼王曾被小人陷害失去所爱,娘亲说不希望我日后也承受相同的苦,所以用狼骨打磨了这狼形面具给我,娘亲让我戴着它时刻提醒自己保持清醒切勿伤害无辜,同时以可怕的面目树立威信,避免生人靠近,也就能提防小人的陷害。"

"所以妖狼王的故事是真的?"

端木卿绝捋着她的发,爱怜的大手抚在她的小腹上,"无论它是真是假,我不希望那样的悲剧发生在你我之间,我绝不会让小人得逞伤了你和孩子;纵然我付出真心于天下,可天下百姓一旦知道我是妖,他们就会个个变为刽子手——人是自私的,千年前妖孽祸害人间,人类猎杀反击是本性,也许他们的绵薄之力根本抗击不了妖,但群起攻之,设计陷害,难免妖狼王的故事会重蹈覆辙,我容不得眼见心爱的女子死于眼前而无能为力,所以我不介意一世都戴着面具,我要的是你们母子平安一生。"

"卿绝……"

心暖得靠在他结实的胸膛，念沧海明白他执意戴上面具是不愿引来不必要的麻烦，都是为了她们母子——

她明白的，很明白，其实屠杀并非妖的本性，人亦一样，自私、贪婪、忘恩负义，不论你为他们带来多少庇护，只要你成了威胁到他们的存在，他们就会将你抹杀。

"我必须提防端木离，他的野心或许比皇甫静婉更大，那可是他亲生娘亲，但我确信他明知丹书铁券有毒事先也没有告诉皇甫静婉，他应该一直记恨着皇甫静婉设计害死了莫离，在莫离伤了我之后，曾允诺嫁给他，最后却死在皇甫静婉的手中……"

端木卿绝说着，眼神狠厉得迸出道道慑人的凶光。

他还是在意忘莫离的……

唉，为何又纠结了起来？念沧海心下小小地掠过一抹伤感，转过身去，"时辰就要到了，我们还是快回去吧。"

她迈开步子，端木卿绝眼神一沉，他看到她心里的小伤痛，"小傻瓜，是不喜欢我提及莫离么？"为何要克制自己的情绪，他不介意她发火，不介意她不痛快。

"我已经说过有你今生所爱就够了，于她，毕竟你曾深爱过，因误会而错过，纵然记恨太后也是人之常情。"

"你真是个傻瓜，那么一点点就满足，你可不可以更小气一点？说你在吃醋，说你介意我的心除了你还想别的女人会让你心痛？！"

端木卿绝扳过她的小身子，虽然她说了只要他一世的爱就够了，可他觉得不够。

于她，永生永世都不想放过。

这让他又爱又恨的倔强性子，要不动气起来就跟泥鳅似的溜走，要不就大度到容他心里留着一方天地给予莫离。

他不需要她如此委屈自己，时光无法追悔，承诺无法更改，如果三生三世许了莫离，那除此之外的永生永世他要的都会是她。

"呵，你才是傻瓜，说我的心在痛，好让你得意自己有多大魅力么？"

念沧海扑哧笑了出来，如果先前还有点点小小的介意，见他这么孩子气地向她讨要她的生气，她心口的结都被解开了，她爱这个男人，深深爱着，可也许他更爱她……更深更深地爱着……

端木卿绝带着念沧海回到承景宫的时候，端木离带着一大批的人已经在那儿等着他了，说是国宴之上有个狩猎大赛邀请端木卿绝赏光参加。

念沧海拉拉端木卿绝的后襟，他方才元气大伤，不适合在这个时候和端木离周旋。

第五章 狩猎陷阱

85

端木卿绝知道她示意让他不要去，可端木离帮着太后将海儿捉起来引他入局，而太后反遭他逼迫时，端木离却一兵一卒没有派来支援，像是有心要借他的手除去太后似的。

所以他想要知道端木离在暗处到底在预谋着什么。

"朕的记忆里，皇叔狩猎了得，区区九岁少年就徒手猎下强壮黑熊，尽管已是二十多年前的事了，所谓年岁不饶人，可朕相信皇叔从来并非凡人，正值壮年，定胜少年，不是么？"

端木卿绝沉着眼，抿着唇，狼形面具勾勒着俊颜异常冷艳惊人——

邪魅的男人唇角半勾而起，嘴在笑，眼却冷得慑人，护在端木离四周的将领后脊梁齐齐一凉，犹若芒刺在背，他们看似沉着应对，心里是个个打起了战儿——

他们总算是知道为何传言九王爷一眼就能杀人，单凭魄力就能将人的灵魂吞噬。

"皇侄儿盛邀，皇叔岂有回绝之理？"

端木卿绝答应得爽快，将领们立刻让开一条道，他牵过一匹马就跟着他们去了猎场。

念沧海无法放下心来，一会儿也去到了猎场，扑入她眼帘的就是诸君强将铠甲盛装，严阵以对的架势，那汹汹的眼神，简直是和端木离串通一气故意设下这狩猎大赛，根本不是打算将那些生猛野兽当做猎物，而是目标直指着端木卿绝。

虽说能和北域抗衡的也只有北苍和东炙，可那些大国小国联合起来，能力也是不可小觑。

怎么看都是端木离多他们寡，胜算渺茫。

"卿绝……"

念沧海跑过去拉拉端木卿绝的衣袖，她还未说什么，端木卿绝瞧着她担心楚楚的小眼神就知道她是在想什么，"不用怕，过去那边，不要离开四大暗卫。"

全将众人围观的眼神当空气，端木卿绝小心地呵护着念沧海来到北域侍卫队前，猎场之上，无论哪国来的君王、王子的都带着不少侍卫，独独北域最威武，放眼望去也是几百上千的。

什么时候这些守卫在承景宫的侍卫都来了猎场？

"保护好王妃，不许离开她一步！"

端木卿绝将念沧海送到四大暗卫身前，四人穿着锦衣，与平日的黑衣完全不同。

"卿绝……"

念沧海不舍放开端木卿绝的手，纵然她已被一群人护在中间，可要放开他的手还是那么难，念沧海才不怕自己会遭袭，而是他不该将最厉害的四大暗卫都留给她，他们既是暗卫就该在暗处不露真身地保护着他才对啊！

"乖……"

端木卿绝托着念沧海的小手在她的手背上小啄一下，留下轻轻的一吻，相视的眼神绽着炫目的笑靥，一切都是那么轻描淡写，冰眸金瞳里没有一丝的畏惧、半分的惊慌——

纵然北域侍卫队最强，可放眼偌大的猎场，剩余的他国的侍卫队加起来可是他们的数倍，卿绝……你的敌人可不只是端木离一个啊……

到底该说他是冷傲轻敌，还是早有所备，胸有成竹？

念沧海愣神之间，端木卿绝已悄然松开她的手走向猎场内，她要跟着去，四大暗卫就立刻拦在她的身前，"王妃龙子在身，切勿过分忧心伤身，万万不可动了胎气。"

男人的战场，硝烟四起，但在女人的眼中，却是另一番模样，要说看着端木卿绝不畏身后百余名北苍将领追逐护着王妃而归，那驾马英姿、男儿霸气，和男儿温情都教诸国公主郡主，甚至嫔妃们看得嫉妒羡慕又是恨的——

一张威严慑人的狼形面具没能吓跑她们爱慕的心，反而教人甘愿陶醉沉沦。

光是想象那张被面具遮掩在其下的俊颜都能让她们的心漏跳好几个拍子，只是——如此完美挑不出个瑕疵的男人为何偏偏钟情那半张丑颜的女子？

红瘢疤痕盖满半个颜面，活脱就是个教人唾弃的鬼容，就是个眼瞎的也不会选她做妻子，而她竟就是北域唯一的正王妃。

"天下好男人都被她给占去了，瞅瞅那些素不相识的女人哪个不是惊艳倾城的，可都耐不住嫉妒那个丑妇！"

人群中，北苍的侍卫队里赫然杵着念雪娇的身影，她浓妆艳抹，盛装夺人，想她也是靖州第一美人，可自踏入猎场，所有人的视线没一个落在她这个美人身上，而是那丑八怪念沧海——

她上辈子到底欠了她什么，她什么都不做，一副委屈受屈的样子就夺走了她所想要的一切——

都说爹爹不爱她，不疼她，视她为眼中钉，才会自出生就将她幽禁在深院不得见人，可谁又知道每当冬寒夏热的时候，爹爹总是派那不会说话的哑巴老奴给深院里送东西叫那两个丫头可以防寒御暖……

"雪妃娘娘你身子金贵可不能为了那种丑八怪生气，其实娘娘您应该高兴才是，那丑妇给九王爷给抢回去了，皇上要册封她为皇贵妃不就没戏了，不是？现在可是娘娘您该好好表现的时候……皇上既然都放出豪言要在国宴后迎娶皇贵妃，天子金口岂有反悔之理，反了可是丢了龙颜，所以那皇贵妃的人选，皇上选不出也要从后宫里给选出一个来！"

说话的是念雪娇的女婢冬莲，有着几分娇媚之色，念雪娇忌讳着她会分散端木离来时的注意力，所以平日里她在念雪娇的身边并不得宠。

可是今个儿不知怎的，她说的话就像一首好听的小曲儿，念雪娇听得相当投入陶醉，

第五章 狩猎陷阱

"那倒是。"

她媚眼勾勾,那皇贵妃的位置早该是她的了,这一次绝对是个不能错过的机会——

"雪妃娘娘犯不着放低身份去求皇上,只要娘娘去向太后说几句好话,她向来宠娘娘,只要太后施压,皇上改选的人还不是非娘娘莫属?"

"呵呵呵……冬莲的小嘴可真是甜,都甜到本宫的心里去了,这事儿要成,本宫定要好好打赏你。"

猎场外设立成百上千的高座供各国皇储、国戚观赏所用,参加狩猎大赛的诸国君王、皇子都在猎场之内,驾着各自宝马披上铠甲,手持弓箭,共有五十人参加,一字排开,端木卿绝所处的位置正好是中间,仿佛只要大赛开始,他就会成为群起攻之的对象——

"诸国君王、王储皆是热血男儿,一方好汉,今日有幸北苍共聚国宴盛世,兴致而起,设下这狩猎大赛,大赛设为一个时辰,谁狩猎下的猎物最多便为胜者,诸君都是性情中人,知道猎场如沙场,弓箭不长眼,一入猎场,便是生死有命!"

端木离放出大赛规则,一语既出,宾客席上哗然而起——

"谁若是怕弓箭无眼,现在退出还为时不晚。"端木离深幽的绿眸勾起一轮妖异狡黠的弧度。

一入猎场,生死有命?!

这铁定就是个圈套,一旦踏入狩猎圈,不等于律法无天的屠杀之地?

以一敌众,卿绝有危险!!

念沧海怎么可能坐得住,作势就要冲进猎场,就是现在退出会被众人耻笑贪生怕死,她也不要让端木卿绝白白送死——就在念沧海要跟着闯入猎场的时候,醉逍遥拉住了她,"醉逍遥?"

"王妃有了身孕不可冒险,九哥交给逍遥保护,王妃请放心。"

话是这么说,念沧海还是放心不下,所幸迦楼出现将她带回了承景宫,因为看守了玥瑶一夜所以晚些的时候才知道她竟有了孩子。

"既然有了孩子就要好生休息,有我在,不用怕玥瑶那个丫头过来打扰你,你可知道她吵起来有多烦人,就跟身子里有两个灵魂一样!要是跟那种人易魂的话,肯定死翘翘。"

"两个灵魂?!迦楼姐姐,你是说一个人的身子里有两个灵魂?"

"我说笑呢,不过这世上的确有人拥有两个灵魂,比如有的人生来就拥有前世的记忆,所以灵魂是一分为二的,而有的人可能在出生之时被亡魂附了身,前者若是易魂大不了会抹去前世的记忆,后者可就不同了,一旦易魂,双方都存活下来就会拼得你死我活,若是被附体的一方阳气不够、压不住,那自己的灵魂就会被那个亡魂吞噬。"

"有的人可能在出生之时就被亡魂附身，特别是体弱多病的孩子？"

念沧海突然想到了总是能在身子里听到的另一道声音。

"是，有不少孩子在成长的过程中可能就会因阳气不足，被亡魂吞噬了灵魂。"

迦楼的每一句话都莫名地勾动着念沧海的心弦，为何她会如此心惶，好像那句话教她感同身受？

她从出生时就有记忆，出生的第一日她记得娘亲抱着襁褓中的她，在她耳边低语：海儿，娘亲的小海儿，你知不知道你在娘胎里的时候差点夭折，大夫说你九成九是死胎，所以娘亲每天祈求上天再给你一次机会——

瞧瞧，你现在在笑，你现在在呼吸，感谢上天，感谢它给了你重生的机会……

念沧海还记得那时母亲吻着她的脸，面上带着笑，眼中挂着泪，九成九死胎，重生的机会……

莫不是她在娘胎里的时候灵魂已经死了？

她并不是她念沧海，而是……

"救救他……念沧海……快救救他……情毒侵入四肢百骸，就回天乏力了！"

为什么，她会听到忘莫离的声音，这已不是第一次她听到她的声音，从初嫁到北域的大婚之夜开始，她就看到了奇怪的影像，难道……

难道她念沧海从来就没有真正降生到这个世上，她就是忘莫离？

是忘莫离的亡魂，占有了她的躯体重生了？！

"丫头，你在想什么，你怎么了？"

迦楼见念沧海傻傻愣住，拉着她的手臂摇晃了她两下，她心头一惊，回过神来，眼神绕满无形的惊恐的藤蔓，她躲入迦楼的怀中，紧紧搂着他，"迦楼姐姐……我好怕……我不要易魂，我不要死去，我不要变为另一个人。"

说不清道不明的惶恐逼得念沧海脑海一片凌乱，她不要自己是生来的行尸走肉，她不要自己就是端木卿绝曾经深爱，誓约三世的那个女人——

"傻丫头，你就是你，念沧海——谁都不可能取代你，你身上阳气重，就是被亡魂附身，也是她自取其亡，没有亡魂可以在你的身子里存活下去的。"

"当真？你怎知道我阳气重？！"

"你眉心的中间有朵别人看不见的梅花，生来有前世庇护的灵力，换做十多年前，是被召选为圣女的绝佳人选。"

迦楼长指拂过念沧海额前的刘海，洁白如玉的前额露出，好像真的在眉心的位置折射出一朵煞是圣洁的梅花，一阵风吹来，承景宫外的绿林间，勾勒出一道修长的黑影，他早早就站在了那儿——

第五章 狩猎陷阱

晃动的叶影中一双幽绿的眸子绽出危险的冷光……

生来就有前世庇护的灵力……

召选为圣女的绝佳人选……

难道她会是……忘莫离……？！

一阵微风吹来，带起林间树叶摇曳，念沧海无心地往这边转过身来，藏在树下的身影敏捷地向着深处完全隐匿起来。

"我的眉心有朵梅花？"

念沧海摸摸自己的额头，总觉得她好像曾经听到过相似的话，但却又想不起来是在哪儿又是在几时听到的。

"为什么迦楼姐姐，你看得到？"

"不知道，就像我不知道为何我会幻术，又突然看得懂梵文一样。"

迦楼耸耸肩，淡淡道，从他突然不愿再以女装示人后，他就如同脱胎换骨了一般，虽说他原本就拥有一身高超武艺，可是会幻术，他还真从不知道，但凡是他心里所想，就立刻能在眼前变为幻影，将所有人都骗得团团转。

难道是他小时候学会的？九爷说过他小时候贪玩与其他孩子打架，结果被打成重伤，伤了脑袋，所以小时候的事都记不得了。

至少十六岁前的事，他一点都记不得，记不得自己的父母爹娘，也记不得是不是还有兄弟姐妹。

他也没深究过，因为九爷说他是孤儿，从来就没有亲人。

"说得可真玄乎，不会又是故意逗我玩吧？哪有突然间，不认得的文字也会认得的？"

"才没呢，骗人是小狗，我这就去取易魂大法，当着你的面念给你听！"

迦楼执拗得像个孩子，说罢就一溜烟地跑进了承景宫，念沧海都来不及喊住他，其实她一颗心都挂记着狩猎大赛上的端木卿绝，是啊，不知道卿绝现在如何了？

端木离联合那数十位异国王储，肯定是要在猎场上为难他的。

想着，念沧海脚步就朝着猎场折了回去，谁想走过绿林，一道高大的身影突然横空奔了出来，毫不让人察觉地就挡在了眼前——

念沧海心头一紧，脸色顿然铁青，"你……端……"

她怎么也不会料到拦在眼前的人会是应该在猎场上的端木离，她差点喝出他的名讳，却又立刻收住脸上的惶惶，恭敬道："皇上。"

端木离俊颜盈笑，绿眸半勾，"何必叫得这么生疏？朕喜欢你唤我'阿离'。"

"皇上乃九五之尊，妾身乃皇上九皇叔的正妃，身为皇婶又岂能逾矩唤皇上的名讳?"

"呵,皇婶,这个称呼还真是刺耳,若是你那引以为傲的夫君死了,那你也不再是朕的皇婶了吧?"

"你什么意思?!"

念沧海激动起来,顾不上什么礼仪,眼神充满了敌意,恨不得要揪住他的衣襟,"呵,你就这么爱他?他到底比朕哪里好?!"

端木离情绪也激动起来,一把握着念沧海的手臂,拉着她逼近自己的胸膛,她的疏离,她的戒备让他很不痛快,无法忍受!

他是迫于无奈才将她嫁去北域,他也让御景秋转达了他真正的心意,她明明回信给他,知道了他的情谊,说会偷回丹书铁券,与他白首到老——

为何到头一切都是谎话,呵呵……呵呵呵……爱上了端木卿绝……

为何她和忘莫离那么像,难道长得像,连心都会是一样?!

"该如何回答皇上这个问题呢,他什么都好过你,一时半会儿还说不完呢。"

此话一出,手臂上的力道立刻加重了几分,纵然痛,念沧海是不屈地昂着头,杏眸狠厉地瞪着他,反正都是撕破脸皮了,她可不会怕他——

"呵,好大的胆子,你是在等那半男不女的小子来救你?"

"谁半男不女,不许你侮辱迦楼姐姐!"

"迦楼姐姐?你自己都未将他当做男人,又有何资格说朕?"

"你——"

他大老远从猎场跟来难道就是为了跟她斗气的?"皇上有话就直说吧,不必拐弯抹角的。"

"回到朕的身边。"

念沧海讶异得说不上话,手儿使劲地掰开他握着她手臂的手,她拼命地挣脱,"放开我,我是端木卿绝的妻子,生是他的人,死是他的鬼!"

绿眸落在念沧海微微隆起的小腹,她何止背弃了对他的承诺,更是有了那男人的骨血。

为什么他用尽一颗心去爱,得到的回报却是接二连三的背叛?!

"只要你将这个孩子拿掉,朕可以既往不咎,当做什么都没有发生过,什么也没有听到,为何要为一个终究要死的人守身一世?"

"不,发生的,听到的,那是因为那都是真的,我不后悔,我不需要皇上的'包容',卿绝不会死的,他不会丢下我们母子的!"

念沧海听不得那话中的半个字,他这是在说什么蠢话,他还不明白么?

第五章 狩猎陷阱

91

"念沧海，你从没有了解过朕，就像你从来也没真正了解到端木卿绝是个怎样的男人，你以为他的心忘得了忘莫离么？不，他比朕爱得更深，更痛，你不过是因为这张脸才让他错以为爱上了你！"

端木离一把掐住念沧海的双颊向上顶，动作相当的粗鲁，"呸！挑拨离间是没用的，我不信你，卿绝爱过痛过，是因为他用心用情深爱过，你没有他爱得深，是因为你自私、懦弱，根本不懂什么是爱！你才是那个一开始就因为这容颜才爱上我的人！"

念沧海眼神狠烈地向着端木离的心口，"我看到了你的心，你的心里藏着仇恨，怨念，还有不甘、偏执，无法忘却忘莫离的人是你，是你的心还在惦念着她，你想得到我是为了赢过卿绝！"

从一开始撒谎的人就是他！

他从没向她提及过忘莫离这个人，这个曾经是他太子妃的女子。

端木离心口止不住一颤，就好像被念沧海真的看透了他的心，他甩开手将她远远推开，毫不顾忌她是有孕在身的女人，"呵，你跟那小子一样也有通天眼了？"

念沧海跟跄向后跌跌撞撞，所幸没有摔在地上，通天眼？

"你早就认识迦楼姐姐了么？"

"这让你很惊奇么？呵，端木卿绝从未告诉过你那个迦楼为何会失忆吧？"

"失……忆？"

端木离笑得阴狠，他是在故意卖弄玄虚。

"我不信，你不要在这里胡言乱语了，你说的话，我一个字都不会信的。"

念沧海绕开他，却听他冷笑得让人心里发毛，"也许不信为好，有时真相是很伤人的，也许有朝一日谎言大白于天下，那些曾经为你连命都可以付出的傻小子，就会突变成另一个人，恨不得将她杀死，送你入地狱！"

眼前因为端木离的警告，出现一幅血腥杀戮的画面，画面中的人正是迦楼和自己，迦楼的手沾满了鲜血勒在她的脖子上——

"我不信，我不信……"念沧海慌乱地迈开脚步，端木离疾步追上，一只手握紧她的腕子，这已不是他第一次这么粗鲁地待她，而他曾小心翼翼将她护在怀内，谁都伤不得。

"放开我，端木离，放开我！"她大喊着，紧要关头迦楼从承景宫里飞奔了出来，"丫头，谁在那儿？！"

端木离一只手已经抬起要打晕念沧海，"迦楼姐姐我在这儿！！"

念沧海看到端木离抬起的手，若是和他硬拼，她根本没有胜算，所以得赶在他下手之前得到迦楼的救援——

"丫头！"

迦楼行步如飞，端木离来不及出手只得松手将念沧海一推，她身子倾倒，惊得大喝，迦楼飞身将她接住，再一眼却不见周围有任何人，"怎么了，丫头，方才是谁推了你？！"

念沧海靠在迦楼怀中，惊魂未定，双手死死护着小腹，端木离方才有心将她推得那么重，他是存心要伤着她们母子的。

"他……他……端……端木……"

"是端木离？！"

迦楼不敢相信那个卑鄙小人还能从猎场里溜出来？

"方才他不是说什么狩猎大赛，我瞧他也应该是参加的不是？"

被他这一问念沧海就更乱了，是啊，他是参加的，他也说了但凡参加都不得反悔，可他难不成是有分身术，又或者刚才见到他都是她的幻觉？！

"呵，皇婶，这个称呼还真是刺耳，若是你那引以为傲的夫君死了，那你也不再是朕的皇婶了吧？"

"只要你将这个孩子拿掉，朕可以既往不咎，当做什么都没有发生过，什么也没有听到，为何要为一个终究要死的人守身一世？"

端木离的毒咒狠狠炸响耳边，不是的，绝对不会是她的幻觉，方才出现的人肯定是端木离——

"迦楼姐姐，我们不能在这里耽误时间了，我们赶快回猎场，留醉逍遥一人保护卿绝太危险了！"

念沧海没有工夫去琢磨端木离突然出现的目的何在，但她肯定他一定是设下了什么惊天的陷阱等着谋害卿绝，她不能让他得逞——

回到猎场，那儿是热闹欢呼，气氛火热，所有场外宾客席上的人儿纷纷朝着猎场内大声呼喝，迦楼将念沧海放下，远远就闻到股股血腥的味道，猎场内遍地是被弓箭射中的猎物，鲜血染红绿茵的草地，"呕……呕……"

念沧海止不住恶心犯上，她见不得那样残忍的画面，她根本就寻不着端木卿绝的身影，那些在视线里狩猎的人不过区区十数人，剩余的二三十个人不知是去了哪儿，在那深处，她陡然听到了一阵诡异的呼喝，好像是那些人找到了非同一般的猎物——

"卿绝！！"

念沧海直觉那猎物会是端木卿绝，一定是这样的！

端木离联合那些小国的王储将领将卿绝引诱向深处，这样他们有心将弓箭对准卿绝，也是死无对证，是的，端木离肯定是这么打算的，所以他才说得那么绝对，那么自信！

第五章　狩猎陷阱

93

身子就这么向着猎场内跑,数不尽的北域侍卫当然立刻涌过来挡在她的身前,"王妃,千万不可!"

"小姐?你刚才是去了哪儿?"

小幽穿过人群跑了过来拉住念沧海的手,"不……放开我,小幽放开我,卿绝有危险,你们还愣在这儿做什么?还不跟过去保护王爷?!"

念沧海顾不得猎场外宾客众多就大喊起来,什么都比不过端木卿绝的性命重要,可是侍卫们面面相觑,露出左右为难的表情,他们没有一个是立刻转身冲向猎场的——

"没有听到我说的么?王爷有危险,快追上去保护他!!"

念沧海急得心都要跳出来了,可是四大暗卫默不做声——

他们理解王妃担心九爷,可这都说了是命由天定的狩猎大赛,他们一群人要就这么冲进猎场,还不成了被天下人嗤笑的大笑话?!

日后定被人说,堂堂北域王爷怕死怕到上千名侍卫保护着狩猎。

九爷声名远播,威风凛凛,他们要这么做,绝对是丢了九爷的脸面,九爷也绝不会允许他们这么做的。

"王妃,你有孕在身,还请看在未出世的皇子的面上,冷静点儿,九爷不会有事的!"

四大暗卫拼死拦着念沧海,奈何她一女儿家怎么抵得过健壮的四个大男人?

念沧海突然觉得双腿都软了,身子往下沉,所幸有一双手稳当当地将她接住,"丫头,你不要去,我进去会会他们。"

"迦楼……姐姐?"

满目绝望的念沧海抓着迦楼的双袖,"救救卿绝,迦楼姐姐,求你不要让他有事……"

她的哀求,她的泪眼冷不防地揪痛迦楼的心,这小丫头是当真动了情地爱上了九爷,他若有事,她必定无法独活。

纵然心里有些痛,有些不甘,可迦楼一如往常妖冶地勾起唇角魅惑一笑,那妖娆自信的模样是说不尽的胸有成竹。

"好生照顾好王妃,她肚子的小东西要是出了什么事,就是拿你们的人头也赔不起,知道了么?!"

迦楼朝着四大暗卫训话,他们低头应允的瞬息再抬起头,迦楼已经消失了踪影——

所有人都不敢相信,七姑娘竟有这般武艺高超的道行,就连旁边的宾客都好奇地向这边张望而来,分明好像见着了一个如花娇媚的美少年,可是一眨眼的工夫又不见了踪迹——

其实在念沧海又折回来之前,玥瑶一直在闹,因为她也想跑进猎场里找端木卿绝问个清楚，到底是要她还是要那个丑八怪，不过也多谢念沧海又跑了回来，所有人都关注着念沧海的时候，她正好悄然无声地溜进了猎场——

迦楼绕着包围着猎场的林子疾步前行，就这么偏不巧地碰上那猫着身狂奔的坏丫头，"喂，前面的臭鼬给我停下来！"

臭鼬？！

"你说谁是臭鼬？！"

玥瑶听不得骂，当然更容不得被她向来最讨厌的迦楼骂，停下步子就凶神恶煞地骂过来，谁想迦楼勾着唇角，飞身过来，一指点在她的肩头，"嗬？！"

玥瑶来不及反应就被点了穴，全身都动不了了，"你要做什么？不要乱来，我要叫了，九哥知道了，我定要他将你大卸八块！"

玥瑶慌张得口没遮拦地大喝，她可不是傻子，她是知道迦楼的武艺高超，绝对胜过她的，他要是乱来，她肯定小命不保！

迦楼不慌不乱地悠悠笑，下一刻就点了她的哑穴，她什么声音都发不出来了。

随即，迦楼拽着她拖到一棵硕大的大树下，将她绑在了大树上，要是放任她跑进猎场还不是捣乱用的。

玥瑶发不出声音，只有鼻子里发出不满的怒吟，迦楼瞧她没法张牙舞爪，心里可是痛快，"不许吵，现在你全身都动不了，可这林子里野禽猛兽数不胜数，要是把它们招来了，可就成了它们的美餐了！"

迦楼没心没肺地说罢，还耸耸肩没心没肺地坏笑。

"唔唔……"

玥瑶先前还气冲冲地怒吟，可见他转身走人，下意识地，声音变得怯懦起来——混蛋，不要把她一个人绑在这儿，她……怕……她可不要被一群野兽撕裂了吞下肚子！

猎场深处，数不尽的竹林大树将四周掩盖得严严实实，使在林子外的人绝对无法看清林子里的状况，端木卿绝驾着马，手握着弓，弓上却没有上箭，而他四周有着不下二十人将他包围住，他们手持和他相同的弓箭，不过个个是箭在弦上，不是向着猎物，而是——

向着他！

从方才起，这些人就在他的身后追赶，有心将他引诱到这里——

呵，以为没有外人瞧见，将他围困在这儿，他们就能为所欲为？

呵呵……就凭那些个弱不禁风的木箭？！

端木卿绝唇角半勾，慑人笑靥刺人心凉，二十多个人渐渐举起弓的手止不住微微抖颤，这到底是什么人，那面具下的眼神变了，就像一头被激怒的猛禽——

第五章 狩猎陷阱

95

可走入了这片林子就绝没有回头路，踢踏踢踏，从人群后传来不缓不急的马蹄声，端木卿绝眼神一沉，映入眼瞳的是端木离的脸孔——

呵，躲在暗处的傀儡主来了么？

端木卿绝眸光狂野无羁，绽放着耀眼的冷光，体内的热血沸腾，既然这些人那么想早些和阎王见面，那他就送他们个顺水人情——

端木离面无表情，眼神漠然，身后还跟着十余人，他们亦个个手握弓箭，箭尖直指端木卿绝——

他能感觉到端木卿绝身上那散发出的势不可挡的杀气，仿佛他们这些人不过是无谓轻重的空气，然而只要他们三十余人同时射箭，纵然他是三头六臂也别想逃得出去——

端木离眼角勾起自信光亮，可那被瞄准的"猎物"却是忽然一手伸向背后的箭篓，动作快到没有一个人的眼睛跟得上，那箭已悬在弦上，"射！"

端木离当下急促下令，三十余支箭齐齐射向端木卿绝的心口，不能让端木卿绝先将箭射出！！

电光火石之间，端木卿绝弓上的箭消失在弦上，突然在他身前三尺处横空出现，箭气强大张狂，猛地将无形的空气割成了两段，形成一道强大的气流，迎面撞上那四面八方而来的利箭，利箭被气流硬生挡在外，碰撞出刺目飞溅的火花——

"怎么可能……？"

眼前一切教一双双眼睛瞠目结舌，难以置信，这是什么功夫？

这世上怎么可能有人能平白呼风唤雨，执掌空气？！

处在狂野气流中心的男人睨着他们张张彷徨无措的脸孔，突然唇角半勾，薄唇翕动，不知念着什么，那气流的威力徒增百倍，震断那三十余支箭，被折断的箭头统统向着来处折回——

"不要！！"

"救命！！"

一时间，歇斯底里的求救冲上天际，然而只是那么一瞬间，林间恢复了平静，就像什么事也没有发生过一般，就听——

咚咚咚的巨响，所有驾在马背上的人心口插着箭头，坠倒在地，鲜血横流……

那些小国王储将领，死相惨不忍睹，心口里个个爬出黑色的蛊毒虫，他们口吐黑血，不甘的双眸齐齐瞪向那唯一躲过箭头的端木离，"端木……端木……离……你不得好死……"

是的，他们都中了蛊毒，所以才会被端木离操纵，他答应过他们，只要他们乖乖听从联合杀死端木卿绝，他就会取出他们体内的蛊毒虫，可终究……

只是一场骗局，就是他们杀死了端木卿绝，也永不会得到端木离的救赎……

"箭不长眼，方才差点伤了皇侄儿，皇侄儿可不会责怪皇叔吧？"

端木卿绝驾着马悠悠地逼近端木离，端木离震惊皇皇地望着地上一具具开始腐烂的尸首，再一眼直视着端木卿绝的双眸——

这个男人……

方才若是有心杀死他，他早就和那些人一样倒在地上，横尸林间了……

端木离眼前是片刻前箭头直指心口的一幕，他试图躲闪，然而速度根本来不及跟上，可是就在箭头要刺破他心口的一刹那，像被什么东西扯住了，凭空就化为了一摊空气——

是他有心留他一命？！

他大可以在这谁人也不知道的林间杀了所有人，包括他——端木离。

踢踏踢踏，马蹄声已然逼至端木离跟前，他抬眸刹那即被端木卿绝的身影拢住，无法言喻的强大拢着人，教人紧迫得都忘了该如何呼吸，再胆小的人在身陷危机的时候也会反击，然而这一刻——

他的手脚就像被无形的绳索捆绑，动不了弹不得，眼前这个男人的强大是人都无法抵御的，"端木卿绝。"

他吐出他的名字，似要找回遗失的王族尊严，谁想狼形面具下的眼迸出一道杀光，端木卿绝猿臂伸来，掐住他的面颊就听刺啦一声，一张人皮从脸上被撕了下来——

"说，你是谁，为何假扮端木离？！"

没有痛吟嘶叫，有的只是端木卿绝的咆哮，那人根本不是端木离，而是个用人皮面具装扮成他的人，他垂着头，凌乱的刘海遮挡着脸，似是受到了极大的冲击，不敢相信端木卿绝竟然一早认出了他并非端木离？！

"抬起头来！！"

端木卿绝一把揪住那人的衣襟将他拽起，然而那落入眼眸的脸孔，熟悉而又陌生……

"景……？"

云字差点落出口，端木卿绝金瞳圆睁不敢相信这人竟生得和景云一模一样的脸孔，难道他是……

"我什么都不会说的，你要杀要剐就动手吧……"

御景秋眼神颓丧，就像将死的人毫无生气，他不反抗也不归顺，"你也和他们一样被端木离下了蛊毒操纵？！"

只瞧御景秋漠然的唇勾起一丝笑，不是不屑讪笑，而是染着几分莫可奈何的无奈，"下不下有何差别，人终究是要一死的……"

"混账！"

第五章 狩猎陷阱

端木卿绝厉色呵斥，若不是他生得一张和景云一模一样的脸孔，他保证绝不会留他多呼吸一口，然而就因为这张脸孔，他容不得他死，如果他就是他找了十多年的那个孩子，就是他想死，他也绝不允许！

"快动手吧，不然端木离的人就要来了……"

御景秋低声说道，他不过是被端木离操纵的傀儡，不一样的是，那些人是被迫，而他是他的臣下，奴才遵从主子是天经地义，今次端木离铁了心地要除去端木卿绝，他早就料到那些人可能要不了端木卿绝的命，所以在整片林子都设下机关，只要一刻时辰内，不见他走出林子，机关就会立刻开启，而林子外亦蹲守着成百上千的侍卫——

纵然端木卿绝技艺超人，也不可能有生还的机会……

"傻子！"

端木卿绝突然骂道，御景秋讶异地抬起眸子，就瞧他一掌打来，高大的身子倏地虚软下来，"还不过来帮忙？！"端木卿绝飞身将御景秋接住，只瞧不远处的林间走来两道俊逸身影——

醉逍遥来到端木卿绝的身边扛起晕厥过去的御景秋，迦楼媚眼半弯似笑非笑地睨着他，"景云这小子是偷跑来被端木离偷袭了么？！"

"他不是景云。"

端木卿绝嗔道，"立刻把他带回宫。"

"九爷是还想留下会会端木离？！剩下时间可不多了，端木离在这林子里设下了机关，一刻时辰里只要不见他出林子，那些机关就会开启，而且在林外已经埋伏了成百上千的侍卫，除非我们会隐身术，不然定逃不过端木离的围攻。"

"迦楼，你——？！"

端木卿绝讶异惊愕，只因迦楼怔怔地就这么对着昏厥过去的御景秋，讲出了他心中正在焦急的忧虑？！

"读心术？"

一旁的醉逍遥也难掩错愕，不仅仅是幻术，迦楼拥有的异于常人的通灵之力也在逐渐恢复？！

他生来就拥有一双阴阳眼，可以看透阴阳两界，凡人心中所想只要微微动用意念就能看得一清二楚。

"你们怎么了？我有说了些什么么？"

气氛很是沉闷，静得气流都变得很奇怪，迦楼茫然地看着端木卿绝和醉逍遥，他看上去一点都不记得自己方才说的话——

就只是觉得自己有点奇怪，记忆里嘴唇好像动了动，他是说了些什么，但是又怎么也记不起来了……

"别再浪费时间了，你们赶快带着这小子回宫！带回侍卫队严守承景宫，护好海儿，就当什么事也没有发生。"

端木卿绝急促令道，醉逍遥当即背着御景秋跑起来，可才跑出不远，整片林子就躁动了起来，成片的鸟儿飞起，像受了惊一般四处乱穿，天空中就像横生出了一道无形的墙，它们飞不出去，就成群地硬撞而上，就瞧成片的鸟儿头破血流地坠落下来——

整片林子里顿时血腥弥漫，还有奇怪的灰色烟雾燃起，"有毒！！"

端木卿绝拉弓射出一箭，三人身周立刻隆起一道屏障，将毒气阻隔在外，"九哥，这林子已经被人设下了结界，林外的人进不来，也看不到听不到林子里的任何一切。"

"端木离是要赶尽杀绝！"

端木卿绝这才意识到端木离这一次的觉悟之大，他不再畏惧他了？他一点都不怕他若活着出去，他定人头不保？！

究竟是谁给他的胆子，如此强大的灵力绝非他这样的凡人可以操控自如！

"呜呜——嗯呃！！"

毒气萦绕整片林子，林间的野禽唯恐不及地乱窜逃跑，只瞧一具具尸首倒在毒烟中，气孔出血，惨不忍睹，拢在三人身周的屏障亦出现了裂痕，眼看就要破裂——

可以想象那毒气之重，端木卿绝握着弓的手在震颤，无法抑制的怒火在一点点攀升，"九哥！"

醉逍遥一手握住端木卿绝的腕子，他知道这一切都在激怒端木卿绝，万一妖气不受控露出真身，他倒是不打紧，就是陪着一起露身也是无所谓，可迦楼在……

他对他们那部分的记忆还未恢复，若是看到他们真身外露受到了刺激……

醉逍遥不愿去想那样的后果，那是九哥一直努力回避的……

"带他们走！"

只吐出沉冷的四个字，端木卿绝身后顿现一股冲天飓风，飓风震碎护着他们的屏障，亦将充斥整片林间的毒烟隔成两段，直冲上天的飓风绕着炫目金芒，犹若攀着一条愤怒的火龙直冲那道结界——

结界就如易碎的琉璃被震开，就在端木卿绝三千黑丝化为一头耀目银发时，醉逍遥一掌打在迦楼的后肩，他抱起两个昏厥的男人一飞冲天，从结界的裂痕处逃了出去——

"小姐，你看那儿！"

猎场外，小幽指着天际，她好像看到了一道冲天的黑影，像是一条龙又像是一条蛇，"嗨？！"念沧海倒抽口气，她也看到了，她看到了巨蟒的蛇影？

不出眨眼片刻就隐匿在了云端之后，那绝不会是卿绝……

第五章 狩猎陷阱

99

难道是醉逍遥……？！

晴朗的天空突然被片片乌云遮挡，席上的宾客突然躁动起来，狂风暴雨跟着而下，整个席上都混乱了起来，"王妃，请随我们赶快回承景宫。"

四大暗卫围过来，趁着混乱之际，整个北域侍卫队都做好了急速回宫的准备，"回宫？！"

念沧海不解却没有抗拒，如果那是醉逍遥的话，会不会是他和卿绝都从林子里逃出来了？！

可是迦楼姐姐也和他们在一起？！

时间容不得念沧海多做考虑，她跟着四大暗卫被千人侍卫队声势浩大地护着向承景宫前行。

情势所逼，他国王储也向着皇宫而去，一群群声势浩大的侍卫队中，北域的侍卫队并不显得特立独行，端木离安排在猎场外的人被打了个措手不及，根本无法阻挡北域的侍卫队。

虽然一路上吵吵杂杂，可念沧海还是被四大暗卫顺利护送回了承景宫，一走进宫内，气氛就相当的不寻常——

"醉逍遥？！"

念沧海快步迈入正堂，只瞧迦楼坐靠在椅子上，地上则躺着另一个昏厥的男人，醉逍遥好像被什么利器割破了袖子站在那个男人的身前，"卿绝……呢？！"

念沧海焦急地问道，眼神无意地瞥向地上的男人，然而就是这一眼，"御大人？！"

念沧海不敢相信昏厥过去的男人会是御景秋，她蹲下身去轻拍他的脸孔，他头发凌乱，身上的衣物细看为何和端木离的这么相似？！

"他是怎么了？！"

"他被九哥打昏了，稍后就会醒来，不用担心。"

醉逍遥漠然地答道，银绿的眸中隐约看到了几缕忧心的暗光——

念沧海缓过神来，她根本就没有见着端木卿绝的身影，莫不是他还在——林子里？！

"卿绝呢，他没有和你们一起出林子么？到底发生了什么？端木离人呢，这究竟是怎么回事？！"

念沧海突然激动起来，抓着醉逍遥的袖子不放，她很是紧张，脑海里乱成一团，就是醉逍遥什么也没有说，她也可以料想到方才在林子里一定发生了很是惨重的事儿——

难道，卿绝他……他……

眼前硬生生展开一幅血腥的画面，画面正中有个男人躺倒在血泊中，那个男人就是——

"卿绝！！"

念沧海失了魂丢了魄，眼前的画面真实得逼她心痛欲死！

她喊着端木卿绝的名字就往外跑，猎场外一片混乱，猎场里不知是布下了多少血腥机关，怎么可以将他一个人留在猎场里，他元气大伤，还没有时间好好休养恢复——

端木离那些恶毒的话始终纠缠在念沧海的耳边，她向着堂外跑起来，双腿却是软的，才几个步子身子就向前虚弱倾倒，"小姐！"

四大暗卫跟着簇拥过去，"王妃！！"

一个个被惊出冷汗，所幸小幽眼明手快先将念沧海扶稳，"小姐，你有孕在身，不在乎自己也要想想未出世的小皇子呀。"

"卿绝……我要去就找卿绝……"

"王妃，无需担忧王爷，王爷定能平安归来。"

"卿绝……不要拦着我，让我去猎场……"

念沧海就像什么也没听见，试图摆脱小幽继续跑起来，"王妃，冷静点！九哥交代，所有人都要留在承景宫内，若无其事的就当做什么也没发生过。"

醉逍遥快步过来，一把拽住念沧海的胳臂，这个堂上没有人敢这么粗鲁地阻拦她——

"若无其事？你要我装作若无其事？！"

念沧海怒目狰狞瞪着醉逍遥——

她根本就听不见任何人说的话，她脑海里只有卿绝孤军奋战的画面，还有端木离心狠手辣的毒害，她做不到扔下最爱的人不管不问，"你不去，你可以装作若无其事是你的事，放开我，我要去，你没有资格阻止我！！"

"好啊，去啊！去了只会成为九哥的负担，反倒陷他入危机，难道王妃对九哥就连这点信心都没有，认定他只会输？！"

念沧海怔在原地，的确，她若是去了也帮不了卿绝，她什么也做不到，她不是忘莫离，没有强大的灵力可以保护他。

她只会成为他的负累，可即便这样……

她也不愿就这么丢他一个人，端木离的眼神充满杀意，他是动真格的，她不是不相信卿绝的实力，而是怕端木离的卑劣暗算——

就像传说中的妖狼王，强大无敌，却是最终敌不过一个小人的搬弄是非，失去了心爱的女人还有自己的孩子……

"醉逍遥……卿绝一定不会有事，告诉我，肯定地告诉我，卿绝一定不会有事！"

念沧海眼眶红了，双手紧紧握着醉逍遥的腕子，他怜惜眼前强忍泪水的女子，将她拥入怀中轻轻安抚，在她的耳边低声道："猎场的深林被端木离下了结界，外面的人看不到

第五章 狩猎陷阱

101

林子里,林子里的人也看不到外面,九哥虽然元气大伤,但不至于敌不了区区一个端木离,就是他埋伏下千人也绝不是九哥的对手……"

醉逍遥顿了顿,声音很低,只有他们两人可以听见地继续道:"你在洞穴里所见的九哥还未是他妖化的真正真身,端木离虽是布下天罗地网,但是九哥化为妖体真身,就是万人也只能是自取灭亡的尘埃。"

"妖体真身……?"

"是,北域的人也不知道,这是个秘密。"

醉逍遥对端木卿绝信心十足,几十年的相伴,他的实力他再清楚不过。

既然他交代他们装作若无其事一定有他的道理——

现在各国王储宾客都回到了皇宫之内,端木离要下手根本没有机会,一个不慎就会暴露自己的野心,要是诸多大国联合起来,足以教北苍一夜灭顶,所以现在待在承景宫里才是最安全的。

念沧海逐渐平静下来,卿绝是狼妖在北域也是个秘密的话,那就是除了她,应该就只有醉逍遥知道?!

卿绝这么小心翼翼地守护着这个秘密,定是有他的理由不让旁人知道,即便是最亲最忠实的臣下们。

毕竟,人心是最难测的,人心也是最易变的。

"我会留下,我哪儿也不去,就在这儿等他回来……"

强忍在眼眶里的泪终是落下,念沧海靠着醉逍遥的手臂眼泪刷刷地落下,为了腹中的孩子,为了她和卿绝的骨血,她要坚持住,她要相信他——

卿绝……你一定要平安归来,我和孩子等着你,一定……

猎场深林中——

毒气弥漫,黑烟绕目,一片昏暗混沌,端木卿绝身周狂风咆哮,银亮的旋涡将毒气阻隔在外,天际被他震开的结界缺口就在醉逍遥逃出去的刹那后又恢复原状,端木离究竟是从哪儿来的如此大的灵力?

很熟悉的味道……

就是妖族也未必拥有此等过人灵力,妖族的灵力都是染着妖气的,可这股灵力挥发着圣洁的味道……

那是凡人拥有的灵力,是生来就有灵力的圣女……

"莫离……?"

端木卿绝脑海中映现出那个女子圣洁无瑕的脸孔,是的,那是她的味道,只是圣洁之下却被一股邪恶的腐臭控制着——

踢踏踢踏，马蹄声渐行渐近地逼近过来——

昏暗中，只瞧身穿特制铠甲，面戴黄铜色防毒面具的男人率着不下百人的马骑军而来，纵然那男人戴着面具遮住了大半张脸，那双幽绿阴冷的眸子，也教端木卿绝一眼将他认出。

端木离，这畜生是有备而来，他打定了主意要他死在这林子里，端木卿绝金瞳厉色睨着端木离，他的身上有着莫离的味道，好像是莫离的灵力在为他护体，就像莫离还活着……

就躲在某个角落里……

这种感觉相当的强烈，端木卿绝明知这是何其荒唐的念头，可感觉不会骗人，那股灵力太过真实，对他而言又是太过熟悉……

端木离面无表情地从马上跃下向他逼近，他毫不畏惧他身周的妖气狂风，若是普通凡人触碰到微微的妖气就会晕厥过去，而他的靠近反而削弱了他的妖气——

"莫离……？"

端木离身周萦绕起银亮的明火，仿佛是从另一个世界而来的魂魄。

那摇曳在白火影下的人儿是忘莫离的面孔，忘莫离的身影，端木卿绝金眸落满诧异，仿佛此刻与他为敌的人就是莫离，这让他分神，失魂，根本无法与它为敌。

也许是心底的那份歉疚，所以他的妖气不是被他压制，而是不愿伤害她——

"莫离……"

那张脸孔，那道身影随着端木离越发地靠近而更加的明晰，禁锢在端木卿绝心底对忘莫离十五年来的憎恨、悔意、歉疚、愧对被一触即发，"莫离……"

他心怜地低喃着她的名字，顿然收起萦绕身周的妖气，他伸出手抚上那人儿的脸颊——

内心虽然有道声音在喊：这不是莫离，不是她，这只不过是端木离施下的幻术，可掌心下的冰凉直击着端木卿绝的心坎深处，是他没有将她好好守护住，才将她推向阴冷的地狱，不——

也许她只剩一丝一缕的孤魂，再无法轮回重生……

"卿绝……卿绝……"

忘莫离的白影张开唇喊着他的名字，水亮的眸子盈满着叫做思念的暖光，是她的声音，就像她还好好活着，就这么鲜明地站在他的跟前——

端木卿绝沦陷入了那一声的叫唤中，"莫离……莫离……"

他回应着她，顾不得这是幻影还是骗局，一把将那白影拥住，仿佛想要用自己的体温温暖她，将他心底的追悔的那份歉意传达给她，"呵，端木卿绝，你终究还是——输

第五章 狩猎陷阱

103

了!"

　　白影突然冷冽地笑,那是忘莫离的面孔,又如端木离的面孔,就像两个身影重叠在了一起,分不清是谁的灵魂在操控着另一个人的灵魂,"端木离?!"

　　端木卿绝惊喝,却无法推开那被他拥在怀中的女子,她的手抚上他的心口——

　　"阿离!"

　　端木卿绝怒喝起来,伸手握住那白影的手腕却是扑了空,她的身子是无形的,只是个幻影,而她掌心贴着他的心口却是这么真实,就像十五年前她破开他胸膛的那一幕就要重新上演——

　　"端木卿绝,念沧海信错你了,你的心还藏着忘莫离,你最爱的女人永远都是忘莫离。"

　　"不,我爱的是海儿!"

　　"真的么?卿绝,你已经忘记阿离了么……你忘了我们说好的三生三世,你负我一世,还要伤我三生……么……"

　　白影的面孔从端木离变为忘莫离,伤心的脸孔上落满碎心的泪,滴答滴答地好像要穿透端木卿绝的心口——

　　"不,阿离,我……"

　　"端木卿绝,你的心只能是我的,如果它不要我了,那我就要把它夺走,摧毁!"

　　说时,泪痕烙满的脸孔骤冷,无形的手刺入端木卿绝的心口——"呃嗯!"一声闷哼,端木卿绝心口飞溅起一腔鲜血……

　　鲜血溅在端木离的脸上,冰凉黏着的鲜血激起他内心的亢奋——

　　得到了……

　　他终于得到了端木卿绝的性命,用他的手,亲手了结了他,端木离越发热血沸腾,白影的影像跟着清晰起来,他的脸孔在丧心病狂地狂笑,他的手狠力伸出端木卿绝的心口,抓住那跳动的心脏,它鲜活地在他掌下跳动,仿佛是在乞求他哀求他!

　　"哈哈……哈哈哈……端木卿绝终于输了……这颗忘莫离不舍挖走的心,是朕的,朕要将它捏成万段!!"

　　端木离嘶吼着,咆哮着,狂笑着,虽然毒手捏着心脏狠狠抓紧,身前的端木卿绝却突然化为一摊虚无的幻影,"端木卿绝?!"

　　怎么回事?!

　　他的手被那幻影吸住,无法从幻影的心脏里拔出,端木离使劲地抽着手却是反被那幻影紧紧缠住,"畜生!过了十五年,你比当初更肮脏,以为同样的伎俩还能再骗孤王一次?!"

消失的端木卿绝如影破开无形的空气，顿现端木离的身侧，他猿臂伸出一把攥住端木离的脖子，"端木卿绝，不要——！！"

端木离惨叫的同时，端木卿绝揪住他脖子的手生出尖锐的狼爪毫不留情割破他的喉咙，鲜血飞溅而起，他就像被人生生掏出灵魂的躯壳跪倒在地——

"呃……咳咳……呕……"

端木离脖颈上挂着的一条红线随之断开，挂在上面的一个红色锦囊落在地上，端木离捂住鲜血不止的喉咙爬着去捡那个锦囊，血手伸出，就在要够到那个锦囊的时候，端木卿绝一脚踩下，狠狠旋动一拧，"呃嗯！！"

"畜生！你没有资格碰阿离，孤王不准你再弄脏她的灵魂！！"

端木卿绝踩着端木离的手，捡起那锦囊，抽开锦囊将锦囊里的东西倒在掌心，缕缕黑色发丝落下，触及他掌心的刹那化为晶亮的尘沙消失于尘——

端木离身后的百名骑兵倏然发出悲鸣的嘶叫，林间的毒气消失了，结界也不见了，璀璨的阳光照射进来，那些个骑兵就像害怕见到阳光的亡魂变为一摊摊灰色的尘土随风消逝——

"你以为对莫离的发丝施下巫术，就可以操控她的灵力？"

端木卿绝冷冷对着跪倒在地的端木离，他捂着脖子，浑身染满了鲜血……

他是几时看穿他拿着忘莫离的头发在她的发上施下巫术，借用她的灵力，还制造她的幻影迷惑他。

难道他不是还爱着忘莫离，三生三世都不会将她忘记？

在这个世上，他深信只要是忘莫离，只要是那个让他深爱，宁愿付出性命的女人就能让他甘愿再献上一次性命。

可是，是他估错了……么……

"不会的，你不会比我更爱海儿的……"

端木离凄凉地低笑，口中喷出刺目的鲜血，瘫倒在地，眼神空洞地看着耀目的天际：不会的……他不会就这么输了的，他不信他会忘记忘莫离，他不信他永远都只是输的那一个。

"端木离，你不配说'爱'字。"

金瞳冷光掷下，端木离在端木卿绝的眼中就是一只肮脏的蝼蚁，他从他张狂挑衅开始就怀疑他的灵力所在，果不其然他竟偷藏着莫离的发丝十五年，借用她与妖族并驾齐驱的灵力——

他一直留心着，故意假装被他制造的莫离的幻影迷惑，待他给他致命一击——

"朕爱海儿，她是朕的！"端木离不屈地低吼，鲜血更多地渗出来，"不许再那样唤

105

'海儿'!"

端木卿绝咆哮怒喝,他让他感到恶心,十五年前他让他失去了莫离,十五年后他再不会允许任何人触碰他深爱的女人!

"呵呵……呵呵呵……如果用念沧海交换忘莫离,你还会如此执念于念沧海么?"

端木离诡异地笑起来,瘫倒在地上的脸孔扭曲染血,可怕丑陋至极——

用海儿交换阿离?!

端木卿绝心口愣是漏了一拍,他是在说什么鬼话!

"呵呵……朕看到了你的心,骗得了别人骗不了自己的,端木卿绝,你敢说你方才见着莫离的影像没有动心?你敢说在那一刹那你的心里有海儿?"

"……"

端木卿绝又是一怔,没有及时地否决教端木离越加猖狂地笑起来:"呵呵呵……呵呵……独占着你的心还是忘莫离,你忘不了她,永远都不,你方才可以这么冷静是因为你知道那只是莫离的幻影,如果她还活着,真正的她出现在你的眼前,你的心不但会动摇,还会永远忘记念沧海,呵呵呵……海儿爱错了人,她不该爱你,她日后能得到的就只有背叛!"

"……"

"没有资格说爱的那个人是你,是你——端木卿绝!"

"……"

"你才是最戏忍的骗子!"

端木离突然撑着鲜血遍体的身子摇摇晃晃地站起来,他肆无忌惮地笑着,朝端木卿绝狂笑着,他不甘,不甘就这么输了,纵然还有一口气他都要活着看到端木卿绝死无葬身之地!

"逃不过的,你终究是逃不过的……"

"住口!"

端木卿绝恼羞成怒,忍无可忍,一掌攥住端木离满是鲜血的脖子,他不躲也不闪,眼神定定地讪笑着看着他,那眼神越加激怒着端木卿绝,仿佛他刚才说的那些鬼话都会在日后的某一日变为现实——

"如果他日今日你所说的都是骗我的话,那我就罚你永永远远忘记我。"

洞穴中沧海曾说过的那句话倏地回响在端木卿绝的耳边,"不,孤王深爱念沧海,此生来世从无悔!"

端木卿绝掌下力道收紧,势要拧断端木离的脖子,绝不给他生还机会——

"顾玥瑶在朕手里,你要是敢对朕下手,朕就拉她一起下地狱做伴!"

"你——！！"

端木卿绝怒目圆睁，不曾料想到玥瑶会落在他的手上，收紧的手一把拽着他向着自己，"玥瑶在哪儿？！"

"杀了朕，她就一定在阴曹地府！"

第六章　苦心预谋

承景宫里，念沧海焦急地来回踱着步子，看着天际夕阳西下，心中的不安越发地不可遏制，几多次她又要管不住自己的双脚冲出承景宫都被醉逍遥拦下——

"哎呀，丫头，你有孕在身就别乱蹦了，你家男人不会有事的，也许正在痛宰端木离那小畜生！"

迦楼跷着二郎腿，从他醒来后就一副事不关己的样子，打着哈欠，喝着茶。

念沧海可不会因为他不着边际的话而放下心来，可就在这时，小幽突然指着堂外兴奋大喊："王爷？！小姐，你快瞧，是王爷回来了！"

"卿绝？！"

念沧海当即一个转身，那心心念念的魁梧身影随之映入眼帘，娇小的身子猛地撞入他的胸膛，紧紧环抱住他，炙热的体温捆绑着双手再也无法松开……

"九哥，无事么？"

醉逍遥跟过来，靠在怀中的念沧海也忽地抬起头，摸摸端木卿绝的手臂，摸摸他的面孔，没有伤，没有伤就好，再摸摸他的心口，为何觉得这人微微发烫，"受伤了吗？！"

107

念沧海惊呼着就扯开端木卿绝的衣衫，跟过来的小幽羞涩地将脸侧到一边，所幸衣衫下并没有任何的伤痕，念沧海这才松了口气，为什么方才感觉如此强烈，觉得他的心口是受伤了，"没事……你没事……卿绝……你没事……"

　　她喜极而泣靠着端木卿绝的胸膛，热泪浸湿他的衣衫，"傻丫头，我没事，我怎会有事？"大手抚上她的发，另一手将那还在颤抖不安的小身子紧紧拥住——

　　在她拉开他衣衫的那一刹那，他的心口猛地一跳，那种感觉很是微妙——

　　为何海儿会害怕他的心口受伤？

　　就像她知道在他身上发生的一切，虽然他对端木离早有所备而躲过一劫，可如果……如果在林子里的那道白影真的是莫离的灵魂，那他的心是否还能跳动着跟着他一起回来……

　　端木卿绝不愿去想端木离咒骂的每一句话，可是那每一句却是像烙印在心坎上，反复地回响耳畔纠缠着他——

　　不！

　　他爱的是海儿，今生无悔，永世相随！

　　"海儿……我爱你。"

　　寂静的庭院中，端木卿绝薄唇轻启落下最美的告白，像是种警告，警告自己该理清自己繁乱的情愫，逝去的已不再，对莫离……他只有愧疚……

　　"卿绝，你已经忘记阿离了么……你忘了我们说好的三生三世，你负我一世，还要伤我三生……么……"

　　忘莫离碎了心的脸孔恍然乍现脑海，端木卿绝心口猛地绞痛，一声闷哼吓坏了念沧海，她还来不及感动他那一句深情的告白，还来不及将最美的微笑印上脸孔，"卿绝，你怎么了？还是受伤了，对不对？！"

　　"只是伤了元气又大耗妖力，无事的，歇息一会儿就好了……"

　　端木卿绝猛地将满面惊惶的念沧海搂在怀，俯下身靠在她的耳边低语道，他想要她的体温紧紧贴合着他，这样他的心就不会痛了，只有拥着她，他才能觉得自己还活着，微微隆起的小腹抵着他，这是一种说不出的满足感觉……

　　端木卿绝冷冷的俊颜勾起淡淡甜蜜的笑弧，"答应我，海儿，我们永远都不再分开。"

　　"嗯，不分开，我永不会再和你分开。"

　　念沧海紧抓着端木卿绝的后襟，将紧贴的拥抱搂得更紧，这份分别的苦，短暂却已让她碎了心，她再也不会让他松开她的手，再也不……

承景宫里气氛紧张，端木卿绝将林中发生的一切告知了大家，若不是玥瑶被端木离握在手中，他一定就地了结了他，当下最重要的就是如何救回玥瑶，然而端木离现在身受重伤，肯定布下更严密的机关，想要下手绝不那么容易——

所幸这次从劫难中找回了御景秋，虽然他醒来后不愿站在端木卿绝一边，但是当端木卿绝将他的身世告诉他，其实他是太上皇的亲生子还有个双生的弟弟，加之念沧海从旁的劝解，他终究接受了现实，并且改口称念沧海"皇婶"。

晚些时候，端木离又派人送来酒宴柬帖。说是为了安抚猎场上的骚乱给各国王储带来的不快，才设宴款待诸位，务必请所有人都要出席，缺一不可。

然而端木卿绝并没有出席。

夜色而下，酒宴上，歌舞升平，所有宾客都一个不少地如数出席，唯独给北域预留的席座上空无一人。

音律响起，舞女翩翩起舞，所有人举杯共庆，也就忘了北域的人未有出席那档子事。

宾客们喝着酒，奇怪的是，那些本该死在猎场深林的二三十个王储将领竟然"复活"了过来，有说有笑地出现在酒席上，还朗朗而谈狩猎的畅快。

没有人注意到龙椅上的端木离神采焕发，脖颈间没有任何伤痕，因为那并不是真的端木离，只是个被易了容的假冒品罢了。

龙景宫内，点着数十盏暗橘色的烛灯——

端木离躺在龙榻上，脖颈上缠着厚重的白色纱布，可以看到纱布上印着鲜红的血痕，看来他伤得很重，至少身边的小林子是愁眉不解，"皇上，你要见的人带来了。"

就听扑通一声，那个人被狠狠地扔在地上，高声喊了起来，"啊！混账，一群狗奴才，谁准你们这么对我，我可是北域郡主，北域王要是知道你们这么对我，你们的人头一个也逃不过！！"

顾玥瑶根本不知道这儿是哪儿，甚至不知道把她绑来这儿的是什么人——

她只记得自己被迦楼绑在大树上，她撕破喉咙地大喊，却招来了闪电霹雳，随即空气中弥漫起致命的毒烟，她试图憋气，一会儿就晕厥了过去，醒来就被人手脚捆绑住关在了潮湿阴暗的地牢里……

"是么，北域王连朕的人的脑袋也敢砍？！"

榻上传来阴阴冷冷的声音，玥瑶后脊梁骨冷不丁地一颤，这声音，循过去一瞧雕着腾龙镶着金边的榻上躺着一壮年男子，不过此刻他面容憔悴，脖颈上缠满纱布，像是受了很是严重的伤，"你是……？！"

这张侧脸有点熟悉——

第六章　苦心预谋

109

她好像见过他，"端木……"

玥瑶好像还没完全收回神来，刚喊出一个姓氏就被林公公狠狠瞪了一眼，吓得她立刻改了口，"皇……皇上……找玥瑶来有何事？！"

"呵，玥瑶郡主说，朕千辛万苦救下你是为了什么？"

榻上男子唇角一勾，笑得毫不邪魅，虽说这伤势模样挫了点，但那股魅人的气息倒是教玥瑶几分倾心，脸颊竟不自觉地微微红起，照他的话说，应该是她在被毒烟熏晕的时候，他英雄救美救了她？

"还不快快和皇上言谢？"

"呃，谢谢皇上救命之恩，玥瑶感恩不尽。"

"是么？那玥瑶郡主可以拿什么'知恩图报'？"

端木离幽绿的眸子一眯，勾起杀气重重的笑弧，玥瑶眉头一皱，"那要看皇上要的是什么了……"

"端木卿绝的性命——如何？！"

魔鬼咧开了血腥的双唇，榻下的女子水眸圆睁，久久吐不出一个字来……

玥瑶脑中乱成一片，她知道端木离等着她的答案就只有一个，而她可以活着走出去的答案也就只有相同的一个，可是——

九哥是她这辈子最爱的男人，"若是九哥做错了什么，玥瑶愿代替九哥向皇上道歉。"

玥瑶灵机一动，既不得罪端木离，又绕开了话题，不过小聪明耍得对，可也要看是用在谁的身上？！

"油嘴滑舌！小小北域郡主竟敢愚弄皇上，知不知道该当何罪？！"

端木离没出声，林公公厉色一喝，玥瑶嚣张跋扈的性子蹦了出来，狠狠地瞪了他一眼。"小林子，别吓坏了玥瑶公主，怎么说朕同郡主二哥曾也有交情，他也曾是护卫了我北苍的英勇先驱，虽然最后却不是为了保护北苍而死。"

端木离冷眸折射在玥瑶的身上，佯装仁慈大量，"皇叔一定有好好承担起兄长的责任将郡主你抚养长大吧，看你护着他，万事都为他着想就知道皇叔定待你不薄，可是郡主失去的是唯一的亲人，皇叔仅仅只是对郡主好，是不是还差了些许？！"

"……"

端木离眼神直勾勾地瞥了玥瑶一眼，那最后一句分明是个问句，但是看得出玥瑶很惶惶，不知该如何作答，他是有意挑起她的怒意么？！

"朕记得皇叔说过要代郡主二哥照顾郡主一生一世，男人口中的一生一世不应该是迎娶你为妻，与你相守一生么？朕可好奇，为何皇叔出尔反尔，转身就爱上了别的女子，就是今日郡主失踪多时都没有派人来找寻，朕真是替郡主你感到寒心。"

"……"

玥瑶始终沉默，因为端木离的每一句都扎得她的心口好痛，是的，九哥从有了那个女人后就当她是透明的，不存在的！！

他都没有来找她，他就那么希望她永远都不要在他身边出现了么？！

玥瑶渐渐走入端木离的诱导中，"念沧海是皇上的女人，其实皇上一直都对她未曾忘情吧？"久久沉默后，玥瑶粉唇一张吐出一句可能给她招来杀身之祸的问。

林公公立刻神情凶煞地要呵斥，但端木离却是邪佞地冷笑了一声，"呵，如果朕回答'是'呢。"

"玥瑶愿为皇上拆散他们。"

受惊失色的小脸上勾起一轮狡黠的笑弧。

"拆散？怎么个拆散？"

"只要皇上用得上玥瑶的地方，玥瑶一定鼎力相助。"

"这倒不错。"

端木离手一动，林公公走了过来就扣住玥瑶的下颌，"把嘴张开。"

"这是什么？我不吃！"

对峙中一颗药丸塞入她的嘴巴，冷不丁地一吞就下了肚，"皇上不信我，终究要我的性命？！"

"郡主勿惊，既然你同朕达成君子之约，那那颗药丸就是约定的印鉴，事成之后，朕自然会送上另一颗药丸作为褒奖。"

三日后，端木卿绝表面看似按兵不动，实则派出醉逍遥和四大暗卫轮番察看龙景宫的里里外外，这几日，国宴的盛宴照常进行，端木离夜夜与各国的宾客歌舞升平，还宣召不少新入宫的妃子夜夜侍寝。

看上去龙景宫内并不异常，玥瑶也不似被囚在了里面。

而迦楼在调查的中间却莫名地出现晕厥状况，一连昏睡了好多日，迟迟没有苏醒的迹象。

因为国宴结束，各路宾客也纷纷离宫，总是有庞大的队伍经过宫门外，听说除去北域，只剩东炙还没有离开。

探子回报，驻扎在边境的北域军队被念元勋的军队盯得很紧，看起来皇甫静婉一直在背地里静观一切，视北域为大敌。

第六章 苦心预谋

"九哥，明日我们也启程离开吧？既然已经找回王妃和景秋，待在这儿实在不是权宜之策。"

正堂里，只有醉逍遥和端木卿绝，"回北域的确好过北苍，可端木离会乖乖放人么？"

端木卿绝不是胆怯之人，然而他话中饱含太多未定的不安，"九哥是怕迦楼的晕厥并不简单？既是他真的碰上过什么人，还是在他醒来前带他回北域更好。"

"所以难道要对他下药一直让他昏睡不醒，我已伤了他至亲的唯一的人，连他也要一同送入地狱同她做伴？！"

端木卿绝眼中蕴着深深的歉疚，为免迦楼醒来会突然记起过去的事，所以这些日子他不得不对他下药。

"九哥……"

醉逍遥欲言又止，他明了端木卿绝的心，纵然外面冷漠无情，内心却是温情似海深——

"勿用再提迦楼，比起他，我们现在更该担心的是念元勋，那只老狐狸在谋算着什么，我猜不透，他是海儿的爹，纵然我知他从不疼爱海儿，对她的生死毫不在意，眼见她身处险境也未出手相助，可我知海儿，她再倔再烈，也不会对自己的爹爹见死不救。"

端木卿绝不信念元勋是简单的角色，曾经他们打过照面，那时他还只是个孩子，他却已是久经沙场，名震天下的大将军，他善用心计，骁勇善战，为北苍立下诸多汗血功劳，对父王是忠心不贰，还同端木锦结义为兄——

印象中，他是淡泊名利、不畏权势的真汉子，绝非皇甫静婉那等黑心残忍，未达目的不择手段的卑鄙小人。

"端木离听命于皇甫静婉，皇甫静婉下令他岂会不遵？念元勋也一样，既是同皇甫静婉同流合污，九哥就再无需施舍仁心，相信为了江山社稷，就是九哥杀了念元勋，王妃也会体谅九哥的难处，何况他如此待王妃，兴许是九哥多虑，王妃对他并无太多感情。"

此话一出，只听堂外的门轻轻一颤，像是有人一个躲闪而过，"谁？！"

端木卿绝追了上去，捕捉到一抹娇小的身影，脚步慌乱地跑入庭院——

念沧海一路小跑，有孕在身，这样的跑让她气喘不接，一阵天昏地旋，身子发软倾倒时，身后及时出现一双有力臂膀将她稳健地抱入怀中，"卿绝？"

乌黑的杏眸茫然地睨着她的俊容，"海儿。"

两人四目相视，此时无声胜有声，谁都没有多问一句，谁也没多说一句，心里已是明白，他知道她听到了，她也知道他是知道她听到了。

"对不起……"

念沧海垂下眼眸，细长的羽睫眨动仿佛沾湿着晶莹的雨露，"傻丫头，说什么对不起……"

念沧海的手在微微颤抖，好像在强抑着自己什么，她的唇也在轻轻颤动，是想说什么却又逼着自己不能开口。

"念元勋和皇甫静婉联手对付北域，海儿……你觉得你爹是为名利不择手段的人么？"

他是想要她为爹爹求情，好说服他有不杀他的理由？！

念沧海很感动端木卿绝为她所做的一切，只是——

她从出生都未和那个爹爹说上一句话，偶尔他走过幽禁她的深院，她会听到他说话的声音，偶尔小幽会来告诉她，爹爹又出战立了大功。

其实同一屋檐下，她是对这个爹爹一无所知。

可是所谓血浓于水吧，就是爹爹从不在意她，任她自生自灭，她也不曾想自己的夫君会有朝一日同他刀剑相刃，胜者活，败者亡。

"不要……"

她忽地抓住端木卿绝的臂膀，没头没脑地吐出巍巍颤颤的两个字，"不要……因为我……左右你的决定。"

本以为她是会为念元勋求情，可最后落出的那句话重重深情包裹着端木卿绝的心，"傻丫头，你当真不在意我取你爹首级？！"

明显那一问教怀中的小身子狠狠一震，抓着他手臂的手指在一根根地收紧，她在害怕，止不住浑身在颤抖，她并不是不在意的，而是深爱着他，不愿他为她为难。

他果然没有爱错，这个女人处处为他着想，他搂着她吻着她的发，"傻丫头，我相信事有蹊跷，定会查清楚再做决定。"

"当真？！"

"当真，为夫说的话几时有假？"

"我信你。"

"不过迦楼姐姐……到底是怎么了？卿绝，你是不是有什么隐瞒着我？"

端木卿绝一怔，不知她连迦楼的事儿都听到了，可再隐瞒下去对海儿也不利，他并不喜欢她日日去探他，"海儿……"

端木卿绝欲言又止，原来深藏了十五年的秘密，不是想要说就能立刻说出口的，"卿绝？迦楼姐姐的身份不只是所谓的七姑娘，对不对？端木离同我暗示过，也许看上去疼惜你的人，背后却会伤你于无形！"

金眸倏然一紧："海儿，迦楼是莫离的亲生胞兄……"

念沧海难掩心中惊愕，几乎从端木卿绝怀里跳起来——

"迦楼原本名为婆罗律音，莫离本名婆罗莫离，迦楼长她两岁，两人父母死于兵荒马乱的战火之地，留下他们一双孤儿，从小感情深厚，迦楼小小年纪就如父保护着莫离，奈何她生来灵力过人，被北苍召入宫中成为圣女候选人，谁都知道若是被选为北苍圣女，那之后数十年都不得与男子亲近，换言之就是孤老终生，迦楼怎会眼看至亲的妹妹不幸而无动于衷，他冒着性命之忧假扮莫离入宫，谁都不知道他灵力胜过莫离数倍，初初竟骗过所有人没有被识破，然而男儿身终究是男儿身，更衣沐浴时便露了真相，太后大怒罚他杖毙，丢尸荒野，可谁知分明已经断了气息的他却奇迹生还——"

"只是当他恢复健康时，莫离已被送去了圣女坛，他为找到莫离混入北苍军队，被我一目相中，他初初很低调，刻意隐瞒自己出众的才能，因为他不想被太后知道他还活着，我本也不知道他是莫离的兄长，直到……"

端木卿绝停了下来，看了怀中的念沧海一眼，似乎在忧虑着什么，那双黑亮的杏眸却是急切地看着他，等待他的下一句——

"直到我和莫离……私定终身……"

说时，端木卿绝侧开了脸庞，念沧海亦微微垂下眼眸，谁都明白"私定终身"四个字代表着什么意思。

搂着她肩头的大手收了收紧，是看到她脸上浮起的失落在担心，念沧海轻握他的手，无声胜有声地告诉他，她没事，他可以继续说下去。

"有一夜他找到我，没有理由，没有说一个字就给了我一拳，我到现在还记得他怒气冲冲的眼神中充满着对我的憎恶、痛恨、嫉妒、无奈、忍痛、不甘，那眼神太过繁复，饱含了太多太多，'端木卿绝，你要敢负了莫离，我就取你首级埋入十八层炼狱。'那是他给了我一拳后唯一的一句话，之后我才知道他爱着莫离，深深地爱着，因为是兄长所以无法真正地去爱，所以无法从我手中将莫离夺走，然而我却因为父王忽略了莫离，让她被太后控制了心魂……"

"所以迦楼恨你，恨你是因你连累了忘莫离？可是……可是真正害死莫离的人是太后，不是你啊……"

"我答应过迦楼一世不负莫离，结果却是亲手累她死于魂飞魄散，不得轮回，纵然莫离再生，我亦有了你，那誓言注定无法兑现，他就是要取我首级，我也不能反击。"

"不是的……"

念沧海紧紧环住端木卿绝，水雾湿润的眼闪着晶晶泪光。

那一句纵然莫离再生，我亦有了你，那誓言注定无法兑现，让她心好不踏实，温暖，滚滚的暖流，滚烫的，满足的。

"迦楼姐姐会明白的，他会明白的，这一切都不是你所期许的……"

"但那却是无法改变的结局……"

"不，可以改变的，可以改变的……如果忘莫离的灵魂可以得到轮回的机会，如果忘莫离可以重生……"

"海儿？！"

念沧海激动地说着，直到端木卿绝眼神严肃地打断，她才惊愕浮面，茫然地看着他——

就在方才的那一瞬，她差点就告诉了他，其实忘莫离还"活着"，一直……一直都"活"在她的身子里——

只是那话就在要说出口的那一刹那，她害怕了……

想起娘亲在她出生那日的话儿，想起也许自己早已死于胎中，怀疑也许自己才是寄宿这身子的魂魄？

也许这身子真正的主人是忘莫离的转世？！

太可笑了，如果到最后，多余的人是她……

"卿绝……"

双手紧紧环住他的脖颈，将整个身子没入他的怀抱，舍不得他，舍不得他们的孩子。

那一句"我亦有了你"是属于她的，她不愿给予任何人。

"海儿？"

"若是有一天忘莫离真的可以再生，代价却是我的消失，请不要忘了我……不要忘了我们的孩子……我是念沧海……我是念沧海……"

若是从一开始，忘莫离就该是这身子的主人，她可不可以贪恋着这一刻他对她的爱。

"傻丫头，我不是说过这一世都只爱你一人么？你忘了，你罚我要是那话是骗你的就会忘了，可是若是莫离真的重生，我亦重新爱上她的话，那不是应该罚我忘记你，你又怎么让我不许忘记？"

他调侃着没有察觉念沧海是伤了心地害怕着——"不许你忘了我！"

她从没这么霸道过，眼神这么惊惶过，双唇落在他的唇上，"我要你记得我，记得我的脸，记得我的唇，我的吻，我的手，我们的孩子……"

念沧海都不知道自己是在说什么了，她像个失落的孩子，落着泪埋首端木卿绝的肩头，端木卿绝这才感觉到不对劲——

"傻瓜，你到底在想些什么？纵然莫离再生，我对你的爱是不会变的……"

说得那么肯定，可是，可是——

卿绝，你知不知道我只怕，怕从一开始这身子的主人就不是她念沧海——

第六章 苦心预谋

115

他越说爱她,身子就越痛,心也痛,她是不是很自私?!

她能感觉到忘莫离的灵魂在痛楚,霸占了人家的身子,还夺走人家心爱的人,她还曾多次救了她,她是不是很坏?

"九哥……"

"小姐……"

醉逍遥、小幽双双来到庭院,谁也不想打扰他们的温情相拥,可是——

"何事?"

"端木离派人送来柬帖。"

端木卿绝扶着念沧海站起身,双双不解地对视,国宴已经结束,近日他们就要离宫,这个时候端木离又送什么柬帖来,必定不会是好事,是想绊住他们?!

"十五日后,端木离要册封皇贵妃,册封之人正是——"

"是谁?!"

"是……郡主。"

龙景宫内,顾玥瑶穿着华衣锦服,她做梦也想不到,这些天端木离不仅宣来宫里最好的御医给她疗伤,甚至今早一睁开眼,安排在身边伺候她的婢女兴奋地告诉她,端木离要册封她为皇贵妃。

她没想到他会册封她为皇贵妃,现在想来,她不用再整日和那个丑妇争宠夺爱,有端木离在身边,她就是踩在万千女子头上的皇贵妃,兴许日后牢牢地房获端木离的心,就能踏上那璀璨夺目的凤座,成为这北苍天下的国母。

龙景宫内,"小林子,识得天竺梵文的才子找到了没有?!"几日前,迦楼闯入龙景宫的时候,被他暗中袭击,顺势从他的身上搜到了易魂大法。

"已经盼咐下去在民间搜罗了,今夜会秘密送入宫。"

"好。"

端木离绽着胜券在握的笑,只要那易魂大法到手,这天下就注定是他的手心物,脑海里那一张温婉倾城的脸孔再现,她是那么美,美得都不真切,静静地躺在冰冷的冰棺里……

莫离……朕的莫离……

朕不会让你再冷了,很快……很快你就能再回到朕的身边了……

被迫多留在北域十五日,端木卿绝生怕念沧海有孕在身日日关在承景宫会闷,听到民间有灯会便带着她出宫。

当然出宫肯定带了不少暗卫，醉逍遥和小幽也一同前行。

一路上，他小心翼翼地护着她，生怕有人撞伤她，"卿绝，那边好热闹，咱们过去看看。"

念沧海指着前面人群簇拥的地方，果然好不兴奋——

从小她最怕被困在深幽的地方，最向往的就是熙熙攘攘的热闹之地，那被簇拥着的摊子是个算卦的，而卦师怎么看都是个才十三四岁的小女孩……

她面目清秀，柳眉粉唇，生得好不娇媚，乍看……

当那小女孩在烛火摇曳的灯光下抬起头来，念沧海无意与她对视，心里无端端荡起奇怪的涌动，仿佛曾经在哪儿见过，有种说不清的情愫绕在心头，总觉得……

很是亲切……

那小女孩也察觉到念沧海的凝视，朝着她含蓄有礼地微微一笑，煞是有大家闺秀的气质，"这位姐姐，我能为你算上一卦么？"

顺着小女孩的视线，围着等候的百姓皆是惊诧连连，不仅是念沧海脸上半张丑陋的红瘢，而且这小女孩可是这条街上的神算子，说什么准什么，但她只凭"喜好"选择客人，可谓一言千金，要是出不起银子，就别想得到她的解卦。

端木卿绝不喜欢那小女孩的眼神，下意识地护着念沧海，有心走开，可是小女孩清脆的声音却追着而来，"姐姐不想知道日后的命运如何？你爱的人，爱着你的人，是生是死？"

脚步不由得停下，念沧海第一次违背了他的意思，折回脚步，"我日后的命运会是如何？"

说不上的亲切感随着小女孩靠近过来的脚步越发强烈——

"命运乃私密之事，姐姐，随我来，我们换个地方再说。"

小女孩站定在念沧海的跟前，纤纤玉手伸来搭在她的腕上，那轻轻一触，教浑身血流掀起滚滚热浪，这种感觉好奇怪——

念沧海就像被勾走了灵魂，也不在意小女孩是说了什么，脚步不由自主地就跟着她，"海儿。"直到端木卿绝唤了一声，一手握住她另一手腕，她才恍若回过神来。

"这位哥哥勿要阻拦，若是影响了姐姐的生死，谁也担当不起！"

小女孩放出狠话，端木卿绝当即被触怒，眼中刹那充满杀气——

小女孩却是拉着念沧海好像会轻功似的，脚步腾云驾雾的，"卿绝？！"

"姐姐，我们到了！"

念沧海顺着小女孩的视线看去，竟是一座建在水上的木屋，木屋很大，连接着一座木

第六章 苦心预谋

117

桥，白烟氤氲，水波静静——

那宅子有着几分仙气，只是静谧的夜空下，挂在门外的红灯笼又平添几分诡异的阴气，也不知道是什么东西在牵引，念沧海挪不开眸子，身子不自觉地想要靠近，一步步向着木桥而去，"海儿。"

端木卿绝跟丢了片刻，立刻又跟了上来，那副被激怒的模样简直像要杀了那小女孩。所幸念沧海用恳切的眼神看着他，告诉他小女孩并没有伤害她。

小女孩带着他们进屋，木屋布置得很简单，看得出主人的品格，简朴中不失大方，屋内萦绕着淡淡清香，一种情不自禁间让人安逸放松的味道，有点眷恋，走多一步就更多一分浓烈。

好熟悉的味道，好像在哪儿闻过这样的味道，好像是在襁褓之中时，那曾紧紧包裹住自己的味道……

娘亲的脸孔再次浮现念沧海的脑海，她淡淡未上妆的素颜甜美可亲——

滴答一声……

当端木卿绝诧异地低唤海儿二字时，念沧海这才意识到自己竟是不知觉地落下了泪水……

"姐姐，是想起了久违重逢的亲人了么？"

小女孩的问挑拨着念沧海激荡的心跳，她为何会知道她在想什么，难道她……难道……

"姐姐的命运坎坷，从出生就被爹娘抛弃了吧……"

"我……"

她是算卦的，所以她是用她的神力看到了她的出生？

"姐姐会怨恨你的爹娘么？会怨恨本该守护在你身边的娘亲么……？"

小女孩问得紧，向来调皮的笑眼瞬息收起不正经，目光殷切地对着念沧海——

怨恨么？

她的记忆里只有娘亲的呵护，娘亲的微笑，娘亲的温暖……

念沧海垂下眼眸，摇了摇头，"不。"

她尽力地掩饰着，小女孩却仍捕捉到从她眼中划过的落寞，并不是真的不怨恨吧，她看到了她的心在痛。

"姐姐的心比谁都善良，所以比起怨恨，你只是不明白为何爹爹幽禁你，娘亲为何也弃你不顾，对不对？"

心重重地一震，她心里所想为何她会说那么精准？！

"姑娘，你是否认得我娘亲？"

念沧海不顾冒昧地问道，双手紧紧握住小女孩的手，方才那强烈的亲切感又袭上心头，其实她从不信什么迷信，更不信有人能看到他人的过去，他人的所想——

小女孩眼神分明一怔，却是用鬼灵的笑立刻掩过，"小女生来得神灵眷顾，所以可以看到人的过往和心中记挂，罢了……"

这样的回答令念沧海情何以堪——

她真傻，十六年过去，娘亲不曾回来找她，娘亲既是有心离开她，这小女孩若真和娘亲有情，娘亲也不会让她出现在她眼前，不是么……

"失礼了，有没有弄疼你？"

念沧海松开手，小女孩反握住她的手，天真无邪地咧开粉唇，"没有，姐姐生来是千金贵格，日月为你臣服，天光为你护体，蟾宫大开，凤冠托珠，实乃千年一现的帝后之相，小女有幸被姐姐握着手，是小女前世修来的福气。"

"凤冠……托珠，帝后……之相？"

念沧海浑身为之战栗，出生那日的景象赫然再现——

天际日月交替，七彩霞光相映成辉，云端深处绽出炫目图腾，神秘的光影打在襁褓中雪洁的脸蛋上，就似捧着一颗出海明珠，缓缓沁入其额心。

"老爷……这孩子……"

这简直是世间奇景，廖媚伊又惊又喜地错愕哑然，念元勋同现一脸惊异。

早已候命在外的命师跪拜于屏风之外，忽地兴奋高呼："恭喜英王，贺喜英王，小郡主乃明珠出海，千金贵格，日月为她臣服，天光为她护体，蟾宫大开，凤冠托珠，实属千年一现的帝后之相。"

这番话在她出生的那日，在她被裹在襁褓中哇哇啼哭的时候就听到过……

"你眉心的中间有朵别人看不见的梅花，生来有前世庇护的灵力，换做十多年前，是被召选为圣女的绝佳人选。"

念沧海摸着自己的额心，还记得迦楼姐姐长指挥过她额前的刘海，他目光凝滞地看着，仿佛她的额心上真的有朵盛开的梅花——

如果那朵梅花是真的，那是不是就是卦师看到的那颗明珠？！

"姑娘，你说这位姑娘是帝后之相，那帝指的是谁？"

醉逍遥不知几时也跟了过来，小女孩神秘扬着嘴角，眼神微侧看向时刻守护在念沧海身边的端木卿绝，"哥哥爱惨了这位姐姐，只是哥哥的心里还残留着一丝不忠，我看到了那不该逗留在你心里的魅影，是歉疚也罢，是缅怀也罢，该撇清的还是统统抹去为好，不然——"

"不然怎样？！"

第六章 苦心预谋

"不然……他日登上龙座之际，身边人也许就不是这位姐姐了……"

"啊！！"

尾音还残留在口中，小女孩的手臂就被端木卿绝狠狠攥住，"卿绝，别这样！"念沧海去拦，小女孩一溜烟地从端木卿绝掌下逃脱，躲到念沧海的身后——

"下手这么狠，当初也是这么欺负过姐姐的吧？"

小女孩灵气的眼直逼端木卿绝的眸，他勃然大怒却又愕然怔住，这一刻她顶撞他的眼神，像极了……海儿……

"好了好了，不要和小孩子动气了，这姑娘不是故意的。"

念沧海轻轻推开端木卿绝，转身捧起小女孩的脸，随即又轻轻指按她的手臂，"没事吧？没有伤着筋骨吧？"那焦切的眼神，轻柔的动作像极了一个疼爱自己的姐姐……

小女孩眼眶不禁湿润，有股冲动想将她拥住，"你怎么了？痛了，是不是很痛？！"

见小女孩眼眶红了，念沧海心疼不已，"不是，既然那位哥哥不信我的话，那我的忠告就不用浪费唇舌告诉他了，可是姐姐要相信我，好不好？"

念沧海情不自禁地就点了点头，"海儿！"端木卿绝好不恼火，这小女孩一定会巫术，海儿分明不是对初见的人就能轻易靠近的。

"你不要靠过来。"

念沧海连头也没回地喝道，小女孩不失时机冲着端木卿绝吐着舌头做了个鬼脸，随即就将念沧海拉向展开的屏风后面，屏风是草木编织的，从细小的缝隙中可以看到小女孩从怀中拿出什么给了念沧海。

"这是……"

念沧海看着小女孩托着她的左腕绑上了一条红绳，"这是'镇魂绳'，无论何事何地，只要一直带着它就能庇护姐姐不受旁门左道陷害，它能守住姐姐的魂魄，不被他人侵害。"

"我的魂魄？！"

念沧海再一次愕然，这个孩子到底是谁，为何她会觉得她的魂魄会被人夺走？！

"姑娘，我们是否曾经见过？"

念沧海真挚地握着小女孩的手，她的眼神，她的触碰，她掌心的温度无一不让她想起娘亲，这世上娘亲是唯一一个用这般无私的爱保护着她的人。

小女孩的手在念沧海的紧握下微微颤动，眼神跟着动摇，突然耳边传来远处细微的脚步声，"姐姐记得千万不要将它摘下，好了，时辰不早了，姐姐还是先回府休息吧。"

很是突然，小女孩将念沧海从屏风后带出来，就催着他们一行人可以离开了。

"海儿？"

120

端木卿绝托起念沧海的左腕，刺目鲜红的颜色撞入眼眸，就知道那小丫头肯定给海儿戴上了什么乌烟瘴气的邪物，他伸手就扯——

"你要擅自拿下这条红绳，就注定这辈子失去这位姐姐！"

小女孩面色大变，那警告的魄力竟震住了天下无畏的端木卿绝。

他何曾怕过什么，然而这世上唯一能左右他的人，就是身前怀着他们骨肉的这女子。

"一派胡言！"

端木卿绝怒斥，这丫头古灵精怪的，根本是故弄玄虚，妖言惑众！

"预言这种事，信则有不信则无，这位哥哥自当可以毫不在意，不过要真的预言成真，可别后悔现在没有选择信我。"

金瞳骤然放大又收紧，端木卿绝脑海里无端出现一幅可怕的景象——

那是……

末了，竟是他收起修长的五指，握住念沧海的手，"走吧，海儿。"

他妥协了？

端木卿绝也不知自己是中的什么邪，不该被那小丫头的无稽之谈唬住，但是……但是她的眼神让他看到了毁灭心魂的影像——

影像里海儿手脚被捆地躺在棺木中，棺木旁火烧火燎，他嘶叫着怒吼着却无法靠近，只得眼睁睁看着她消失在火海。

深夜，龙景宫内——

"皇上，回探子所报，九王爷携王妃半个时辰前回到了宫中，王妃脸色欠恙。"

幽暗的大殿中，李公公走到端木离的身后，端木离舒展的眉头因为欠恙二字倏地皱起，"宫外发生了什么？海儿她……"

"王妃遇到了一个算卦的，听闻那算卦的小女子是个神算子，她主动为王妃算卦却忽然拉着王妃跑入人群，几个探子紧追却是跟丢了人，再找到他们的时候，王妃似是哭过，脸色相当憔悴。"

"是有人伤了她么？"

似在掩饰自己的忧心，可那挂念的表情却无法骗人，"皇上以为有端木卿绝在身边，又有谁能伤到那丑妇？！"幽暗中，大殿的另一头惊现一道魅影，声音如歌，似曾相识……

"丑妇……？呵，婆罗将军已将迦楼身份丢弃，再也了无牵挂？！"

端木离淡笑，绿眸直视迦楼素净亦妖冶的脸，这人儿曾几何时对念沧海疼之爱之，付上性命不知悔，而现在——

纯白如雪的肤，红艳欲滴的唇，一如十五年前的精致绝伦，完美容颜丝毫未变，若非

第六章 苦心预谋

121

那一身英气逼人的男儿装，只怕是个男人都会对他心生贪念。

他终究是忆起了被尘封的记忆，终是明了他对念沧海特殊的感情，是因为她不过是个长得和他深爱的人如出一辙的影子罢了……

"了无牵挂……呵呵呵！！"

头纱随着越发张狂的笑从三千青丝上滑落，那张容颜真是美得惊人，然而点在唇上的笑却是无法言喻的凄凉……

他想要牵挂的人已死，他以为他会牵挂的人原来却是令他更痛苦的人——

端木卿绝！！

迦楼心中呐喊，怒火烧天，他怎可以……他怎可以累死了莫离，还厚颜无耻地爱上别的女子……

他日若不是被端木离暗中偷袭，他只怕到现在都没有想起过往的痛苦回忆。

是他，从他端木卿绝身边将莫离抢走，是他亲口许诺会一世对她……

可他兑现的却是毁她清白，推她迈入那条不归途……

迦楼笑得凄厉，妖艳的眸子盈着不相称的纯洁的泪……

他失去了记忆，像个傻子一样被端木卿绝愚弄了十五年，他以为永远囚禁他的记忆，他就会感激他的相救，他就会忘却他欠他的一身血债？！

端木卿绝，我要你付出代价，你让我品味到失去所爱的痛，我也要相同奉还！

那眼中渐渐凝聚冻结的是恨，满腔的恨，只有用沾满鲜血的尸首才能浇灭的恨……

"婆罗将军何必笑得让人心酸，你该知道这次你同朕合作，你所想要的都会回到你的身边，没有人能再从你掌心抢夺。"

两双绽着冷光的眸子相撞——

当李公公找到被四大暗卫偷偷送出宫的迦楼时，他不敢相信李公公对他说的那番话："圣女莫离十五年前并未真的亡故，只是中了咒术，丢失了魂魄，皇上一直将圣女莫离的身体保藏，只要找到她遗失的魂魄，就能重生。"

"我要见莫离。"

阴冷的眼眸含着显目的疑心，迦楼并不相信端木离，他对他亦没有丝毫好感，当莫离受了蛊惑亲手伤了端木卿绝后，他竟是趁着莫离痛苦万分的时候乘虚而入，软硬兼施逼她做他太子妃——

龙景宫内有座地下宫殿，知道的人仅有端木离一个，就是林公公也不知道入口在哪儿，然而此时此刻，他带着迦楼一同进入，深长的阶梯上回响着两道紧随的脚步声——

踢踢踏踏地四壁回绕，煞是诡异。

地下宫殿没有多余的摆设，正中是一座巨大的池子，池水是千年寒冰，正中托起的是一座冒着寒气氤氲的水晶棺材。

"离儿？离儿！！"

迦楼远远就瞧见躺在棺木中的惊世女子，一双妖眸诧异瞪圆，狂奔扑向那寒冷的地方——

"离儿？！真的是你，我的离儿，真的是你。"

握起冰冷的手，迦楼跪倒在棺木边，含情脉脉地拂过忘莫离冰冷的脸孔，温热的泪水滴落她的脸庞，十五年过去，她仍旧是这么美，就像个孩子，未曾长大……

"人，朕已经让你见到，你现在可以告诉朕，易魂大法施法时需要的是什么了吧？"

"需要的是——一个处子。"

"处子？"

"对施法人充满仇恨的处子。"

迦楼看着诧异的端木离，仿佛是从他的心中看到了正浮现在他脑海的那个人，"这个对皇上来说并不难吧？龙景宫里不正藏着一个。"

被迦楼看穿心思，端木离不免一怔，双拳微微收紧，虽然早知他会读心术，但从不知道被当面读心的滋味很是让人难堪。

所以他想要留住念沧海的躯体的真正理由，也被他看穿了么？

就只有这点，端木离不希望被任何人看穿……

"朕未碰过那个女人，你若要朕随时可以给你。"

说得不留一点儿留恋，留着顾玥瑶册封她为贵妃是故意挑起事端激怒太后，借此铲除她身边的亲信。

其次是为了拖住端木卿绝，寻机将念沧海绑回来！

"你还需要什么？"

"一件信物，需要的是被施法的人曾长久佩戴在身的东西。"

那条从念沧海脖子上扯下的同心锁从端木离眼前闪过，链子分明被他扯断，但是他并未丢弃，因为那个同心锁上刻着端木卿绝的名字，那个他这一生最嫉恨的名字！

"看来这样东西也难不倒皇上。"

"只要有这两样东西就可以救回莫离，确保念沧海的身子不会故去？"

端木离问得很淡，仿佛毫不在意。

为何如此在意念沧海的存亡，还用莫离来掩饰他对念沧海的紧张？

迦楼眼神深蕴，看了眼棺木中冰冷的绝美少女——

他留恋不舍地以手背抚摸着她寒冰的容颜，一边暗自偷睨着端木离的表情，他竟是漠然地侧过身去，似是并不在意他对莫离的亲昵举动。

这是为何？

即便只是毫无反应冰冷的躯体，他若爱她，为何丝毫看不到丁点儿不悦？！

一个男人为了救回一个没有声息的女人，想尽办法将她的身子保存，还为她辟造出如斯庞大地下宫殿，可想他对她的爱，对她的执念是无法言喻的深厚。

然而应该出现在端木离脸上的情绪，迦楼丝毫都找不到——

是为了……念沧海么？

他对她的执念超越对相守十五年的莫离……？

"回答。"

良久等不到迦楼的回答，端木离用冷漠掩饰着焦虑，投来冷冽一眸，"呵，若皇上要的就只有躯体，大可放心，你会得到你想要的。"

海儿，该怎么办呢？

这个男人对你的执念是真的……

迦楼眼神繁复多变，深处的狡黠似乎是在酝酿着什么，"可否让我和莫离多待一会儿……"

端木离看了眼棺木中"熟睡"的少女，眼神始终漠然，十五年过去，他才知道对她的执念早在无形间消磨殆尽，只是个不爱他的女人罢了……

"不怕被冻死，你爱待多久都可以。"

端木离转身离开，脚步声很快消失在耳边……

贵妃册封大典前夜，承景宫，寂静的天空仿佛都陷入了熟睡中，端木卿绝亦深深沉浸梦境，怀中可人儿的鼾声就如安神汤将他安抚在梦境的最深处。

然而怀中的人儿却忽地眉头狞动，音律，耳边听到悠扬空灵的音律，念沧海双眸眨动，缓缓睁开眼，脸儿靠在端木卿绝的臂弯里亦缓缓抬起，那眼神煞是空洞无光——

歌声，她直直地凝着窗，窗外好像有人在吟唱着凄美的歌，引着她的身子循着歌声而去……

她坐起身，像个被夺走灵魂的瓷娃娃。

她越过端木卿绝的身下了床，只穿着足衣，没有穿上鞋就这么一步步迈出屋子，歌声好美，像个小童的哼唱——

念沧海望着天空，满目的星辰突然蒙上一层流动的黑色云雾，它像是拥有生命一般，如条活灵活现的血口猛蛇扼杀了整个天际的银亮星光——

念沧海双目空洞，下意识地向后退了一步，救救她，谁来救救她，那条黑色猛蛇向着她而来，猛然张开了黑色血口——

"不，不要！！"

黑色的云雾如蛇缠绕住念沧海的脖子，那高声的求救全数淹没在喉间：不……救救我，救命……救命！！

她喊不出声，就连呼吸都变得越发困难，她双手用尽力气地拉住那绕着脖子的云雾，然而她扯得越用力，那力道反而加注在了云雾上，将她绕得更紧，"呃唔……呜呜……呃啊！！"

整个身子瘫倒下来，念沧海一手扯着云雾，一手爬着，向屋内爬着，"卿……卿……唔唔……呃嗯！！"喊不出声，连一个名字也喊不出声——

骤然间，云雾生出一条尾巴，绕着圈将她整个身子绑着，绑住她的手，她的脚……

紧紧纠缠的力道似要掐断她体内所有的真气，呼吸从身子里剥离，心跳一点点冻结……

卿绝……

救我……

泪水在双眸闭合的一霎划过面颊，瘫倒在地不再动的身子忽地被一道黑影打横抱起，一眨眼的工夫消失在夜色天际下……

"海儿！！"

端木卿绝恍然从梦中惊醒，手边一动，心下一凉，"海儿？！海儿？！"身边没有人，惊恐倾泻一双金瞳，慌乱起身，床头的狼形面具噗哒砸在地上，裂成两段，那人儿已经跃出屋门，不见了踪影——

昏昏沉沉……

好像是沉溺在海中，没有呼吸却在呼吸，没有心跳心却在跳……

她在哪儿……她又是谁……

念沧海紧闭双眸，表情狰狞中带着安逸，她不知自己是生是死，身子好像在水中晃动，哪儿……哪儿，她在哪儿？！

卿绝，卿绝！！

她放声嘶喊，杏眸圆睁，耳边却听不到自己的声音，倒映在眼帘里的却是，黑压压的天，刺眼烧眸的烈焰火把，哪儿，这究竟是哪儿？

动不了，弹不得，手脚被黑色云雾捆绑着，身子平躺着，脖子上的黑色云雾好像不见了，她还活着？！

她能感觉到自己还有呼吸，还有心跳，但是她发不了声音！

辽阔的龙嗣山顶火光映天，这儿千百年来都是北苍皇族祭拜天地的祭坛——

念沧海仿佛是认出了这里，端木离曾带她来过这儿，他曾对她说，只有皇后才有资格参加皇族的祭祀，而她会是他这一生唯一的皇后。

第六章 苦心预谋

125

为何又是端木离？！

耳边忽地听到一道不紧不缓逼来的脚步声，每一步都好像挑拨着她脆弱的心弦，震颤着她的魂魄，念沧海惊惶地扭动身子，一个侧目看到了——

水晶……棺材？！

她好像是躺在铺满冰块的棺木里，而隔着透明棺木，她看到了相隔不远处，另一副棺木，棺木里亦躺着一个女子——

是水影，是倒映？！

还是她自己的幻象？！

那人和她好像，只是……脸上，没有红瘢……

"呃嗯……唔唔！"

念沧海试图抬起手，身子却仿佛被千重山压着，唯一能动的只有脑袋，她竟用头砸着棺木，不是真的，她看到的人绝对不是真的！

她在动，而那棺木里的人却一如沉睡，细长卷翘的羽睫纹丝不动，冰莹雪肌的脸，穿着红白相间圣女袍的身子，她的模样儿和那幅卿绝珍藏多年的屏风上的女子一模样。

忘莫离……

她是……忘莫离……

惶恐、诧异、错愕轮番如浪扑来，生生将念沧海席卷入无法呼吸的险境。

那若不是幻象，就是当真还活着的人……？！

念沧海心口猛地剧痛，好像有什么东西要生生钻出来似的，撕心裂肺，喊得煞是教人心疼。

"海……海儿……"

那道脚步声来到棺木中间，念沧海喊出声，眼泪从眼眶中一道道落下，一双好看的眼狰狞泛着血色红丝：迦……迦楼……姐……姐姐……

她颤抖的双唇喊不出声，张开的小口却努力"言"清着他的名字。

迦楼心口亦如被万箭穿心，泪光在眼眶里强忍着打转，"我只是为我心爱的人找回她的魂魄！"

那是他不得不履行的天命，那是唯一能说服他不看她的眼，不被她的泪软了心的无情。

不过一句话，十数个字儿，念沧海犹若被最亲最亲的人弃之不顾，唯一能动的脑袋一直……一直砸着棺木，伴着口鼻间痛苦的呻吟，好像是在求他救救她，亦像是痛恨的咒骂！

轰隆！！

寂静的夜忽地天雷滚滚，一声声地撞击着整个天际，迦楼隔着水晶棺木凝着那双幽怨痛楚的眼睛，那仿佛是痛彻心扉的愤怒。

为何，为何我最亲的人要无情地逼我入绝境……？

为何，迦楼姐姐……我的迦楼姐姐……这是为何……？

迦楼冷不防捂着心口，一口艳红的鲜血猛地吐出，在惊恐的夜色下撒下诡异的图案——

棺木中幽怨的眼不为他的惨样而愉悦，竟是含着热泪，含着怜惜，含着紧张：傻瓜！！真是个傻瓜！

念沧海，你若如此，怎能让我狠下心来？！

"哥……哥哥……"

电闪雷鸣的夜空下，一道空灵如籁的声音安抚了整个天际，那声音……

"哥……哥哥……"

像个迷途的孩子在努力寻找着归途，那声音好听极了，像一首动人的歌，听不腻，丢了魂。

"哥……哥哥……"

"哥……律音哥哥……"

不要喊了，不要喊了！！

那是催眠着迦楼丢开良知，忘却真情的声音，那是对念沧海来说致命的毒药！

心口好痛，浑身四肢百骸都跟着剧痛不已，那是从她身子里钻出来的求救，还是那棺木里呼出的思念……

念沧海分不清楚，也不愿清楚，总觉得自己就要死了，有什么东西被困在她的身子里，她在寻求解脱，她在向迦楼求救——

卿绝……你在哪儿……

救救我……救救我和孩子！！

绝望的心中呐喊，念沧海深知已唤不回迦楼的怜悯了，他的表情变了，眼神变了，像着了魔一般，"莫离……莫离……哥哥在这儿……"

他倾身在那棺木旁，抚着忘莫离的脸孔，泪水决了堤地落下，忽地，他转首看着念沧海，那通红的眼睛像一只失去理性的野兽——

"呃嗯！！"

脖颈间消失的黑色云雾又现，牢牢勒住念沧海，她张开了口呼吸困难：不要……不要！！

窒息的痛一轮轮地袭向她，最致命的是，迦楼一步步来到她的跟前，用从未对她展露过的冷漠无情张开口，"念沧海，你拥有的一切都是莫离的，把从她受伤抢夺的一切都还给她！！"

第六章 苦心预谋

127

第七章 坠崖重生

"唔嗯！！"

迦楼粉白的唇突然无声地嚅动起来，他好像是在念着什么咒语，念沧海一道仰天呻吟后就骤然失去了意识——

轰隆——噼里啪啦！！

轰雷阵阵，狂风暴雨骤降，无情的冷雨鞭打着一切，雨珠儿道道打在念沧海煞白如纸的脸上，越渐冰冷失去生气的身子上……

她死了……就这样死了么？！

不远处的帐篷中，阴暗无声却是倒映出一轮新嫁娘的倩影，她穿着红色绣凤锦裙，发上插着凤饰发簪，庄重的坐姿，却陪衬着濒临崩溃的脸孔——

顾玥瑶在颤抖，在害怕，当她听到念沧海那最后一声嘶喊，原本以为会出现的痛快却在她撩起营帐看到另一副棺木里的女子后，彻底沦入了惊恐的深渊——

那人儿是谁，和念沧海生得如此相像，那犹若亡魂的呻吟却不是念沧海的——

忘莫离……

九哥最爱的那个女人，她还活着，她还活着？

"玥儿，今夜你只要为朕憎恨一个人，那个人就会永远从这个世上消失。"

"玥儿，只要那个人消失了，你同朕都会无比愉悦。"

"玥儿，恨她，尽情地恨她，释放你所有对她的憎恶、痛恨，只要她消失了，朕会给你一世三千弱水的宠溺……"

端木离的许诺在脑海里声声闪现，明日本该是她出阁为人妇的大喜吉日，明日她本该躺在丈夫的身下，接受他所有的爱，将她成为他的女人。

然而端木离却是将她带来这儿——

他说，他要施法杀了念沧海，因为他不再爱那个丑妇了，因为只要那个丑妇死了，她就可以报复抛弃她的九哥，还能永永远远拥得端木离对她的独宠，她会登上那最后的一个凤座，只要念沧海死了，她就会是这北苍的皇后，日后整个天下的国母。

"不要，不要！！"

帐篷里突然惊现顾玥瑶的惊叫，她的脚下，她看到自己的脚下出现了一摊黑色沼泽，它冒着黑色缭绕的氤氲，像一双双从地狱伸出的手，缠上了她的双脚，"呜呜……呜呜……"

她听到了奇怪的声音，那是鬼魂在哭泣，鬼魂在悲吟……

"不要，不要！！"

不要碰我！！我不要下地狱，我不要！！

顾玥瑶惊慌地抬起双脚，却发现身子被无形的东西已牢牢捆绑在了木椅上，任凭她用尽力气也无法逃脱，"不要，不要！！"

她惊慌失色地尖叫，难道……

难道这是她咒怨念沧海的报应……她真的死了，因为她的诅咒，而……死了？！

雨点浇灌红瘢覆盖的脸，念沧海好像真的已经断了气息，连纤翘的羽睫都纹丝不动，她就这么躺着，像个安详睡去的小人儿……

"娘亲……娘亲……"

"爹爹……爹爹……"

是魂魄离开了肉身了么，为何没有地狱鬼差来押她？

念沧海眼前是一片昏暗，昏暗里有个牙牙学语的孩子，那孩子是她，她漫无目的地走着，一路哭一路喊地走着，没有人……没有要她的人……

为何连爹娘都不要她……

如果连最亲的人也不要她，那她是不是从一开始就不该降生在这个世上……

冷却的身子仿佛失去了最后一丝求生意识——

没了意识就没了束缚，沉入"沉睡"的人儿忽地杏眸圆睁，那不是念沧海睁开了双目，而是身体里被囚禁的灵魂得到了解脱的空隙，"念沧海，呃嗯……对不起……"

那是忘莫离的声音！

那么一瞬，念沧海好像是硬生恢复了神智，只是……

只瞧漫在水中的身子一道震颤，震出一轮轮漂亮夺目的彩光，那是……那是形态不稳的……莫离……的魂魄……

"莫离？！"

"哥哥，不要过来！！"

莫离的声音很是痛苦，魂魄渐渐凝固清清楚楚地勾勒出忘莫离原原本本的模样，就和另一樽棺木里的女子一模样。

她是要魂归原体了？！

魂魄生生剥离肉体的痛，残忍地撕扯着念沧海沉入寂静的心神，"姐姐……姐姐……"耳边好像听到谁在叫她，"姐姐……姐姐……"

念沧海漠然地看向左腕，腕上的红色镇魂绳震颤，又震颤着，那个孩子……那个一见如故，和娘亲好像好像的孩子……

"这是'镇魂绳'，无论何事何地，只要一直带着它就能庇护姐姐不受旁门左道陷害，它能守住姐姐的魂魄，不被他人侵害。"

它能保护她？

念沧海突然双拳一握紧，眼神无比凶狠、坚强，那镇魂绳同时折射出一轮强烈的光层将她保护起来，连同那脱离肉身的魂魄也被收入其中，在一点点吸回身子里——

"呃嗯，念沧海！！"

忘莫离的魂魄惊惶地嘶喊，好不容易被分离的魂魄又点点要融入她的身子——

"莫离？！莫离！！"

迦楼不敢相信眼前的一切，那包裹在棺木里的气流强烈，他的咒术竟帮不了困在屏障里的莫离——

天上电闪雷鸣，狂风暴雨不减，"海儿！！"

那期许中的英武挺拔的身影登上山顶，"卿……卿绝……"颤动的唇发出微弱的低吟，那是凝聚多深的真情才能突破这重重的阻碍，忘莫离的魂魄眼看就要又融入念沧海的身子里——

"海儿！"

端木卿绝那一声声的叫唤仿佛给了她巨大的力量，强大的灵气从身子里进出，萦绕着那光层将自己保护……

"海儿！"

强大余波从棺木中震出，"九哥？！"巨大的狂风袭来，将端木卿绝同追赶而来的醉逍遥纷纷阻隔在外，谁都无法相信念沧海的灵气竟是逾越了忘莫离。

"呵呵……呵嘻……呵呵……"

130

繁乱间，念沧海听到了孩子的啼哭，孩子的笑声，那是她腹中的孩子也在保护着她……

苍白的脸上印出慈母的笑：孩子，孩子……娘亲会坚持下去，娘亲会活下去的，娘亲定会将……你平平安安地诞下……

"念沧海，为何你要如此执念？！"

忘莫离的魂魄已然就要吸入念沧海的身子里，没有肉身的支持，她的灵力被全数压制——

不要，念沧海，你弄错了，这不是你的魂魄，放开我，不要再禁锢我！！

那是什么？

端木卿绝恍然好像听到了记忆中尘封的声音，那闪动扭曲挣扎的光体是什么？！

迦楼在劫走念沧海的时候对端木卿绝施下了幻术，所以这一刻他看不真切眼前的景象——

端木卿绝试图冲过去保护念沧海，然而他又不能，他能感觉到有人在夺取海儿的魂魄，易魂大法？！

那和易魂大法一模一样，施法中贸然闯入，非但救不了人，反而会将被施法的人魂魄震破，四分五裂！

"海儿！！"

"卿绝，卿绝！！"

他听到了回应，他听到了他的海儿在回答他，那坚强的声音仿佛在对他说，请你不要离开，就在那儿，只要你在那儿，我就会平安无事地回到你的身边……

那是彼此信念的力量！

滚滚强烈光波中，端木卿绝看到了迦楼若隐若现，扭曲波动的背影，"迦楼……婆罗律音！！"

怒吼阵阵，震颤了天际，震颤了抵死抗拒的魂魄！

那是恨，无尽的疼惜，是为了——念沧海！

忘莫离拼尽全力的魂魄瞬间失去了力气，她痛苦地狰狞着，心脏处磕出血来——

"念沧海，我不愿恨你，你却如此卑鄙，你将属于我的一切都夺走，为何连我的灵魂都不放过？！"

"你的心在痛，因为卿绝选择的是我！"

念沧海淡然而答，她不是非要她的魂魄，她才不稀罕她的魂魄，是她一开始就不该钻入她的身子，使得彼此魂魄交织，此时此刻不由她说放就放——

忘莫离痛苦挣扎，迦楼全数看在眼中，他施下的易魂大法没有错，帮不了莫离是因

第七章 坠崖重生

131

为——

迦楼望向没有动静的帐篷，那里面本该泛出浓浓的仇恨怨气，然而竟是寂静无声，难怪捆绑住念沧海的咒怨黑雾越发减弱——

是顾玥瑶的咒怨不够，被念沧海复苏的灵气牵制了！

这样下去，莫离只会再次沦为念沧海身体里的一缕游魂——

"海儿。"

迦楼望向双目圆睁的端木卿绝，狼形面具卸下，竟是如此俊美如铸的脸孔，那是为了谁而卸下的禁忌，他是做好了暴露真身的觉悟？！

为了念沧海，他眼中就只有一个念沧海……么？！

迦楼眼中凝起一道冷光，有了，还有唯——个可以解救莫离的法子……

消散吧，幻影！

端木卿绝，让我好好看清你的真心，不……是好好让你看清自己的真情——

迦楼凌空一个响指，蒙蔽端木卿绝双眼的幻象全数碎裂，看到了，倒映在端木卿绝眼帘的是另一副棺木里的身子浮空而起，那圣女红袍随风悠扬，那人儿——

端木卿绝不敢相信映入眼帘的人儿，那人是——

"莫……莫……"

"不要喊！"

"卿绝，不要喊她的名字！！"

端木卿绝轻微到肉耳都听不到的低喃挑起念沧海全神的惊恐。

纵容的身子骤然焦躁不安起来，念沧海不由得分了神，这个时候与忘莫离的抵抗已经消耗了她的所有，不要喊，不要喊那个名字！！

呵，果然这个时候，端木卿绝的选择成了她们之间一方必定沦亡的关键。

他的一个微小动作就足以影响棺木中全神应战的念沧海。

他是她的弱点——

纵然她再强大，她心中仍有一片柔软，那是畏惧，那是不确定……

那是对莫离的戒备——

也许连她自己都还未真正了解自己的心，她对端木卿绝的爱，还存在着一缕不信任，就是那缕不信任，可以救回莫离！

迦楼看到了念沧海同端木卿绝之间的一线间隙，无论理由是什么，只要在这个时候，他喊出莫离的名字，就会给她致命一击——

一双妖眸剜去所有怜悯不决，锐冷的目光落在端木卿绝的身上，他凝望着飘浮在半空等待灵魂归位的忘莫离——

他看到了他的心，诧异，迷茫，繁复心绪绕满心头，却没有一丝是因为出于爱，那是歉疚，愧疚，绝非是情……

端木卿绝，你怎可以如此绝情负莫离所爱？！

没有路可以选择了，端木卿绝，这是你逼我这么做的，端木卿绝，是你曾答应我，绝不负莫离的情！

现在我就要兑现履行！！

傲然杵立在狂风暴雨中，迦楼用尽心神灵气施下幻术，一条巨大气流形成的巨龙仰天鸣叫，直击向端木卿绝——

"卿绝？！"

念沧海分了心，只瞧那巨龙竟是径自穿过那伟岸挺拔的身子，那是什么？！

毫无防备的一击冻结住了端木卿绝的灵魂——

"九哥！！"

醉逍遥惊喝起来，那巨龙是幻象阵法，端木卿绝被困在了里面——

眼前是……十五年前，自己和忘莫离相拥在雪山脚下的景象，她纯美的笑，他跟随的步……

莫离……

端木卿绝脑海里一片混沌，那是迦楼布下的幻象阵，纵然背负上永世不能洗清的卑鄙无耻之名，这一刻，他也搏上了所有，他要让端木卿绝被内心那仅存的一丝愧疚侵蚀整个灵魂——

"卿绝，还记得么？"

十五岁的忘莫离站在端木卿绝跟前，脸色忧伤而道，"莫离……你想说什么……"

"六道轮回，三生三世。

勿忘莫离，非君不嫁。

生死相依，与伊共伴。

天国地狱，永世不分。"

"莫离……"

"没有忘却吧，那是我们与天许下的誓言……"

"莫离……"

端木卿绝只是无奈地念着忘莫离的名字，她那幻影的影像一遍遍地提醒着他对她犯下的背弃之罪，那四句誓言的每一个字都在折磨着他的身心百骸。

"莫离……"

他有些不忍，他不忍告诉她，他不爱她了，他没有忘却那誓言，可是已经无法履行

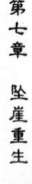

第七章 坠崖重生

133

了……

"卿绝，又一次，你要将我抛弃么？"

那凄婉的声音撞击着端木卿绝歉疚沉积的心，"不，莫离，我……"

那人儿忽地扬起唇，那笑凄美得刺痛人心，"再喊一次我的名字，就一次，好不好……"

泪珠儿滴滴滚落面颊，那是她最后的请求了……

"莫离……"

吧嗒一声，随着端木卿绝掷地有声地喊出那个名字，迦楼骤然震破整个幻象阵——

听到了，那一声亲昵的轻唤灌入躺在棺木中孤军奋战的念沧海的耳中，听得是一清二楚，卿绝……卿绝……你还是喊了她的名字，你心中所想还是那个女人？！

"不，呃嗯！！"

一股真气不受控制地蹿上心头，一口鲜血生生喷出，被吸附入身子的魂魄突然振奋用力地挣脱出她的束缚，那光亮的灵魂体又生生扯出念沧海的身子——

她就要死了……

她无法呼吸了，好难受，孩子，我的孩子……

救救我……

救救我的孩子……

"啊呃！！啊嗯——！！"

棺木中嘶吼出一道更胜一道撕心裂肺的悲鸣，她爱错了，她爱错了，她信错了，大错特错了，纯洁透明的心被黑色的烟云吞噬，端木卿绝，你负我真情，你负我信任，你负我，你负我！！

巨大的痛苦悲吟竟是引得天雷地动——

整座龙嗣山都摇晃了起来……

"海儿。"

端木卿绝木讷地喊着那深爱的人的名字，她投掷来的眼神却是从未有过的凶狠，"不要喊我的名字，端木卿绝，你再没有资格喊我的名字！"

念沧海怒声嘶吼，迸发浑身气力，将忘莫离的魂魄震颤了出来，"滚！！我把端木卿绝还给你，忘莫离，我把你要的所有都还给你！！"

忘莫离肉身飘浮在棺木之上，随着念沧海心中痛楚的愤怒，一股巨大冲击力将她的魂魄体猛地震入她的肉身——

"念……沧海……"

重获自由，重获灵力，忘莫离不可置信地凝着身下棺木中的女子，她愤怒地瞪着她，但那黑亮的明眸里却盈满痛苦悲心的泪……

她恨卿绝……却宁愿用自己的性命成全他们？！

她震弹出她的魂魄，解除对她的束缚，她是放弃了对卿绝的爱，对整个尘世的依恋……？

"呃嗯！！不要喊我的名字，你和他都没资格喊我的名字！！"

身子好痛，心好痛，呼吸好痛，落泪好痛，念沧海嘶喊着，巨大的悲愤巨浪冲天袭来，忘莫离凌空一个跃身，双掌摊开全力凝聚灵力——

轰隆一声！！

两方巨大的灵气相撞，没有人能看见被银亮冷光包容在其中的两个女子……

"救命……救……救命……"

帐篷里，顾玥瑶困难地嘶喊着，从里面爬了出来，她满口是血，爬了几步就被无法抵御的余波震弹开来，后背撞在岩石上又瘫倒在地，鲜血潺潺而流，娇小的身子就这么躺在血泊中——

瞳孔渐渐呆滞无神，那一双眼，直至了无声息还是睁得瞪圆……

"海儿，海儿！！"

相撞的气流打转旋转，像耸入天际的龙卷风，龙嗣山摇晃得越来越厉害，端木卿绝好像被念沧海的咒骂夺去了灵魂，如同行尸走肉般靠近过去——

"九哥，不可以！！"

醉逍遥拦住他，没有人可以拦住他，妖狼本性发作，利齿从怒张的嘴中乍现，他的心在痛，他的心智已被满心的痛吞噬，"九哥！！"

端木卿绝爆发的妖气冲天，加剧了整座山的崩塌，就在他闯入那巨大冲击波中的时候，山体突然崩裂——

两方相撞的灵气忽地消失，"卿绝！！"飘浮空中的忘莫离一个飞身将端木卿绝带入安全地带，然而他双目睁睁看着那棺木从断裂的石岩上摔落了下去，耳边是那人儿曾经轻柔细语的那一句"如果他日今日你所说的都是骗我的话，那我就罚你永永远远忘记我"。

"不，不！！海儿，海儿！！"

端木卿绝撕心裂肺地嘶喊，我没有骗你，海儿，我没有骗你！！

"卿绝，不可以过去！！"

忘莫离紧紧抱住端木卿绝，"醉逍遥，快布下屏障！！"

醉逍遥一怔，看着端木卿绝痛苦无助的模样，他迅速布下保护屏障，然后幻化成蛇，一个跃身跃入崖下：念沧海，你千万不可以有事！

"呃嗯！！"

第七章 坠崖重生

追上的醉逍遥突然一道震天悲鸣，那棺木坠入深渊，猛地绽开几重银白巨浪，银亮的白芒将一切吞噬——滚烫的温度逼上来，那深处仿佛是地狱岩浆，再也无法追上一步！

"卿绝，卿绝！！"

山顶的另一端，就在那夺目白芒从深渊如浪冲上天际，仿佛是念沧海的魂魄步入了另一个世界，端木卿绝忽地金瞳灰暗，就像被刺瞎了双目，他倒在忘莫离的怀中，痛苦地单手攥着绞痛的心口——

"如果他日今你所说的都是骗我的话，那我就罚你永永远远忘记我……"

"如果你骗了我，就罚你永永远远忘记我……"

那声音是无药可解的毒药，不要……海儿……不要对我如此残忍……不要让我……让我……忘了你……

"卿绝！！"

端木卿绝忽地双目紧闭昏厥了过去，就像死了一般，弥漫在整个残破山顶的只有忘莫离的哭喊……

守在山下的端木离不敢相信当山体摇晃时那不可思议的夺目白芒，他不知道那是什么，他只是不顾一切地向着山顶跑去，而那映入眼帘的一幕——

祭祀神坛残垣断壁，那一缕清秀亦惊艳的身影站在摇摇欲坠的悬崖断壁边，看着下面无尽的深渊，似在追思着什么人一般……

"卿绝，卿绝？"

不远处，那深埋在记忆里的声音如梦如真地灌入耳中，那是他守护了十五年的女子啊，她复苏了……真的重生了……？！

"忘莫离。"

端木卿绝怔怔地喊着她的名字，看着她怀中紧拥的男人，还是回到了端木卿绝的身边，她紧紧拥着他，为他心疼，为他落泪，而他的脸孔……

那张面具……

不见了……？！

那脸上从未看清的图腾像极了狼，纵然苦楚凝眉双眸紧闭，却掩不住那生来俊美无俦的容颜，为何面具下竟是如斯一张越于完美之上的脸孔？！

为何他要将这样的面孔隐藏在冰冷残暴的面具下？！

"不要靠近他。"

端木离身后乍现迦楼的好心提醒，端木离倒抽口凉气，他竟丝毫没有察觉他靠近的步伐，却在转身之间突然双目圆睁，这几尽被摧毁的山顶，本该有的两副棺木为何只剩一副？

为何忘莫离重生，而不见海儿的肉身？！

"海儿呢，海儿呢？！"

端木离歇斯底里地喊起来，不等迦楼回答，眼角的余光就扫到倒在血泊中死状触目惊心的顾玥瑶，"海儿……海……海儿……呢！！"

他拽起迦楼的衣襟，声音不自觉地颤抖起来，若不是他的执意要求，他又怎会安静地待在山脚下，"海儿，海儿呢！！"

"她已死。"

简洁不拖沓的三个字教端木离倏地收紧勒住他脖子的力道，"混账，你说什么，再说一次，海儿她在哪儿？！"

那不是真的，海儿不会死的，他答应过要将海儿的身子给他的！！

"她死了。"

无情的三个字更加狠烈地撕扯着端木离的心，"不，你答应过不会让她死的，你答应过朕，要将她的身子给朕的！！"

"我答应过，但念沧海不愿活，她跳入深渊玉石俱焚，我亦无可奈何。"

迦楼面不改色，亦无色，"混账！混账！！"

端木离陡然崩溃，就只是要海儿的身子罢了，得不到她的心，就只求得到她的身子留在他的身边罢了，为何连最后的一丝卑微的期冀都要从他的手中夺走？！

"朕不接受，朕不许你那样说，海儿没有死，把她给我，不要试图将她藏起来，把她还给朕，她是朕的！！"

理智已然剥离了端木离的身子。

"不要命令我，我不听命于任何人。"

"……"

"你若要她，那儿，从那悬崖上跳下去，或许能在另一个世界里见到她。"

迦楼冷眉挑向那泛着死亡气息的悬崖，擦着端木离的身边走过，端木离的脸因为愤怒狰狞得扭曲，"休想活着离开，婆罗律音，朕要你以命抵命——！"

端木离转身伸出左臂用力一擒，那本该落在他掌心的人却凭空……消失了踪影……在一眼，就连不远处的端木卿绝和忘莫离也消失了踪迹……

空旷的山顶，只听林公公从山下带着禁军跑了上来，"皇上，您无事吧？"

他一遍遍地问着，端木离怔怔木然地看着他，看着四周——难道，一切都只是一场梦……么？

一个月后。

第七章 坠崖重生

137

流水潺潺的小溪边,太阳当中普照,东炙军驻扎的营地中,烈北陌守在一张榻边,手边是刚为榻上女子诊脉的医师,"姑娘气息平稳,五脏无损,只要多加休息就会醒来。"

"是么?这话你大半月前就说过了。"

烈北陌冷冷应了一句,医师一脸无措和惭愧,"这……"他扫了眼榻上女子,他也不知道是哪里出错了,但根据脉象这女子当真并无大碍。

待医师走出营帐,烈北陌双眸紧紧凝着榻上女子——虽说她病态倦容,可没有睁开眼的容颜就已明艳动人,小巧精致的脸廓,如雪冰盈的肌肤,吹弹可破的细嫩,高挺挺翘的小鼻上有着一点美人痣,煞是娇媚动人,粉色的唇带着几分病恹恹的苍白却是无比地诱人一品芳泽……

浓密卷翘的羽睫,时而微微眨动,似是做了噩梦在梦中哭泣。

烈北陌总觉得自己在哪儿见过这位女子,只是想不起来,怎样都想不起来了,他率军回东炙,途中在河边将她救起的,本以为她是溺水而亡,结果她还有着微弱的脉息。

更为神奇的是,烈北陌视线游移向女子微隆的小腹,医师说,她有了将近四个月的身孕……

虽是动了胎气,但是胎象平稳,胎儿安康。

"传令下去,三日内速速回到大都!"

烈北陌一声令下,行军大队立刻动了起来,不能靠那个不中用的医师,还是赶快回到大都为上策——

沙漠之国东炙,一望无尽的是金色沙粒,但都城大都却是沙漠中的绿林,处处花香四溢,更胜中原的风情秀丽。

绿意盎然狩猎林间,回荡着骏马奔腾和男子野性的虎吼,只瞧驾驭在马背上的男人英明神武,拉开手中弓箭,金色璀璨的日光打在赤红的身影上迸发出绚烂夺目的光芒——

咻的一声,利箭破空而发,正中那疾步无影的猎豹身躯,"大王神威!!"

武将大呼,身影一个转身,阳光折射勾勒魁梧背影,一张威武英俊的脸孔映在一片绿荫之下,勾起一轮圆月笑靥,"大王,大王,北陌殿下回宫了!"

内侍公公元滚滚拖着胖胖富态的身子大老远就兴高采烈地喊了起来。

皇儿回宫了?

马背上的男子立马攥起缰绳,策马向皇宫而去,马身一溜烟儿地擦过元公公的身子,吓得他圆滚滚的身子趴倒在地,"大王……呜呜……"

这对父子怎么就那么喜欢欺负人,爬起胖嘟嘟的身子只得迈开步子紧追了上去,"大王,等等我,等等我!"

回到皇宫,烈焰直奔烈北陌的寝宫而去,宫外竟是没有人来迎驾,"皇儿!"

推开寝屋大门，只瞧烈北陌坐在榻边，执手拿着布巾擦拭着什么，走近一瞧才瞧见榻上竟躺着一个……女子，"父王？！"

烈北陌后知后觉，匆匆给烈焰行礼，那双暗红晶亮的瞳眸却是紧紧吸附在那女子的颜上，"她是……谁？！"

那声音浑厚感性，像拂过海面的温柔的风，榻上女子低低嘤咛，恍惚间微微睁开眼——

那一头赤红的头发，一派狂野不羁，宽厚的肩，身架子骨魁梧高大，一身挥洒的野性，竟让昏睡得浑浑噩噩的人看得失神，此时眼前却晃过另一个男人的身影教女子浑身一个震颤——

这男人身上有着和那个男人相近的气息。

"呵呵，瞧瞧，莫不是皇儿从北苍回来还不忘给父王带了美人？"

赤红的眼眸看向女子半睁的眼眸，当即就被这倾城倾国的容颜迷住了眼眸，只是一个眼神又被那微微隆起的小腹一怔，俊朗容颜上的笑靥一滞却又很快一扫阴霾，不改邪佞道："呵，还是买一送一？！"

男人有着一双深邃黝亮的黑眸，比黑曜石还要闪目，如深潭般能吸附人沉沦其中，就是连说笑的声音都分外的好听。

"丫头，你是在看着我么？"

烈焰突然俯下身，他察觉到女子涣散的眼神其实早有焦距，女子却被他骤然放大眼前的俊脸吓得跳坐起身，双手紧拽着自己的衣襟，向后不停地退缩，直到撞上床头墙，始终全神戒备地瞪着他——

"父王。"

烈北陌扫了眼满是惊慌的女子，就是个傻子也知道她肯定是被父王给吓到了，想要劝阻，烈焰却是被挑起了满满的兴致——

纵然那一脸病态苍白，容颜是素面朝天，可也掩不了她出尘无染，盛颜仙姿的月眉星眼，一股鸢尾花香随那微小的动作，暗香袭来，这人儿生来就是个美人儿——

烈焰全神贯注的视线，火热又凝注，烈北陌从未瞧见过父王如此看过一个女子，奇妙的是，屋内站着的所有随从婢女都静默无声，如同父王一般视线齐齐停留在那女子的颜上。

毕竟是个美人，只是教人到了惊叹为止的地步却是世间少有。

烈北陌亦仔细端量起女子的容貌，清眸流盼，楚楚动人，都说中原出美人，这次去到北苍，确是在皇宫中见到不少，可是跟眼前的她相比，那些美人儿都只能黯然失色——

她就像百花园中热情盛放的王牡丹，纵然满园百花齐放争鸣，却只有她能一眸摘下人

第七章 坠崖重生

139

心……

"你是谁？"

还没人敢不答他的问题，反将他一军。

有意思，他就是喜欢"不一样"的。

"我是你——夫、君。"

"父王？！！"

烈北陌讶异惊呼，应该说整个屋子的人都同时脱臼了下巴，他们大王是在开哪门子的玩笑？！

"夫君？"

女子眨着清澈如溪的杏眸，不可置信地舌头打结，她不记得她记得他，只是……

她自己又是谁呢？

"我……我是……谁？！"

"我是你夫君，你当然就是我娘子咯。"

烈焰朗声笑道，就这么一个玩笑轻易地就打破那紧张的气氛，看着那张俊朗亦迥异的妖异脸孔，女子竟一时忘却了慌乱，不小心又看得入神。

"呵，娘子是在看夫君么？夫君可是要脸红了……"

"呃……我……"

烈焰邪佞一逗弄，女子苍白的小脸立刻浮起缕缕绯红，那妩媚动人的娇颜比方才更惊艳四座，屋内的婢女们纷纷发出惊叹，就是内侍公公都忍不住多瞅了两眼——

这女子当真美……真是应了那句此女只应天上有，人间哪得几回见。

"我，我没有看你，请你不要再捉弄我了……"

女子怯怯地说，声音灵动柔婉得像泉水，一屋子的人又是连连赞叹，那仙姿玉色的脸却垂了下去，她不习惯被那么多人看着，仿佛曾经也有人见着她都会这般看着她，因为她好丑，是奇丑无比——

手儿不自觉地抚上右颊，掌心下指腹下的触觉凝滑如脂，为何她会感到惊讶？

她又为何无端端会抚弄右颊像是在寻找什么……

"捉弄？为夫作何捉弄，你我都是老夫老妻了，你若不是我娘子，那你肚子里的孩子该是谁的？"

烈焰长臂伸来，不等女子回神就握住她的手腕将那羸弱小小的身子揽入自己宽大的怀中，他一手抚上她微隆的小腹，那柔情蜜意的温柔一笑简直把屋内的婢女们都羡煞得不能自已。

"哎？！"

一颗心小鹿乱撞，因为紧贴他胸膛的温度让她惊慌，而他口中的那一句更是让她迷了方向，"孩……孩子？"

女子对着烈焰的眼神，一手抚上小腹，掌心却猛力一记胎动，吓得她收回手，"我……我……"

她惊得说不上话，这感觉骗不了人，她能感觉到腹中另一道小小却强悍的跳动，她真的怀有身孕？

那这个男人……真的是她的夫君？！

女子靠在烈焰宽厚的肩上抬起头，两双好看的眸子相撞，女子下意识地心口一跳，对于这样一张俊美无瑕的脸孔她好像一点都没有抵御力，好熟悉……

总觉得在哪儿曾这般彼此深深凝注过……

那轮想不起是谁的身影，莫不就是眼前的他，不是两个相似的人，只是一个人罢了？

晃神间卸下了防备，脑袋轻轻地靠在烈焰的肩头，煞是奇怪，她就像只受伤的小鹿，一个小眼神一个小触碰就能激发男人原始的保护本能。

"好生休息，为了咱们的孩子……"

"……嗯。"

女子乖乖应声，完全没了方才惶恐不安的踪影，顺着烈焰的安抚躺了下来，然而他才要从榻上站起身，她小手突然抓住他，"夫……夫君……"

她羞赧低声地唤道，烈焰心口悸动地一颤，亦惊亦喜的眼瞳很快又铺上一层温情蜜意，"娘子想说什么？"

"我叫……什么名字？"

女子殷切渴盼地看着烈焰，看得出她很想知道自己的名字，可连她自己都记不得自己是谁了，他又何从知晓？

烈焰眼神不改温情，忽地眸光落在女子折射出点点闪光的脖子上，她颈上戴着一条链子，链坠子是个同心锁的模样，毫不别致，方才就瞧她时不时地摸着脖子，那一定是她煞是宝贝的东西，所以……

"心锁，你的名字叫做'心锁'。"

"心……锁？"

"嗯。"

"那夫……夫君的名字呢……？"

夫君二字总是让她娇媚的脸上红润羞赧，她像是努力在依靠着名字追寻着记忆的痕迹，"为夫名讳'烈焰'。"

"烈焰？"

第七章 坠崖重生

心锁毫无顾忌地喊道，惊坏了一屋子里的人，身为一国之君，就是身边最亲密的人也不得直呼他的名讳，那可是掉脑袋的大罪！

然而烈焰唇瓣的笑意加深着温柔的轮廓，一点都未有动怒的意思。

仅仅就是初面，大王是突然转性了么？

纵然大王向来和其他的君王不同，个性爽直，是个性情中人，但他的威严龙威可是万民畏惧的，就是再亲的人也不敢越雷池半步。

为何对这女子却是千般的疼楚，万般的放任……

心锁躺下休息后，烈焰还俯身在她额上落下轻轻一吻，被吻的人惊惶了一下，看着她被吻的人也齐齐惊愕。

烈北陌随烈焰走出屋子的时候，再也按捺不住，"父王可知这么做对那女子很是不公？"

"哦？父王为你母妃'守寡'多年，现在给你找个后生的娘亲，还送个弟弟，你就不为父王高兴么？"

烈焰脚步停下，转过身不改一脸邪肆的笑靥。

这……

是在说笑吧，父王一定是在说笑吧？！

同一时间，北域，皇宫——

天空阴云密布，淅淅沥沥的微雨从天而降，滴滴答答地拍落在一矗立湖边的挺拔身躯上，男子背着身，望着天，任凭雨点拍打在俊美的颜上，完美如神祇的轮廓被雨水勾勒出煞是凄美的轮廓……

没有冰冷的面具……

脸上的温度却未因此温暖……他摊开掌心接着雨水，却只能看着它从指间流失，握紧五指也无法将它挽留……

心中慢慢绽开一股痛，隐隐的，却是铭心刻骨的痛……

他闭上眼仿若在"享受"这份痛苦，忽地，顶上拢来一道阴影，睁开眼是有人为他撑起了伞，他垂下眸，"莫离……"

"卿绝，这雨越下越大了，还是回屋了，不然该着凉了。"

忘莫离温婉浅笑，一手轻拍端木卿绝肩头的雨珠，那大手冷不丁地将她握住，她心口一颤，对上他凝注而来的眼神，没了狼形面具的阻隔，他的眼神比当初更为炙热深情。

只是他像是要说什么，眉宇间微微一蹙，大手又忽地放开，眼间滑过一缕忧伤，就像是他认错了人。

他又抬起头望着天，毫不留恋地走出她的伞下——

他是在凝注地寻找着什么？

从昏睡醒来后，他就极少说话，见着她也不惊异，见不着念沧海也没追问，仿佛沉浸在自己的世界，不愿与人接触。

忘莫离迈开步子试图追上，她不能放任他再这么下去，"风大雨大，你先回屋吧，我想一个人待着。"

淡淡温润的语调传来，透着无形的威严，忘莫离不得不止下步子，他是有心回避她么？

莫不是方才他眼中的温情炙热不过都是自己的……错觉？

"呵，真是有闲情，雨中一品过往情么？"

微冷的空气中突然袭来一道比冷雨还冰冷的声音，忘莫离循声而去，是小幽站在不远处，她没有撑伞，湿了大半个身子，忘莫离撑着伞来到小幽身边为她遮住风雨，她却是怒着脸，一手拍开她的伞，"收起你的假好心，你就不觉得可耻么？你究竟是凭何厚颜无耻地跟回北域？你忘了你曾经对北域犯下的错了么？整个鬼骑军全军覆没可是为了谁？！"

若不是逼着逍遥告诉她的话，她还不知道小姐竟是为了成全这样一个自私的女子而牺牲自己和腹中的小皇子。

自从端木卿绝昏迷了将近一个月后醒来，他就像变了个人，那一日围着一屋子的人，个个对他关心不已，可无论谁和他说话，他就像听不见看不见，却只有忘莫离和他问话，他才点头作答，这到底算什么？

因为小姐死了，他就可以重新去爱这个害死小姐的女人了么？！

忘莫离沉默无语，眼眶微微红了，她俯下身默默捡起被拍落的伞，重新为小幽撑起，可小幽一双亮晶晶的大眸还是不解气地瞪着忘莫离——

"莫离。"

这边的吵闹迟迟才引起端木卿绝的注意，他缓步而来，那一声温温润润的低唤教小幽才平定的情绪又激动起来——

怎么可以，怎么可以做到像个无事人一样？

他不为小姐的离开伤心么，就是不为小姐，也不为他未出世的孩子痛心么？

"端木卿绝，你究竟还是不是人，我忍够了，小姐对你来说就连一只蝼蚁都不如么？你说的情啊爱啊的都是哄骗她的谎言么？！"

"小幽，冷静点，不可对九哥这样！"

醉逍遥突然快步跑来，一把搂住已然揪住端木卿绝衣襟的小幽，而她情绪很是激动，死死拽着不放，"不要！凭何不可以这样对他，他就是个抛妻弃子，不，是杀妻弃子的剑

第七章 坠崖重生

143

子手，负心汉！他该被千刀万剐，他该——"

"小姐……？抛妻……弃子……？"

端木卿绝并未因小幽无礼的动作动怒，反而是她口中振振有词的咒骂让他淡然无表情的脸蹩起一抹慌张、不安。

"呵，呵呵呵……你不是什么也不记得了吧？"

小幽着实无语，她哂笑冷笑地对着眼神真挚的端木卿绝，他的演技也太好了吧，想要装失忆蒙混过关？！

"小姐……你口中的小姐是孤王的……妻子……？"

端木卿绝逼近，那真挚不掺假的眼神让小幽有点慌了，难不成……难不成他真的失去了记忆？！

慌的岂止小幽，醉逍遥也是一怔，莫不是九哥受不了失去念沧海母子的打击才会抹去了她们母子的记忆？！

"卿绝……你不记得一个月前发生在北苍的事了？"

忘莫离亦是震撼不已，其实有件事只有她知道——

当时念沧海坠崖确是她为了保护端木卿绝挡在他的身前，而凭她刚恢复到肉身的力量绝不能同他的妖气抗衡，他若想要推开她是轻而易举的事，只是——

那同一瞬间，端木卿绝的确周身怒张着庞然妖气，然而从念沧海棺木里迸发出的妖气竟与他如出一辙，两股妖气相撞，才将他的力量瞬间封印，造成了晕厥的假象……

"一个月前……北苍……？！"

端木卿绝一个字一个字地嚼着，冰色金瞳恍惚地转动，像是深陷入无尽的悲痛中，不能自抑——

"哈哈哈……你装什么好人，这下你开心了，拆散了小姐和王爷，王爷的记忆里只有你这唯一的'妻子'，你应该放声大笑，这个男人从今以后都是你的了！！"

以为端木卿绝想起了什么仍旧是无动于衷，小幽失控地大哭大笑起来，"小幽，小幽！！冷静点。"

醉逍遥的安慰是如此的软绵无力，他唯有将哭得颤抖的身子紧紧搂在怀中，只闻那伤心的呜咽从怀中溢出，"呜……小姐尸骨未寒，小姐离开，就是连条全尸都没有……呜唔……不该……不值……小姐不该为他而死……"

小幽凄惨的哭喊如一根根尖锐长针刺入端木卿绝的胸腔——

他的妻子……

他的孩子……

奇奇怪怪的影像在他的脑海里零零星星地闪现，都是残缺的影像，都是同一个女子的影像，他试图看清她的容貌，却——

"呃嗯！噗——！！"

端木卿绝一手捂住嘴，鲜红刺目的鲜血自指间溢出，"卿绝？！！"忘莫离惊叫将他扶住，他又作痛地低吟一声，"别碰孤王！！"他就像头被触怒的雄狮蛮横地推开忘莫离，另一手紧紧攥住自己的心口——

他单腿跪地，一手指间鲜血横流，心口绞痛得恨不得一手五指钻入胸膛将心脏捏住！

"九哥！"

醉逍遥当即蹲下身扶起端木卿绝，却被他攥着心口的手狠狠推开，"别碰孤王，谁都不许碰孤王！！"咆哮震天，端木卿绝口吐鲜血不断，一张脸狰狞得血色四溅——

是惩罚，他所承受的这所有的痛苦都是惩罚……

那女子的容貌……

让我看清那女子的容貌，就是粉身碎骨，鲜血流尽也无所谓……

残破的影像像走马灯一样在端木卿绝的眼前打转，有那女子冷眼相对的时候，有那女子羞赧娇红的样子，还有那女子温婉温情地凝望他的风情万种……

作痛的胸膛竟是一阵阵的暖意，冰色金眸红了眼眶，分不清是雨水还是泪水的晶体划过完美无瑕的脸颊——

伟岸的身子攥着心口倒在了泥泞的血泊之中，"海……海……海……"模糊的低喃混杂于雨声中，薄唇被冰雨无情浇灌，带去了鲜红的颜色……

端木卿绝一连又是昏睡了好多天，昏迷中他眉头紧皱，满额冷汗，时不时咳血，满面写满了痛苦，病状每况愈下——

蓉拂晓也是无能为力，"这是心病，只有心药才可以医。"

"心结不解，九爷难愈。"

"那心药是什么？"

醉逍遥急着追问，与蓉拂晓对视一眼，只瞧她眼神瞥向他身旁的忘莫离，表情中有着几分顾忌。

其实不用蓉拂晓明说，醉逍遥同忘莫离都是心知肚明，九哥昏睡几天几夜，口中呢喃的就只有一个字，哪怕那个字模糊不清，可一声声执念的呼喊，除了那个女子，还有谁能让九哥如此牵挂，如此不舍，如此痛苦。

"九爷是失去至爱，自我折磨，没有人能帮他，除非那个逝去的人重生。"

蓉拂晓说得很是含蓄，并未提及"念沧海"三个字。

可任谁听了也该明白那个逝者重生的人定非忘莫离。

"若逝者已去，再无心药，卿绝是不是……就会在自我折磨中……死去……？"

145

忘莫离双拳紧紧握住，指甲深陷皮肉，眼眶通红，说出那样的一问，比剜去她的心还要痛苦。

蓉拂晓望了她一眼，若不是她娇美无瑕的脸孔，她真的也会以为那个逝去的女子现在还在九爷的身边。

"九爷是被缠绕在一个困境中自我惩罚，体内亦有股力量封印住他的记忆，他不愿忘记又无法记起，记起又难逃痛苦，这种痛唯一的解药只有逝去的那个人，无论旁人怎么做，也无法解救他，他亦甘愿深陷更深的痛苦泥潭中……"

那言下之意就是端木卿绝潜意识已判了自己罪无可恕的死罪，他用自我折磨消磨自己的性命，他不愿苟活，纵然黄泉地府，他都要去找回他心中遗失的那个人……

他一直被困在痛苦不能忆起的回忆里，那回忆里，那想不起容颜的女子搂着他，对他命令道："不许你忘了我！"

她从没那么霸道过，眼神那么惊惶过，双唇落在他的唇上，"我要你记得我，记得我的脸，记得我的唇，我的吻，我的手，我们的孩子……"

她就像个失落的孩子，落着泪埋首在他的肩头，"傻瓜，你到底在想些什么？纵然莫离再生，我对你的爱也是不会变的……"

一道伟岸身影摇摇晃晃地拢来，蓉拂晓转身惊愕地睁大了双眸，"九爷。"

她一声诧异的低唤引来醉逍遥和忘莫离愕然收声，"九哥——"

"卿绝——"

两人同时迎上去，一手一边扶住摇晃的端木卿绝，他垂着头微乱的长发盖住脸孔，一只手骤然握紧忘莫离的手，用力之大逼得她一声闷哼，"九哥？！"

醉逍遥心一紧，莫不是九哥真的把忘莫离当做是念沧海？！

就在这时，端木卿绝手上力道又发，拽着忘莫离凑近他的眼前，那双数日来涣散漠然的金瞳犀利冷鸷，阵阵渗出教人畏惧的冷芒，那不是爱怜的眼神，是——憎恶，唾弃！

他就像变回了当初那个冷血无情，嗜血无心的修罗王。

"为什么……是你？"

"卿绝……"

忘莫离心如死灰，冰寒如冻，为什么是她，仿佛这几日的相处，他都忘了，又或许那根本不是真正的端木卿绝，他嫌恶地抹去了这些日子的记忆，恢复到了那个憎恨着她，痛恶着她的那个他……

"这是什么……？"

忘莫离眼眶红了，眼角湿了，端木卿绝长指曲起接过她眼角的湿润，勾唇却是划开一道哂笑，"卿绝……"

"不要妄想用眼泪诱骗孤王的心！"

端木卿绝狠狠攥住忘莫离的手腕，另一手不屑鄙夷地扣起她的下颌，倾城绝艳的脸孔倒映瞳中，却勾不起他的半分怜香惜玉，"不许再直呼孤王的名讳！你、我已——互不相欠！"

言罢，双手毫不留恋地将她推开，眼神却断不开那对她的厌恶，"九哥？"

醉逍遥不敢相信眼前突变的端木卿绝，他变得比念沧海出现前更暴戾、更邪狂，他是忆起了所有，还是记忆里连同忘莫离一并抹去？！

"谁许你带她回来？"

端木卿绝猿臂一伸，攥住醉逍遥的衣襟，那凶狠的目光是在斥责他不该将她从北苍带回来。

所以那就是说，九哥的记忆是全部恢复了？！

"九哥？！"

"海儿在哪儿？！"

他不要听废话，不要看他震惊木讷的表情，端木卿绝唯一关心的就是他的妻儿，他想起来了，该死的，都想起了来了！

龙嗣山上——

"不要喊我的名字，端木卿绝，你再没有资格喊我的名字！"

"滚！！我把端木卿绝还给你，忘莫离，我把你要的所有都还给你！！"

不，海儿，你不可以选择带着孩子弃我而去！

我不要什么忘莫离，不要丢下我，就是入黄泉地狱，我也要同你们母子为伴。

端木卿绝的手在颤抖，冷鸷的眼铮铮迸出泪水，鲜红血丝红了一双金瞳，心中的痛，血脉中的怨，四肢百骸中的恼，让他生不如死。

纵然他执掌可得天下，却没有保护到今生最爱，他根本就是个无能的废物！

"海儿在哪儿？回答我，海儿在哪儿？！"

"王妃……王妃已死。"

"给我闭嘴！！孤王——活要见人，死要见尸！"

端木卿绝咆哮着，醉逍遥心痛同时又欣喜若狂——这才是九哥，真正的九哥，"是，逍遥谨遵九哥之命，活要见人，死要见尸！"

忘莫离上前阻拦，"她已经死了，掉下了悬崖，落入湍急的河流，绝无可能——"

"消失……"

冷声冷气蹿入耳中，忘莫离不可置信地对着端木卿绝不愿多看她一眼的眸子，"消失？端木卿绝，你想对我说的话就只有……消失？！"

第七章 坠崖重生

"这是孤王可以给你的最怜悯的仁慈了！"

端木卿绝凄凉地笑着，笑中有泪，她还渴望从他这里得到什么？！

因为她，他赔上妻儿，这个代价还不够还他欠她的么？

对于这个女人，他爱过、恨过、愧疚过，但此时此刻他对她再无拖欠，"趁孤王没有改变主意前，离开这儿，永远不得再踏入北域半步！"

端木卿绝拂袖离开，背影是如此决断，无情……

"为何不给我一次偿还的机会？我并不求你兑现当初对我许下的诺言，只求让我为你解开情毒，只求你让我弥补我犯下的错。"

忘莫离呜咽着哭倒在地上，那人儿脚步停下，"弥补？逝去的性命从十五年前就是无数，现在又加上了两条，你要怎样弥补？"

那人儿自始至终没有回过头来，不等她哭泣回答，已消失在了她的眼帘。

或许是北苍料到北域定会回马枪杀回来，又或是端木离憎恶端木卿绝害死念沧海，他下令封锁了所有的关口，一律不准北域的人进入北苍。

"就是封锁了关口又如何？一个个攻下封锁之城，不达皇城誓不休，传令下去，北域军即日起攻打北苍——"

端木卿绝一刻也等不了，他傻傻地昏迷了一个月，这段日子，海儿若是一直沉溺水中……

该死，想到这里，端木卿绝就不能原谅自己！

"九哥，少安毋躁！王妃深得民心，相信子民会体谅九哥心中之痛，就是动用全北域的军力，也不会激起民愤，可九哥你不能失去理智，贸然进军就是宣战，此时开战，无理无由，还要被套上谋反之罪，就是攻下北苍也意味着与天下为敌，会招来他国联手攻击，危机重重，而眼下九哥要找的不过是王妃，夺下北苍却未必可以找回她！"

"此话何意？"

醉逍遥不介意将北苍杀他个片甲不留，他一直辅佐端木卿绝也是为了为那些枉死的兄弟讨回公道，可他不能遗失理智，冲动是魔鬼，得认清眼下究竟什么才是最想要的！

端木卿绝默然听着，薄唇淡淡咧开个弧度，若有所思道："那条河流是通向哪儿的？"

醉逍遥眼神一喜，九哥终于从慌乱冲动中一点点找回了睿智理智，"那条河流流向的方向是——东炙。"

"即刻派军暗访东炙。"

"是。"

没等多久，暗访的探子还没带回消息，端木卿绝就收到了景云来自东炙的信件。

第八章 王爷驾到

东炙

"殿下,殿下!!"

元公公一路小跑一路大喊着跑了过来,他是跑得上气不接下气找到烈北陌,"发生什么事了?!"

"北域……北域九王爷突然驾到。"

"大王召见殿下立刻到潜龙殿。"

潜龙殿上,烈北陌来到的时候,只有端木卿绝一行人,未见父王的身影——

"九王爷。"

"北陌殿下。"

两人寒暄回礼,烈北陌不禁打量端木卿绝未戴狼形面具的脸,老实说他俊美的容貌差点让他说不出话来,甚至有那么一瞬,都不敢相信眼前的人会是那个传闻嗜血残暴的邪王。

就在这时,只听一道爽朗浑厚的笑声从殿内而来,"哈哈哈……看看是哪位贵宾大驾光临,本王有失远迎,还望端木兄勿怪。"

"烈焰兄言重了。"

端木卿绝面带微笑迎合,烈焰亦回以"老友重逢"的笑意。

烈北陌退至烈焰的身后,"端木兄突然来访,必当是有要事发生?!"烈焰直戳重

点，东炙同北域多年井水不犯河水，依照端木卿绝那孤傲的性子，更没可能和他们同盟而屈尊降贵地来到这里。

"要事自当是要事，不过是烈焰兄的大喜事——"

"本王的喜事？"

端木卿绝有心说得神神秘秘，烈焰明知有诈却还是被挑起了好奇心，"孤王十多天前收到一封邀请函，说是烈焰兄觅得真爱，不日将举行册封大典，孤王同烈焰兄十多年交情，自当要亲自来祝贺才对。"

烈焰眯起赤红的眸子，朝着身后的烈北陌瞥去一眼，视线不巧就这么撞上，烈北陌当下就明白父王这是怀疑他给端木卿绝送了那封书信。

"难道是孤王收到的邀请函有误？！"

察觉出气氛的不对，端木卿绝顺势追击，他当然没有收到过什么邀请函，那不过是他凭空捏造的理由，以便他逗留在东炙皇宫，同时……

如果烈焰表现出半点儿焦躁不安，就说明这宫里的确是藏着一个来历神秘的女人……

北域派来东炙的探子几天前已经打探到了，烈北陌是带着一个女人回了宫，之后就流传出烈焰有了宠爱的新妃，最重要的是，还身怀六甲！

天真从太子殿回来的时候，就瞧见心锁时不时地张望屋外，"王妃。"她请安道走了进去，来到她的身前，"王妃，这是在等大王么？"

"嗯，平日这个时候，夫君都会过来，今儿个都已经迟了半个时辰了，是不是有何重要的政务在处理？"

心锁放下手中的针线活，也许是习惯了烈焰的宠溺，他突然不现身让她很是为他担忧。

"啊，听说是北域来了贵宾，大王和太子殿下都在招呼他们呢。"

"北域？"

心锁木木地复述那两个字，记忆里好像听到过，有点熟悉又有点陌生，"怎么了，王妃，是不是你也认得北域来的贵宾？"

"不不不……我从未离开过东炙，又如何认得北域的人？"

心锁急着撇清，脑海里就在方才闪过一道颀长健硕的身影，他有点像一直映现她脑海里的那个人，不知为何那身影让她抗拒，情不自禁地摇起了头。

总觉得心锁的表情神态都因为北域二字恍惚了起来，她拿起针线继续着刺绣，动作却是少了平日里的淡定温婉，相反心有所想，绣布上的图案变得凌乱起来，就连——

手中的针也不小心扎到了自己，"王妃，是不是扎到了？"蓝鸢心疼地拉过她的手，指腹上明显一个小红点。

蓝鸢——前些天误闯东炙皇宫的一个丫头，因为和烈北陌不打不相识，竟然一见生情，还被烈焰指婚为烈北陌的太子妃，所以就被留在了宫里。

而列心锁初见她就有种似曾相识的感觉，亦将她留在身边照顾。

"大王，驾到。"

元公公的声音从外传来，心锁立刻站起身，脚步微快地迎了过去，"夫君。"

"娘子，小心点儿，都是为夫不好，迟来了半个时辰让你挂心了吧？"

烈焰一如平常那样满嘴甜话，丝毫看不出丁点儿的不妥——

蓝鸢沉着眸打量着他，应该是和端木卿绝碰过面了，怎么都没一点点的危机感？

"太子妃，你在这儿就太好了，太子殿下正有事找你，请速去太子殿。"

蓝鸢还想多待一会儿，却不防元公公的催促，烈北陌找她？

分明是有心将她支开？！

蓝鸢纵然千百个心要留下，可此情此景，她有何理由留下看人家两公婆恩恩爱爱？！

真是气死人——

蓝鸢一路迈出寝屋，一路在心里咒骂端木卿绝，那个大混蛋，人都来了，还磨磨蹭蹭地在搞什么？！

这些天她和景云也打过照面，知道他已经写信回了北域，告诉端木卿绝心锁很有可能就是海儿姐姐。

"方才夫君是被北域的贵宾绊住了么？"

"娘子怎知北域有宾客来？"

蓝鸢前脚刚离开，烈焰就悄悄打了个手势，屋内的一干人等也都退了下去，"鸢儿刚才告诉我的，是误传么？"

"没有，的确是北域的贵宾来了，为夫才费了点时间招呼他们。"

"贵宾，都是些什么人呢？"

心锁问道，眼神有着淡淡的几分期冀，至少看在烈焰眼里，她是在暗暗期许着什么，"娘子为何好奇这些？平日里对为夫以外的人可都漠不关心的。"

"哪有好奇？！只是夫君说天下最疼爱妾身了，可是人家北域贵宾一来，你就把人家抛下置之不理，娘子自然要好奇咯。"

心锁答得娇嗔又俏皮，心里则自个儿都问自个儿是怎么了？

她的确是好奇了，也许是因为口中的那个理由，又也许……

"是北域九王爷还有他的夫人。"

"北域九王爷……夫人……？那人儿有……夫人？"

心锁心头一震，也不知道怎么回事，就脱口而出地问道，心口沉沉的，闷闷的，就像

第八章 王爷驾到

151

被至亲的人欺骗，心里好不难受。

"娘子认得他？为何如此惊讶？"

"没有……妾身怎会认识那人？妾身连他的名字都不知道呢。"

心锁像个赌气的孩子，嘟起了小嘴，她干吗要为个陌生人和自己夫君斗嘴，想想也真是可笑，她连他的名字都不知道呢——

"端木卿绝……"

烈焰冷不丁吐出一个名字，心锁怔怔地思绪一顿，"端木卿绝……北域九王爷的名讳。"

心锁对上的是烈焰盈盈笑的双眸，她看到此刻倒映在他眼瞳中的自己——

为何表情是这样的，为何她的模样好像魂不守舍似的？！

"是么，那她夫人叫什么？"

"哈哈哈……若是不知道的人，还以为娘子是在吃醋呢。"

"哎？！"

烈焰突然笑了起来，说得心锁愣头愣脑不明白他话中的意思，更不明白他神秘扬起的笑眼……

"妾身为何要为个陌生人吃醋？夫君今儿个奇奇怪怪的，老是说些激恼妾身的话。"

心锁站起身娇嗔着转身走向床榻，烈焰赶紧追上去，"呵呵，都是夫君不好，夫君给娘子赔罪，有了孩子的女人可不得生气哟。"

他像个孩子似的一撒娇一耍赖，她就拿他没辙，被宠溺的感觉让心锁无比沉溺："哼，若有下次可不轻饶。"

"遵命。不过夫君晚上要为北域客人设立晚宴，可能又会延迟过来陪娘子。"

"晚宴？"

"北域王是特地来恭喜为夫不日册封娘子为妃的，为夫总要设宴款待，表示谢意。"

"是么？那妾身有孕在身就不便出席了。"

心锁果断否决，有点像赌气，话就这么顺口而出，反正她不习惯同陌生人相处，夫君也是知道的。

"也好，免得娘子见着北域王，魂就要被勾去了。"

"又在说什么奇怪话？！"

"北域王生得剑眉星目，好不俊俏，为夫这不是怕娘子被美男勾走嘛。"他衬着坏坏邪邪的笑，她娇嗔地给他一个大白眼，"妾身现在才知道大醋包原来是夫君呢……"

"可不是，北域王带着美若天仙的夫人，要是晚宴娘子不出席，那风头还不都给他抢了去？"

"哦？那夫君也生得风流倜傥，狂魅迷人，兴许能勾得人家夫人暗许芳心呢。"

"此话非也，为夫可不似北域王薄情心冷，这才刚刚死了原配夫人，就又另觅新欢。"

"哎？那夫人不是他的糟糠之妻？！"

"并不是，听说北域正牌王妃在参加北苍国宴时发生意外，坠崖而亡，那时那女子还怀有六甲，不日即要临盆。"

"怎会……"

心锁心头狠狠揪痛，不禁为那个可怜女人伤心扼腕，"太可恶了，原配妻子有孕故去，他怎可以转身就搂着别的美人，封人家为夫人，真是厚颜无耻！"

"所以今夜晚宴，娘子应该出席，好生用你我恩爱的模范教诲一下他。"

赤眸微微笑，心锁凝望之间失了神，"好，出席就出席，难道妾身还怕了他？"那种人渣的祝福，她心锁可不稀罕要。

晚宴在潜龙殿举行，时辰还未到，蓝鸢就跑去那儿溜达，"正巧"遇见端木卿绝——那小丫头？！

端木卿绝一眼就认出了她，她亦不躲不闪他注目而来的视线，反而大摇大摆地走过他的身边，"九王爷好。"

就连声音也一模一样？！

端木卿绝毫不迟疑地一把握住蓝鸢的手腕就将她拉到一旁暗处，"你怎会在这里？！"

"呵，九王爷认得小女么？作何一脸吃惊的模样？小女是这东炙的一国太子妃，不在这儿那应该在哪儿？！"

"太子妃？你同烈北陌……"

端木卿绝赫然哑然，不可能，没理由的，她若是东炙太子妃，怎会出现在北苍装神弄鬼扮什么神算子？！

"撒谎，你到底是什么人？！同孤王王妃是何关系？！"

端木卿绝只要想起那日念沧海几乎被这初见面的小丫头勾去魂去，就对她不怀好感，而这次他收到景云消息，她又出现在这儿，绝非是巧合。

"九王爷，当真想知道？！"

蓝鸢柳眉一挑，端木卿绝讨厌极了她的半推半就，她这是有心挑起他的好奇，不知道她葫芦里卖的又是什么迷魂药。

"不许撒谎，老实交代！"

他咄咄逼人，把她纤细的手臂握得极痛，"我还不就是海——"

153

蓝鸢心火也蹿了上来，可正要"实话实说"就见端木卿绝的身后走来一道女子的倩影，她虽然从没见过那个女子，可光凭她光鲜艳丽，每一步都能勾得旁人侧目的美貌来说……

"原来传言说的都是真的，九王爷还真是寡情薄意，眨下眼转个身，一个大活人的死就能轻易地从心上抹去。"

蓝鸢满脸的鄙夷，话锋一转，扔下冷冷一句。

端木卿绝不懂她在说什么，然而顺着她含恨的眼神看去，"莫离……"

当他撇开姓念出她的名字，蓝鸢晶亮的眸子一瞪，就是这个名字，她千叮咛万嘱咐就是要让他忘却这个女人，才能保住姐姐，他却——

"罪魁祸首！厚颜无耻！海儿姐姐都不在了，你还敢将她带在身边！"

蓝鸢怒声大骂，也不管这吼声会引来多少旁人注意——

初初听内侍、婢女们说端木卿绝带着一个可以和王妃媲美的女子，她还在心底为他找寻开脱的理由，兴许只是无关的女子，他绝不会忘了姐姐那么快就另寻新欢，可眼前的景象不容人不信！

不，是更糟，更卑鄙！

"海儿姐姐，你唤的是孤王的王妃？孤王的海儿？！"

端木卿绝无暇顾及身后的忘莫离，他激动的双手握住蓝鸢的双臂，她的身份越来越神秘，为何那么像，为何她恨他憎他的眼神和小幽这么像，若非是有深切的感情，又岂会……

"你究竟是谁？！告诉孤王，那个东炙王妃是不是就是孤王的——"

"是不是等下见着，九王爷不是自然就知道了，呵，少在我跟前装深情了，带着那个女人来，不会是向大王说，你不日也要册封她为正王妃吧？！"

蓝鸢被忘莫离的出现刺激得无法冷静，原本还想好好和端木卿绝谈一谈，告诉他有关心锁身份的可疑。

可是现在她无法和他说半个字，若是他离不开那个忘莫离，就算心锁就是海儿姐姐又如何？

她怀有身孕逃过一劫，难道现在要给他机会多刺激她一次？

她可再也受不住另一次毁灭性的打击了。

"九王爷？你这是在做什么？！"

烈北陌的声音冷冷逼来，端木卿绝不得不收起满腔的疑惑松开握住蓝鸢的双臂，"是孤王失礼了，实属太子妃太像孤王认得的一位故人。"

烈北陌来到表情满是愤怒的蓝鸢身边，"鸢儿……"

"殿下勿要责怪九王爷，只怕九王爷也是思念难控，见着女儿家都觉得和故人相似。"

这话分明就是带着刺儿地讽刺端木卿绝就是个见色就动心、见女子就邪念的滥情郎。

不给端木卿绝反驳的机会，蓝鸢拉着烈北陌就走，回到殿内，烈北陌亦将蓝鸢拉到僻静的地方，"不是认错，你同九王爷定是当真见过？蓝鸢，告诉本王，你到底是什么人？"

"殿下若是怕小女是北域派来的刺客，那现在就赐小女一死好了。"

蓝鸢正在气头上，她现在什么也不想说，那忘莫离的模样一直回旋在她的脑海，别说海儿姐姐会介意那个女人的存在，就是她也讨厌极了。

"蓝鸢，现在不是闹脾气的时候，稍后父王就会同王妃出席，你若不想宴席上出大乱子就老实告诉我，你究竟是谁？"

烈北陌无比真挚地扣过蓝鸢生气的小脸，"如果我说我是北域王妃——念沧海的亲妹妹呢？你能告诉我，心锁其实就是我的亲姐姐么？！"

"念……沧……海……？！"

烈北陌着实被吓得不轻，尽管他也曾怀疑过，可……怎么会呢……

心锁生得倾国倾城，就是素面朝天不上丝毫粉妆也美过念沧海千倍万倍，尽管她易容成小太监那会儿还挺美的，可那美就只是一张人皮面具……

心锁的美是真真实实的，不是假扮而来的……

"殿下认得我姐姐，对不对？其实心锁就是，对不对？"

"不！不是的，九王爷深爱他的王妃，那王妃一定在他的身边，又怎会是心锁？"

烈北陌竭力否认，因为他根本不知道龙嗣山上发生的事，他离开北苍的时候，一切都风平浪静。

"殿下你不要否认了，你的表情都出卖你了，你该是知道的，端木离为了得到姐姐，在龙嗣山上设法将另一个人的灵魂从她的身子里释放出来，那个人就是你刚才所看到的忘莫离！也是端木卿绝之前的爱人，当然你也看到了，端木卿绝还是选择了她，所以姐姐才会从崖顶坠下——"

"不，够了！你别再说了，你以为那是神话故事么？一个人的身子里怎会有另一个人，何况真的从崖顶上坠下，还有着身孕，哪可能还能生还？！"

烈北陌无法消化蓝鸢天马行空的话，那故事里端木离就是个会巫术的神棍，而端木卿绝是个忘情负义的薄情人，念沧海却神力护身，那么高的地方跌下去不死不伤，还能保住腹中的胎儿？！

不可能，怎样都无法说得通。

何况更诡异的是，就连容貌都全变了？！

这太荒唐了，他要是相信了，那他就是也疯了。

"姐姐有我的镇魂绳护体，她没事也是有可能的，难道殿下不觉得那个女子很像海儿姐姐么，只要海儿姐姐脸上的红瘢不在，就是一模一样。"

烈北陌对此并不否认，他看到忘莫离的时候也有过小小的震惊——

"所以啊，一个生得和忘姑娘一样的人从崖上落下岂能变成另一张脸孔？"

"哼，有何不可？！那是因为海儿姐姐自出生就沾了她的灵气，才会出现她的容貌，也许姐姐原来的美貌就是被某些东西给隐藏起来了，现在忘莫离的灵魂离开，所以也一并将那些封印束缚给驱走了，那属于海儿姐姐原来的美貌便显现了出来。"

蓝鸢就是这么想的，可是烈北陌越听越混乱。

"行了，行了，你真的越说越离谱了，这世上根本就不会有这种事，本王信你是北域王妃的妹妹，本王信你失去她才会神智不理解，可是本王要警告你，等下的晚宴上不要说半个这样的字，这个荒谬的故事会给你带来灭顶之灾。"

蓝鸢知道烈北陌不是在吓唬她，真正可怕的是烈焰，他虽然像个嘻嘻哈哈长不大的顽皮王，但是他心底在想些什么，没人能知道。

蓝鸢清楚得很烈焰不会真的那么粗枝大叶随随便便就将她赐婚给烈北陌，不会平白就这么给她这个来历不明的女子一个太子妃头衔……

也许一直以来，都是烈北陌在庇护她，"殿下少操心了，小女还等着嫁给你当太子妃呢，才不会管不住自己的嘴乱说话！"

"殿下，晚宴都摆好了。"

元公公找了过来，蓝鸢笑盈盈冲元公公一笑，"你们聊着，小女先告退了。"

"殿下，是和太子妃姑娘吵架了？"

元公公八卦问一句，烈北陌没好气地白他一眼，"父王和母妃都准备好了么？"

"王妃刚才肚子痛，可能要晚一阵过来。"

"母妃她怎么了？"

"殿下，别急别急，王妃只是被肚子里的小皇子闹了几下，不碍大事。"

"那就好……"

晚宴开始，烈焰身边的空座上一直不见人影，端木卿绝像是要将空座望穿一般，一直紧紧凝望——

为何没有出现呢……

是烈焰有心为之将她藏起来了么？

越是避讳就越是有可疑，"端木兄的夫人真是百闻不如一见，都说北域王妃是天下第

—美人果然此话非虚。"

打从晚宴开始,烈焰就一直看着端木卿绝身边的忘莫离,眼神炽烈,就像任何一个男人看着一个迷人女人的眼神,端木卿绝对此并不在意,漠漠地端起酒杯大饮一口。

这晚宴让他烦闷,他无法再在这儿多待一刻儿,他脑海想的就是直冲内殿,他要见想要见的那个——

"王妃,驾到。"

就在这时,顺着元公公的声音,心锁身着华衣锦裙,一身喜气绯红,脸上微施粉黛,哪怕大肚翩翩却是风情万千,丝毫不减半分,相反更加风韵诱人。

端木卿绝看傻了眼,丢了魂,失了心——

因为那张足以虏获众生的脸孔,更因那掩藏在美丽皮囊下的一颦一笑——

是她……

是他的海儿……

湿润的液体打湿端木卿绝的眼眶,男人泪不轻弹,这世上唯有这个女人能让他一个铮铮男儿落下泪来……

没有死……

真的……真的还在……他的眼前……

端木卿绝几乎已经丢弃了一切理智甚至心魂,双腿就这么站了起来,"卿绝。"所幸忘莫离这时按住了他,同她对视一眸,那不知飘向哪儿的灵魂才回来了一半,"卿绝,此刻不宜轻举妄动。"

忘莫离小声提醒,现在他们身处东炙,做错丁点儿都会惹来麻烦。

端木卿绝明白她的意思,耐下性子,然而朝着心锁再投去一眸时,整个人不免一惊,她太美了,美得让他有些失望:海儿,你恨我,对不对?

因为恨我才要将自己装扮成这样?!

端木卿绝不禁想起当初念沧海假扮小太监的模样,小坏蛋,又想到什么诡计来刁难我了?!

用美人计诱惑烈焰,让我嫉妒么?

她真是美,美得他都找不出一个词儿来形容,甚至再美的词儿也无法企及她的美丽。

不,傻瓜……我端木卿绝不需要一个美人儿,再美的美人儿都及不上原来的你……

"娘子,来,为夫给你介绍,这位就是北域九王爷,那位就是王爷夫人。"

席上,烈焰扶着心锁坐下,指着端木卿绝和忘莫离说道。

"是么,九王爷好,夫人好。"

心锁礼貌地打着招呼,那生疏的口吻突然让端木卿绝有点慌了,那不是海儿的口吻,

157

她若是海儿,这口吻不会没有半点的情绪,她根本不在乎他,不在乎他身边坐着忘莫离?!

"她不是孤王妻。"

端木卿绝忽地咧唇吐出几个清冷的字,划清界限,他容不得一丁半点儿的错误,特别是在那个女子的面前,他的声音分外的响亮,他不愿让她错解。

端木卿绝直直地凝视着心锁,那目光让她感到负担,不自在,她不解的看了眼身边的烈焰,夫君明明说过那个女子是他的新夫人,他为何不承认?

"既不是王爷夫人,为何同王爷同座?若是尚且还未册封,王爷如此决绝当众否决,岂非非君子之为?"

心锁的指责,谁也没有料想到。

烈焰浅然一笑,视线落在端木卿绝身上,显然他表情很是尴尬,想要反驳却又找不到应对的词儿。

不过烈焰不知,端木卿绝亦是皇皇惊诧,内心却是喜悦无比,对,就是这种感觉,他的海儿不就是有这么张伶俐的小嘴,还有见着他勇往无畏的胆量。

重要的是,她在——介意……因为忘莫离的存在,她相当的介意。

她只不过是在借机斥责他,可他怪不得她,她心中有恨,是他该骂……

"王妃教训得是,是孤王疏忽了,孤王就是如此笨拙才丢失了最心爱的女子,此次来到东炙,一是为了道贺,二就是为了征得她的原谅,忘姑娘同孤王都欠她一个解释,孤王极为珍视她不愿她再误解孤王对她的爱,所以孤王不得不时刻同忘姑娘一起,一旦找寻到她,就对她解释清楚所有,孤王要她知道,孤王心中的女子非她不能独占。"

再也找不出比这更深情的口吻,心锁看着端木卿绝情深忏悔的唇,竟是听得有些失神。

他在找寻心中至爱?

莫不是指的是他已经亡去的发妻?

不可能,人已故去难道找灵魂去解释?

指不定是看着碗里想着锅里,除了身边人心中还有另一个更为娇美的美人儿,心锁心头一虑,方才还为这个男人的深情打动,这会儿再细细斟酌就觉得漏洞百出,这男人说的话根本就不可信,他分明就是扮深情存心撇开那姑娘,瞧瞧那人儿生得那么美都收不住他的心,这个男人还真是贪心得很……

"是本宫失礼了,九王爷乃是东炙贵宾,本宫怎能过问九王爷的家事?"

心锁冷冷应了一句,脸上眼中好不容易起了丁点儿的动容,不一会儿就消失得无影无踪,沉静下来,是比初见那一眸更加的漠然,更加的毫不在意。

海儿，你还是在气孤王吗？

只要看到心锁毫不上心，对他的存在视若无睹，端木卿绝就会被她倾倒世间的容颜逼入迷茫的沼泽——

她一会儿好像海儿，一会儿又好像完全都不是她。

"海儿姐姐颈上戴着一条链子，景云世子说过很眼熟。"

冷不丁的，抑郁消沉的端木卿绝耳边蹿入一道稚气女声，那声音像极了坐在对面烈北陌身边的蓝鸢的声音……

意念传音？

那小丫头又一次让他震惊，他若是没听错的话，她也没骗他的话，景云说的那条链子肯定就是他送给海儿的同心锁，上面刻着他和海儿的名字，只要从心锁的脖子上拿下同她对质，她必当无话可说，只是……

他该用怎样的机会，才能从她的脖子上拿下那条链子，又或者说，他该怎样才能找到与她独处的机会？！

晚宴气氛不错，大家有说有笑，独独端木卿绝看不惯烈焰对心锁的亲昵，他们的恩爱像一团火烧着他的四肢百骸。

"孤王真是羡煞烈焰兄的好运。"

"端木兄，此话怎说？"

"能觅得如斯美貌与智慧还贤良淑德的王妃，可不是每个人都能遭遇的事，不知烈焰兄是何处同王妃相识，为何又如此匆忙册封？"

端木卿绝笑眼盈盈道，那口吻却是充满了火药味。

烈焰眯着眼，眼底绽着异彩的赤色流光，"呵，这不办了点'坏事'，身为男人总得对人家姑娘负起责任吧？"

完全料不到烈焰会这么没正经地一答。

端木卿绝煞是无语，因为烈焰还给他抛了个"大家都是男人应该明白他指的是什么"的邪佞眼神。

本还想给烈焰一个下马威，结果他说得是那么自然，找不到谎言的痕迹，而心锁听着他的俏皮话，脸上眼中的羞涩更是融开了一片海。

端木卿绝简直如坐针毡，气煞了心脾，那一问一答反而给席上的两个人更加亲热的机会，端木卿绝一双眼都红了，恨不得冲上前去将她搂入怀中，看她慌乱的表情，扯下她的链子，教她皇皇无措——

不要再折磨我了，海儿！

为夫错了，我任你罚我、鞭打、酷刑，你想要什么都行，独独不要置我于千里之外，视我如同陌生路人！

"王妃不喜善变的男子，孤王总算是知道了理由，烈焰兄的深情不移可是天下皆知，独独为了发妻就守了十多年孤家寡人，王妃能令烈焰兄初遇便情动，还册封头衔，王妃定是比那位深处烈焰兄心底的女子更美丽，更贤良。"

为了发妻守了十多年孤家寡人？！

心锁听傻了眼，她根本不知道烈焰还有个深爱了多年，为她空置王妃空座的女子……

也是，她早知以她的年龄绝不可能是烈北陌的生母……

心锁的表情当下就不好了，她笑不出来，烈焰虽然依旧笑着，却是能感觉她的不悦。他瞥了眼端木卿绝，眼神蕴得有些可怕。

端木卿绝毫不在意烈焰如何以眼杀人，倒映在他眼中的就只有心锁，见她吃醋、不开心，他本该为此雀跃的，可是转念一想，她如此伤心皆是为了烈焰，端木卿绝又恼怒上心，乱了阵脚。

她的眼中没有他端木卿绝，她若是做戏刺激他，那表情，那眼神不该是真的为烈焰吃醋。

该死的，是不是他想念海儿想疯了，乱了？！

是不是任何一个怀孕的女子都会让他联想到海儿，这人儿根本就不是她，可——

一阵清风袭来，自她的方向，为何飘来股股清雅的鸢尾花香……？

就和海儿身上的香气一模一样……

晚宴在表面和悦的气氛下结束，烈焰陪着心锁回到寝屋，一如往常地扶她走到榻边，她却是刚迈入屋就转身躬身行礼，"时辰不早了，大王该回寝宫休息了。"

她这是在拒绝他再多走一步，她这是还在因为端木卿绝的那些话生气。

烈焰不会容许误解过夜，"娘子在生为夫的气？"

"妾身不敢。"

心锁生硬道，她当然生气咯，她是他的妻子，可是她却从不知道他原来有个如此深爱的女子，"娘子在气为夫没有告诉你为夫的发妻？"

心锁沉默以对，她的心很介意，平日里被他的宠溺包裹，她以为自己是这世上最幸福的女人，然而……

原来在他心里还有另一个……

她讨厌极了与人分享，抑或只是个替代品的感觉……

"妾身……大王对妾身是不是因为有了这个孩子，才不得不册封妾身为妃？"

心锁问得自己心都碎了，若是真爱，又怎么会让她先有了孩子才册封，他也许一开始

160

就不愿娶她，是迫不得已罢了。

"娘子，你这是在瞎想什么？！为夫不许你低瞧了自己，为夫知道你在怪为夫没告诉你为夫的过往，可那不是因为娘子失了忆，其实这些为夫都早已和你说过。"

烈焰有点乱了，想不到心锁发起脾气的时候是如此一步不让。

"我原来就知道……？"

心锁能感觉到他的真情，可是她的心还是很介意——

她会爱上一个心中已经有了一个女子的男人？

烈焰默默将她拥住，她一手悄然抚在高隆的腹上，她是因为无奈才接受的，对不对……？

"娘子，不要生气了，好不好？为夫答应你，这一生一世都只有你一个女人。"

一生一世？那好像是心锁心底最为禁忌的一个词儿。

她讨厌这些说来就是为了骗女人的山盟海誓！

"就是这样，妾身还是很生气，妾身讨厌极了那九王爷的口吻，他肯定是存心的，他在笑妾身，他是在暗讽妾身是坏女人，狐狸精，抢了人家的夫君！"

心锁收起内心的悲伤，似个赌气孩子般大发脾气。

其实比起她气烈焰，的确是那个男人的一言一语让她总是控制不住无名火，对他，就好像曾经相识过——

"孤王就是如此笨拙才丢失了最心爱的女子，忘姑娘同孤王都欠她一个解释，孤王极为珍视她不愿她再误解孤王对她的爱，所以孤王不得不时刻同忘姑娘一起，一旦找寻到她，就对她解释清楚所有，孤王要她知道，孤王心中的女子非她不能独占。"

为何忘不了他说过的那番话，为何明知他不过是胡诌，却不禁想，要是那是真的，那话中的女子该多幸福……

是她太小气了么？

君王的女子多不胜数不过是平常事，而她却只想独揽夫君的爱……

"如果娘子讨厌他的话，为夫即刻就赶他走！"

"不用了，怎么说都是北域来的贵宾，夫君不宜为了妾身得罪人，不过夜深了，妾身也倦了，夫君也回宫吧。"

纵然那个人讨厌，可是她却并不想再不相见。

心锁明着原谅了烈焰，态度却仍是强烈得没有让他留下，本来今夜她是答应和他同床共枕的，可是心里有了根刺便无论如何都勉强不了自己了……

另一边，端木卿绝夜色下徘徊在庭院中，他毫无睡意，满心的疑惑、满腹的烦躁让他每眨一下眼都如同是经历千年。

第八章　王爷驾到

161

"你不会就这样放弃了吧？！"

静谧的深处走来一抹灵动的小身影，是蓝莺，晚宴的端木卿绝，他的那一番深情歉疚软化了她的痛恶，她意念传音给他就是为了再给他一个机会，只是为何不更果敢一点？

为何这个时候不去找海儿姐姐，却在这里踌躇不决？！

"景云在哪儿，他一定在宫中，一定遇见过心锁，他对她说过些什么？"

对于蓝莺的出现，端木卿绝一点都不惊讶，至于她的身份，他似乎不用她的回答也已经释然。

"那小子听到你来了就没出息地溜了！至于对心锁，他一见她就喊'小娃娃'，还一个劲儿说她脖子上的链子是他曾见过的。"

小娃娃？

那的确是景云对海儿的称呼，"心锁听到景云这么称呼她的时候，她的表情怎样？！"

"你到底想问什么？或是在担心什么？因为她的脸孔那么美，所以不敢相信她就是海儿姐姐？！"

"……"

"你真是没用！不试试又怎么知道她不是？！"

是的，蓝莺骂得对，他真是个无用的男人。

端木卿绝不否认自己真是差劲到了极点，因为他太迷茫了，他不是不敢直面逼问心锁，更不畏同烈焰刀剑相见，他怕的是——

终了，那人儿不是他要找的答案……

他害怕那人儿不是他要找的海儿……

不问不逼，就这么看着她，猜疑着，至少还有个希望……

他真的怕了……

他好不容易等到海儿和孩子已生还的消息，看着心锁的那一刹那他几乎热泪夺眶，他看到了他至爱的母子平安无事……

他求的就只有这个……就真的只有这个……

夜色遮掩去了端木卿绝大半张脸，遮掩去了那俊美谪仙脸孔上布满的痛苦，可那闪动的眼眸深处，那一摊深情苦痛扎痛了蓝莺的心——

也许是她年纪小只知道看表象……

他心底的痛，她又知道几分，若是真心刻骨的深爱，最害怕的就是失去，永永远远地失去……

她忍不住上前安慰他，从他身后却走来了忘莫离，蓝莺突然情绪失控，"如若当初你对海儿姐姐的爱是如此坚定，就该对这个女人当机立断地切断所有情丝，包括那该死的歉疚！枉我千叮咛万嘱咐要你别让海儿姐姐误解，可是你还是选择了她，都是你的优柔寡断，都是你要扮好人，对她的不忍伤害才伤了海儿姐姐，哼！如果心锁就是海儿姐姐，倒不如就让她待在烈焰身边好了，他总算眼里心里就只有海儿姐姐一个人！"

端木卿绝无言反驳蓝鸢，忘莫离却是清冷地开口："也许律音哥哥和我都是自私之人，可念沧海又何尝不是？她的心若是万分之一万地相信卿绝，又何必在意他喊出了我的名字？"

"忘莫离！够了，再不收声，孤王就撕烂你的嘴！"

端木卿绝忍无可忍："海儿不信孤王，是孤王没有给到她信任，是孤王在千不该万不该的时候做了最不该的事！都是孤王的错，一切都是孤王的错！"

他端木卿绝对她忘莫离已经毫不拖欠了，不该再对她有所忍让，蓝鸢说得对，都是他的优柔寡断害了海儿，他要为他的罪孽付上代价——

夜色下，完全被暗色笼罩着的一个角落里，没有人看到此时此刻一双晶亮的眼眸正直直地锁在发怒的端木卿绝身上……

夜深人静。

心锁睡意淡淡，一个人走出寝宫，皎白的月光打在她好看的双眉上，那眉宇间淡淡地皱着，像是在深思着什么，脚步就这么漫无目的向前再向前——

"呃嗯？！"

忽地，黑暗中出现一双手捂住她的嘴将她扯入无尽的黑暗中，她挣扎，那人的手却松开，转而拉住她的手在黑暗中跑起来，他跑得并不快，许是担心她有孕的身子——

这人儿是谁？！

而她又是着了什么魔，竟然跟着他一起在黑暗中快走起来……

不问他是谁，仿佛是知道他是谁——

相握的手儿，紧贴的掌心，他的体温让她莫名遵从。

跑啊跑啊，不知跑了多久，又是跑了多远，他们在一片绿茵包裹的天地停下，他的身影颀长伟岸，他的手一直握住她的手，月光打在他的身上勾出一轮清寂的白光。

转身，那张迷人的俊脸在白洁的月光下是如此动人。

心锁不禁凝视失神，却在那人对着她相同但更炙热的注视下侧过了脸，"九王爷，可知这样做的结果？"

她严色斥责，心口小鹿乱撞，口吻却是相当镇定。

为何还是不肯认他？！

第八章 王爷驾到

163

如果她不是他的海儿，她又为何愿意同他一起走？！

他知道她是她，一定是她，端木卿绝犹若被万箭穿心，此时此刻的心痛无法言喻，"海儿……"他将一切难言之语化为最深情的拥抱将她紧紧包裹，"不要再折磨我了，不要假装不认得我，不要……求你不要对我这么残忍……"

他温润的气息暖暖地灌入她的耳朵，他的拥抱像极了烈焰的宽厚，叫人踏实，可他的体温……

是独一无二的……

明明该是陌生的，该是抗拒的，可双手不舍推开，不……是心在……沉溺……

心锁都不知道自己是怎么了，"北域王生得剑眉星目，好不俊俏，为夫这不是怕娘子被美男勾走嘛。"

烈焰的声音犹在耳边，难道真的是因为他俊美的脸孔，她才这般混乱，不，她又怎会是光凭男子容貌就起叛夫之心的那种女子……

"海儿……？"

他喊她海儿，那是他在寻找的女子么？

又是替代品么……

心锁猛然一痛，那是她最无法抵御的痛，"九王爷，请你放尊重点！"

她抽回沉溺的心绪，义正辞严地将端木卿绝推开，"海儿？！"

"我名为心锁，不是什么海儿，看你九王爷一表人才，也不该是不入流的痞子，怎能见人就用这种下三滥的手段？你别忘了你亡妻尸骨未寒，这另觅他爱不觉得对不起她么？！"

心锁是动了心火地怒斥道。

再一眼对上端木卿绝如同被判了死罪般绝望的脸孔，她不得不承认这个男人是何等的让人着迷，他的一笑眉一皱都让人跟着心悦、心痛。

就是她有了夫君和孩子都因他一时恍惚，差一点点就沉溺在他的诱惑下失了心魂。

"海儿，你就是我的海儿！！我知你生气，气我对你的承诺誓言皆是空言，可是看在肚子里我们的骨肉的分上，求你不要不认我。"

一个高高在上的王者，只为一个女子苦苦求取爱情，这份深情有哪个女子能强硬着心抗拒——

端木卿绝含在眼眶里的泪直扎心锁的心扉，他缓缓蹲下身子，大手抚在她高高隆起的小腹上，他贴着听着宝宝的心跳，泪就这么从心锁的眼眶中潸然落下。

她信他的深情，信他！！

因为她听到了他和蓝鸾的对话，方才她待在屋子烦闷就到处乱走，无意走到了他的殿宇，无意看到了蓝鸢去找她，更是无意听到他们的争执。

虽然听得云里雾里，一知半解，但她知道他的心里确实有个深爱的女子——

只是她不会是她……

她又怎会是他心爱的女子？

他搞错了，而且错得太离谱了……

她的孩子，和烈焰的孩子又怎么会和他有关？！

他太离谱了，他是喜欢上了她的美貌才这样纠缠着她么？！

心锁心中很是混乱，脑海里闪现着一道道总是忘却不了的身影，每一个都是他，初初她以为那人是烈焰，可此刻同眼前的男人为何更出奇地相似？

仿佛就是同一个人……

不能就这么沉溺下去，不能！她可是有夫君，有了孩子的女人！

"别碰我！九王爷，你若再这样无礼下去，我绝不轻饶——"

尾音未断，端木卿绝挺拔的身躯已经站起，他一臂绕至她的后腰，一手抚上她的脸庞，腰后的手一收力，她的身子完全拢入他的怀抱，这距离，这动作，他俯首，他的唇挨着她是那么近，"九王爷……"

她皇皇了，慌张了，眼不敢看着他，别开脸用力地退让着，"王妃，若是抵死不认的话，就容我失……礼……了……"

暧昧的热气笼着她整张小脸，她还来不及理解他话中的意思，他的手已伸向她的衣襟，食指划过她的脖颈，那指腹的微微冰凉吓坏了她，"你做什么？！"

心锁像受惊的小兔子，他怎可以做出这样的无耻之行！！

咔嚓一下，正当心锁以为他是企图不轨扯去她的衣衫，可是感觉到的是脖子上有什么东西被扯了下来，脖子上一阵空虚，"你……？！"

心锁不敢相信端木卿绝将她脖子上的链子给夺了去，"不要慌张，同心锁不会撒谎的，这是我送你的，上面刻着你我的名字……"

"你胡说什么？"

"就在这儿……"

端木卿绝拿起掌心的同心锁坠子，满腔期冀地摆弄着看向里面，那是海儿为了庇佑孩子亲自刻上去的，可——

为何……没有……那同心锁里面什么也没有？！

端木卿绝仿佛被一锤子打入了十八层地狱，"这条链子就是你每天都戴着未曾离身的么？！"

"是。"

她答得斩钉截铁，更是将端木卿绝推入更深的绝境，耳边只有那粉身碎骨的巨响。

怎会，这链子，这同心锁，借着月光，端木卿绝茫然若失地看着手中的同心锁，不同，这不是他送给她的那一个……

所以是他错了，是景云错了，是蓝鸢错了……

她根本就不是他的海儿……

"这条链子上没有你要找的东西了吧？"

"……"

"你现在肯相信我不是你要找的海儿了吧？"

"……"

心锁很是生气，端木卿绝却是一语不发，他始终傻傻地看着摊开的掌心，那是他唯一的希望，也是最后的希望，"你以为不说话不解释就能不用为你鲁莽的行为付上代价么？！哼，这次就念你惦念亡妻的分上放过你一次，你若再无理取闹，我定不会让大王轻饶了你！"

心锁从端木卿绝掌中拿回自己的链子，他看到她眼中对他的唾弃同厌恶，方才他所有无礼的举动都成了他是个忘情负义、另觅他爱的无耻之徒的绝佳证据。

心锁头也不回地走掉，端木卿绝下意识地伸出手，却在她冷冷掷来的目光下，震颤着不得不收住——

她不是他的海儿，那不是他送她的同心锁……

他再也找不到理由让她无所遁形、教她承认。

"海儿。"

没有资格再揽住她，但他仍旧眷恋着她的身影，即便是被她怒瞪，他也不愿同她分开。

"逝者已去，九王爷你就勿要再执念下去了。"

那是心锁好心给他的劝告，那一声悲恸的声音仿佛是无情的凿子将他充满期冀的梦境给砸得支离破碎，"不，孤王的海儿没有死，她和孩子都没有死！！"

端木卿绝颤抖的声音如同雪狼的哀嚎。

看着她的眼，和海儿如此相似的眼，就这么注视着凝望着，两张截然不同的脸孔仿佛就是同一张——

仿佛这样美丽的她才是原来的她，真正的她……

端木卿绝果敢地再次捧住心锁的脸孔，他要扯下这块人皮面具，她若是她，她若只是在装不认他，那她肯定会换掉脖子上的链子让他找不到证据——

这张脸才是真正让她不再逃避，不能逃避的关键所在——

"放开我，端木卿绝，你逼人太甚，实在太过分了！！"

心锁这一刻是真的动怒了，他的眼神教人害怕，似乎已濒临疯癫。

他捏着她的皮肉，"好痛！！"

她痛吟，眉头紧皱，额上的青筋都暴起，若是人皮面具又岂会如此活灵活现，如此真真实实？！

端木卿绝又慌了，又乱了——

难道就连这张脸都不是假扮的，他还有……还有什么证据说服自己她就是海儿？！

端木卿绝找不到人皮面具的边缘，看着她挣扎着颓丧着，额上真真实实地冒出了冷汗，是从那肌肤里渗出来的，这不是人皮面具，是真的，都是真的！

"呃嗯……痛……"

心锁突然抚着肚子，肚子里一阵阵剧烈的痛，可能是她强力的挣扎引起的。

"先坐下。"

端木卿绝紧张过心锁，扶着她在草地上坐下，他搂着她，将自己当做一张舒适的靠椅，他安抚着她，大掌护着她的小腹，"痛么？流血了么？"

他当然不敢碰她的下体，小心翼翼地问到，她不觉红起脸来，在他的怀中摇了摇头——

这样的痛，她知道应该是不碍事的，不过是孩子在闹腾。

只是——

"小东西，你好调皮，还不停下来，瞧瞧，娘亲都被你弄痛了，你舍得让你娘亲这么痛么……"

他的安抚就像千金不换的神奇妙药，肚子里的宝宝竟然因他的嗔怪和抚摸而平静下来……

神奇得心锁都无法言喻这样的感觉算是什么……

像个可靠的夫君，靠在他的怀中，他能为她挡去所有的危险。

心锁，你要清醒一点！！这人儿不是你的夫君，这样和他在夜深人静的时候孤男寡女地处在一起，你怎对得起烈焰？！

"扶我起来，夜太深了，我要回宫。"

端木卿绝是多么不舍放开她，让她离开他的拥抱，明明这么像，除了容貌，她的一颦一笑都像极了海儿……

"我是不是和那海儿姑娘长得很像？"

他的手离不开她的腰，他搂着她迟疑着没有下一个动作，她的心被他痴恋的情打动，端木卿绝知道自己不该再有所期冀，心还是动了念……

第八章 王爷驾到

167

"不，你们一点都不同，王妃生得美，孤王的海儿生得好平凡，也许在旁人的眼中还是个丑人儿，可在孤王的眼中，她好美，就和王妃一样美……不，是没人能取代的美……"

"比那忘姑娘都美？"

心锁已经不知道自己在问什么了，对着端木卿绝，脑海里总是会有自己都不知觉的好奇。他不说话，其实也不是沉默，甚至也不是在犹豫，她就是觉得他答得不如她想得快，所以她看着他，因为她投来的视线，端木卿绝难以抵抗地沉沦了，都忘了她问了什么，金瞳里只有她的身影——

小小的精致脸庞，晶晶亮亮的杏眸……

"海儿……我的海儿是世上最美的人儿……"

心锁心海无意地就被这一句掀起平静的巨浪。

有哪个女儿家喜欢听人家直言直语地赞许另一个女子，可她倒一点都不生气。

他眼中的深情、执著，无一不打动着她的心，她有点羡慕了，有点嫉妒了——

那个女子，拥有这样的夫君，就是死，也死而无憾了。

"你怎会失去她的？夫君告诉我，是北苍的皇帝也看上她了，要和你争夺她，但是你心中另有所属，伤了她，才……"

"是孤王的错，都是我的错，那时我受了迷幻阵不自知，喊出了另一个女子的名字，是我的错，我对海儿许诺生生世世爱她，可我对忘莫离的歉疚却成了兑现誓言的障碍，我疏忽了这让她误会我还爱着忘莫离，我给了她无形的不安，她因那一句恨我，选择带着孩子坠崖都是我的错！"

男儿泪值千金，一道，两道，无数道——

心锁紧紧看着泪水滑过端木卿绝无瑕俊美的脸孔，"对不起，我不知你经历如斯痛苦，还咒骂你无情无义，你娘子能拥有你这样的有情郎，相信爱能动天，她和孩子也许在某个地方奇迹生还……也许她正在等着你，孩子也是……"

温婉的柔声细语，沁入心脾的柔柔抚慰，心锁伸手抚上端木卿绝的脸廓，凝注着她的眸，端木卿绝再次失了神——

她看着他的眼中没有恨，有的是怜悯和同情。

她可以这样没有情绪，坦然地问他，那他不是有了应该更加悲痛的理由？！

因为她绝对不是他的海儿了。

她若是他的海儿，又怎能如此平静？！

如果她被他的真情动容，又怎会让他继续寻找？

她只是在安慰他……

就是任何人听到那样的故事，也都心中明白，她们母子已……凶多吉少……

"夜太深了，天气也转凉了，王妃，孤王扶你回宫。"

端木卿绝不容自己再沉溺在无度的幻想中，纵然她再像海儿，也不是海儿，也许她说得对，海儿正在某个地方等着他，谁说不是端木离先找到了她，又将她藏了起来？！

端木卿绝送心锁回宫的时候，夜半醒来发现心锁不见了的天真正焦急得五脏六腑都要烧起来了，"天哪，天哪，王妃，你这大半夜的是去哪儿了？！"

"我睡不着，出去走走。"

"可……九王爷这就……"

所谓男女授受不亲，见端木卿绝还亲昵扶着心锁，天真不禁疑惑地看着他，可是那么好看的脸孔，看一眼又让人心如小鹿乱撞，"方才我不小心崴了一下，所幸九王爷路过及时扶住我。"

心锁淡然而答，把天真吓出了一身冷汗，"王妃，你没事吧？！"

这要是摔着肚子里的小皇子，可是谁都担待不起的事了，"没事，都说全靠九王爷了。"

"多谢九王爷，不过夜已深了，九王爷也请回殿休息吧。"

天真从端木卿绝怀中接过心锁，他略略不舍地看着她离开自己的胸膛，心中直袭来一股空虚，"那孤王告退了。"

他逼自己收起不舍，决绝地转身离开，殊不知心锁留恋回眸，紧锁在他渐行渐远的背影上……

"王妃。"

天真唤了一声，那眼神就是没经历过情爱的小女孩也明白那痴痴的凝注绝非一般。

"王妃。"

天真又唤了一声，心锁才回过神来，随她扶着进了屋，"好了，我没事了，你也退下休息吧。"

"是。"

听到关门声，心锁在榻边坐下，伸手从枕下拿出一块锦帕，打开来，那里面是另一条同心锁的链子，这一条才是她之前天天不离身的……

她将精致至极的同心锁放在掌心仔细端倪，那里面……没有字——

没有叫做海儿的名字，也没有端木卿绝的名字。

倒是有些坑坑洼洼的地方，好像是被什么东西融化了一般，她瞧不清楚是什么图形，"不会是他说的那一条吧，应该不会吧……"

心锁低低自言自语。

第八章 王爷驾到

169

心口堵得满满的失落是什么,而她又是在怀疑什么,在期许什么呢?

她又怎么会是那个带着孩子坠崖的女子,设想一下有孕在身的女子从崖上坠下怎可能还有生还机会?!

就是真能活着,那身子也该是千疮百孔的,而她身上甚至都找不出丝毫的伤痕,就连小小的擦伤都没有……

所以还是不可能的,她绝对不可能是那叫做海儿的女子的——

第九章　心锁难解

一个晚上,心锁都辗转难眠。

明明已下了决定无须再多想,可仍有很多不解缠着她的心。

她不懂她若不是那个女子,为何总是看到和端木卿绝如此相似的身影——争执的,抗拒的,触怒的,伤感的,甚至亲密的,火热的,所有景象都是和同一个男子,有泪水也有幸福,越是想要忘却就越是甩不开……

好乱,心锁越想越乱,从榻上起来,坐在梳妆台前,铜镜里映照出一张面色煞是憔悴的脸。

"王妃,大王特地命人一大早就给你炖了上好燕窝。"

天真敲了门缓步进来,将淡淡香气的一盅汤放在了桌上,心锁瞥来一眼,对她,夫君真是上心呀,这么细心无非是为了哄她,因为昨晚的事……

说来,他的欺骗只是让她稍稍动了气,并没有真的放在心上,难道是她对他的爱太深，才并不介意……

"天真，知道我失忆前，最喜欢吃的东西是什么么？"

心锁冷不丁地一问，天真硬是一愣，手中正拿着的汤匙都因为手一颤跌在了桌子上，溅出几道微烫的燕窝汤，"天真？！"

"对……对……对不起，王妃，天真这就抹干净！"

心锁看着天真慌慌张张地擦着桌子，眼睛一刻不离地看着她。

这孩子品性单纯，喜形于行，既然行为慌张，那就说明她的心在慌张。

只是问她，她失忆前喜欢吃什么，为何可以让她如此不安？！

听夫君说，她从有孕之始一直都是由天真照顾的，这么简单的问题照理不该让她这么张皇失措的。

天真一边抹着桌子一边小脑袋都被这个问题给搞乱了，她这嘴儿最怕的就是撒谎，因为她根本不会！

王妃失忆前喜欢吃什么，她要从何得知？

她失忆前根本就不是她照顾的，她可是北陌殿下从北苍带回来的女子，就是连那肚子里的孩子都和大王无关，可是大王交代过，谁都不能露出马脚教王妃怀疑自己的身世……

完了……她就随便说一个好了，"那个，王妃，不就一直都喜欢燕窝，大王才特意为你准备的么？"

天真扯出极为尴尬的傻笑，心锁也没有多加为难，衬着淡淡的笑，"我真是糊涂，连喜欢吃燕窝都给忘了，嗯……这个味道真不错，我怎么能连这个味道都忘了……"

心锁作势拿起汤勺饮了一口，口感味道俱佳，只是……这不是她喜欢吃的东西——

"小姐，小幽给你做了你最爱吃的桂花糕。"

一道稚声稚气的声音蹿入耳中，"幽……小幽……？！"

"嗯，王妃，你在说什么？！"

天真听到心锁在小声嘀咕着什么，"啊，呵呵……没什么，太美味了，这燕窝真的太好吃了……"

另一边，端木卿绝亦早早起了身，庭院里晨曦初光，鸟鸣悦耳，"喂，你昨儿个去找过王妃了没？她认了么，她是海儿姐姐么。"

蓝鸢气势汹汹而来，大嗓门吓跑了不少可爱的小鸟，"不是，她不是。"

"你问她了，她这么答的？"

蓝鸢难抑激动，昨夜他就是答应了立刻去找心锁，她才对忘莫离的再出现放他一马，"鸢儿，你冷静点，纵然心锁不是海儿，孤王也会找到她们母子的。"

端木卿绝俊清的脸上好像有着一丝笑意，淡淡地隐匿在朦胧的晨曦之光中，让人看不

171

真切。

"你到底和心锁说了什么,她又是怎么回答的?你别忘了海儿姐姐肯定很生气,肯定还在恨你,就是她是,她也不会老实告诉你她是,你不会就这么相信她不是了吧?!"

"那不是人皮面具,那链子上也无海儿和我的名字。"

端木卿绝的回答很简单,蓝鸢可以猜想到他是如何得到心锁脖颈上的链子和确定那张脸不是人皮面具,他是冒着性命之忧这么去做的。

"对你这么无礼的对待,心锁也没责怪你?!"

蓝鸢始终坚信心锁就是念沧海,可是当听到端木卿绝那么肯定的回答时,就像一直信仰的真理被无情摧毁,带来的就只有绝望。

她还是抱着最后一点点的希望,总觉得……总觉得他们一定是漏了什么重要的东西……

"海儿姐姐……也许那就是海儿姐姐原本的容貌,只是一直以来因为忘莫离魂魄的寄体才隐匿成她的容貌。"

蓝鸢知道自己说的话有多离谱,可是她却这样坚信着,娘亲说过的——

"海儿姐姐是被人下毒才会毁了容貌的,她出生时,命师就说姐姐是帝后之相,可是因为她的容貌美得惊人,所以会给她招来杀身之祸,命师说得不错,姐姐降生那夜就遭了毒手,不知是谁给她喝下的东西,导致小小的脸孔腐烂溃败,这也就是爹爹为何将姐姐遗弃的理由,他对她的生死不管不问,将她当做是怪物一样幽禁着,娘亲不多久后有了我,在要诞下我之前,她偷偷带着有孕之身离开,因为她怕,怕同样的事亦会发生在我的身上。"

蓝鸢动情入神地说着,泪水红了眼眶,那是她感觉到了娘亲的心痛,"都过去了,海儿不会再遭人伤害,连同她珍视的人,孤王也不会让你们再受到丁点儿委屈。"

端木卿绝张开双臂将蓝鸢抽泣着发抖的小身子拥入怀中,虽然她不告诉他,她真正的身份,但是果然,他没有猜错,她是海儿……至亲……至亲的人。

从没觉得这人儿的肩膀那么宽,从没觉得这人儿的怀抱如此温暖,从没想到他会让她感到如此安心、踏实。

虽然还是讨厌,但是蓝鸢有点明白了,为何姐姐会爱上这个男人……

"少嘴巴甜了,找不回海儿姐姐,我定要你拿命来填!"

蓝鸢忽然推开端木卿绝,倔强地抹着眼泪,"呵,你连生气、口是心非的样子都像极了你姐姐。"端木卿绝金瞳里落满宠溺,不管这小丫头多不可爱,可她永远都是海儿的妹妹……

也是他的小姨子……

他在笑，俊美的脸笑意越显越深，蓝鸢不觉迷失在他的笑靥里——

大笨蛋，她真是百密一疏，傻傻地就在他的跟前暴露了自己的身份，这不，他一定在笑她了吧？

"喂！别以为说我像姐姐，我就饶了你，如果你不信我说的，那你现在是要去哪儿找海儿姐姐？！"

"回北苍。"

"回北苍？回北苍？这个时候回去，不就是和他们开战，你不是以为海儿姐姐现在落到了端木离的手上了吧？"

"铲除了真正的敌人，才能给海儿一个安全无忧的天下。"

"什么意思？"

"意思是，海儿现在待在我身边才是最危险的。"

蓝鸢还是不明白，端木卿绝食指一曲在她挺翘的小鼻子上一刮，"好好待在东炙，要是为你海儿姐姐着想，可不能放过烈北陌那头小金龟！"

他一定是找不到海儿姐姐，大受刺激，疯了吧？

蓝鸢一路回殿的路上都不明白端木卿绝脸上的笑意，他就这么回北苍了？丢下还没搞清楚是不是海儿姐姐的心锁，就这么回去了？！

"这位姑娘，你是哪个宫里的？"

宫殿外有个女子来回踱着步子，天真见她打扮和其他女婢不同就叫住了她，当她转过身来，幽幽有礼地对她微微欠身，天真立刻皇皇起来，这人儿她好像见过，是随北域九王爷一同来的。

她好像是姓——

"忘姑娘？呃……王爷夫人……？"

天真傻傻的不知道该怎么称呼忘莫离才好，"小女求见王妃，烦请姑娘通报一声。"

因为是九王爷的女人，是北域来的贵宾，天真也不敢冒犯，行了礼后，"忘姑娘，请随我入殿，我这就去通知王妃。"

那女人又想要兴风作浪了么？

蓝鸢一直躲在不远处看到了一切，悄悄地跟着走进了殿里，那讨厌的忘莫离要是存心来刺激心锁的话，那她可绝不会再放过她。

对于忘莫离的来访，心锁当然意想不到，寝屋里，天真端来茶水和点心，"天真，你先退下吧。"

心锁能感觉到坐在身前的忘莫离不希望有人打扰她们说话。

"是。"

第九章 心锁难解

173

天真退了下去，撞上正走过来的蓝鸢，蓝鸢冲着她嘘了一声，做了个噤声的动作，"太子妃，你这是做什么？！"

"别理我，天真，你先下去做事吧，不许让任何人靠近这里。"

"呃……好吧。"

蓝鸢紧贴着门儿听着屋内的声音，袖口中不知几时已经藏好了一把精致的小匕首，她可不信忘莫离，紧急关头，这小匕首可是用来救命的。

"忘姑娘找本宫有何事？！"

心锁开门见山地问道，对于这个女子，她潜意识有种警戒——

"恕莫离无礼，由王妃的身上，莫离感觉到和一故人极其相近的气息。"

心锁端着茶杯微微摇晃了两下，一饮而尽，"那位故人叫做什么名字？"她淡淡地问，正如她的神情般毫不在意。

"念沧海。"

念沧海……

海儿……

好像很陌生，好像又很熟悉，"当真是故人么？听忘姑娘的口吻，似乎对这位念姑娘有着煞是复杂的心情。"

忘莫离心口一怔，抬眸与心锁笑意盈盈的眸子相撞，她料想不到她会这么问，是这样的咄咄逼人，还带着一股轻蔑的气雾，"忘姑娘，为何不放下心中纠结，重新开始自己的生活？"

"呵。"

忘莫离突然唇角一咧。

她笑得神秘，却是一闪而过，"可以重新开始的，不过一定要在解开了心中所有纠结之后，不，准确的说是，偿还自己欠下的罪孽之后。"

"罪孽？！"

"莫离欠下太多太多的罪孽，我曾将最深爱的人推入地狱黄泉，让他没日没夜遭受非人折磨，不过幸运的是，感谢上天让他遇到了'她'，有'她'在他就能重振旗鼓，重获幸福。"

忘莫离自顾自言地笑，那笑里有着微微的嫉妒，只是嫉妒之后是更多的安逸。

心锁看到了忘莫离的心，说这些话时，她是真诚的。

"那人曾是你深爱的人，你当真愿意对他放手？"

"不是我愿意，而是我未曾真正珍惜过他的情、他的心，而那个'她'给了他的心一个归宿，真正的归宿。"

忘莫离笑中有泪地看着心锁，仿佛是在对她无声地忏悔。

"也许我曾嫉妒，以为自己付出的更多，受的伤更多，可现在我才明白，那个'她'才是真正满身伤害的人儿，只有'她'才值得他爱。"

"可是那人儿已经故去了，不是么？就算她值得也再也无法拥有了。"

"不会的，就是她真的在地狱黄泉，端木卿绝也会去找她们母子，阎王会被他吵得不消停而放人的。"

忘莫离笑得无比动情，忽地，她站起身来，"打扰王妃了，许是王妃像极了她，莫离才会情不自禁说了这么多。"

"忘姑娘，这是要走了？"

"对不起……"

心锁跟着站起身来，只闻忘莫离忧伤地低喃出三个字，她握住了她的手，"不是你的错，放了自己，重新开始。"

掌心相贴的温度暖了忘莫离久年冰寒的心，"为何不恨我呢，我该是被狠狠痛恶的人呢。"

"值得卿绝爱的人，都不会是真正让人恨的人……"

卿绝？

心锁喊出了端木卿绝的名字？！

蓝鸢躲在门外，简直听傻了眼，双腿一软，身子一倒撞在门上，"谁？！"

忘莫离打开大门，蓝鸢狼狈地跌倒进来，"鸢儿？！"

"海……呃……王妃？！"

蓝鸢差点冲着心锁失神地喊出海儿姐姐，可是顾及忘莫离就在身边，她又硬是收住了口，"你怎么会在这里的？！干吗还不离开？！"

"鸢儿，休得对忘姑娘这么无礼。"

"为何不可，都是因为她，我才失去了重要的姐姐。"

忘莫离不免一怔，随即又恢复平静的表情，冲着心锁婉婉道："王妃，莫离先告退了。"

"好。"

待忘莫离走后，蓝鸢立刻将门关上，"王妃，不，海儿姐姐，你就是我的海儿姐姐，对不对？！"蓝鸢兴奋不已，抓着心锁的双手，她就说她肯定是她的姐姐。

"你怎能那么不小心地在忘莫离的面前泄露身份，她会伤害你的！"她又不免担心起来，不论忘莫离说得多么动情，她都不能相信她，她肯定是在用假情的泪水诱骗姐姐。

"不会的，她不会伤我的，而我也不是你要找的海儿姐姐。"心锁反握住蓝鸢的手，

答得相当平静。

"为什么还要假装不认得我？你叫了他的名字，我听到了，难道你对端木卿绝就一点都不在乎了么？"

"你知不知道，他要回北苍了，要和端木离开战！"

"都是为了你！"

那最后一句，教心锁平静的脸孔再也无法淡然相对……

"他要回北苍？"

口吻依旧淡淡，心锁背过身，有心不让蓝鸢看到她脸上的神情，"是，为了你，为了给你一个没有端木离骚扰的安平天下。"

为何这般的不在意，就好像端木卿绝的生死同她毫无关系。

蓝鸢失落地看着心锁的背影，"是你，海儿姐姐，是你，对不对？！"倔强的小妮子极尽用着哭求的声音问道。

"你都喊出端木卿绝的名字了，求你了，求你承认你就是念沧海吧。"

心锁沉默着，久久："只是一个名字而已，却可以救赎一个人的灵魂，你没有感觉到忘姑娘的歉疚么？"

蓝鸢一怔，她不明白她的意思。

"她将我当做了那位念沧海姑娘，我不过是做个顺水推舟的人情，又何尝不对？"

顺水推舟的人情？

哈！蓝鸢苦苦傻笑，叫出端木卿绝的名字，不过是假扮海儿姐姐，替她原谅那个坏女人么？！

怎么可以？！

她有何资格代替海儿姐姐原谅那十恶不赦的坏女人！

这么的淡然，心锁这样的冷漠让蓝鸢第一次动摇了深信的心，如果她是海儿姐姐，又怎么可能原谅忘莫离？！

她不是，也许她真的不是。

"想来你应该也同那念姑娘关系非同一般，鸢儿，你可知道，在东炙隐瞒身份可是大罪？"

呵，她这下还想要降她的罪了？！

蓝鸢越想越觉得自己很可笑，她究竟待在这儿做什么？

守着一个根本不会成真的梦，还要付上欺君大罪人头落地的危险？

"我名为蓝鸢不假，可本名姓廖，廖媚伊是我娘亲，也是念沧海的娘亲！"

廖媚伊……

心锁心底悄悄念着这个名字，记忆深处是多么熟悉的感觉，是一双娘亲慈爱的手拥着，拥着襁褓之中的孩子的温暖。

"北陌也知道这些吧？至少她知道你的身份并非东炙人？"

心锁转过身来，眼神犀利，无形中张着一股霸气，有点不同，和平时温婉娴雅的心锁好像是截然不同的两个人，蓝鸢向来胆子大，这一刻，好笑的是，她有点被她怔住了。

"是。"

突然认定她不是海儿姐姐，倔强的性子就使了出来，心里就是害怕，头还是昂得老高。

"留下吧，不过，切忌不要再在任何人跟前提及念沧海三个字，大王可不喜欢他的王妃是另一个男人的女人。"

"哎？！"

"你也是倾心北陌的吧？"

犀利的眸忽地弯起狡黠的笑弧，蓝鸢被问得好像被点穿了心事，整张小脸扑腾红了。

这人儿是想怎么样？

知道了她的身份，和北域有着密切关系，就不怕她是北域的细作，还特准她留下？

明日端木卿绝就要回北域了，蓝鸢跑到端木卿绝的宫殿，北域来的随军还真的在整理行装，"端木卿绝，端木卿绝！！"

蓝鸢直呼着旁人不敢直呼的名讳，一路大喊着，侍卫们皆是看得傻眼，除却王妃，也就只有这小丫头敢这么无视九爷了。

"丫头，你找孤王？！"

绕过一条廊道，端木卿绝不知几时跟在了蓝鸢身后，"哇！吓死人了，怎么走路都没声的？！"

"除了孤王，还有谁吓着我们东炙太子妃了？"

端木卿绝冷眉一挑，调侃道，只瞧蓝鸢的脸蛋儿粉扑扑的红润润，"哪还有谁？！还不就是你么，我说你真是要回北域，和北苍开战？！"

"难道小姨子还对孤王的话有怀疑？"

小姨子？

蓝鸢给了端木卿绝一白眼，"那你带我一起回去，我也要去找端木离要人！"

"不准！不是说了要你乖乖待在这儿，绑牢烈北陌的心，他日你姐姐回来了，也好风光参加你的册封大典。"

"谁说我一定要嫁给他！姐姐可比他重要多了，何况北苍奸人多，多我一个可是能帮

着你识破他们的诡计，免得他们一打亲情牌，你又没了方向。"

"……"

"啊，别说是北苍了，现在你身边就有一个，看来我得给你准备一贴黄符，替你驱邪杀魔才行！"

端木卿绝知道蓝鸢在暗示忘莫离，"她已有悔改之心，何不放她一马？"

"放她一马？！龙嗣山上，她有没有想过放姐姐一马？你是不是还觉得欠她什么，是不是和北苍开战连她也要带上，她要是被北苍捉去，你是不是还要舍命救她？！你知不知道你那该死的怜悯只会助长她的邪心，知不知道她刚才就去找了心锁，八成是以为她是海儿姐姐，要对她下手呢！"

"鸢儿，你说忘莫离去找了心锁？！"

蓝鸢还没说完，端木卿绝就顿然紧张地握紧她的手，温柔的模样突然变得凶神恶煞的，着实吓人。

"呃……是啊。"

"忘莫离真的对她下手了，心锁有没有伤着？有没有……"

"我说你，不是见心锁长得美，又移情于她了吧？她可是烈焰的女人，不是海儿姐姐！"

蓝鸢的斥责教端木卿绝略略收起紧张的神色，"就只是问她有没有事，忘莫离若是对她出手，也就是替北域抹黑，孤王又怎能允许这样的事发生？！"

"就只是怕她给北域抹黑？！"

蓝鸢算是搞不懂了，先前找不到海儿姐姐那么失落，可是那夜之后，他又轻松自若好像脱胎换骨变成了另一个人，就像有了十足的把握能找回姐姐，又或者已将佳人重搂怀内……

他去找心锁的那夜，他们到底是说了什么，就连心锁也很奇怪，"她没得逗啦，心锁都不承认自己是海儿姐姐，她当然不会贸然加害她了，难道不怕烈焰要了她的小命？！"

"那就好……"

很明显的，端木卿绝长舒了口气，发现蓝鸢一直疑惑地瞅着他，他唇角一扬，"小姨子，乖，这会儿宫里人多手杂，一不小心可能会弄伤你，天也开始暗了，快回宫吧。"

"哎？！天哪有黑，我要跟着你回北苍啦……"

夜里，烈焰为端木卿绝准备了送别晚宴，大家喝得煞是畅快，谈天说地，气氛煞是热火。

烈焰还特意准备了焰火，深蓝色的天际朵朵巨型烟花绽放，一行人站在宫内最美的锦绣湖边，烟花五光十色的影子打在心锁和端木卿绝的脸上，勾勒出轮轮流光溢彩的弧光——

他们两两相望，四目眼中的烟花好像在倾诉着什么，身后锣鼓喧天，音律绕耳，身边舞娘曼舞，绚丽多彩，人们忘乎所以地欢笑，都被眼前的美景给迷呆了……

不知几时，两人的距离越挨越近，已是并肩而站，"九王爷明日回程，当真即要同北苍开战。"

"是，为寻佳人，为偿罪孽，为我妻儿构筑安平天下，此战非打不可。"

漫天流光焰火，不及那一双金瞳闪耀夺目，"那妾身就祝九王爷马到功成，凯旋而归。"

她情深蒙蒙地凝视着他，他动情至真地笑靥相应，"只求孤王能赶得及王妃临盆之前……"

她不答，只是默契地嫣然而笑，只瞧烟花的火光打在他们的身上，一只大手深情地握紧那一只小手，火光将其绝妙地隐藏，却是逃不开那不远处的一双赤红眼眸……

隔天清晨，端木卿绝率军一早离开，烈北陌虽然暗示只要他需要，东炙会派遣援兵，可端木卿绝还是拒绝了。

待端木卿绝离开，念沧海可是好好捉弄了烈焰一番，谁让他趁人之危，利用她失忆一直骗她是他的女人。

此时烈焰浑身湿透，活像个落汤鸡，"心锁，你到底怎么了？"

"该是我问你才对，你凭何吻我？我根本就不是你的妻子！"

"呵，原来姑娘是想起了过去，其实本王不过是见你有孕在身，所以撒谎给你一个栖身之所，本王以为你是受夫君抛弃毒害，而本王却不屑于欺负女人的孬种，至于吻你——给你高高在上无比尊贵的王妃名衔，你又生得如此美丽，本王总得收点保护费吧。"

他表情一变，顽皮得像个孩子，其实从端木卿绝来东炙后，他大抵能猜到她肯定恢复了记忆。

"那作为代价大王许我一个安逸的待产环境，也不算吃亏吧？！"

念沧海嘴皮子上打着趣儿，心底却是绕着几分失落，其实她心里有个猜测，她曾去过烈焰的宫殿，而就是在他的宫殿呢，她看到一幅山水画，画中景象是中原江南，准确地说是——

靖州，那是娘亲的故乡……

而在画的右上方有着几行行云流水的词句，不是那词句有多惊艳，她才牢牢深记，而是那提笔人，那笔迹，她认得……

第九章 心锁难解

179

是……爹爹……

他救她绝非如此简单。

"父王，王妃！！"

这个时候，烈北陌的声音从远处一点点逼近，"殿下。"念沧海转身行礼，烈北陌点点头，随即被跟着转过身的烈焰吓到，"父王，你这是？！"

烈北陌不免因为烈焰一身落汤鸡的模样而心悸。

刚才元公公匆匆来报，说是父王和王妃单独坐着小舟出游，生怕他们出事，果然方才听到湖中央一声巨大水声，"父王无碍，不小心落下水，还好是王妃及时救了本王。"

烈焰说时，一手揽上念沧海的后腰，脸上还衬着不以为意的笑，"大王，大王！！"这个时候，元公公圆滚滚的身子也从不远处跑了过来，身后还跟着一大班的婢女，他一瞧烈焰这么狼狈，可是心疼，"还不送大王回宫更衣！"

眼下的情势，念沧海也只有继续这个谎言，相信卿绝也知道其实她已回忆起了所有，他之所以没有逼她承认，又将她留在东炙，都是为了保护她和腹中孩子。

一日不除北苍，北域就无安宁之日，无论是呆在北域还是他身边都是危机重重，相反……

东炙却是安逸之所。

呵，也许卿绝也知道她仍在生气，还很生气，所以才让自己那么任性，也不认他。

"莫离欠下太多太多的罪孽，我曾将最深爱的人推入地狱黄泉，让他没日没夜遭受非人折磨，不过幸运的是，感谢上天让他遇到了'她'，有'她'在他就能重振旗鼓，重获幸福。"

"不是我愿意，而是我未曾真正珍惜过他的情、他的心，而那个'她'给了他的心一个归宿，真正的归宿。"

"不会的，就是她真的在地狱黄泉，端木卿绝也会去找她们母子，阎王会被他吵得不消停而放人的。"

莫离临别的话反复在念沧海的脑海里徘徊，其实……那一夜，她选择坠崖也不原谅卿绝，自己也是有错的吧……那么的任性，那么的决断，那么的无情。

是她还不够相信卿绝，也没体谅他或许是中了迦楼的幻术……

寝屋里，念沧海双手抚在高高隆起的小腹，心中五味杂陈，还有三个多月就要临盆："卿绝，你一定要平安归来，我和孩儿都在这儿等着你。"

但是不出多日，念沧海却是心心念念着端木卿绝，"我想回北域。"

也许这才是最正确的选择，"不，端木卿绝留你在东炙就是为了保你们母子平安，你若回北域，端木离的人势必知道你还活着，那只会加快北苍同北域开战的时间。"烈焰否定了她的念头。

"也许北苍的人早知道我还活着，躲在东炙也未必安全。"

"你若担心婆罗律音追来这儿会回去北苍告密，你就大可勿用担心了，本王定不会活着放他回去！"

正说着，屋中一道黑影闪过，烈焰动作敏捷地立马抓住了他，"谁？"

那人淡定地转身，皎白的月光勾亮半张妖冶绝伦的脸孔。

这人儿美得让人分不出性别……

"美人……七爷？！"

烈焰听过婆罗律音的名号，他幻术了得，他不信他会如此轻易地就落在他的手上，"呵，我更乐意大王喊我另一个名字——迦楼。"

"哪一个名字都不重要，重要的是你为何而来，名字是无法改变本王的决定的！"

烈焰忽地出手，迦楼却是更快地一个闪身，指间弹出一颗白子，触及墙壁时绽出一股浓烟，"婆罗律音！！"

烈焰追入烟雾之中，休想用这小小的障眼法就能逃过他的五指山。

浓浓白烟之中发出刀剑相碰的巨响，惊动了屋中沉入熟睡的人儿，她好像听到了熟悉的声音，"迦楼姐姐？！"

她冲入那团白烟中，只听两个男人同时惊呼——

"海儿！！"

"丫头！！"

迦楼收起手中蛇剑，烈焰收起腰间犬刃，白烟转瞬消散，只瞧念沧海倒在地上，所幸有双手紧紧拥着她护在怀中，"海儿！"迦楼惊得面色煞白，他不曾料到他同烈焰刀光剑影的时候，她会突然闯了进来——

他手中刺去的那一剑差点就穿过她的身子！！

不该是这样的，他明明布下了结界，旁人是无法感觉到的。

"迦楼……姐姐……是你么……是你么？！"

念沧海眼含泪光地抓着迦楼的衣襟，迦楼这才发现她手臂流着血，定是他方才抽回剑的时候还是误伤了她，"我又伤了你……"

妖冶的眸里聚满不舍、痛楚、自责。

正当他撕开自己的衣袖为她包扎，一把剑不知几时架了在他的脖子上，"大胆刺客，再敢动半下，就要你万剑穿心。"

那是保护着宫殿的侍卫们，迦楼无法动弹的片刻，烈焰从他的怀中将念沧海抱起，

第九章 心锁难解

"大王，不要，不要伤他！"

念沧海激动地试图挣脱，"杀不杀由本王决定，你现在受了伤，不要动，会伤着孩子的。"

烈焰厉色怒喝，她才镇静下来，眼睁睁看着迦楼被一班侍卫以剑抵着脖子，"不要伤他，他是无心的……"

"虽是无心，伤害终究是伤害，那一剑若不是划过你的手臂，而是你的身子，该怎么办？！"

太医为念沧海包扎好伤口，她就请求烈焰放了迦楼，可他的反问让她哑口无言。

"其实不怪他的，是我自己闯了进去，迦楼姐姐，并不是有心伤我的……"

她忘不了他眼中的痛楚，她知道他仍是原来的那个迦楼姐姐，那个疼爱她保护她，不舍她受半点伤的迦楼姐姐……

她知道她受伤，他比她更痛苦……

"他那么伤你，你还原谅他？！这伤可以，那龙嗣山那一单呢？！"

烈焰的问让念沧海再次沉默，"让我见见他，好不好……大王，我也想知道龙嗣山上，他为何要那么做。"

晶莹的泪伤心地一道道滑落，烈焰喟叹一声，"现在不行，明儿个本王会派人将他押来。"

"不，就现在，我现在就要见到他。"

她执念地抓着他的手，他曾听说她在北域的时候和婆罗律音感情好，没想到会是如此的深厚……

他明明是男人，她却亲昵地喊他姐姐……

究竟是怎样的关系，才让她可以原谅曾试图要杀了她的人……

念沧海的执念是烈焰无法拗得过的，不出片刻，迦楼被押了过来，他双手被缚着用铁镣锁着，"迦楼姐姐。"

念沧海不顾手臂上的伤，掀开被褥就跃下床飞扑到他的身前，拥住他——

"海儿……"

迦楼满面愧疚，声音都是发颤的，是梦么？

她该恨他的，为何还要为了他流泪，为何还要执念地见他，她手上的伤，"很痛……么？！"

"不痛，我的痛怎及得上迦楼姐姐'这里'的痛？"

念沧海的手掌摊平抚在迦楼的心口，一道泪生生从男儿眼眶中滚落，"傻瓜，你真是个傻丫头，为何不狠狠给我一巴掌，又或是在这里刺上一剑都好！"

他的自私，他的狠心差点要了她的命，不……

是她们母子的命，她该恨他，恨他入骨！！

"不，我永远都不会这样对你，永远都不……"

"你就不怕我又是来索命的？"

迦楼一语一出，烈焰立刻将念沧海从他的怀中拉开，"你若敢伤她，今夜定要你人头落地。"

"呵。"

迦楼粉唇一勾，泪痕未干的脸上忽地冷笑张开，冷得吓人。

"你以为这小小铁镣子能奈何得了我？！"负手腕间一动，身后绽开一声巨响，铁镣子一眨眼碎成两段，指间一动，白子悄然弹在墙壁上，又绽开一股白烟——

"丫头！"

烈焰护着念沧海在怀中，就听她撕心裂肺地喊："迦楼姐姐，不要走！！为何要把自己埋在黑暗中，这是你对自己的惩罚么？！"

她挣脱开烈焰的保护，白烟中她伸手去抓那个逃跑的人儿，"不要走，我不让你走！！"

她抱着他的腰，高隆小腹的身子紧贴着他的后背，她在哭，她的泪打湿他的衣衫，沁入他的肌肤，"海儿……"

念沧海就像个哭闹耍性子的小孩子，她不放，她不会放他离开，他还欠她一个解释。

"不要逃，哪里也不要去。"

"海儿……"

"是你欠我的，忘了么，你欠我一条命，不……是两条……你差点害死我和孩子，你肩上欠着我两条人命，我不准你说走就走。"

迦楼转过身，念沧海用动气的泪眼瞪着他。

他只是笑，悲戚地笑，"怎么办呢，命，我只有一条，你要拿去的话，就给'这儿'刺伤两刀，我愿为你死去两次，好不好？！"

他握着她的手抽出他腰间的短剑刺向他的心口——

"不要！"

血猛地从他心口喷溅出来，染红了念沧海一双眸子，也怔住了就在她身侧的烈焰，"迦楼姐姐！！"

迦楼单腿跌跪在地，念沧海握着短剑的手一扯，沾着血的短剑铿锵一声落在地上，血口太大，鲜血汹涌……

"不要！！大王，救救他！！太医，太医！！"

第九章 心锁难解

183

念沧海怎会料到迦楼会寻死,那一剑刺得是那么果断,若不是握着她的手,她的一个迟疑,只怕剑身一定穿心而过——

太医坐在榻边给迦楼缝合血口,上着药,随即包上纱布。

"迦楼姐姐怎么样?!他会不好死?!"

那伤口是那么深,那鲜血就像要统统涌出他的身子才肯罢休,"王妃勿用担心,所幸剑身擦过心脏,虽然伤口不浅,伤势严重,可他身子底子好,现在已经止住了血,熬过今夜就没事了。"

"熬过今夜……?今夜会有什么变数么?!"

念沧海听出太医话中玄机,"他只要这样静养着,不动弹不走动,当然更不能再伤及伤口,就无碍。"

"只要不动就可以了,对不对?"

太医点点头。

念沧海松了口气,坐在榻边轻握住迦楼的手,手儿轻轻拂过他血色惨白的脸儿,"没事了,迦楼姐姐,没事了……我不会让你有事的……"

许是失血过多,迦楼一直昏睡到夜半才回复意识,而手边坐卧着的是,"海儿……?"

"迦楼姐姐,你醒了?!"

他要动,坐起身,念沧海立刻轻按住他的手,"不要动,你心口的伤不能动的。"

迦楼这才感觉到心口传来的痛楚,才想起原来自己这是在地狱府外走了一圈,"为何要救我,再给我一剑,我欠你的是不是就能扯平了?!"

他另一手一动,念沧海急得以为他又是要拿剑——

"不要,我不要你还,我要你好好地活着。"

她怎能允许相同的事再发生一遍?她那时那么埋怨他只是为了说服他留下,她要是知道他会毫不手软地刺死自己,她绝不会说那样的话。

"呵,你个丫头,怎么到了这个时候都不分敌我,有敌人站在你的身前随你除却,就不该大发无聊的善心,你的善心会累死你的。"

他忍不得看到她眼中有泪,他更愿意她咒骂他欠她,不过他却不想再给自己补上一刀,因为比起死,同她互不相欠更让他害怕。

有着拖欠,也许来世才能再次相见。

在对的时间里,对的地方,遇到对的人……

"别把我说得像傻瓜一样,不,我不是你说的那么善良的人。是你,因为是你,你是我的迦楼姐姐,所以我才要你好好活着。"

"……"

184

"我不是不恨你，不怨你，是因为更爱，更珍惜你，所以不愿失去你。"

迦楼不敢相信念沧海眼中落下的泪是为了自己，她是在为他而哭，他以为她会恨他，就像她说的他是她的迦楼姐姐，他该保护她，而不是亲手将她推向地狱深渊。

"那你这样惩罚我，不是太便宜我了？！"

如果放他一条生路，是让他永远隐匿在见不得光的黑暗里，那会不会比杀了他更加残忍？！

这张妖冶的脸孔几时开始就只有愁容绕面？！

她不喜欢他这样，她喜欢他邪邪坏坏的笑，她喜欢他大无畏连卿绝都敢顶撞的架势，她喜欢他没正经和她斗气打闹的样子。

"海儿，为何不恨我，为何？！"

他眼中也含着泪，她的心因此狠狠抽痛。

"为何要恨你？你曾拼尽性命地救我，保护我，我怎能轻易都忘记，将一切都抹杀，如果你欠我两条人命，那我又该欠了你多少？！"

"……"

"我心中只有那个迦楼姐姐，永远都不会忘记的，伤我的那个是婆罗律音，忘莫离的亲哥哥，深爱着她的男人，他要杀我伤我，是他的天命所在，可我的迦楼姐姐没有错，我恨不了他。"

迦楼泪水强抑在眼眶中，还说不是傻瓜——

迦楼也罢，婆罗律音也好，都是他，都只是他！！

"如果那一夜你坠崖已死，你的灵魂也仍旧会原谅我么？"

"死？为何我会死？"

念沧海沾着泪水的唇角忽地勾出一抹淡淡笑弧，迦楼讶异地看着她，"海儿……？"

"迦楼姐姐应该比我更清楚的，不是么？你应比我更清楚，我一定不会死，不是么？"

迦楼不说话，但念沧海看得出他眼中的惊涛骇浪，他是知道的，他从一开始就设下了一个局，他是坏人，十恶不赦的大恶魔，残忍地为救忘莫离而置她的生死于不顾。

可是啊……

"我答对了，对不对？"

"海儿，为何你会……知道？"

"因为我的迦楼姐姐，早已给了我绝不会因为易魂大法死去的解释——他是知道我不会死的，他告诉我，我的眉心里有颗梅花，就是有人对我用了易魂大法，也无法摧毁我的灵魂肉躯！"

念沧海眼中含泪，唇角带笑地说着，"我又说对了，对不对？！"

"……"

"我的迦楼姐姐是帮了我，他看到了她隐匿心间的痛苦，他知道我身子里还藏着另一个人的魂魄，因为她，我无时无刻地痛苦，因为她，我始终怀疑我所深爱的男人对我的爱。"

"……"

"所以为了解除我的痛苦，他才让自己变为坏人，他才让那个人复活，让她离开我的身子，这一切只为我解开心中折磨着我、让我痛苦的那个疑问。"

"……"

迦楼始终哑然无声，眼中的泪却是再也无法强抑，落了下来……

"我都答对了，对不对？！"

念沧海哽咽啜泣，"我的好姐姐，你为我做了那么多，你不是害我，而是将我从痛苦的泥沼里解救出来，只有让忘莫离分离出我的身子，我才能完全深信卿绝对我的爱。"

"……"

"所以我说我不是那么善良，那么无私的，我并不喜欢有人横在我和卿绝之间，我要的是完完全全的爱，容不得一丁点儿的杂尘，是你，是你为我除却了心底最不安的那一粒杂尘。"

这就是念沧海无法憎恨迦楼的理由，人总是记新仇忘旧恩的，可她不愿成为那样的人，她明白迦楼姐姐做的这番苦心，难道她真的那么好命在河流中沉溺几日都能活下来？

虽然那时她意识微弱，但她能感觉到有人将她从水中救起，放在小溪边，而那个人就是……他。

她还怎能恨他，憎他？

他默默为她做了那么多，她若是恨他憎他，那真是丢了良心，没了良知。

他是那么深爱着忘莫离，可他现在是守护在她的身边，"如果要说我都答错了，我可真的会恨你的。"

念沧海握着迦楼的手，她不是傻瓜，她知道迦楼对她是怎样的感情，他是爱着她的呀，可他却只能像她期望的那样以姐姐的身份保护着她，守护着她。

这同当初爱上亲妹妹的痛又有何等差别？

"如果可以让你恨我，让我欠你，也许来世我就能比卿绝更早地遇上你。"

"傻瓜！"

念沧海狠狠拧了下迦楼的鼻子，许是牵动到了他心口的伤，他痛得低吟一声，她紧张地坐起身，"没事吧？！"

"呵呵，笨丫头就是笨丫头，还是一样那么好骗！"

他邪魅地坏笑，她气得一手挥下，"哎啊！！小心伤口，要真挨你一下，我可真的要死翘翘了。"

念沧海收住手，她当然不会舍得给他可怜的小心脏一击，见着他又那么没心肝地坏笑，"不许死翘翘，你的命是我捡回来的，没有我的允许，你不许死！"

迦楼笑盈盈地，以深情的眼神应允着她，再也不离开她了，婆罗律音早在十多年前就已经死了。

再也回不去了，他只是这个傻丫头的迦楼……姐姐。

虽然和念沧海冰释前嫌，但是迦楼听到蓝鸢为了救出还在北苍的娘亲贸然离开东炙，结果烈北陌不放心她也跟了过去，所以他立马也离开了东炙，因为他知道蓝鸢是念沧海的妹妹。

可是烈焰却以为他是北苍的细作，要将念沧海的消息带回北苍便命人一路追杀。

念沧海怎样也不会料想到，等了几日等来的竟是迦楼的死讯——

"迦楼姐姐怎么会死呢？尸首呢？"

"被流沙掩埋，无从找寻尸骨。"

没有尸骨也就是还有生还的希望，念沧海沉默深思，烈焰见她眉头紧皱，就知道她在想着什么，"不用期冀了，他纵然本事再大，亦是个凡人。他受伤的心口，伤口一旦崩裂就是没人要他的命，他也会因失血过多而死。"

烈焰的话给了念沧海致命的一击，为什么连她最后的一点希望都要无情掐灭。

北苍。

边境小城，廖蓝鸢和烈北陌乔装打扮，一身粗布衣躲在排队进入小城的队伍里，靠着易容成老公公和老婆婆，他们总算一路回到了皇城，可是回到她和娘亲的屋子却找不见娘亲。

倒是北苍禁卫队在等着他们，说她娘亲已被皇上接进了宫，蓝鸢为救娘亲只好也跟着禁卫去到了皇宫。

"人都到齐了呢，都说人月两团圆，朕瞧中秋将至，念夫人一定思念家人已久，所以特地命人将念夫人已经找到的消息告知了念将军，相信念将军不出一个时辰就会入宫觐见，到时朕一定会让念将军来这儿和念夫人，夫妇团聚。"

端木离的到来毫无预警，他就这么嘻着笑脸幽幽地来到廖媚伊、廖蓝鸢和烈北陌的身后。

第九章　心锁难解

187

廖媚伊满眸的惊惶,她可不想见那个男人,多年来她都躲避着他,因为她的心里一直怨恨着他——

恨他有了新欢而被蒙蔽了双眼。

他可以不再疼惜她,但是他却对海儿那样残酷,甚至放纵那个上官凌蝶伤害她腹中还未出世的鸢儿,若非情不得已,她又怎么会带着有孕之身逃离念府?!

她又怎会十多年来躲躲藏藏,也不敢去看海儿,让海儿孤零零地在那深院里长大,无人疼爱。

"端木离,你以为抓了我们母女俩,你就能胜了北域么?!姐姐都已经死了,端木卿绝是不会在乎我们娘俩的性命的。"

别人不敢直呼他的名讳,廖蓝鸢是豁出去了。

端木离倒是不怒,还微微笑着,"小丫头,别担心自己的性命那么下贱不值钱,朕不在乎端木卿绝那叛贼在不在乎你们,朕只是知道'有个人'一定不会放任你们性命可危。"

端木离是找来了念元勋,捏准了她们母女就是他的软肋,更是要求他夺下端木卿绝的头颅才能换回她们母女,念元勋不得不答应,所以行军预备和北域军一较高低。

但是这个时候,迦楼及时出现,他救走了蓝鸢母女和烈北陌,自己却中了陷阱,身中剧毒。

逃出皇宫的蓝鸢一行人赶上了念家军,他们的军营驻扎在某座小城的郊外,就在他们来到营外的时候,林将辉注意到了她们。

"你们,是在找什么人么?"

"我要见念元勋,你赶快去通报他,我们不是可疑的人。"

廖蓝鸢催促着,正巧看到从不远处的营帐里迎面走来的男人,他威风凛凛,相貌堂堂,一身正气,"爹爹……"

她情不自禁的低喃,再次吓坏了跟前的林将辉,"将军。"

他转身向着念元勋走去,念元勋早已看到木栏外的那三个人,站在中间的那个小丫头眉目清秀,标致灵气,好像似曾相识的,脚步就这么定在了原处,当他的眼神落在那盖着头纱的女子,念元勋心口止不住地悸动起来,好像有着万重浪在他的心海里翻涌——

那人儿,那人儿……

他认出了廖媚伊,那个他心里深爱亦是多年未见的女子,他放行他们进入军营,他对廖媚伊诉说歉意,她却冷冰冰地说,"现在不是说这些的时候,我们受人恩惠才得以得救,所以我想求你停止同北域开战,不要伤害端木卿绝,那孩子可是海儿的夫君。"

廖媚伊拉下脸上的面纱——

那一张经历了十多年风霜的脸孔还是一如以往地惊为天人，岁月没有在她的脸上留下痕迹，好像恍如隔世，念元勋慢慢地迈开步子，两人四眸交汇得越发靠近。

"媚儿……"

他伸手，用强有力的双臂将廖媚伊拥入怀中，十多年来，他让她独自漂泊在外，抚养鸢儿长大，他到底是让她吃尽了多少苦头。

"对不起……当初将你推离我的身边，才能保住海儿，还有你同鸢儿。"

"对不起……那时我只能这么做，不要问我理由，我的心亦是没日没夜地痛苦。"

他的体温，他的歉疚，他的气息，无一不让被拥抱着的廖媚伊想念，她止不住落下眼泪，"所以现在我和鸢儿都安然无恙，你可不可以停下这场战争，可不可以齐集念家军的力量反抗端木离？！"

紧拥的力道因为那一句请求缓缓松开，念元勋深情地凝望着廖媚伊，"伤你同海儿和鸢儿者，我定要他粉身碎骨，以血来偿，可我亦绝不能纵容谋反之徒毁了我大好北苍！"

"什么？！"

廖蓝鸢急了，都走到这个地步了，爹爹怎么还是冥顽不灵地要护着端木离？！

"好啊，你要不帮的话，我和娘亲就去北域，你一定要杀端木卿绝是吧，那我们就挡在他之前，看你要不要连我们也一起杀了！"

"鸢儿，你这是无理取闹，爹爹不会让你们离开我的！"

"是啊，你舍不得娘亲嘛，那姐夫就舍得了姐姐么？他们那么相爱，姐姐还有了姐夫的孩子，可是他们就只能分开，你又明白他们的痛苦和思念么？"

廖蓝鸢的指责让念元勋无言以对，这和他多年来秉承的信念相抵触，那端木卿绝原本就是来历不明的孽种，这次他要向北苍宣战，难道他身为精忠报国的老臣子要视若无睹，同他狼狈为奸？！

说到海儿，他怎会不疼爱，不珍惜？

只是他一点都不甘愿海儿跟着那个男人，"世上男人多得很，你姐姐将来会遇到值得她爱的男人，她现在就在东炙不是么？东炙王就是个顶天立地的好男儿，相信他会待她好的。"

"爹爹，你怎知道姐姐就在东炙？难道是你和东炙王串通好将姐姐'软禁'在东炙的？！"

廖蓝鸢不可置信地瞪大眸子，就说那烈焰热情好客得离谱，原来他早就和爹爹相识，爹爹就是要暗许姐姐给他？！

"怎会，鸢儿，我父王不会是这样的人，念将军，这一切都是误会，对不对？"

烈北陌也难以控制自己的情绪，救了念沧海的人是他，他可不是为了让她成为父王的

第九章 心锁难解

189

女人才带她回去的，这一切根本不可能受到任何人的控制，这其中一定有什么误会。

"本将军没同你父王串通什么，只是恰巧有过交情，他知道老夫一直惦念女儿，所以派人来通知老夫海儿安然无恙让我放心。"

"有过交情？念将军你莫不是就是多年前救了我和我母妃的……"

烈北陌想起烈焰曾对他说过，当年他母妃差点死在北苍的刀刃之下，是有位将军放了他们，当时母妃肚子里正怀着他。

"正是老夫。"

念元勋知道烈北陌是要问什么，坦然地点点头。

"原来念将军就是本王的救命恩人，还请受晚辈一拜。"

说着烈北陌单腿跪地，念元勋立刻将他扶起，"殿下何须多礼？你不也保护了老夫的爱女么。"

念元勋多情地看了眼满脸气愤的廖蓝鸾，这么多年第一次见面，但是她却和想象中的一模一样，这脾气还真是和他像极了。

"这算什么？爹爹是存心偏袒东炙，要除却北域，这样就好让你老觅得如意女婿了？"

"要是端木卿绝赢不了爹爹，活该他得不到海儿，海儿值得更好的男人！"

念元勋态度很强硬，在他心里其实有个结，当初他根本不甘愿海儿被迫嫁去北域，他怎能亲眼见着海儿被那个男人毁了，可命师千叮咛万嘱咐，绝不可干涉她的命运，不然会给她招来杀身之祸，他才只能容自己忍下。

"元勋，你还是像以前一样固执，你认定的就认为一定是对的，也许你对我们母女三人冷酷无情是有何苦衷，但时至如今，她们都长大了，有自己的人生，自己的选择，你不可再替她们做主，难道你要看着一对恩爱的璧人生死分离，才开心？！"

"媚儿，你不懂！我做的这一切都是为了海儿。"

"元勋，为何不将你心中的怀疑说出来，也许只是你想错了罢了。"

廖媚伊看出念元勋眼中情丝万缕的复杂情绪，她知道他是有苦衷的，他们曾是那么恩爱，一个眼神就能知道对方在想些什么，当初她逃走，她亦知道他给过她暗示，虽然多年过去，她还是参透不了他那么做的理由，可她累了，已经不想再猜了。

不管理由是什么，她只求一双女儿能得到幸福美满的日子，而不是和心爱的人分开。

"总之你们不懂，这一仗非打不可。"

"啊！！你真是个老顽固！难道杀了姐夫就是为了姐姐？！你真是枉费我喊你爹爹，我真该就这么恨你，才不管你为我和娘亲受了多少屈辱。"

"鸢儿！"

念元勋怒斥，廖蓝鸢才不管他发多大的火，喊他老顽固不高兴么？她还被他气得七窍生烟呢！

"好啊，不说这一仗是不是要打，你不是说只要伤害我们娘俩的，你定要他粉身碎骨，那伤害我们的是端木离，你敢杀了他么？要是你杀了他，不也是谋反北苍的叛贼，那和端木卿绝又有什么差别？！既然没差别，同流合污了还差狼狈为奸么？！"

"呃……鸢儿。"

实在抵不住廖蓝鸢的伶牙俐齿，那模样就好像是小时候的海儿，每当念雪娇去到深院指桑骂槐，她都会嘴皮利索地驳回去，教雪儿气得脸红又跺脚。

念元勋不禁喟叹一声，难不成是前辈子欠了这一双女儿，个个都性子刚烈，顽固不灵。

"端木离，爹爹一定会收拾他，可端木卿绝，身为皇族子嗣竟敢起谋反之心那也理应被诛。"

"爹！！"

廖蓝鸢气得跺脚，真是服了他的冥顽不灵，"娘亲啊，你说句话啊，虽然我打开始也不喜欢姐夫，可是他是好人，他那么爱姐姐，姐姐也那么爱他，娘亲，你忍心看着他们生死分别么？要是姐夫有事，姐姐肯定也不会苟活，她还有着你的外孙呢。"

廖蓝鸢求着廖媚伊，"既然你爹爹已经做出抉择，我们就不该再为难，走吧，我起程去北域，也许我们能说服端木卿绝。"

廖媚伊拉着廖蓝鸢的手儿转身就走，念元勋立刻快一步拦在她的身前，"媚儿，你这不是存心要让我为难么？！"

她抬起漂亮惊艳的黑眸对着他冰冷化为温柔的双瞳，"念将军的决定几时轮到我这样的女人可以左右？"

念元勋自然听得出那反问里的埋怨，她还是在怪他的，怪他当初对海儿被人下毒不管不顾，对她有了身孕又不加以保护……

"也罢，容我考虑一下！"

久久僵持，念元勋终于做出了让步，分别了十多年，他再也受不住同心爱的人分离，眼看着疼爱的人受苦，却不在他的身边，不能用他的双手保护。

北域。

端木卿绝时刻监察着北苍的一举一动，知道念元勋已被他收复率念家军对抗他的北域军。

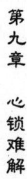

第九章 心锁难解

191

他亲自挂帅，驻扎边境，同北苍只有一座狼林之隔。

"窸窸窣窣！"

"逍遥听到了么，狼林那儿是什么声音？！"

正陷入思念旋涡，端木卿绝锐眸一扫，只瞧深密的狼林里穿梭着一道似有若无的影子，"隐身术？！"醉逍遥惊呼，若是有人穿过狼林，务必惊动林中蛇群同狼群，然而那人穿行无误，就他所知，会隐身术的就只有——

"迦楼？！"

端木卿绝同醉逍遥异口同声，同时抬起步伐冲了过去，那人一头就撞在了他们铜墙铁壁的人墙上，"哎呀呀，痛痛痛！！"

女孩子的声音？！

两人面面相觑，看着地上分明被压扁的草堆，的确是有人跌坐在了地上，"来者何人？！"

醉逍遥作势抽出腰间蛇鞭，吓得隐形的人儿抱着端木卿绝的裤腿，"姐夫，是我呀！是我，鸢儿。"

"鸢儿？！"

端木卿绝蹲下身，掀开她盖着自己的隐形衣，月色勾勒出一张跑得上气不接下气的小脸蛋，她双颊通红，满额的热汗。

"你怎会隐形术的？"

"这位小姐，我们是不是哪儿见过？！"

醉逍遥也蹲下身来，总觉得这个小姑娘好像在哪里见过，一双灵动的眸子，水灵灵地和念沧海像极了。

对了，她刚才是叫九哥"姐夫"来的，难道她？

"呵呵呵，姐夫，你还没同醉大人说过我是谁？！"

"啊，她叫廖蓝鸢，是海儿的妹妹，你们当然见过，不就是那日给海儿算卦的那个小丫头么。"

醉逍遥不觉一惊，那古灵精怪，总是顶撞九哥的小丫头原来竟是念沧海的妹妹？！

"要不知道是你，还真要把你抓起来，几时又学会了隐身术的？你见过迦楼，他教你的？"

"见过，他为了救我和娘亲被端木离给抓住了，不过我的隐身术不是他教的，而是姐姐给了我一束她的发丝，没想到姐姐的发丝灵力满满，我就那么一用就学会了隐身术和幻影术，把端木离骗得一愣一愣的，暂且让他放过了迦楼。"

廖蓝鸢对答如流，不过端木卿绝同醉逍遥是听得一知半解。

迦楼分明害得海儿差点丢了性命，随即就消失无踪，为何他会突然出现救了她们母女，又被端木离给抓住？

就他的灵气足以同他和逍遥抗衡，没理由被那端木离给生擒。

"你娘亲呢？！迦楼怎会无端地去救你们？！"

"姐夫啊，这个就说来话长了，现在都火烧眉毛了，我这次冒险穿越狼林而来，可是另有所求。"

"说吧，到底是发生了什么事？！"

"我想求你同我爹爹讲和，好不好？！"蓝鸢将这几日发生的事一股脑的告诉端木卿绝，他相当生气念元勋竟打算着将海儿许配给烈焰。

"为何我要和他讲和，他不是站在端木离那一边么？"

"不，你知道爹爹是忠心报国，不是因为端木离。"

"那么我给你三日的时间，念元勋若是同意和我讲和，一同讨伐端木离，那我可以放他一命，三日若是未果，我见神杀神，见佛杀佛！"

端木卿绝冷峻方言，纵然廖蓝鸢还想求情，他已转过身，"你若觉得没可能，现在就可以留下，至于你娘亲，我会派人去将她接来。"

"姐夫。"

廖蓝鸢上前要追走向军营的端木卿绝，醉逍遥一步上前拦住，"不用再做无用的强求了，九哥能做出这样的让步，已经对得住你姐姐了。"

"可是姐姐是在乎爹爹的，她不会想看到她夫君提着她爹爹的首级的！"

"可是你爹爹还没参透这一点，不是么？！"

"他只是说会考虑一下休战……"

"那就再多给他三日考虑的时间，九哥一言九鼎，绝不会在这三日里偷袭你们。"

醉逍遥的态度亦表明没有再商讨的可能，"好啊好啊，你们要真打得头破血流，让端木离渔翁得利，那就随你们们去吧，看你们一个残的一个瘸的还怎么保护姐姐。"

廖蓝鸢甩下气话就披上隐身衣又穿入了狼林。

"九哥，要派四大暗卫去救迦楼么？"

"让我去吧。"

忘莫离挦开营帐门，端木卿绝向她看去，方才鸢儿同他们的对话，她应该都已经听到了。

"入了北苍步步危险，你不后悔？"

"迦楼，不……律音是我兄长，我怎能弃他不顾，何况我和端木离记忆中的念沧海生得那么像，他亦曾爱过我，也只有我才可以骗到他。"

第九章 心锁难解

193

端木卿绝猜到忘莫离是要用假扮海儿来骗取端木离的信任。

"四大暗卫可以暗中保护你。"

"勿用，我的灵力已经恢复得七七八八，对付端木离绰绰有余。"

忘莫离唇角微微一勾，那是端木卿绝记忆中那个自信满满、神采奕奕的圣女忘莫离，她终于又展现笑颜了，那颗被嫉妒、不满、怨恨笼罩的心也越来越纯净。

也许总有一日，那心中的伤会痊愈的吧……

第十章　大战在即

念家军军营。

天际泛出了鱼肚白，廖蓝鸢才上气不接下气地跑了回来，她将一切都告诉了烈北陌。

这下要怎么办？！

一个说三天后不讲和就见神杀神，见佛杀佛，一个又说要那个见神杀神的人亲自屈尊下跪地来请求。

真是够大男人的，明明都有为姐姐顾忌，却都像孩子一样，要对方给自己一个台阶下。

"既然你爹爹和你姐夫都不愿讲和，要不要本王支遣东炙军帮你姐夫攻打北苍？"

"现在已经够乱了，拉上东炙都够凑一桌麻将了。"

"这话是什么意思？"

烈北陌听得云里雾里，"这话的意思就是，我姐夫现在看你父王很不顺眼，他知道爹爹有心将姐姐暗许给你父王,这个时候东炙要是派兵联攻北苍,还不让姐夫更误会,要是激得他一个恼火,派兵和东炙开打,这下可就真天下大乱了。"

"那你有没有想到什么法子?"

"我要是想得到,还会两手空空的回来?!你倒是也给我想想法子呀。"

"法子倒是有,想不想听听?!"

烈北陌笑得邪恶,曲着手指勾动着,廖蓝鸢柳眉半挑,半信半疑地凑近上去,他贴着她的耳边低声耳语着什么,不一会儿就听廖蓝鸢颇为感叹地"啊"了一声。

"我怎么就没想到这一招,只要同时骗爹爹和姐夫,说迦楼不堪折磨交代出姐姐在东炙,端木离就用旁门左道将姐姐抓回了北苍,那他们就会同时起兵讨伐端木离了!"

廖蓝鸢兴奋不已,对付两头倔驴就不该说真话的,她褒奖地扫了烈北陌一眼,"既然你早想到了这个方子,干吗让我去北域碰一鼻子灰回来再说?!"

"不让你碰一鼻子灰,你怎么知道你的法子根本行不通。"

"那你的法子说起来简单,要骗过久经百战的爹爹和姐夫也没那么容易,他们四处都布有眼线,才不会轻易相信端木离有能耐深入东炙皇宫把姐姐给抢走了。"

"那还不简单,只要我飞鸽传书回东炙,让父王放出假消息不就成了?那端木离不是有忘莫离的发丝傍身又会邪恶巫术,就说他用了幻术和隐身术把你姐姐暗中抢走,也不是说不通的,不是么?何况你爹爹和姐夫都那么在乎你姐姐,就是再英明的人遇到深爱的人出了事,也无法保持绝对的冷静,往往就算怀疑也会义不容辞地选择踏入圈套!"

两日后。

守卫森严的北苍皇宫之外,一女子被一辆疾驰的马车从里面扔了出来,惹来一群百姓围观,她倒在地上,气若游丝,使尽全力地抬起面孔,竟是半张被红瘢覆盖的丑陋模样,"来人,快把这丑女人给搬开!"

禁卫们不留情面地喊道,几个小卒立刻跑了过来,拉住女人的双手双脚就要把她抬起来,"住手!还不赶快把娘娘放下来。"

宫门突然打开,从里面驾着马而来数十个禁卫,他们手提着一幅画像,那画像中的人和眼前的女子一模一样,"娘娘?!"

几个抓着女子的小卒吓得腿软地跪在地上,数十个禁卫从马背上跃下,为首的禁卫将女子打横抱起,果然,她脸上的红瘢就是最好的证明,那画像可是皇上亲笔画下的。

龙嗣山崩塌后,皇上就有令让他们四处打探念沧海的下落,谁会猜到今儿个有人明晃晃地将她扔在宫门之外。

"见……带我去见皇上……"

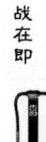

第十章 大战在即

"是，娘娘！"

禁卫将她抱起，宫内已经备好了轿子，将她抱了上去，不出半个时辰，她已经被送到空置了许久的合欢宫。

一群女婢给她换上干净的锦裙，为她上了淡淡的粉妆。

"我想要见皇上，皇上几时会来。"

方才她利用灵力制造了被人从马车上扔下的假象，故意惹来百姓围观引起骚乱，试图让那些禁卫认出她来，谁想那些个人没点眼力差点乱了她的计划。

"海儿……"

就在忘莫离闪神的片刻，端木离疾步而来，大步流星地来到榻边，激动难抑地将她拥入怀中，"海儿，是你，真的是你？！"

他捧起她的脸，仔细地端倪着她的容颜，眼底深处仿佛藏着一抹怀疑。

"那皇上以为除了是我，还能是谁？"

忘莫离冷冷地答道，将身子从他的怀中挪了挪，她被禁锢在念沧海的身子里十多年，对她的语态、神态，任何一个小动作都了如指掌，更何况她同端木离相处的这段日子，她亦清清楚楚，要骗到端木离并不难。

端木离静静地端倪着冷漠的"念沧海"，她的口吻，她的眼神，她冷淡的态度无一不引诱着他入局。

他悄悄地将眼神滑向她平坦的小腹，"那孽种呢……"

忘莫离早有预料端木离会怀疑，她应声黯然神伤地双手抚在小腹上，"皇上以为从那么高的山崖上坠下，那孩子还有生还的机会？"

"那这些日子你都去了哪儿？"

"我醒来被河流冲上了岸，有对老夫妇救了我，那时我下身满是鲜血，孩子没能保住……"

忘莫离投入地说着预备好的谎言，说到伤心处，哽咽了起来，端木离将她搂紧，吻着她的发，"之后呢？"

"我休息了好多天才能下床，我不想待在这儿，不愿想起失去的那个孩子。"

"为什么不去找他？"

端木离诱导着问，忘莫离知道他仍旧留有防备，纵然他对念沧海痴恋成癫，但不代表他是个傻瓜，他很清楚念沧海深爱的男人从来就只有一个——

"是啊，去找那个负情人，去找那个心里从来就只有忘莫离的人，为何我要去找他，是他害得我没了孩子，是他亲手杀了我们的孩子，我恨他，恨他，恨他！！"

忘莫离蹭亮的眸子里满满的都是痛恨的火焰，整个身子都颤抖了起来，端木离陡然紧紧地拥住她，零星的吻落在她渗出薄汗的额上，"海儿，冷静点，没事了，没事了，朕就在你身边，你现在可是明白朕才是最爱你的那一个人？"

他亲昵地吻着她的面颊，忘莫离的眼神倏地变得阴冷，冷得像把刀子一样落在端木离逐渐开始迷离的脸上，他信了，就这么轻易地相信了……

忘莫离一个闭眸，将身子更深地窝在端木离的怀中，"皇上不恨我么，我曾那样决断地离开你，伤害你……"

"不，只要你回到我的身边就好……"

忘莫离心口一滞，端木离已经完全相信她了，"阿离，阿离……"她"忘情"地喊着他的名字，只有她，就只有她才知道在床笫间可以这么"放肆"地喊他的名讳。

"海儿，我的海儿，只属于朕的海儿……

一整夜，端木离就像丢了魂魄似的，一直拥着忘莫离不放，她本以为同北域就要开战，他会很快地离开，她也能趁机溜出合欢宫去找律音哥哥。

"皇上，夜深了，你该回宫休息了。"

"海儿，你仍要抗拒朕么？"

夜深，寝屋里没有点起火烛，他的"火热"却是紧致地烧着她的肌肤，忘莫离不会不懂端木离的意思，只是没想到这禽兽，一见面就邪念纵生。

"皇上，我小产不足三个月，无法行房事。"

她答得直接，竟没有找别的抗拒理由，只是小产要足三个月才能行房事？

"皇上若是不信可唤太医来诊。"

知道端木离不死心，忘莫离索性一豁到底，"信，朕为何要怀疑你？不过你要答应朕，再也不可以悄悄地离开朕，朕要你亲眼看到端木卿绝死在我北苍千军万马的践踏下，朕要为你拿回他欠你的所有！"

"不要再提那个人的名字，他的生死同我毫无关系。"

忘莫离冷漠地说，端木离勾着嘴角，笑得无比满足。

那一夜端木离仍旧没有离开，而是就这么拥着她入眠，直到清晨才离开，而离开后，合欢宫里安置了好多禁卫看守，貌似是怕她趁他不在而逃跑。

看来硬闯是闯不出去了，不过嘛……

她还是使了计溜了出去，还在御花园的池塘里跳了下去，造成宫内大乱。

就在忘莫离游到一处上岸，有人快马加鞭地从另一个方向而来，"你，你，你，还有你，你们十个跟着我立刻去御花园，海妃娘娘坠湖不见了踪影，皇上有令，找到的人重重有赏，不然个个人头落地！"

第十章 大战在即

197

忘莫离躲在宫墙下的树丛里，所幸那禁卫支开了不少守卫这里的禁卫，她捋了捋微微凌乱的头发，整了整身上的衣衫，镇定自若地假扮成女婢来到宫门前——

守门的两个禁卫见她垂着头问她是谁，她嘴角一勾，指间弹出两颗流珠，正中他们脖颈上的要害，两人扑通倒在地上昏厥了过去……

找到看顾迦楼的寝屋并不难，这残破的宫里也就只有那么几间闻得出人气的屋子，忘莫离沉稳地用流珠打昏守在屋外和屋内的人，所幸现在整个宫里的人都在为找"念沧海"急得团团转，"律音哥哥。"

谁的声音？

躺在榻上的迦楼猛地睁开眼，不敢相信映入眼帘的人儿竟是，"莫离，你怎么会在这儿的？"

"别问那么多了，我将真气传给你，我们时间不多，要赶快离开才行。"

忘莫离扫了眼捆绑在迦楼身上的铁链，其实要弄开它们就凭律音哥哥的灵力不过小菜一碟，但是扫到他心口和腿上刚换上的纱布，他的伤势比她想象中更加严重。

"不用管我，你不该来这儿的！"

"不用我，难道等念沧海来和你交换么？"

忘莫离有些生气，瞧瞧他都伤成什么样了？！从小到大她就没见过他会允许自己的身上有伤，因为留下疤痕会很难看，那是他绝不容许的。

可是为了那个"她"，这个傻哥哥真是变了。

其实忘莫离早就察觉到迦楼对念沧海的感情，龙嗣山上，他故作恶人，其实解脱她的同时也是让念沧海真正得到了释放。

他知道念沧海并不喜欢她的身子里还有她的魂魄。

他为了念沧海做足了所有事，哪怕被世人唾弃他也无怨无悔。

"你在气我做没有报酬的蠢事？"

"只要你认为值得，谁又能说这是蠢事，可你真的希望端木离拿你来交换念沧海？！我们不能让端木离手中握有要挟的把柄，我们得赶快离开。"

忘莫离利用意念将铁链震断，随即将真气全数灌送给迦楼，强大的真气迅速地复原着他身上的伤势，"呃嗯！！"

迦楼仰头闷哼，一下子接受强烈的真气需要半个时辰的适应时间，贸然发力会气血逆流，死相惨烈。

"律音哥哥，你现在可不可以走？！这儿很快就会被人发现不对劲了，得在你元气恢复前另找个藏身之所。"

"我可以，我们走。"

迦楼下了床，此刻的他，伤势在逐渐恢复，但是体力还跟不上节奏，他只能倚着忘莫离，靠着她的搀扶才能勉强跑起来——

果然，他们才跑出了屋子，冷宫外就起了骚动，一群禁卫冲了进来，"人呢？！那被锁起来的婆罗律音人呢？！"

一群禁卫呼天喝地地大喊，命人将整个冷宫都包围起来，"榻上的温度还是暖的，他伤势严重一定不会跑很远，一间间屋子去搜，他肯定还在宫里！"

"是。"

方才被支开的禁卫全数都回来了还不止，就是驻扎在合欢宫的禁卫们也一股脑地涌入宫内开始搜查。

"律音哥哥，往那边走。"

忘莫离小声道，扶着迦楼绕到屋子后面废弃的荒地上，因为宫墙残破，有些地方应该可以轻易避开逃出去的，但是——

"那边，你们几个分头到屋子后面的荒地上去找！"

"莫离，我们往这边！"

听到动静，迦楼快一步地拉着忘莫离跑向了紧挨着一堆废墟的一间破屋，处在没有任何可以掩藏身子的地方只会更加危险，但是显眼的破屋里也并不是那么安全，他们才躲入其中就听到了靠近过来的脚步声。

"咔嗒"。

有人推开了门，忘莫离心口一下子被什么东西攥紧，指间流珠就要弹出的一刹那，迦楼心急去阻止，结果脚下也不知道踩到了什么，一个踏空，整个身子跌入了一个滑道里面，"律音哥哥？！"

所幸他及时拽住忘莫离的后襟，带着她一起顺着滑道滑了下去，而忘莫离滑倒的刹那双手拍落了屋中的一堆杂物，当禁卫开门进来的时候就只瞧见屋中一片凌乱，煞是安静，一点都没有有人的痕迹……

"啊！！"

两人双双顺着滑道急速下降，就好像穿梭在地下世界，一片昏暗，好像就这么一路跌入了地狱深渊，"砰咚！"一声，迦楼先是一声惊呼，跟着是忘莫离的一记惊叫，两人坠入偌大的地下湖泊，水面上溅起耀目迷人的水花——

所幸迦楼也熟悉水性，拉着忘莫离一起上了岸，坐在岸边他们环顾四周才发现这儿就像个地下窑洞，高高的洞穴深邃的河道，隐隐好像能听到一些声音，明明是地下却好像有着光在指引。

第十章 大战在即

199

"是端木离挖掘的地下通道么？"忘莫离十多年前就知道端木离一直在预备着挖掘一条通向宫外的秘密通道，以备不时之需。

"不知道，我们顺着那边走过去，看看。"

迦楼眉头紧蹙，总觉得这里并没有端木离的气息，瞧这里伟岸空绝的景象，应该并不是区区几年，甚至十几年可以建造出来的，应该是在更早的时候就已经存在的。

"有人么？！"

迦楼同忘莫离一路沿着湖畔走一边喊着，他们来到一块大石头边坐下，忘莫离的喘息有些急促，额上满是疲惫的薄汗，相反迦楼惨白的脸色越来越红润，看来是已经将她的真气融入了体内。

"你们是谁？"

忽地，大石头的后面传来一道陌生的低沉男音。

"谁？！"

忘莫离同迦楼面面相觑，异口同声道，随即站起身子朝声音传来的方向看去——

那人儿衣衫整洁，身形高挺但是纤瘦，年约五十，满面写着沧桑憔悴，但是五官明晰可以追寻到年轻时英俊的轮廓。

"你……"

忘莫离半张着口，看着那个男人，她好像认得他，又好像不认得他。

而男人绕过大石头走向另一边，他走到湖畔边，"你们若是熟悉水性，顺着东南的方向就可以游出宫外。"

他指引着他们可以逃亡的方向，也不问他们是谁，就好像他知道他们是谁，又或者他一点都不在乎他们是谁。

"我们为何要相信你？！"

迦楼追上去按住那男人的肩头，他没有躲也没有闪的意思，"如果不信也可以留在这儿同我做个伴儿，我已好久没同人说话了。"

那声音……

带着几分熟悉的感觉，忘莫离缓缓地靠近过来，"太上皇……你是太上皇……对不对？！"

"太上皇？！"

迦楼一怔，将按住他肩头的手收了回来，端木锦不是早在十多年前就死了么？

宫里盛传他退位后不多久就死了……

"你，你……"

迦楼讶异得说不出话来，站在跟前的男人，倒是淡淡一笑，"你若以为我是，我就是，你若以为我不是，那我就不是。"

"太上皇，我认得你，你认不认得我？忘莫离，北苍的……"

"北苍的圣女。"

端木锦接过忘莫离的话，口吻很淡定，淡定得让人以为端木锦根本就不是他。

"太上皇，你怎么会在这里？是谁将你软禁在这里的？是端木离么？"

"端木离？呵，果然你还是没有嫁给他，静婉有没有为难你，端木卿绝呢，他带你一起离开了么？"

"已经是过去的事了，太上皇，你若知道可以从湖底逃出宫外，为何你不逃？你是怕有追兵，又或者一个人无处可逃？我们可以救你出去。"

忘莫离激动地拉住端木锦的手腕，他虽有退让但是明显使不上劲儿，她立马拉起他的袖子，腕上触目惊心的伤口让她心底一颤——

他的手筋脚筋都被人挑断了，那个人不用问当然就是皇甫静婉。

"她竟如此残忍。"

"生不如死比死更痛，静婉她最了解如何折磨人的法子了。"

端木锦竟然在笑，只是笑中掺着几多无奈和伤痛，"没关系的，手筋脚筋尽断，我们也可以救你出去。"

"呵，从这里游出宫外需要一个时辰，这位公子要带上你就已经很吃力了，又何必为我浪费时间？都待十多年了，又怎会在乎终老在此。"

"可是。"

"快点离开吧，静婉要是告诉了皇儿这儿的入口，你们就没时间逃跑了。"

迦楼转身抓住莫离的手，"走吧，莫离，我们不能在这里浪费时间了。"

两人一跃跳入了河流中……

与此同时，北苍皇宫里乱成了一团，"海儿呢？！人都死了么？！从池里救一个人就难倒你们么？！你们这群杂碎还怎么配做皇城禁卫？！"

端木离一路走向御花园，一路大发雷霆，池塘里几乎跳入了四五十个人，足足能将池底找个底朝天，但是没人能找到"念沧海"的踪迹，除了——

"回禀皇上，有人顺着池底的水道游到了湖畔上了岸，找寻到了脚印，脚印一路向着合欢宫的女婢房，女婢们说房里少了件女婢服，随即冷宫守卫被人打伤，被软禁的婆罗律音被人救走，路上找到的脚印一致，和娘娘的布鞋一样大小！"

一禁卫跪在端木离身前禀告，他怒目火烧，"你是说朕的爱妃是刺客是细作，救走了婆罗律音？！"

第十章 大战在即

201

端木离大怒，"来人，给朕将池底抽干，找不见海儿，朕要你们个个人头落地！"

一声令下，所有人等统统跳下了池塘，将里面的水往外面泼，"皇上，你冷静点，禁卫们说的也是有可能的！"小林子拉着亦要跳下池塘的端木离。

"滚，不许说海儿的坏话，不许怀疑她，她不会再背叛朕的，她应允朕的！"

"可是那人若不是娘娘呢？！也许是他人相扮，有心骗过皇上是为了要将婆罗律音救走呢？！刚才派去东炙追查的探子回来禀告，北苍同北域边境大骚动，念家军掉头攻回皇城，北域军横穿狼林同他们会合，只怕念元勋同端木卿绝达成了共识，而海妃娘娘应该是被藏在了东炙，那烈焰也该是和他们达成了共识要齐心对付我北苍，探子说东炙皇宫里多了一位貌美如花倾城倾国的王妃，那人怀有身孕，只怕那人才是真正的娘娘。"

"貌美如花，倾国倾城？！"

如果她脸上的红瘢消失，那昨日出现的那一个就不是她了。

"这世上有种毒，可毁人容颜，但灵气强大的人，可使它成为掩盖真容的天然假面，到了某个时刻丑陋的结痂会脱皮消失，中毒的人犹若脱胎换骨，露出惊人艳容。"

端木离记得很小很小的时候，有个命师来过宫里，是他同母后说过的那番话，难道……

难道海儿从小是遭人所害才毁了容颜，她本不是那般丑陋的脸孔……

"来人啊！刚才你说救走婆罗律音的是海儿，那他们的踪迹是消失在了哪儿？！"

"臣等将冷宫全面包围，他们该是困在了其中，但是奇怪的是，我们找遍了所有的寝屋角落，都找不到他们是去了哪儿，禁卫回报，最后跟丢的是一间小破屋。"

端木离马不停蹄跑去了那儿，没想皇甫静婉竟然挡在那破屋外死命挡住他，"你不可以进去！"

"让开！"

端木离下手极重地握住皇甫静婉的双臂，他瞪着她的眸子里只有憎恶、痛恨。

皇甫静婉咬着牙，因为吃痛，额上冒出层层薄汗，方才她可是和诸多阻拦她的奴婢太监们大打出手才逃了出来，她手臂上有伤，根本禁不起端木离身强力壮的蹂躏。

"把皇太后押下去！"

跟在后面的禁卫们一怔，为难地看着皇甫静婉，纵然她眼神凶狠，他们更怕端木离的丧心病狂，三两个人将皇甫静婉押下，其他人十数个人冲进了屋子，将里面的杂物都搬了出来——

"搜，不可放过任何角落，一定有暗道！"

端木离一脚踩在粗糙的地上，踩破了掩在沙粒下的一块木板，木板直接滑入了那滑道之中，连带着端木离一同跌了下去。

一群禁卫跟着小林子一起跳入滑道追了上去——

202

轰隆一声，端木离落入水中，水位很浅，他很快就爬上了岸，地下的一切让人叹为观止，皇宫地下竟然有这般壮观的洞穴，而他却浑然不知。

"婆罗律音！！"

他喊了起来，"孬种，靠女人偷跑，你还算什么男人，给朕滚出来，滚出来！！"他吼着，顺着川流不息的河道一直往前走。

明明是地下，这里竟然有隐约的光，还有人的气息，就好像这里一直就有人住着。

"谁？！"

走到一块大石头的附近，端木离看到背着身的一道消瘦的身影。

那人不似迦楼，至少当他转过身来的时候，那张脸孔将端木离怔得原地愣住，"父……父王……？！"

纵然十多年未见，但他仍记得记忆里的那个人。

只是他憔悴了，苍老了，再也没有往日气宇轩昂的雄风了。

端木锦看着端木离步步靠近，嘴角挂着淡淡不易察觉的笑，他长大了，比小时候更俊美了，脸廓有着几分皇甫静婉的味道。

"父王，真的是你么？"

端木离靠近着，激动之下找回一份冷静，婆罗律音向来狡猾，就是假扮成父王也不为奇。

"你母后若是知道你见到我，一定会生气的。"

端木锦淡淡道，脸上充满着饱经沧桑味道的笑，让端木离瞬息放下戒备，回想母后方才激动万分，逼他离开的架势。

她只是不愿让他见到父王罢了。

"父王，父王！"

端木离激动地一把拥住端木锦，虽然母后记恨他的绝情，但他至少在他眼中是个仁慈的父王。

当所有人将他和端木卿绝比较，他只有躲在角落里偷偷哭的时候，只有父王给他放声大哭的臂弯，从不会将他和端木卿绝比较。

因为他懂他心里的苦，心里的闷，父王也是因为被端木卿绝踩在脚下才一直被母后看不起的。

"皇儿，为父的皇儿，十多年来，你可安好。"

"朕很好，父王呢……"

这句话问得似乎有点可笑，被软禁在这不见天日的地洞里怎么会好？！

瞧瞧他原本强健的身子骨现在消瘦得不成人形，就连拥着他的力道也像个女人一样软

第十章 大战在即

203

绵无力，难道——

端木离当即拉起端木锦的衣袖，果然触目惊心的伤疤落入他幽绿的双眸，"母后做的，都是母后做的，对不对？！"

端木离很是愤怒，多年来，他就只是母后摆控的一只傀儡，没有自己的灵魂，全凭她主宰着他的一切。

逼他夺走父王的龙座，逼他将最爱的女人送他人。

她总是将他珍视的一切破坏，而他只能任她为之，但现在不同了，一切都不同了，"父王，朕救你出去，朕不会再让你受苦了。"

他拉着端木锦往他落下的方向走，一群跟着而来的禁卫和小林子也正往他们的方向而来，"皇上？！"

小林子先跑到他的跟前，确保他无事，激动得差点喜极而泣，"别哭了，赶快将我父王带回皇宫！"

顺着端木离的手边，小林子看到了端木锦，难道这虚弱沧桑的男人就是传闻中生死是迷的太上皇？！

"还愣着做什么？！"

"是，是！"

小林子和几个禁卫赶快围到端木锦的身边，只是这个将太上皇送回皇宫，可要怎么送？！

然而端木离将端木锦交给了他们后，转身就跳入了河道，他一眼就猜出这是可以逃出这里的唯一通道。

有忘莫离的灵力傍身，端木离不到一个时辰就游上了岸，这里是城郊的一个河岸边，周遭是高高丛生的稻田。

稻子随风摇摆，搅乱了人的视线，无法看清是否有人就藏匿在其中。

"好了，婆罗律音，不要躲了，朕知道你就在这里！！"

他先声夺人，一步步走入稻田——

因为他寻觅到了另两道脚印，他们一定是走入稻田里，只是稻田里到处是凌乱的脚印，无法跟着追踪。

该死的，那个救走婆罗律音的女人到底是谁？！

端木离突然想到了什么，稻田里布满着浓浓的一股熟悉的味道——

就是和他身上属于忘莫离的味道如出一辙的气味。

她一定把真气传给了婆罗律音，所以她一时半会儿是缓不过来的，撑着游过河底，她应该已经体力耗竭，她会是婆罗律音的累赘，逃不远的，一定就藏在这稻田里的什么地方。

"婆罗律音,你逃不掉的!你和忘莫离,朕一个都不会放过的!!"

端木离的咒骂飘弥在整个稻田上空,的确就在不远处,迦楼护着忘莫离窝坐在角落里,看着端木离从身前走过——

忘莫离的状况不太好,将所有真气传给他之后,又消耗了极大的体力游过河底,现在的她脸色苍白,体力耗竭,妄自走动只会败露了行踪,只要不出声,那么大一片稻田,端木离未必能找到他们,而他们在暗,他在明,只要抓准时机,迦楼可以给端木离致命一击。

"莫离,你待在这儿,不要动!"

见端木离背对着他们,越走越远,迦楼从后绕上去想要给他致命一击,"律音哥哥,小心!"

忘莫离刚压低声音喊道,就听不远处传来禁卫的喊声,"皇上!!"

端木离听到了禁卫的声音一个转身,迦楼更为敏捷地蹲下身去,却还是被他觅到了踪影,"婆罗律音,你跑不掉了!!"端木离抽出腰间断剑飞了过去,断剑擦过迦楼的手臂,忘莫离惊得嘶喊出声——

端木离没有去追迦楼,而是越过他的方位,直接冲向尖叫传来的地方,"皇上?!"

两个禁卫顺着端木离跑的方向追去,看见迦楼飞扑过来拔出腰间长剑,继而迦楼甩出蛇剑,一剑横扫他们胸膛,一眨眼间,统统毙命——

"端木离!!"

他追着端木离而去,"敢再靠近一步,朕就将这把断剑扎入她的喉咙!"

端木离勒住忘莫离,一把断剑抵着她的脖子,他可没有说笑,尖锐的剑锋已经扎破了忘莫离的肌肤,鲜红的血顺着她的脖子往下流……

"哥哥,别管我,杀了他!!"

忘莫离虚弱地喊着,端木离俊冷的脸上满是魔鬼的微笑,"呵呵,你们兄妹情深,他怎么舍得看着你死在朕的手中?!"

端木离自信满满,眼前的那个男人绝不会顽抗到底,女人是他的弱点,十多年前是,现在亦是一样!

"端木离,放了莫离,杀了她,对你没任何好处!"

"是么?那不杀她又对朕有什么好处?"

端木离冷喝,剑锋又扎入忘莫离的脖子几分,若再深一点点,就能割破她的喉咙,教她当即毙命。

"婆罗律音,朕劝你别弄任何小脑筋,纵然你一身灵气也快不过朕的手中剑!"

是的，迦楼清楚得很，他贸然行动只会激怒端木离。

他就像头失去血性的野禽，没有人情可讲，他要挟莫离逼他投降，他却无谓莫离会死没了要挟他的筹码。

而莫离的伤势必须得到医治。

迦楼想起了山林里被他生擒的那个时候，他身上有着莫离灵力的味道，他还保留着莫离的发丝，借用她的灵力和他抗衡，纵然他的灵力强大，但唯独会被莫离的灵力无效化。

愣神之间，诸多禁卫已经翻山越岭包围了稻田，"将他拿下！！"

迦楼和忘莫离又被押回了宫，合欢宫里，忘莫离躺在榻上，太医将止血药敷在她的伤口上，随即用纱布包扎。

迦楼则被负手锁住，他站在榻边看着忘莫离，他能察觉到她眼中的歉疚。

他则是淡淡一笑，仿佛在劝她不用担心。

"呵呵，果真是兄妹情深，瞧瞧，这样的画面多好，打从一开始，你们就该乖乖地待在宫里，不然也不会白白吃苦！"

端木离笑得面目可憎，迦楼眯着眼儿睨着他，负手绑着他的铁链可谓比先前的更加牢固，他是打定主意要困住他。

"我想几日后吃苦的会是皇上，你吧！"

迦楼忽地开口，他勾着迷人的眼角，笑得神秘莫测，端木离一把攥住他的衣襟，"几日后？！"

"呵，皇上难道不知念元勋同端木卿绝达成共识，掉头攻打北苍？！只消几日，这里就将化为一摊废墟！"

在被押入宫的时候，宫里的人个个窃窃私语，迦楼不难猜到有人攻来了北苍，若是端木卿绝攻来了，那势必是通过了念元勋那一关。

"你确信朕会让你期待的那一切发生？！"

"呵，皇上有何高招？！指派我抵御两军，誓死保卫皇城？！"

"哈哈哈！"

端木离放声朗笑，"几时婆罗律音懂得精忠报国了？！朕可不怎么期待你的勇猛表现，不过……"

端木离眼神落向榻上的忘莫离，"他们说朕强夺了海儿，要朕还给他们，可你瞧，海儿早已死了，朕上哪儿强夺她？！不过他们既然想要，朕可以做个'赝品'给他们！"

说时，端木离已经走近榻边，迦楼瞧见他伸手从怀间掏着什么，难道是匕首？！

在他掏出手一刹那，迦楼扑倒在忘莫离的身前，"不许伤她！"

"哈哈哈，真是让人感动，朕都要落泪了。"

端木离手中匕首一收，仰天长笑，他是故意在戏弄他！

"怎么办呢？端木卿绝可是要逼上门来要人了，朕总得弄个人给他吧，比来比去，就她最合适了，她不是善于假扮海儿的么？连朕都骗过去了，所以割破她的脸孔不是就更逼真，无懈可击了？！"

"端木离，你禽兽不如！"

迦楼激怒得冲上去，反被端木离狠狠地掐住了双颊，他的气力很大，足以轻易捏碎他的骨头。

他的气力大得超乎常理，纵然有莫离的灵力傍身，可以无效他的灵力，但是相反他的灵力也能无效莫离的，他要是倚靠莫离的灵力是无法伤到他的。

端木离，到底还藏着什么致命武器！

他的能力简直不能同日而语。

看着迦楼眼中慌乱不定的眼神，端木离满足地勾起一弯笑，松开了手，"这是罚你对朕不尊，再有下次，朕就拧断你的脸孔，教你死无葬身之地！"

迦楼将端木离甩开，他用身子挡在忘莫离身前，因为端木离再次危险地靠近过来，"就是死，我也不会让你伤害莫离的。"

"放心，朕又好好想了想，割破她的脸固然逼真，但是伤口愈合需要太久，会被识破，所以这次就先放她一马，但她绝不可以令朕失望！"

端木离话锋一转，谁也猜不到他到底葫芦里卖的什么药。

他从袖中掏出一张上乘的人皮面具丢在了忘莫离的脸上，"记得，扮得像一点，一旦被人识破，你的性命就到那一刻为止！"

"端木离，你到底想要怎么对付端木卿绝？！"

见端木离头也不回地走掉，迦楼跟上去怒吼，脚步已然走到门边又顿了顿，勾起嘴角露出一抹神秘又可怕的笑魇，"何必那么急？他们到了，好戏自然会开始！"

龙景宫。

"调转的一半兵力已经攻去东炙了么！"

"已经下令，当即转向东炙进军了，只是，皇上……"

小林子不解，这个时候，再过几日，端木卿绝率北域军同念元勋率念家军而来，皇城急需北苍军守卫，这个时候不急着调转所有兵力回来，反而是调转一半兵力攻打东炙，那岂不是自取其亡？！

"呵，只是什么？"

似乎看透小林子在担心什么，端木离笑得沉稳，笑得狡黠，"皇上一定是有万全之策才这么做的？！"

第十章 大战在即

"北苍国宴时,朕已联盟三十多个大国小国,只要东炙、北域任何一方对战我北苍,他们就将义无反顾地汇入我北苍军,联合抗敌。"

端木离说得把握十足,可是纵然北苍强大,那些诸多国家才听命于北苍,但是人心易变,北域、东炙皆是让人闻风丧胆的大国,那些诸多国家的君王指不定一个心怯就改变了主意。

"皇上,口说无凭,人心多变呢!"

"朕需要的凭证不是同他们签订条约,而是要让他们亲眼看到,调转的一半兵力无须赢得东炙,但一定要逼得他们山穷水尽,要他们露出'真容'!"

"真容?!皇上指的真容,为何意?!"

"北域盛传是狼妖王后嗣之地,是妖魔丛生的源地,人们皆因可怕的传闻不敢靠近,他们亦有血腥恐怖的狼林做防卫,而东炙,向来神秘,离着所有国家都远远的,宁愿困在沙漠中垂死挣扎也不同任何国家过密来往,试想一个国家,强盛富有,可为何要如小贼一样'躲起来',那势必一定藏着什么不可让天下人知道的秘密。"

"皇上的意思是,要让他们的秘密公知于天下,挑起天下人的愤怒,对他们群起攻之?!"

"聪明!"

端木离毫不吝啬地给予赞许,只是——

"皇上说的那个秘密到底是?"

小林子参透端木离的计谋,但是却参不透那足以激起天下人愤怒的缘由,难不成那北域还真有妖魔?!

"呵呵,你还不明白么?!凡人能一人敌万军?凡人能小小年纪统率三军之师?凡人能被只手钻入胸膛而不死?"

"嘀?难道皇上是说,那端木卿绝根本不是——人?!"

北苍境内,北域军连同念家军,千军万马,声势浩大。

他们并未联合兵力,而是各管各行,只是北域军若是冲在前头,念家军就务必立刻赶超,谁都不愿落在后面。

行过之路,百姓民心惶惶,以为念家军和北域军是一方的,见他们都是攻向皇城的,一个个备好了包袱逃难。

夜半,路经一个小城,城内已经人去楼空,念家军、北域军驻扎的军营煞是壮观,可谓是比邻而居,却是相互戒备,哨兵站在木塔上监视着彼此。

208

五日后，东炙。

因为外来的一群不速之客攻入，整个皇宫顿然炸开了锅。

"这是怎么回事？！北苍军怎么可能攻入东炙，你们却浑然不知？！"

一班驻扎城门的禁卫跪在烈焰面前领罪，一个个都不敢吱声，因为他也不知道为何城门未被开启，但是整个北苍军队却攻入城中，直逼宫内。

"怕是对方用了妖术。"

"妖术？！"

烈焰惊愕，从未听闻北苍也是妖魔之后，端木离绝无可能会妖术的，更何况是妖力强大到可以让整个军队隐形？！

这根本是绝无可能的事！

"大王，不好了，一群北苍士兵不知从哪儿冲入宫内，宫中已血流成河。"

元公公火烧火燎地跑了进来，烈焰就是不可置信也不能装聋作哑，宫里那嘶叫呻吟真切得震耳欲聋，"王妃，王妃在哪儿？！"

烈焰第一个想起念沧海，他绝不能让她有事！

"已派禁卫护驾，大王无须担心，大王，你这是要去哪儿？！"

元公公回禀着，烈焰已经越过他的身边冲向念沧海的宫殿，一个可以神不知鬼不觉穿墙而过的军队，绝不是区区几个禁卫可以招架得住的，他要亲自保护念沧海！

"大王，大王，带上禁卫再过去！！"

元公公率领一班禁卫紧跟在烈焰的身后——

念沧海，你千万别有事！

烈焰疾步奔驰，根本没有人可以追上他的速度，他火烧火燎地冲入念沧海的宫殿，里面竟已一片狼藉，地上满是尸首，血肉模糊，分不清谁是谁，"海儿，海儿！！"

他大喝，心提到了嗓子眼，殿内猛地传来一道巨响，"海儿？！"

"大王！！"

烈焰冲入殿内，踢开寝屋大门，不敢相信念沧海被一穿着北苍军服的男人从后勒住了脖子，"海儿。"

"大王！"

念沧海挺着高高隆起的小腹，想要靠近却被身后的男子一手桎梏住双手动弹不得。

她额上冒着薄汗，双眉紧皱，脸色苍白，情况相当的不好。

她不知道到底发生了什么，方才数十个禁卫冲进宫殿保护她，却在一眨眼间被这个绑住她的男人秒杀，就这么眨眼的工夫，鲜血飞溅，久久回闪在脑海里——

这宫殿里到处弥漫着血腥同杀戮的味道，"大王……"烈焰是她唯一可以求救的人了。

第十章 大战在即

"放开她，杂种！"

烈焰暴怒，从没有人可以在他的老虎头上动刀，"该乖乖听话的是你，东炙王！"那男人傲慢无礼，一点都没将烈焰放在眼里。

"要挟着女人，就以为能奈何本王？！"

"那是不是要穿过这女人的心脏，东炙王才能低头投降？！"

男人语毕，就听念沧海一声惨叫，背后仿佛有只尖锐的手要刺过她的心脏，"不！"烈焰骤然怒吼，他不敢置信眼前发生的一切，他不能拿念沧海的性命当赌注，但是有她作为要挟，他就无法攻击到躲藏在她身后的那个男人。

"大王，大王，你没事吧？！"

元公公此时赶了过来，身后带着一班浴血奋战，突出重围的禁卫们。

烈焰脸色一变，"放开她，本王可以给你留条生路！"

"哈哈哈，哈哈哈！东炙王以为北苍军都是怕死之人？东炙王要是生气，大可露出'真容'，只要东炙王担待得起那个后果。"

男人有心将"真容"两个字加重了语调。

烈焰不禁心里一个咯噔，就连身后的元公公和一班禁卫都是心头一怔，面面相觑。

那男人口中的"真容"仿佛是知道了他们东炙一直埋藏的一个惊天秘密，多年来，身为王者为了保护自己的子民，决不能让这个秘密大白于天下，因为那样会招来——灭族之灾。

"东炙王，好生考虑了么？！皇上已下了口谕，只要东炙'异动'就将遭诸国联手围攻，东炙王大可杀了我，但我一定拉着她做下葬品！"

"不！有话直说，你要的到底是什么？！"

烈焰吞下心头恨，要脱缰的绳索几乎已经崩溃在边缘之间，方才他差点就要启动"觉醒"的力量，杀了这眼前没大没小的小卒一个！

可是他从那话里已经清楚地知道，那端木离是摸透了他们东炙的底细，捏准了他们的软肋进行要挟。

他不能轻举妄动，也绝不能暴露他"与众不同"的身份，可念沧海是无辜的，端木离若是想要的是侵占东炙的土地，那么他可以奉送一二给他，但人——他绝对要救下！

"要一份降和书，东炙王要承诺，东炙从今以后乃为北苍附属之国，永世称臣，不得有误！"

"做你的春秋大梦！"

元公公先是忍不住地破口大骂，谁料那男人怒目一瞪，元公公双膝立刻被无形的断剑扎破膝头，两道血柱冲天飞溅，他惨叫着跪倒在地上，瞬间血流成河，"公公！！不，别这样！！"

念沧海拼命挣扎起来，她见不得身边亲近的人在她眼前因她死去，"放开我，混蛋，快放开我！"

让她去救他，不然他很可能会死的！

"还不将公公扶下去，帮他敷上药，快！"

烈焰呵斥着，眼前的男人根本就没有血性，说理根本说不通。

"那大王呢，我们不可以离开……"

"滚，一个都不剩，一个都不准靠近这里，照看好公公，不得有误！！"

烈焰驱赶着这宫里最为精英的禁卫们，他们左右为难，只好带着受伤的元公公退了下去。

"现在就剩你我两个人了，你要的条件，本王可以全部都满足你！"

烈焰说得信誓旦旦，"诚意无比"，趁势一步步地靠近，"停下！你若再靠近一步，我一定在她的心脏上钻一个洞！"

那男人看穿烈焰要做什么，然而他"顺从"地停下脚步，他的表情却是骤然异变，俊美的脸上满是教人畏惧的笑靥，就像变成了另一个人。

"放开她。"

他淡淡地吐出三个字，令人不禁不寒而栗，男人将念沧海又抓得紧了一些，比起方才他显得渐渐焦灼起来——

眼前的男人的气场变了，皇上交代过，东炙人其实都是妖孽之后，他们不是人，是妖，烈焰妖力无边，而他们这群凡人可以"隐形"穿过东炙防线是因为皇上对他们施下了巫术——

听闻皇上有着源源不断、旗鼓相当的灵气，他将灵力汇集到他们的身上，所以他们也可以像妖族一样发挥出凡人企及不了的能力，只是……

凡人面对真正妖孽时，内心的恐惧却是自己无法抑制的。

他感到了害怕，烈焰的气场太过强大，和先前完全是两个不同的人，他停顿的脚步又靠了上来，好像一点都不在乎他会伤害念沧海——

皇上交代过，只要握住念沧海就可以威胁烈焰，只要威胁他敢露出真容，诸多大国就会联攻东炙，他一定会降服的，可是……

他没有后退，他反悔了，所以他该怎么做？！

皇上可绝不允许他们真的伤害了念沧海，他要是伤了她，还没回到北苍就已成了一具死尸了……

"停下，听到我说的么？！停下，不许再靠上来，我会钻破她的心脏，我会的——"

第十章 大战在即

211

"好啊，那就试试看吧——"

男人惊愕之间，烈焰犹若一轮幻影，不知几时已经来到他的身后，他还来不及做出反击的动作，"海儿，低下头！"

烈焰喊着，一支短剑横穿男人的身子，他嘴巴里吐出一口漆黑的鲜血，整个人瘫倒在了地上……

"海儿！"

烈焰一个眨眼又闪现念沧海的身前，那男人死都拽着念沧海，拖着她差点跌坐地上，所幸他及时将她揽入怀中，"你没事吧？"

念沧海回眸看见地上那一具冒起白烟的尸体，那景象实在太过恶心，"他是不是中了毒？！"

御景秋救她出狱的时候，那个狱卒就是这么死的。

"不，是巫术，用了妖气的巫术。"

"妖气？！他们不是北苍来的么？北苍人不可能是妖族的。"

念沧海不可置信烈焰告诉她的，烈焰亦不敢置信她竟然脱口而出妖族二字，就好像她知道这个世上是有妖族存在的。

就在烈焰凝神思量的时候，念沧海转眸投向他，"你，大王，你怎知道他身上有妖气，他方才威胁你说，要是露出'真容'……"

接下去的话，全数淹没在念沧海讶异的神情里，她明白了，他和卿绝一样是——妖族？！

"看来你早已知道端木卿绝的'真容'。"

烈焰笑靥邪魅，仿佛以笑肯定了她的猜想，"你疯了，为何为了我暴露自己的身份，方才要是被那人看到你的真容，东炙定会惹来诸国联攻，端木离说得出就一定做得到，他握有忘莫离含有强大灵气的发丝，他一定是利用她的发丝赋予了这些人不同常人的能力。"

"不，不是忘莫离，本王说了，不是灵气，是妖气。"

念沧海听得云里雾里，"难道你的意思是端木离亦是妖族？！"

"不，他若是妖，就凭那小家子气会忍耐端木卿绝几十年？！"

烈焰笑得越发神秘，他从那具尸体上感觉到的妖气强大到足以和真正的妖族抗衡，绝不是一个拥有灵气的凡人女子的一些发丝可以做到的。

"那你的意思是，你感觉到了什么么？"

"现在还说不准，但肯定有个强大的妖族正在帮着端木离，又或者他找到了更厉害的妖气根源，用巫术将它们转化为他的力量。"

"妖族不应该都是帮着妖族的？妖族畏惧被凡人发现，遭来灭顶之灾，又怎么会愚蠢到上门找端木离？！"

"未必要是个活的妖族，只要是妖族的尸首，哪怕是一块妖族骨头中的妖气，都足以摧毁凡人的一个小镇。"

念沧海简直不能相信自己的耳朵听到了什么。

如果连妖族的尸骨都是那么厉害，那卿绝拥有的妖气，他一直都在隐藏，因为那是毁灭性的威力，所以他将自己掩藏在狼形面具下。

卿绝说过的，他不愿暴露身份，不愿妖狼王和爱妃的事再度发生……

"端木离的目标是我，将我交给他们，东炙就能免过一劫了。"

念沧海听到宫殿外赫然传来的嘶叫呻吟，凄厉绕耳，声声扎痛人心，天际仿佛被鲜血给染红了，这一切都是因为她而变成这样的……

"不许出去，跟本王来！"

烈焰拽住念沧海的手往殿内深处走，脚步很快，她无法跟上，肚子突然一阵阵的痛楚，腿间隐约有着湿润的液体流了出来，"不，我不行了，孩子，孩子……我的孩子……"

念沧海抱着肚子整个身子沉下去，烈焰见状，立刻传真气给她，随即将她打横抱起，"本王不会让你有事的！"

"大王……"

肚子的痛楚有了缓解，念沧海内心的歉疚却是越来越深，"他们在哪儿，追上去！！"

身后不远处，数十个北苍兵将喊道，追着杀过来。

"再忍耐一会儿，海儿，本王不会让你有事的！"

"……"

烈焰快步冲入一间最深处的屋子，那屋子从外面看就只是一面墙，其实暗藏玄机，只有烈焰知道门的所在，将念沧海抱了进去后锁上了门——

这间屋子是用钢铁铸成，刀枪不入，暂时能阻挡外面的那些人，"屋子里有条暗道，本王带你出去，暗道连接着北域，相信到了那儿，会有人接应我们。"

"大王。"

就是有条暗道，也绝不可能一眨眼之间就能去到北域，这一路上，她都会是他的累赘呀！

念沧海不明白为何他要为她付上那么血本无归的代价。

她看着他，眼中含着感激的泪，"为什么？"

"换你爹爹欠下的人情，本王不愿看到母子相离的画面。"

第十章 大战在即

213

烈焰笑着，其实他也不知道他为何要如此执著，保护着她们母子，仿佛就是在保护着爱妻和皇儿，当初他救不了心爱的女人，他知道失去心中所爱的痛苦，他不愿再体会一次，哪怕她并不是他心中深爱的那一个。

"我可以自己回去，你应该出去救他们，他们是你的子民，你该保护的是他们。"

"不用为本王担心，这笔血债，本王一定会向端木离讨回来！"

烈焰双眸烧起了汹汹怒火，那双赤眸比平日更加的血红，"你是……犬妖，对不对？！"

"呵，为何这么想？"

"因为你和卿绝很像，重情重义，重承诺，看来我们母子要欠你一世的人情了。"

"呵，那本王一定会请端木兄好好地给予补偿。"

屋外，禁卫越聚越多，整个皇宫几乎被他们屠杀得血流成河，然后天际突然出现一道赤色焰火，那些倒在血泊里的东炙禁卫一个个地身染鲜血又站了起来——

围堵在屋外的北苍禁卫开始惊恐，他们分明将他们屠杀，他们不可能再复生的！

"杀，一个都不留！！"

有一道熟悉的声音一声令下，一群禁卫齐齐幻化，丢弃了凡人的躯壳，露出惊骇可怕的犬妖真容，一个个咧开血盆利齿，扑向那已经吓傻掉的北苍禁卫。

他们的妖气根本及不上真正的犬妖，"妖怪啊！！"

一群人参加起来，头也不回地大逃亡，然而这一次倒在血泊里的变成了他们，只是凡人之躯死了就再也无法复生。

"彻查清楚，一个都不能留！"

还是那道熟悉的声音，待一群禁卫确认了北苍禁卫都被杀死了，肥硕的犬型身子变回了人形——

"元公公，我们要不要追上大王。"

禁卫们一个个变回人形模样，元公公看着仍旧完璧无缺的屋子，"不，将这些尸首都处理掉，只有一夜的时间，我们要将皇宫恢复到先前的模样，绝不能让任何人知道今日发生过什么。"

他们东炙一族皆是犬妖的后裔，为了和凡人和平共处，只能掩藏自己的身份，不到万不得已的时候，绝不可以妖化。

刚才他们不敌北苍禁卫一个个"死去"是毫无防备，以凡人之力也无法反击，然而天际的那道赤色焰火，是烈焰给他们的信号，是他允许他们妖化的暗号。

当然杀尽所有北苍禁卫也是大王的意思，这个秘密无论怎样都要掩藏下去。

暗道中，念沧海紧紧拽着烈焰的脖子，因为她不会料想到他会变化成真身，而真身是头英气威猛的巨型犬妖，赤红的皮毛，靠在他的怀中让人极其安逸，只是他穿梭的速度堪比天际的星光，身边疾风袭过，这简直就像是场梦——

"再一下就能到北域了。"

"再一下？！"

念沧海讶异，仿佛身处暗道中连一刻时辰都没有到，他们"再一下"就可以到达北域了？！

烈焰没有撒谎，从暗道直冲天际，烈焰的身影恍若天际一朵俊美犬型的红色云彩，在他打横抱着念沧海落地的一刹那，他又幻化为了人形，"大王？！"

念沧海只觉身子一上一下的，仿佛上天入地般，"到了，睁开眼睛吧。"

第十一章　美人归来

晶亮的眸子睁开，念沧海不敢相信，这里确实北域了，这是北域的皇宫，就在他们的右手边，是她曾经住过的那间破屋……

念沧海朝那边走去，情不自禁地推开门，这里藏着她所有磨难的开始，卿绝当初将她扔在这里，欺负她戏弄她，她想的只有逃离这里，然而她不曾料想到，现在回想起来心里竟然会有种说不出的甜蜜。

比起那个时候的生不如死，现在的天下才让她感到真正的害怕。

她忘不了半个时辰前看到的血流成河，兴许同一时间北域也正同北苍交战，北苍有着神秘的妖力作为后盾，卿绝他们会不会也像刚才看到的那些景象……

"不，不会的！"

念沧海突然惊恐地大喊起来，"海儿，你怎么了？！"烈焰揽住念沧海的肩头，她恍然回神，"带我去北苍！"

烈焰一怔，还没回答，门外就传来匆忙的脚步声，几个巡视的禁卫冲了进来，两把冷剑朝向他们，"大胆刺客，你们是怎么闯进宫的？！"

"不，我们不是刺客，我是念沧海，北域王的王妃！"

"什么？"

几个禁卫傻了眼，眼前的女人美得让人失魂，但她说的话更让他们无法消化，他们虽然没有直接在王妃的身边伺候过，但是也从远远的地方见过王妃的真容——

王妃是个脸上有着红瘢的丑妇，这和眼前的女子简直是一个天一个地。

"大胆刺客，使美人计是没用的，赶快交代你们到底是哪儿派来的刺客，不然——"

"不然怎么样？！"

烈焰邪魅挑眉抢过那句话，"不然就纳命来！"禁卫喊着，烈焰已一个闪身来到他们的身后，就这么眨眼的工夫，五六个人都被点了穴，动弹不得。

再一个眨眼的工夫，他们都被烈焰给绑在了屋子里，"别这样，大王，你把他们都吓坏了！"

"哼！连自家的王妃都不认得，砍下他们的脑袋都不为过。"

烈焰坏笑着，存心戏弄着那些已经吓得要死的禁卫，念沧海给他使了个眼色，拜托他不要再吓他们了，她身子不便，只能微微弯下身，"你们不要怕，他不会伤害你们的。"

"唔唔……"

原来禁卫们被同时点了哑穴，听着念沧海的话，又激动又惊恐地回应着她。

"大王，解开他们的穴吧。"

"不行，他们对你那么无礼，还想用剑杀了你，要是让端木兄知道，这会儿早砍掉了他们的脑袋。"

端木兄？

禁卫们面面相觑，露出诧异的神色，这个男人口中的端木兄难道指的是九爷？

那就是说他一定是九爷认得的熟人，难道……难道这身边绝世惊艳的美人真的是九爷唯一的妃子……？

"你不帮忙就算了，我会解穴！"

念沧海说着就解开了几个禁卫的哑穴，烈焰都来不及阻止，"不许动，你们要敢碰她一下，本王就拧断你们的脖子！"

"不不不，我们不会动，王妃，救救我们！"

216

几个禁卫讨饶起来，念沧海莞尔一笑，"怎么一会儿的工夫，你们又认我了？"

"虽然你长得和王妃有点不一样，但是王妃和你一样那么善良，谁都知道王妃对下人很宽厚，她是个善良的女子，何况你还……"

说话的禁卫眼神落在念沧海隆起的小腹上，他们都知道王妃失踪，下落不明，九爷去了东炙却没有带回人来，但是眼前这个女子有了身孕，而他们失踪的王妃也有着身孕……

"王妃，你真的是王妃，对不对？这位一定就是东炙王吧。"

"算你聪明！"

烈焰笑得邪佞，不重也不算轻地捏了下那禁卫的脸颊，"不过就你们先前犯的错，本王一定要到你们的北域王跟前如实相报，然后你们的脑袋就——咔塔！"

烈焰比画着拧断他们脖子的动作，吓得几个人哭爷爷告奶奶的，一个个呜咽起来，"王妃，饶命啊，我们不是有心的，九爷临战前特意交代要看守好皇宫，不能让任何可疑的人闯入宫内，所以我们……"

"好了好了，大王他是说笑的，我不会伤害你们的，我这就给你们解穴。"

虽然解开了他们的哑穴，但是念沧海解不开另一道穴位，怎么都无法让他们恢复动弹，她着急地看着"一旁冷观"的烈焰，"看在他们都认错的分上，快帮帮我解开他们！"

烈焰笑着，温情又邪佞地笑着，他没有答，但是俯下身手上动了几下，那些人的穴位一下子就被解开了。

禁卫们重获自由仿佛重获新生，一个个感激念沧海的不杀之恩，"不用多谢我了，现在国家有难，我还要替卿绝谢谢你们尽忠职守，看顾着皇宫，不过我现在不能留在这里，告诉我，现在北域是不是已经和北苍开战了？"

"昨日收到传书，说是北域军已经逼至北苍皇城，血战即将开始。"

"已经逼到了皇城……"

念沧海猛地激动起来，拉着烈焰的手，"走，带我去北苍，带我去皇城。"

"不，你应该呆在这儿，又忘了你可是有孕在身，都近八个月了，这段日子，你随时都可能临盆的。"

烈焰不答应，反握住念沧海的手，东炙显然不安全了，所以他只能将她送回北域，可他绝不会让她跑去那混乱的北苍。

在那神秘的妖气来源还没弄清楚前，端木离手中可是攥着足以摧毁一切的力量。

"我知道我有了身孕，可我不能看着我夫君浴血奋战，自己却什么也帮不上。"

烈焰担心的，她都明白，她都知道，她本以为东炙是安全的，她留在安全的地方，就会让卿绝毫无负担。

第十一章 美人归来

217

可是不是，端木离比想象中的更加可怕，他手握着极具摧毁性的力量，她怕留在这里，就再也见不到卿绝了……

"就你有孕在身的身子，你能帮得了他什么？"

"我可以，端木离要的是我，只要我去到他的身边，他就会停下这么疯狂的行为！"

"你才是疯了，他根本是个杀人不眨眼，已经失去理智的魔鬼，你回到他身边，只有让端木卿绝陷入动弹不得的危机中。"

"谁说我是回到他的身边，我只是去到他的身边，他像个躲在暗处的魔鬼，为所欲为地伤害所有无辜的人，而只有我可以'接近'他，不是么？"

接近他？

烈焰心中一怔，他恍然明白她所指的是什么，"你真的下得了手么？你的心那么纯洁，你真的不怕鲜血染红你的手？"

念沧海知道烈焰明白了她的暗示，是的，她并不喜欢杀人，可是为了保护她心爱的人和天下无辜的百姓，她愿意一试。

也许从一开始她就寻机杀了端木离，那就不会有刚才看到的那一幕幕血光映天的惨相。

她真的不愿再有更多无辜的人死去。

"大王，算我欠你一个人情，带我去，好不好？你已让我欠了你那么多人情，也不差这一个了吧。"

她握着他的手，像个孩子般央求的眼神让人招架不住——

烈焰大手包着她的小手，"不，本王送不了你，本王阻拦不了你去北苍，但是本王无法一夜之间将你送去北苍，你该明白理由是为何。"

烈焰语毕，更是决断地迈门而出。

念沧海当然追了上去，只是一群禁卫立刻拦在她的跟前，"王妃，你不要追了，就留下吧，去北苍太危险了，九爷要是知道我们没能留住你，还不要了我们的脑袋？虽然我们及不上四大暗卫，抑或是醉大人，但是我们一定会拼尽性命去保护你的。"

念沧海煞是感动，可是为何总是要其他人拼了命地保护她，她可以办到让他们都得到安逸的生活，只要让她去到北苍，去到端木离的身边。

"不，拜托你们别拦着我，我不可以留在这里，大王，等等我，大王！！"

见烈焰越走越远，念沧海着急了起来，也不管他们几个挡在身前就是硬闯，她一硬闯，他们也不敢硬拦——

毕竟她有孕在身，肚子里的可是他们未来的皇太子殿下，谁担得起碰伤她的代价？！

念沧海还是追上了烈焰，很显然他是想返回暗道回去东炙，她一个转身拦在他的身

218

前，"大王，你答应过要保护我到同卿绝重逢为止的，你怎么可以就这么扔下我不管？"

"那些被施下巫术的北苍军不会追来这里，这里是现在最安全的地方，你只要安心待着就能同端木卿绝重逢。"

烈焰态度很生硬，他知道他只要有个心软，就会无法拒绝她的请求。

"如果大王想要我们重逢就请带我去北苍。"

真是个死心眼的丫头，无论别人怎么劝都不听，烈焰炯炯晶亮的赤眸露出繁复错杂的眼神，他握住念沧海的双肩，"你知不知道本王若一夜之间将你送去北苍皇城所需要付上的代价？"

"……"

"端木离已知道我们东炙人的真正身份，差的就是真凭实据，本王若再现真身，出了北域进入北苍就是将这个秘密公布与天下。"

"……"

"你该听过妖狼王和他妃子的故事。"

"……"

"你该明白人是有多可怕的动物，他们什么都做得出来，虽然他们是那么弱小，那么微不足道，但是他们的自私足以将我们妖族毁灭，他们会倾其所有地将我们向绝处逼迫，毫不留情地将我们一扫而尽。"

"……"

念沧海始终沉默，因为她震诧地说不上话来，她只顾着想自己想要的，却没有想到他要为之付上的代价。

卿绝和她说过的，卿绝说过他不可以露出真容，他怕妖狼王的事再度发生在他们的身上。

烈焰也是一样的心情啊……

他是一国之君，他有着一国的百姓在靠着他的保护，他怎能为她暴露了身份，招惹杀身之祸？

"我知道了，我会乖乖待在北域，我会在这里等着卿绝回来。"

念沧海放弃了，她不能让自己自私得提出那么过分的要求，烈焰握住她的手，"原谅本王的'懦弱'，只是现在，东炙的妖族身份还不能公布于天下。"

"嗯。"

"保重，我们能有缘再见的。"

"保重。"

双手松开的一刹那，烈焰的身影随风消逝——

念沧海落寞地转过身，没想刚才那个禁卫就站在她的跟前，她冷不丁被吓了一跳，"对不起，王妃，我怕你跟着东炙王回去，追得急，没吓着你吧？"

瞧念沧海吓得面色青白，那人焦灼地垂着头，满面的歉疚。

"不用放在心上，不用担心，我不会离开北域了。"

念沧海没有在意那个人，说着就从他的手边走过，可是他的声音却忽地冷鸷下来，阴寒得从后面传来，"可是王妃不是想要回北苍皇城？小人可以带王妃回去哟。"

他可以？！

他们这般武艺的禁卫怎么及得上妖族夜行百里？！

念沧海顿下脚步想着，就那么一晃眼的功夫，她猛地觉得不对劲，这人身上的味道——腐臭的妖气！

她正要转过身，那人已从后勒住她的脖子，撕下那伪装的人皮面具，露出一张极为可怕的面孔，他就是方才在东炙被那些死而复生的禁卫杀死的北苍禁卫。

因为他是被施下妖气"最特别"的一个，所以他侥幸活了下来，更是追着烈焰一路来到了北域，在他们还未被北域禁卫发现之前，他伪装成了北域禁卫中的一个——

"你若想要伤我，大可刺破我的心脏，但你要知道，我若死了，你们的皇帝是绝对不会放过你的。"

念沧海闻到了似曾相识的味道，那是烈焰所说的凡人被施下妖气的味道，这一个更甚更独特，他定是悄悄跟着他们来到了北域，可是为何先前她都没有感觉出来？

"呵呵，小人当然不会伤着娘娘你，皇上那么爱你，又怎么会让人伤害你？小人要将娘娘带回北苍，娘娘毫发无损，小人才有一世享不完的荣华富贵。"

那人在念沧海的耳边笑，笑得极为猖狂。

简直和端木离一模一样，就像个疯子。

"好，我哪儿也不会逃，会跟着你回北苍，你可以现在就带我走。"

"如王妃所愿，但求王妃坐在我身上的时候抓牢我，就像你抓牢东炙王一样。"

那人笑得越发诡异，念沧海心中隐隐不安，然而看着他突然变成一匹人狼的模样，念沧海不禁连连倒退几步——

太可怕了！

端木离根本就不是用巫术将妖气传给这些人，而是要将凡人妖孽化，人不人，妖不妖。

"娘娘不要怕，小人不会吃了你，你只要抓紧小人就成了。"

那人狼将念沧海抱起，她整个身子屈就在他的怀中，环着他的脖子，紧闭双眸，她闻到了可怜的被吞噬了灵魂的味道。

都是端木离，皆是他的自私、狂妄，就连他自己的子民，他都不放过！

念沧海更加坚定，她一定要回到北苍，回到皇城，阻止那疯子做出更为疯狂的行为！

狼人没有让念沧海失望，他妖化后，夜行千里，仿佛只过了大半个夜，他们就已回到了皇城。

昔日繁花似锦的皇城，如今空空如也，大街小巷没有丁点儿人烟的味道。

念沧海一扫而过的是北域同念家士气高涨的几十万大军，是他们已经横扫了皇城，赢了血战，还是——

龙景宫。

"回禀皇上，皇上，娘娘回来了，那人儿将娘娘带回来了！！"

小林子兴奋不已地跑进龙景宫，正在静坐沉思的端木离恍然回过神来，"人呢，为何让海儿在外面候着？！"

端木离斥责着，人已经越过小林子跑了出去，推开紧闭的殿门，长长廊台的尽头，站着一抹似曾相识的娇小的身影，"海儿。"

他情难自禁地喊着她的名字，朝她跑去，张开双臂用宽厚的胸膛将她纳入怀中，他深深地埋入她的脖颈之间，闻着她秀发的芬香，直到她微微动了动身子，提醒跟着她的并不是"一个人"。

温情的眼神停顿在她高高隆起的小腹上时一下子冷若冰潭，念沧海能感觉到那冰冷的眼神恨不得钻开她的肚子。

"离……"

她亲昵地喊着他的名字，一手爱抚上他略显憔悴的脸庞，他并不如她想象中的那般如同魔鬼一般的容貌，相反他憔悴了，苍老了。

"海儿……"

他握住她的小手亲吻她的手背，他眷恋地一遍遍喊着她的名字，喊多少遍也不会感到厌倦，只是，他握住她的力道突然一紧，念沧海痛得冷不丁溢出一声痛吟，她拧眉的动作和强忍痛楚的小表情教他松开了手，转而捧起她的小脸——

他被骗了太多次，所以他开始怀疑眼前的人会不会又是幻象，又或者是什么人假扮的。

多日不见，她变得是这么美若天仙。

一点都不似忘莫离，是个更美更惊为天人的美人儿。

他们就好像回到了初遇的时候，她还是和当初一模一样，那样的表情只有她才有。

他们的距离是挨得那么近，鼻尖抵着鼻尖，唇……靠得就只有一指的距离……

他的气息很是温热，一点点地向她靠近，她知道他想吻她，而她——

第十一章 美人归来

就在要吻上的那一刹那，她别过脸去，那一刹那端木离温情的脸色再度冷若冰霜，他忽地冷笑一声，她连嫌恶时的反应都一点没有改变。

"朕知你有孕在身不便，所以朕不会勉强你。"

他压下心头怒火，强忍着想要将她融入自己身子的欲望。

他一直不愿记得她还有着端木卿绝的孩子，他曾抱着一点点的小期冀，期冀着这个孩子已经在龙嗣山坠崖时就没了。

可是瞧瞧这肚子，算算日子，怕是再有一两个月就要临盆。

他爱她，但是他接受不了这个孩子。

不过他不会让她知道他讨厌他，因为他怕吓坏她，他所求的就是将她留在自己的身边，难得她现在不哭不闹，也不用憎恨的眼神瞪着他，所以他可以忍，他能忍得下来。

"多谢皇上。"

她欠身行礼，他快一步拦住她，"不要叫我皇上。"

念沧海不免一惊，他不是不曾在她的跟前不用朕自称，但是经历了那么多她对他的背弃，他仍对她一片丹心？！

心里不自觉地绕起一丝歉疚，她回来可不是为了待在他的身边，她是来取他的性命的！

念沧海顿时有点乱，她知道自己不该有任何的歉疚，哪怕他对她情深似海，但对那些可怜的无辜人来说，他就是个魔鬼。

为了一己私欲，身为君王，他却让太多太多的无辜人付上性命的代价。

"离……"

她顺从他的请求，她知道这样喊他，他会高兴。

是的，端木离又展现了笑容，他轻轻地将她搂入怀中，"我知道我不该用强夺的法子让你回到我的身边，让你受惊了，都是我的错，可今后的每一天我都会补偿你，所以请你不要再离开我，海儿，答应我，不要再离开我。"

哪怕她该骗取他的信任，但她再也不想欺骗他。

"我累了，想要休憩下。"

她避开话题，端木离心头一阵失落，她没有答应他，就是说她的心仍想着要逃，"一次机会，就只是一次机会，海儿，为何你不愿再给我一次机会？！"

他像个得不到糖果的孩子扣起她的下颌，双眸苦情脉脉地凝视着她——

哪怕是个谎言，也请对他撒谎吧……

"我累了……"

念沧海淡淡应道，拉开端木离的手，她并不喜欢被他触碰，尽管她的内心对他充满了怜悯。

　　无论何时，她都是那么倔强，"小林子，带娘娘回合欢宫，好生照看着。"
　　"是。"
　　端木离唯有败下阵来，他不敢强迫她，至少现在他不想逼得她太紧，待这个孩子生下来后，他可以再慢慢从长计议。
　　那嘴角仿佛勾起了一轮狡黠的笑，那么巧就落入念沧海无心回首而来的那一眸中——
　　合欢宫还是和以前一样，不过这里仿佛残留着某个似曾相识的味道……
　　那是谁的，好像是……忘莫离？！
　　念沧海只觉很奇怪，为何她会想到忘莫离，她该是在卿绝的身边，不是么……
　　念沧海随手抓来一个女婢，套了两三句，那个单纯的丫头就对她说了，就在不多久前，合欢宫里住过一位娘娘，说来那位娘娘也叫做"念沧海"，不过是个假冒的。
　　"那她现在在哪儿？"
　　"不知道，好像是被皇上捉起来了，连同那个被她救走的人一起又被皇上关起来了。"
　　连同另一个被她救走的人？
　　那个人若是忘莫离的话，那那个她所救走的人不就是……迦楼姐姐？！
　　迦楼姐姐还活着？！
　　他真的来到了北苍，鸢儿和娘亲一定是被他救走了，但是他却被端木离给逮住了？！
　　而忘莫离肯定是因为如此又来救他的，那他们现在是被囚禁在了皇宫中的哪里？！
　　地牢应该是最有可能的地方……
　　念沧海不禁想到端木离那狡黠阴鸷的笑，他根本没有改变，而是戴着一张假面在欺骗她。
　　"好了，你先退下吧。"
　　"是。"
　　念沧海立刻支开了女婢，打开窗张望了下外面，略略站了几个禁卫，如果暗中用银针的话，应该可以对付得了他们。

　　另一边，龙景宫内——
　　才在合欢宫伺候念沧海的小女婢被召见到了这里，"都告诉了娘娘了么？！"
　　"是，奴婢已将这些日子发生的事都全数告诉了娘娘。"
　　"很好，你先退下吧。"
　　"是。"

第十一章　美人归来

223

原来这一切都是端木离有心安排好的，他存心要让念沧海知道迦楼和忘莫离就在他的手上，他想要知道她若知道后会怎么做。

"皇上，天色已暗，合欢宫通向地牢的一路上都暗中安排了禁卫，只要娘娘离宫，一定不会给弄丢了人。"

小林子原本还担心端木离会对念沧海放松了警惕，毕竟她是端木卿绝的女人，难保她不是为了自己的夫君来谋害皇上的。

所幸皇上早有安排，他没有被她的美貌迷惑，早就猜到她来的目的不纯，铺路将她引诱入圈套，教她无所遁形。

"安排得很好，传令下去，若是海儿到了地牢就立刻支开守卫的狱卒，朕要她顺顺利利地进入地牢。"

幽绿的眸子说时绽开锐利的冷光，小林子不禁欣慰而笑，总算皇上没有被美人迷昏了头，他将念沧海诱入地牢，怕是已下定了决心要除却她了吧？！

"奴婢办事，皇上放心。"

小林子说着幽幽地退出了龙景宫。

端木离走到殿外廊台，遥望那当空明月，曾几何时他也是这般望着天际的明月，他曾以为只要海儿从北域归来，他就能娶她为妻，封她为后。

走到今时今日，一切都发生得太快，还能不能回到过去，能不能将一切都重头来过？！

"海儿，在你的心里，终究只有那些无关痛痒的人才是你真正在乎的人么。"

端木离对空低喃，那是他想要知道答案的疑问，今夜，就在片刻后，他相信他一定会找到答案的——

合欢宫。

夜色越来越深，念沧海吹灭桌上火烛，打开窗户，摘下藏在发髻中的几根银针，瞄准了站在不远处的几个禁卫，银针精准地扎入他们的昏睡穴。

只瞧一个个壮汉耷拉着脑袋靠在廊柱上，因为是封住了穴位，所以他们都是站着"晕过去"的，就是有人经过，也不会那么容易发现异常。

念沧海走出了屋子，动作极为小心地合上门，速度极快地跑出了合欢宫。

她以为一切进行得很好，没有人发现她，殊不知她向着地牢走的一路上，身后都有着几个禁卫如影随形。

她熟知宫内的路，毕竟她曾被关入过地牢，只是今个儿地牢竟然是无人看守？！

念沧海有些奇怪，但还是推开了沉重的牢门，一个闪身溜了进去。

地牢的墙壁上点着微弱的火烛，摇摇曳曳地伴着滴水声，就和当初冷若地狱的模样如出一辙。

念沧海并不喜欢这里，走在阴冷的石砖上，她小心翼翼地一步步往里面走，无心瞥向一间空置的牢房，隔着木栅栏，她看到了满是鲜血的铁架子，那是用来绑人施加虐刑的。

哗哗！！

那肉体挨着鞭子抽的巨响乍现耳边，她回想起了自己曾被狱卒鞭打的景象，是那样的真实，手臂上已经复原的地方隐隐感觉到了被抽打的痛楚。

"迦楼……姐姐……"

她不禁呢喃起迦楼的名字，她害怕自己来迟一步，端木离也如同当初对她那样鞭打了迦楼。

念沧海微微加快了脚步，她知道这座地牢并不是很大，她几乎已经快要走到了尽头，但是里面根本找不到一个狱卒的身影——

"迦楼姐姐，忘莫离，你们在不在这儿？！"

念沧海一点点放开了声音，她喊着，仿佛听到了丁点儿奇怪的回应，"迦楼姐姐？！"她突然加快脚步跑到最深处的那座牢房外，隔着用铁铸成的栅栏，她看到了被铁链锁在铁架子上的迦楼。

他满身被皮鞭抽打得血痕刺目，嘴巴上也被锁住了铁罩？！

"迦楼……姐姐……？！"

念沧海不敢相信自己看到的景象，整个人突然就激动了起来，"迦楼姐姐，迦楼姐姐……"情急的泪夺眶而出，她抓着铁栅栏使劲地摇晃，但是单凭她的气力根本震不开这纹丝不动的东西！

迦楼瞪大了双眸，他不能相信自己的双眸看到了对方，他怎会在这里看到了海儿。

从端木离掐住莫离让她做她的替身后，他就被他关来了地牢，那个小心眼的男人容不得他三番五次对他的顶撞，所以他用铁链铁架将他束缚，隔三差五地鞭刑伺候，让他品味慢慢鲜血流尽而死的味道。

他试图和他反抗，就凭他是凡人，而他拥有超凡的灵气，但是——

当他暴怒释放灵气时，端木离竟释放出比他更甚的力量，那根本不该是人可以拥有的力量，那股力量充满了妖气，是妖族的气味……

"唔唔！！"

见念沧海拼尽全力地在摇晃着铁栅栏，迦楼使尽浑身的气力试图说话，但是铁罩罩住他的嘴巴，教那含在口中的任何一个字都无法传到念沧海的耳朵里。

"迦楼姐姐，不要喊了，不要担心，我会救你出去的，我可以的！"

念沧海逼着自己冷静下来，就凭她的力气是无法震断铁栅栏的，所以她要想办法打开

锁，打开锁就可以了。

念沧海照着门锁，那是一条绕着门数圈的大铁链，上面有把锁——

她立刻从发髻上又取下几根银针，插入了锁口，捣鼓了几下，轻易地就听到清脆的"咔嗒"一声。

锁解开了？！

念沧海心头一喜，迦楼更是顿然惊呆，就这么容易打开了？！

倒映在迦楼迷眸中的是念沧海兴奋地跑了进来的小身影，她来到他的身边，"迦楼姐姐，我先解开你的铁罩，你不要动！"

照着解开牢房锁的法子，念沧海知道了那铁罩上的小锁，用银针很快也将它解了下来。

"海儿！"

迦楼又可以说话，但是他来不及感激，眼神相当繁复地看着念沧海，不知道为什么他的心很不安。

"迦楼姐姐……"

听到他的声音，念沧海感激得想就这样拥住他，然而迦楼极为冷静地冲她一喝："快走，不要管我了！端木离一定就在附近，在他没有发现之前，快走！"

迦楼深知这一定是个陷阱。

他现在没有时间去追究她是如何入宫的，但是可以肯定的是她能这么单枪匹马地闯进来，肯定是端木离一早就设下的圈套——

"婆罗律音就是婆罗律音，果然聪明不二！"

就在念沧海还傻傻不能理解他的那一句呵斥时，身后传来了端木离阴冷的笑声，她转过身看着牢房外，没有见着人，却是听到了那极为熟悉的脚步声。

"海儿！快让开！！"

迦楼简直心急如烧，只瞧他猛然铆足了劲儿，砰的一声巨响，锁住全身的铁链一瞬间碎裂成无数段。

所幸念沧海心有灵犀，朝向墙角躲藏，避开了那漫天飞舞的碎片。

"海儿，我们走！"

重获自由的迦楼，二话不说就握住念沧海的手臂，冲出了牢房，而那端木离就站在不足十步远的地方，他们等同被关在了最深处，要不就破墙而出，要不就踏过端木离的尸体逃出去——

显然要踏过端木离的尸体逃出去还必须一同踏过跟在他身后那望不到尽头的禁卫队。

果然是个圈套！

迦楼单臂护着身后的念沧海，浑身开始微微震颤，"朕劝你不要妄自释放自己的灵气，震破了牢顶，砸死了朕不要紧，砸伤了海儿，朕可不答应。"

端木离幽幽地逼近，淡然而言。

呵，都这个时候，他还在那儿假装深情。

念沧海凝视着端木离，凝视着那张没有一个真表情的脸，一直没有说话，就是该有的诧异和惊慌都没有。

好像一切的发生都并不让她感到意外，他的那抹笑就是为了诱惑她来到这里……

"迦楼。"

第一次，念沧海相当认真地喊着迦楼的名字，没有那娇滴滴的姐姐二字，"海儿？"迦楼侧过头，漂亮的眸子倒映着她漂亮的小脸蛋，仿佛这是第一次在她的眼中，他是个男人。

"我不会让任何人伤害我最亲的人的。"

念沧海眼神坚定地看着迦楼，他现在满身是伤，可是还是奋不顾身地保护着她，她并不是弱者，她并不需要总是躲在他们的羽翼下。

念沧海从迦楼的身后走到跟前，"端木离，告诉我，你要的到底是什么？"

端木离细细品味着念沧海连名带姓地喊出的那三个字，心口的苦涩难以言喻，可笑得却是这么的真实——

这一刻的念沧海才是真正的念沧海，她回来只是为了解救她在乎的人，而他却不是其中之一。

仿佛有把无形的匕首在割着端木离的心，她曾只是个替代品，而他却在相濡以沫的岁月里渐渐丢了心动了情，他对她是真的，发自肺腑的。

他曾傻傻地乞求上天若是给他一次重来的机会，他一定不会将她送去北域，那么这一世，他就可以拥着她，不用害怕有人会将她强夺。

因为她的心中人只会是他端木离，绝无人能震撼。

端木离久久不语，就这么凝神望着念沧海，眼神中的深情不移，像是有着好多好多的话要对她说——

我该再一次相信你么，端木离……

你的深情不过都是为满足你的一己私欲罢了，你口中的谎言太多太多，而我能给你的机会早已被你自己消磨殆尽……

"端木离，我再问一遍，你要的到底是什么？"

同样的问题，原来被问第二遍还是一样有着杀伤力。

端木离缓缓收起涣散的眼神，"你想要的是什么，我就可以给你什么。"那温柔的口

吻是那么的深情，深情得足够融化任何一个女子，独独念沧海漠然地逼近一步——

"海儿，别过去！"

迦楼立马拉住她的手，他见不得她靠那个魔鬼太近，她根本不需要和他有商量，虽然他周身是伤，亦无法用灵力伤害端木离，但是他的灵力足以震破这座地牢，更是可以用这血肉之躯为她挡开所有钢铁碎块。

然念沧海冷静地轻拍他的手背，给了他一个眼神，示意让他不用担心。

手松了开来，迦楼的心却是紧紧地提着。

端木离看着念沧海步步走来，身侧的小林子先一步挡在端木离的身前，"保护皇上，贱妇，别妄想借机刺杀皇上！"

他一喊，身后数十个禁卫立刻拥了过来，"都给朕退下！不过是个奴才，谁给你的胆子发号施令？！"

端木离骤然暴怒，凶神恶煞，恨不得要将所有人都吞下腹——

小林子吓得跪在地上，"奴才不敢，皇上开恩！"

眼下发生的一切和预想中的完全不同，他以为皇上是为了同时拿下念沧海和迦楼才设下这个陷阱，可是……

皇上还是旧情难忘，他还是为了美色失了心智。

"拖下去，大板伺候，不到天明不得停下！"

端木离没有看小林子一眼，冷冷地一声令下，就听小林子惨叫着被两个壮实的禁卫给拖了下去——

就是对最亲的下人下手也毫无手软。

眼前的景象简直教人发指，念沧海眼中对端木离的嫌恶更深了，端木离的心因此狠狠揪住。

他是为了她才惩罚那个奴才，为什么她都毫无感觉？！

"海儿。"

端木离情难自禁地靠近一步，他伸手是要握住她的手，她立马向后退开一步，眼神警惕地瞪着他，无声地在低咒着"别用你的脏手碰我"。

"海儿……"

端木离煞是无力地低喃，不要离他那么远，不要……

"海儿，不用害怕，没人可以伤害到你的，过来，过来我的身边。"

端木离的要求让人感到惊恐，他近乎病态的表情更是掐着人紧绷的神经，念沧海停滞着脚步，"你只需要给我一个答案，怎样你才能放迦楼离开？！"

她要的很简单，不管端木离是不是真的喜欢她，她却确信她一定能说服端木离。

"只要你留下，我可以放他走。"

"不！海儿不会留下！"

迦楼断然拒绝端木离那痴心妄想的要求，"完好无损的，只要你留下，我一定放他一条生路。"

端木离无视迦楼的否决，他要的是念沧海的回答。

"只要我留下，你一定说到做到？！"

念沧海似有疑心地问道，迦楼立马紧张起来，"海儿，你别信那混账的话，我要活着离开你也一定要同我一起离开！"

"回答我，端木离。"

念沧海亦无视迦楼的劝阻，眼神直视端木离，他心头一喜，仿佛看到了一丝能将她留在身边的曙光——

"当然，绝不有假！但我要你的保证，保证你一定会留下，我知道我的海儿不会说假话骗我，她要是答应我，就一定会信守承诺！"

端木离嘴角有着一抹笑意和一丝期冀。

"如果我不答应呢？"

念沧海的一句话又如一桶冷水浇下，凉透了端木离的四肢百骸，"你不答应，那我就杀了他们，就在你的眼前，相信那么血腥的画面对未出世的孩子并不好吧？"

端木离的脸说变就变，念沧海早已猜到他会是这样，"可惜，纵然你这么说，我还是不答应。"

"海儿。"

迦楼难掩惊喜，从后揽过她的肩头将她护入怀中，"不用求他，我一定会保护你！"

"嗯。"

念沧海倚在迦楼的怀中，冲着他会心一笑，那景象着实灼痛了端木离的双眸，他不止输给了端木卿绝，还输给了这不男不女的家伙？！

"海儿，你会后悔你的决定的，我再给你一次机会。"

"不，端木离，如果留我下来，你才会后悔的。"

念沧海眼中泛起杀气的冷光，端木离顿感心口一股灼烧的痛楚，"你……海儿……你……？！"他突然俯下身，捂住心口，好像被人用匕首刺了一刀，呼吸难为，脸色顿然苍白。

"海儿……"

迦楼看着端木离痛楚得扑通跪倒在地，亦难掩心头的震诧，这到底是怎么回事？！

"海儿……你……你……"

端木离跪倒在地上，死死捂着心口，那个地方好像一点点地渗出血来，心脏里就像有把刀刃在打着回旋切割着他的皮肉。

是毒，亦是咒？！

那根本是被下了妖气的巫术！

端木离抬起头，幽绿的眸子爆满血丝，他看着念沧海，憎恨又爱恋。

"想知道为什么么？"

"……"

"你不该抱我的。"念沧海居高临下，孤傲的眼神冷冷地落在他满是痛苦的脸上。

抱她？！

端木离赫然想起见到她的时候将她拥入过自己的怀中，而就在那么一刹那，她的掌心好像触碰过他的心口？！

"那个时候，就是那个时候你——"

"自食其果的滋味如何？！"

端木离顿悟的眼神告诉念沧海，他知道她是什么时候下的手了。

其实她并不想那么卑鄙，但是那是她唯一的机会，所以她选择了当机立断——

在见到端木离之前，她备好了银针沾了她的血，然后再用巫术施下毒咒，扎入端木离的心脏，因为她的血中含着卿绝的血，所以充满了强大的妖气，配合巫术中的毒咒，这就是个无药可救的毒素。

要想停止那钻心的痛要么她收回毒咒，要不就只能凿开心脏挖出那颗作祟的银针！

"你竟这么恨我？你竟这么恨我？！"

"皇上，皇上。"

一班禁卫看傻了眼，他们不知道自己可以做什么，要是亮剑去杀念沧海，指不定掉脑袋的会是他们自己，可是看着端木离心口滴血，他们要救他亦责无旁贷。

"别过来，别过来！！"

端木离强抑心口的痛大喝，他不需要任何人来帮他，不过是毒咒罢了，全凭施法的人对他的憎恨程度，恨得越深埋在他身体里的毒就会越痛，这一切都取决于念沧海的意志，她要他生，他就生，要他死，他就死——

就这一刻来说，她恨他，却还未到要了他性命的地步。

"呵呵……你若要下手就该再狠一点。"

端木离忽然仰天大笑，就像个丧心病狂的疯子，心口猛地一缩，他口中喷出一口鲜血，"就那么一瞬间的工夫，你不该用银针，而应一匕首刺破我的心脏！"

230

端木离唇舌皆是粘稠的鲜血，双眼里除了血丝和痛恶，竟然还有教人震惊的泪光……

那是他的心受伤了……

因为她的残忍，她的狠毒，她再一次的背叛……

念沧海选择决绝地别开脸，"你们都退下，打开宫门，谁要敢碰我和迦楼一下，我就要你们的皇上今夜归西！！"

念沧海冷眸直视那端木离身后彷徨无措的禁卫队，她能感觉到他们身上亦有着异于凡人的气味。

相信端木离也对他们施下了妖气，若是他一声令下让他们来个异变，那她和迦楼要应对他们就难了。

所幸端木离并没有出声，因为她心中默念着毒咒，教他心口作痛更甚，连说话的气力都没了……

禁卫队见端木离越来越痛苦，伤势越来越严重，一个两个都不敢吱声，随着念沧海和迦楼一步步逼近，他们就一步步地退后——

"还不让开，你们的皇上就要没命了！！"

念沧海呵斥道，就见端木离窝在地上，捂着心口，一声声撕心裂肺地惨叫着。

"一。"

"二。"

"……"

念沧海不留情面地开始数数，还未等到她数到三，一群禁卫立马散开，"不许伤着皇上，我等立刻为你们打开宫门。"

夜半皇宫宫门打开，惹来不少埋伏在皇宫附近的探子的注意——

念沧海同满身是伤的迦楼一步步地退了出来，身前跟着的是浩浩荡荡的禁卫队，"我等已经如愿送你们出宫了，快交出解药来！"

"没有解药。"

念沧海不怕实话实说，一群禁卫变了脸色，要是他们不交出解药，就这么放他们离开，那皇上不是必死无疑？！

一群人立刻围成圈，将他们困在其中，一把把冷剑对着他们，"别要花样，不交出解药，你们就休想离开皇宫！"

"是么？！"

念沧海勾勾眼角，手指向着天空弹出一颗流珠，在夜空下绽放出夺目绚丽的烟花，"你——？！"

一群禁卫不禁慌张，就是不用问，他们也知道那肯定是什么暗号！

第十一章 美人归来

是的，这的确是暗号，那是不需要事先说好的暗号！

就听千军万马的奔腾声从远到近地逼来，一群禁卫慌了神，因为有人站在宫门上大喊，"念家军攻来了！！"

接着另一个人又喊道："北域军攻来了！"

"呵，再不回宫的话，可要人头不保咯。"

念沧海笑得让人后脊梁骨发凉，一群禁卫面面相觑，就在他们的视野范围内，他们的确看到了左右夹击的念家军和北域军，他们区区数十人根本无法抵抗得了！

一溜烟地，他们一个个逃回了皇宫，宫门以电光石火的速度重重合了起来。

"海儿，你早和端木卿绝说好了？！"

"……"

"还是你和你爹爹和好了？！"

迦楼看着左右而来的千军万马，他们挂着帅旗，绝不会有假。

念沧海只是笑着，望了眼右侧而来的念家军，又凝神望着左侧而来的北域军。

两道低沉而又感性的男音从不远处传来，念沧海欣喜若狂地看着两边，"爹爹！！"

"卿绝！！"

端木卿绝率领着千军万马，同念元勋率领着千军万马来到她的身边，头马上的人英武一跃而下，一人一手地握住她——

"海儿！"

"海儿！"

两个男人都试图将念沧海拥入怀中，教处在中间的人儿好不为难，"爹爹，卿绝……？！"

念沧海敏感地感觉到爹爹和卿绝之间有股微妙的气氛，不是相处融洽，而是针锋相对——

"海儿，过来。"

"海儿，过来。"

两个男人又异口同声，还手上同时发力，念沧海被拉来拉去，"喂喂，你们两个有话好好说，没瞧见海儿有着身孕，想要将她拉成两段么？！"

迦楼一手掴住念元勋的手腕，"你算个什么东西？！"念元勋大怒，握住念沧海的手一送，反握上迦楼的手腕一拧，"啊！"听迦楼一声惨叫，念沧海立马出声替他解围，身子却被卿绝捡个空子拥入怀中。

"卿绝……"

靠在端木卿绝的胸膛，那温情又炙热的体温包裹着她，叫她情不自禁地沉醉。

"喂，你个没良心的丫头，还不快救救我，你爹快折断我的手了！"

若不是迦楼又大声惨叫道，念沧海差点就把他给忘了，"爹爹，别伤着他，迦楼姐姐是好人！"念沧海靠了过去，"姐姐？！"

念元勋顺势将她揽入自己的怀中，"迦楼姐姐就是姐姐……他是好人，他一直照顾我，对我很好……"

这一时半会儿的，要解释一个大男人为何是姐姐还真有点难，然而念元勋根本没在意念沧海在说着什么，转身将她交给跟在后面的林将辉，"扶小姐上马，立刻送回营中！"

"不，爹爹。"

念沧海没有拒绝的权利，端木卿绝顿时被激怒，冲了上来，念元勋的手下也冲了过去，两方互不相让，一触即发，"别这样，爹爹！"

念沧海挣脱开林将辉的钳制，她不懂为何爹爹和卿绝针锋相对，他们不是联手攻打皇城，不该是同一阵线的么？

"海儿，过来！"

"卿绝……"

念沧海很想要过去，但是被一群念家军拦在身前，她是寸步难行，"爹爹！你这是在做什么？放我过去。"

"还不将小姐扶上马？！"

念元勋大喝，林将辉又跟到了念沧海的身边，手还没碰到她，她就怒目相对，"你要敢碰我，就是把我绑上了马，我也会跳下来的！"

"不！海儿，不可乱来，不能伤着孩子！"

端木卿绝第一个喊过来，他怎能允许她做那样的傻事，她肚子里还有着他们的骨肉。

"可是卿绝——"

念沧海想要解释，其实她那么说只是为了吓唬爹爹，但——"海儿，别闹了，跟爹爹回军营，爹爹不会让你伤着我孙儿的。"

念元勋根本不给他们对话的时间，来到她的身边，就拉着她走到马边，"不要，爹爹，你要是关心你的孙儿就该让我回到我夫君的身边。"

念沧海不舍地凝视着端木卿绝，她好不容易来到北苍，好不容易给了端木离致命一击，她不想再和她爱的男人分开，可——

"海儿，难道你就不想念爹爹，还有娘亲和莺儿么？"

"哎？！"

念沧海凝视着念元勋几近哀求的瞳子，说起来，她这是第一次和爹爹站得那么近，而他也是第一次这么保护着她，不让任何人伤及她一根毫发，可是为什么爹爹防着的人是卿

绝？！"

"爹爹……"

她怎么会不想念娘亲和鸢儿，只是为何一定要让她比较，让她选择？！

见念沧海犹豫了，念元勋立刻扶住她的腰将她扶上马，自己随即跃上马，掉头立马策鞭而去——

"海儿！！"

"卿绝……"

马背上，念沧海回眸依依不舍地望着端木卿绝，手提缰绳的人不是她，她就只能这么看着自己同他越来越远。

"还愣在那儿做什么，还不快上马？！"

待念家军统统撤退，端木卿绝对着被丢在一边的迦楼喝道，随即一跃上马率军追赶在念家军之后——

不多久，念沧海就同念元勋回到了郊外的营地，下了马，她一句话也不同念元勋说，走进营帐，就听一道陌生而又感觉亲近的女音在唤她"海儿"。

"你——？"

念沧海不解地看向那容貌美艳的中年女子，她从未见过这个人，但是有种感觉在告诉她，"我的海儿，你不认得娘亲了？"

廖媚伊眼眶泛泪，念沧海心头一怔，是的，这人儿就和记忆里出生那一日拥着她的女子一模一样。

"娘亲……"

她激动地唤道，靠入廖媚伊已经张开的双臂中，"娘亲……娘亲……真的是你么……是你么……"

"是娘亲，是娘亲……海儿，我的海儿，让你受苦了……"

廖媚伊感激涕零，她还以为重逢之际，海儿会恨她、憎她，现在能这样拥着她在怀让她都停不下喜悦的泪水。

"别哭了，娘亲……海儿没事，不要为我担心。"

"娘亲怎会不为姐姐担心，这些天为了姐姐的事，一直和爹爹闹别扭呢！"

"鸢儿？"

念沧海这才注意到鸢儿也一直在营帐里，"娘亲和爹爹闹别扭？"

"还不是爹爹老顽固，都不肯和姐夫合作，要不是我放假消息说你在端木离手中，爹爹也不会倒戈攻来皇城。"

"那卿绝攻来皇城也是因为你的假消息？"

"嗯，不过姐姐，你是怎么回来这里的，是烈焰将你送来的么？为何不将你送去姐夫哪儿？！"

廖蓝鸢突然觉得奇怪，这个时候她不该是在东炙的么？

"说来话长，我见着卿绝了，可是——"

正说着，念元勋掯开营帐走了进来，念沧海瞥了他一眼，立刻嘟着脸走到另一侧，有心和他拉开距离。

廖蓝鸢一下就察觉到不对劲，"爹爹，不会又是你棒打了鸳鸯吧？！"

"小孩子不懂，不要乱说！"

念元勋冷着脸，但那心虚的眼神已经出卖了他，他走到念沧海的身边，"别气爹爹了，生气对孩子不好。"

念沧海也不理他，躲到廖媚伊的身后，"娘亲，我累了，你让旁人都退下，好不好？"

言下之意，"旁人"也包括他念元勋。

廖媚伊立马不高兴地白了念元勋一眼，她轻拍念沧海的手背，"娘亲替你教训他。"

"媚儿。"

那一句话说得并不轻，念元勋听得一清二楚，廖媚伊可不管，拉着他走到一边，"是你把海儿抢来的吧，为何不送她去她夫君的身边？！"

"难道不想咱们的女儿么，为何要将她送去那个人渣的身边，海儿日后大可找到更好的夫家。"

念元勋说话也不轻，念沧海心急如焚，爹爹到底在想些什么？

要么对她不管不顾，要不就把她当掌心瑰宝谁都碰不得？！

"你怎么就这么冥顽不灵，海儿都有了他们的骨肉，你怎么能忍心分开他们？！"

廖媚伊都不帮着念元勋，打从一开始她就不赞同他一心想着把海儿再许配他人。

"媚儿，你不懂。"

"不懂的是你，爹爹，你可别指望我会嫁给别人，我这辈子就只会有卿绝一个夫君！"

念沧海坐不住了，她可不要再听爹爹越来越荒诞的话了！

"海儿！"

"回禀将军，北域军追到军营外，逼我等交出小姐！"

"卿绝？！"

林将辉进来禀告，念沧海立刻激动地跑出营外，不远处的营地外，她看到了那同样向这边眺望而来的端木卿绝，"卿绝！！"她喊着，脚步就情不自禁地向他跑去，她知道他

第十一章 美人归来

235

一定会来找她的——

"不许过去！"

念元勋死都不放人，紧跟在后面捉住了念沧海的手不让她离开，"爹爹！！"真是被他气死，爹爹作甚一定要和卿绝争斗到底？！

"爹爹，你是不是和卿绝有什么误会？他待我很好，他真的很疼我，怜我——"

"当真好好待你，怎会让你从龙嗣山上坠崖，差点丢了性命？要是疼你爱你，当初他又是怎么折磨你，迫使你成为他的女人？"

"我——"

念沧海傻了眼，她根本没有想到爹爹会这么清楚她和卿绝之间发生的事，如果提及当初，他的确不是个好夫君，但是经过那么多事，他早已不是那个对她下手狠毒的嗜血暴王了。

"海儿，你知不知道他的真正身份？"

念元勋将念沧海拉去他的营帐，他的这一问让念沧海更为吃惊，就好像爹爹知道卿绝的另一个身份。

她不说话，眼神诧异地凝视着他。

"海儿，爹爹是为了你好，你和他在一起，日后只会累着这个孩子，你该知道妖狼王的故事，爹爹可不要你做那故事里被人活活焚烧的王妃。"

"爹爹，你……"

"爹爹只求你平安一世，待在他的身边，总会让你落入危险，爹爹绝不放心将你交付给他，当初爹爹强忍不舍，全因天命，有个命师告诫过我，只有我冷漠待你，你才能平安长大，所以爹爹不是不想保护你，而是不能让任何人知道我一直在护着你。"

念元勋心疼不已，他深爱媚儿，又怎会不疼爱她这个女儿，她可是他和心爱的女人的骨肉。

"爹爹，如果这世上真的有天命，那便注定我会爱上卿绝，我不怕成为被天下人攻击的对象，如果苟活就要和心爱的人分开，我宁愿搏一把，我不想和他分开，一分一刻都不要！"

"你个傻孩子，那个端木卿绝到底给你喝了什么迷魂汤把你给迷得七荤八素，都是因为你太爱他，才放任他三番五次欺负你。"

"才没有，卿绝没有欺负我，他很后悔了，龙嗣山上是因为误会，说起来是我的错，都怪我太任性，为了气他不顾自己和孩子选择坠崖，可保护了我和孩子的正是卿绝的力量，我不知怎么说，我的身子里好像有股生来的力量，那股力量和卿绝的妖气如出一辙，就好像生生世世都随着我降生而保护着我。"

"你想说你们的姻缘是三生注定,他生生世世都在保护着你?"

"爹爹可以不信,但我就是这么认定的。"

念沧海抚着肚子,她也是在分开的这段日子一点点有了那样真切的感觉,卿绝曾说他也许是妖狼王的转世,那她会不会就是那王妃的转世?

虽然很玄乎,可姻缘轮回谁又能说不是呢?

因为爱的强烈执著,所以注定生生世世相逢,相恋。

"所以这辈子你就认定他一个了?绝不后悔。"

"嗯,绝不后悔。"

"那他呢,那混小子能保证一辈子就只爱你一个?他野心勃勃,早就打起了北苍的主意,这要是让他攻下了皇城,当了皇帝,还不三宫六院的,哪还会记得你?"

念元勋道出心中所忧,他亦是男人,当初都一时踏错,娶了上官凌蝶进门,结果害得她们母女三人十多年被迫分开,陪伴她们的只有惶恐和眼泪。

他不愿那种事再发生在他的女儿身上,要是她们得一好夫家,就只能只爱着她们一人。

"我信卿绝,他不会有三宫六院,他也不会有后宫,他的妻子只会是我,就只有我。"

念沧海说得无比坚定,念元勋都止不住惊诧。

他们之间的感情究竟是有多深厚才能让她如此坚定不移?

他不否认他对端木卿绝有偏见,毕竟他亲眼目睹他和忘莫离反目,而他们曾是那么深爱对方。

"就是这样,他也要过了爹爹这关才行。"

"那就是爹爹答应给卿绝一次机会了?"

念沧海喜上眉头,念元勋无可奈何地点点头,"不过别高兴得太早,他要是过不了关,我可不承认他是我的女婿!"

端木卿绝还以为今夜一定得大开杀戒,那念元勋才会老实放人,但出乎意料,他同意了让他进入营地,不过就只能他独自进入。

"九弟。"

迦楼担心地喊了一声,端木卿绝同他使了个眼神,随即交代谁都不能乱来,只能留在外面等他,便跟着林将辉走入了营地。

他被请到了最偏远的营帐内,不一会儿念元勋就出现了。

跟着念元勋出现的是数十个容貌妖媚,身形窈窕的年轻女子,她们打扮妖艳,应该是风月场合的妓子。

有几个女子纠缠了上来，端木卿绝当下一脸嫌恶，冷冷地挪开身子，怒目对上念元勋——

这老家伙是在打什么主意？

大半夜的上哪儿弄来了那么多庸脂俗粉。

"不喜欢么？男人出外打仗，女人可是少不了，可以慰藉寂寞，也可以慰藉需要！"

念元勋说得露骨，端木卿绝煞是不屑，他还不知道念元勋有这么一面，虽然出军在外的军营里有着专供的军妓，但他从没要过。

"何必假正经，老夫又不会告诉海儿。"

念元勋不屑地白了端木卿绝一眼，那绕在他身边的三四个妓子立刻坐到了端木卿绝的腿上，其中一个解着衣裳，另一个拉着端木卿绝触碰她的曼妙丰盈——

"走开！！"

端木卿绝简直被恶心死，他勃然大怒站起身来，震开那黏在身上的三个妓子。

"念元勋，你要是以为用这种肮脏的下流手段就可以骗得海儿以为本王是个好色之徒，你就大错特错了，海儿不会信你的！"

"哼！你倒是自信满满，海儿单纯才会信你，老夫可不信，因为她们不过是残花败柳所以入不了你的眼，可你信誓旦旦地誓夺北苍天下，他日你要成了北苍国君，定会将海儿抛之脑后，左拥右抱！"

"一派胡言！"

端木卿绝怒不可遏，这老家伙就是担心他日后眷恋女色而弃海儿于不顾，才这么三番五次地和他作对？！

这简直也太荒谬了！

"念元勋，不管你怎么想，本王不否认这场仗本王定要取下端木离的头颅，可本王不是为了抢夺他的天下，而是为了给海儿一个太平天下，本王不会将她们母子的性命交托在他人的手掌心里，由他人裁夺，她是本王最爱的女人，本王为了她，就是和天下人为敌都在所不惜！"

"呵，那说来说去还不是觊觎北苍龙座之位。"念元勋不屑。

"是，本王是要，本王曾想岳丈大人要是有兴趣的话，本王可以礼让岳丈，不过现在想想，岳丈一心棒打鸳鸯，要本王妻离子散，本王这龙座就是要定了！"

端木卿绝决不让步，一双金瞳泛着视死如归的冷光。

念元勋冷哼一声，心头火烧得更盛，妖就是妖，一点都不懂人情世故！

"你倒是聪明，老夫不否认，老夫就是不同意海儿回到你的身边，当初你也并非情愿迎娶海儿，老夫现在不过是给你个机会休了海儿，你该感谢老夫才是！"

这老头真是，说人话怎么就是听不懂？！

端木卿绝简直被气煞，刚要开口驳斥，念元勋又抢过话去："你现在那么紧张海儿，不过是她孕育着你的子嗣，你只是在乎自己的骨血罢了，待海儿诞下子嗣，你定会将她冷待。"

"我——"

端木卿绝一口气别在心口，差点就崩了，"你凭何替代海儿决定？本王出于礼仪，尊你为岳丈，但本王丑话说在前头，不管你怎么阻挠，人，本王是要定了，岳丈要是不想看到今夜北域军血洗念家军，最好乖乖把海儿还给本王！"

本想平心静气地商谈，可这谈下去，怕是自己被气死，也没个结果。

端木卿绝耐性不再，他要和他的妻儿团聚，难不成还犯了律法了？！

"血洗就血洗，念家军还怕了那不入流的乌合之众？！"

念元勋亦勃然大怒，这么个野蛮人，他更不会让海儿跟着他了，可——

"不要！！爹爹不要！！"

念沧海忽地从某个角落跑了出来，原来她一直在营帐里，只是躲在暗角里，爹爹说要考验卿绝，他要是愿意向他保证日后只有她一个正妻，一生一世待她如宝，他就同意将她交托给他。

可爹爹的考验实在太"火辣"，一开始就触怒了卿绝。

要女人，他身为北域帝王，想要怎样的没有？

就凭那数个妖冶女子怎能轻易撩动他的情绪？他是那般深情，曾为了忘莫离，守候了十多年，纵有再美的女人，她也不信能迷惑他的心。

而她，不过个例外……

他们经历了太多太多，从初初的彼此痛恶，到彼此不自知的情动，再到强烈激荡的爱如炽火。

他们早已分不开了啊……

"海儿。"

端木卿绝大喜，他怎会想到念沧海一直就在营帐内，他不悦地白了念元勋一眼——

第十一章　美人归来

第十二章 两情相悦

这老家伙还真是够阴险的，存心找来那么多妓子当着海儿的面挑逗他，他只要有一个行错踏错，就铁定被海儿判下死罪。

"卿绝……"

念沧海主动投入他的怀中，和他紧紧相拥，她知道他会来找她的，他一定会来带她回到他身边的。

她听到了他的深情告白，她相信他要攻占皇城全是为了她们母子，因为他是发自灵魂深处地爱着她，爱着他们的孩子……

"海儿！"

念元勋见念沧海孩子似的黏着端木卿绝，有股恨铁不成钢的窝火。

"爹爹，你就别再浪费唇舌试图改变我的心，你知道的，我不需要卿绝的任何承诺，我不需要他向你保证一生一世都爱我，哪怕他日他会爱上别的女人，我也不后悔待在他的身边，因为他的身边就是我应该存在的地方。"

海儿……

端木卿绝心中满腔激荡的暖潮拍打着心岸，他含情脉脉地凝视着怀中对念元勋剑拔弩张的念沧海。

他没有爱错，他们之间不再有任何的怀疑、戒备。

那些曾是他们彼此伤害、彼此折磨的存在，早已随风逝去，他们之间留有的只有，越来越深的，更深的……爱……情……

当念沧海抬眸深情凝视端木卿绝的时候，她踮起脚尖儿环住他的脖子，主动吻住他的唇——

不管念元勋就在身前，也不管还有一群妓子看官……

那个吻由浅浅的嘴唇相触，到唇舌纠缠的激吻，每一个动作都那么清晰，念元勋简直是被气得半个字都吐不出来了。

但一直守在营帐外的"看客"们却是看得津津有味，一个个感叹连连，特别是廖蓝鸢简直羡慕死了，"姐姐真好，找到这么长情的姐夫，瞧瞧他们吻得那么火热，呵呵呵，爹

240

爹气得脸都绿了！没想到姐姐还有这么热情的一面，一定是姐夫的吻技了得，真是羡慕死人了。"

"哼哼，快擦擦口水吧，都要落到地上了！"

烈北陌一旁很不是滋味地吃味道。

"切，怎么了，我说的都是事实，你也看到了，这世上，哪有比找到这么完美的夫婿更幸福的事了？"

"那你就没找着么？还是我的吻技不如北域王呢？！"

"你——"

廖蓝鸢一张小脸刷地红了起来，脑海里满是他们拥吻的景象，口中更是冒起一股温热。

"呵呵，在想什么呢？"

烈北陌俊脸猛地放大在廖蓝鸢的跟前，她一个惊慌，向后跟跄退了一步扑通一声跌进了营帐里，惊到了一对仍在热吻的爱侣，"鸢儿？！"

"呵呵呵……姐姐，姐夫打扰了。"

廖蓝鸢鬼鬼地吐吐舌头，烈北陌跟着进来将她扶了起来，还有个人也跟在后面走了进来，"娘亲？"

是的，他们三个都"躲"在外面一直看着呢。

念沧海不免微微脸红，廖媚伊亦淡淡地笑着，都是过来人，亲眼目睹他们彼此向对方互诉真情，她还有什么理由怀疑端木卿绝不会一生守护着海儿？！

廖媚伊缓步朝向念元勋而去，轻抚着他的背，"老爷，孩子们都做到这个份上了，就随了他们的心愿吧，难道你还真想棒打鸳鸯不成？！"

"媚儿……"

念元勋莫可奈何，他一不是傻子，二不是瞎子，他们都那么"火热"地表演给他看他们多么的恩爱，他还要强制地分开他们的话，说不定媚儿倒是会和鸢儿一起都离开他。

"嫁出去的女儿泼出去的水！有了夫婿就没了爹爹，真是寒心！"

念元勋像个好小孩似的，不对味地吐了句牢骚。

廖媚伊给念沧海使了个眼神，她立刻迎过来安抚道："爹爹，海儿怎会有夫婿就不要爹爹了，海儿只是爱夫婿多一点点，就那么多一点点而已。"

察觉念元勋放下了门栏，念沧海淘气地用指尖比画着，她爱卿绝和爱他的差距，就只是那么半手指又半手指的距离。

廖媚伊瞧她俏皮的样子扑哧笑了起来，念元勋冷冰冰的脸耐不住也被她逗得嘴角溢出一丝淡淡的笑意——

第十二章 两情相悦

241

"啊，爹爹笑了，笑了就是认了这女婿了。"

"谁说的？！就凭他和我说话的态度，我这岳丈才不认他呢！"

念元勋口吻强硬，但是听得出已经是比先前软了许多了。

念沧海立刻将端木卿绝拉了过来，"还不叫声'爹爹'，告诉爹爹你会爱我一生一世，永远不欺负我，永远疼爱我，你要不说，我可不跟你回去，怎么样，我爹爹把他最最最珍贵的女儿都嫁给你了，眼下又要给你添个小东西，说句承诺不会死吧。"

见念沧海俏皮地给自己眨着大眼睛使眼色，真是怕了这对父女了——

"岳丈大人在上，卿绝保证一生一世只爱这个淘气包一个，永远不再纳妾，会待她们母子好，只有她们欺负我的份，没有我说话的份，好了吧，岳丈大人？！"

真是让人不顺气，念元勋差点被端木卿绝没正经的态度又给气毛了。

所幸廖媚伊和廖蓝鸢立刻左右夹击将他给按了下来，"好了啦，爹爹，姐夫都这么保证了就让他们夫妇团聚吧。"

说着，两人就把念元勋给拉了出去，营帐里只剩端木卿绝和念沧海两人——

她望了望他，他看了看她，气氛相当微妙，忽地，男人伸手将女子揽入怀，随即老练地托起她的下颌，送上他思念她已久的双唇——

甜蜜的娇吟弥漫营帐，听得驻扎在营帐外的守卫们脸红心跳……

夜色下，端木卿绝还是将念沧海接回了北域军的军营，其实两个营地相距并非很远，念元勋看着念沧海跟着端木卿绝离开，一直站在营帐里凝望——

"还以为你又会阻拦他们呢。"

廖媚伊也陪伴在身边，"呵，你当我是老糊涂么，这个节骨眼上窝里斗，还不是便宜了端木离那个混小子。"

"呵呵，窝里斗？你承认卿绝是女婿了？"

"咳咳，夜了，该休息了。"

念元勋佯装咳嗽，那模样有趣极了，要说他也是迫于无奈才认同了这门亲事，若是海儿心里没他，他绝不会让他把海儿带走。

可他看到的却是海儿凝望端木卿绝的眼神是那样的眷恋和依赖。

尽管端木卿绝那混小子态度不正经，但他能感觉到他对海儿的爱和执著，他不会亏待她的，他定会好好疼惜她的……

回到北域军营，端木卿绝捉住念沧海的小手，吻着她的手背然后一下下地落在她的每一根指背上，仿佛在诉说他对她的想念，"怎会忽然出现在皇宫外？"

他问了，她便将发生的一切都告诉了他，包括烈焰是犬妖的事，不过端木卿绝似乎对此并不感到奇怪——

"卿绝，你早就知道了？"

"不然呢，我早同他交过手，若是凡人怎能与我不相上下？而且他一直有意和别的国家保持来往，这不正是同北域一样，不过北域的子民并非妖族。"

"你是说东炙的人都是妖族，他们都是犬妖？可是端木离派去的禁卫将他们都斩杀了，血洗了东炙皇宫，烈焰是浴血奋战才将我救了出来，我看到皇宫里的人都被那些人杀了——啃，景云……我忘了景云了！！他还在那儿呢！"

念沧海激动地突然坐起身，端木卿绝跟着将她扶稳，她现在的身体状况可不能这么着急——

"景云，我们得派人回去救他，让逍遥去，只有逍遥可以赶过去！"

念沧海相当混乱，完了完了，她怎么把景云给忘了，那些个中了巫术的禁卫可是杀人不眨眼，那里根本就是座炼狱，"景云……怎么办……景云……"

因为情绪过于激烈，念沧海突然肚子一阵阵的痛楚，"呃嗯！！"

端木卿绝神经立马绷得死紧，他紧搂着安抚道，"放松，放松，海儿你太紧张了，让身子放松下来，景云不会有事的，那个机灵鬼，一定会找个安全的地方躲起来，何况他的身手极好，没事的，没事……"

念沧海听着端木卿绝的话，试图让自己放松下来，她追忆着，回想着，那场灾难来得太快，她都还没来得及了解发生了什么，烈焰就将她救了出去——

那逃亡的记忆太过混乱，但是任何一个记忆碎片里都没有景云的存在……

如果他在宫里的话，如果那些人闯进来要捉她的话，他一定会第一个跳出来保护她的，可……没有他，他并不在……

"小娃娃，我看到宫外的林子里有一片鸢尾花，你喜欢鸢尾花，对不对？我去给你摘一些来，让天真给你做香袋！"

"啊！我想起来了，景云出了宫外，他说要去给我摘鸢尾花，哦……太好了，太好了……他不在，他一定不知道发生了什么，一定不会有事的……"

念沧海终于想了起来，靠在端木卿绝的怀中，她煞是感激得又是哭又是笑，"看吧，景云那小子一向运气好。"

"可是他若回宫见到遍地的尸体又找不着我，肯定会担心的，要是和那些没人性的禁卫碰上了……"

念沧海又紧张了起来，五指猛地缩了起来紧紧攥着端木卿绝的衣襟。

"不会的，他们没机会碰上景云的，只要那时景云不在宫里，烈焰又立马回了宫，绝不会有这种可能的！"

第十二章 两情相悦

243

端木卿绝轻拍着念沧海的后背，口吻是那样的笃定，而金瞳中的笑靥是那么神秘。

"你是说烈焰回宫就会将那一干人等都收拾了？别忘了他们可是被端木离用巫术施下了妖气的，他们半人半狼的，不是那么好对付的，东炙的人若都是妖族的话，可都死在他们的剑下了！"

"可别小看了妖族。"

"我没有，我可是亲眼看到的。"

"要是就这么相信眼睛看到的，可是会被骗得很惨。"

端木卿绝笑得越发神秘，念沧海是越听越糊涂，明明都在她的眼前被杀死了，难不成还能再活过来？！

发现念沧海的眼神是想到了什么，端木卿绝眉头一挑，像是在肯定她想到了的可能，"怎会？妖族拥有第二次生命？！"

"不，他们不过是蜗居在人的身子里，死去的不过是身子，因为烈焰一定不会让他们外露了妖气，所以你看到的他们被屠杀的不过就只是他们的躯体罢了，相信我，待烈焰救走你后，被斩杀下倒在血泊里的人绝对是端木离派去的那些杂种！"

"当真？！"

"嗯，只怕景云回到宫里的时候，那里已经被打扫得一干二净了！"

端木卿绝相当肯定，东炙的人皆是犬族之后，端木离就是为了逼他们显露原形才会逼得他们不得不佯装死去，待他们露出真身后，他们绝对不会放过任何一个看到他们真身的人。

"烈焰现在一定被惹火了，看来我不收拾端木离，烈焰也会来凑一脚，所以景云一定会跟着回来的。"

"真的？"

念沧海亦是期待亦是担忧，卿绝说的一切都太过玄乎，不过她又不是没经历过更玄乎的事儿，但愿卿绝说的一定会成真。

"一定会像我说的那样，也许这次不用咱们出手，端木离就要死在烈焰手上了，不过这样太便宜他了，我可不能将北苍天下给他。"

端木卿绝像是开着玩笑地说，忽地他眉头紧皱，好像在沉思起了什么，"卿绝，你是不是在想日后也会和东炙对战？！"

"也许会有那一天。"

他答得很认真，但是眉头并未因此舒展开，他沉思的问题在于其他，"卿绝，怎么了？你在想着什么，你的脸色不太好。"

"不，我只是在想，你说那些被端木离施下巫术的人，你说要挟你的那一个变成了半狼半人？"

"嗯，那模样吓人极了，狼头人身，不是幻觉，不是幻术，是真真正正地变成了半人半狼。"

再一次回想起那个变成半妖不人的禁卫，念沧海都惊得毛骨悚然，后脊梁发冷。

"卿绝，你是在怀疑什么？是不是疑心端木离哪里来的那么强大的妖气？"

"是，纵然他拥有忘莫离的发丝，也不足以让好好的凡人变成妖，只有真正的妖族才有那样的力量。"

端木卿绝说着，凝眉更紧，不知为何他有种不祥的预感，内心无比地躁动——

这世上，妖狼族存活不多，就在他被领回北苍之前，林中就只有娘亲和他，而他还是半妖……

"卿绝，你觉得这世上还有可以和你和烈焰抗衡的大妖族？！因为有他的帮忙，所以端木离才会如此猖狂，毕竟你和爹爹都攻到了皇城之外，他竟然仍旧毫不在乎。"

"未必需要活着的妖族……"

端木卿绝寓意极深地说着，眉目间忽地亮起一道慑人的冷光，不言而喻的冷怒仿佛一瞬间冻结了一切。

念沧海很是担心，她听到过同样的话，烈焰也说过相同的话，难不成——

"卿绝……"

"娘亲！"

端木卿绝赫然迸出两个字，接着整张冷峻的容颜都变了颜色，金瞳里血丝饱满，仿佛都能嗑出血来，"该死的杂种！！"他咒骂着，跃身而起，"卿绝！"

"海儿，你待在这儿，有个地方，我去去就回！"

"卿绝！"

知道念沧海担心他，定会跟着来，端木卿绝先一步点了她的穴，让她不得不躺在榻上休息，不一会儿小幽和醉逍遥就来了营帐相伴——

"逍遥，卿绝是不是去了他娘亲的坟上？！"

聪明如念沧海，她想到了那唯一的可能，能让卿绝整个人都被激怒，除了这个还会是什么？！

醉逍遥默默点点头，念沧海几近昏厥——

"端木离，他真是疯了！卿绝，该怎么办……"

念沧海无法相信，端木离竟敢去凿卿绝娘亲的坟墓，他就为了得到比忘莫离更厉害的妖气，竟然干出这种伤天害理的事儿！！

卿绝会杀了他的，一定会眼睛都不眨一下地杀了他的！

第十二章 两情相悦

245

但是这样的话，不是就中了端木离的计？！

卿绝要是盛怒下变为了妖族真容，谁知道宫里或者宫外没有埋伏着其他诸国的眼线？！

他们要是看到了，那焚烧妖狼王妃的事儿就近在眼前了……

"醉逍遥，你最好跟着去，你知道卿绝去了哪儿，你要阻止他，他会冲去皇宫，他会拧断端木离的脖子！"

念沧海动不了，只能焦急地求着醉逍遥，小幽见她面色不好坐在榻边，安抚着她："小姐，你不要这么激动，王爷特别交待了要逍遥保护你，寸步不离！"

小幽虽然听得一知半解，但也明白肯定是发生了什么严重的事——

她看到端木卿绝怒火熊熊地冲出军营，纵然看到过端木卿绝暴怒的样子，但这一次完全不同，那是要去杀人的表情，就像完全被触怒的猛兽，已经张开了利齿就等着猎物塞牙缝了！

"王妃，你也听到小幽说的了，我不能离开你，这是九哥的交代，没人可以违抗的。"

"可是你就不怕他跑去皇宫，暴露了真身，他不能暴露真身的，那正好中了端木离的下怀，他恨不得整死卿绝，他挖掘卿绝娘亲的尸骨定是为了激怒卿绝！"

小幽听到尸骨二字，吓得眼眸圆睁，那狗皇帝竟然掘了王爷娘亲的坟？！

难怪王爷要去收他的骨了！！

"王妃，你比我更了解九哥，你该明白这一切若是真的，没人可以阻拦得了九哥的。"

是的，如果娘亲的坟被人掘了，尸骨被人偷了还磨成粉末，怕是谁都做不到冷静旁观，更别说是情义为重、孝字当头的卿绝……

那该是多么痛的一刀！

狼林深处的一片净土上，矗立着端木卿绝傲然雄霸的身影，清冷的月光在他的身上勾勒出一轮寒人的冷光。

眼前，那本该是一座清净坟墓的地方被挖出了一个狼狈不堪的洞，本该埋在其下的一副棺木不见了……

"娘亲……"

十指随着咬牙切齿的低喃之声，握紧成拳，一阵阵的妖气自端木卿绝的身子进出，绕着圈形成旋涡直冲上天，那冲击力仿佛要将天地就此劈开——

不可饶恕，端木离，今夜就是你的死期！！

端木卿绝被怒气一层层地包裹，俊美的脸一点点地冻结，所有的表情，所有的情绪化为唯一的憎恨!

握紧的双拳一点点松开,指尖伸张出锋锐的利爪,本就强壮的身子突然变得更为硕大,刺啦刺啦地扯碎了身上的衣衫,已经没有任何事物可以拉回端木卿绝陡然暴走的神智了,然而——

"王,王,不要!!啊!!孩子,不要!不要!!"

脑海里猛地炸开一幅从未见过又似曾相识的画卷——

那美人儿和海儿长得如出一辙,她身怀六甲躺倒在龙榻之上,周围都是火,她在喊着,求救着,眼中满是无助的泪,而那个奋勇杀敌的男人却在遥遥之外的另一端——

"孤王的妻,孤王的妻!!"

他发狂地挥着手中利剑,将身前的所有人斩成两段,鲜血染红他的全身,他幻化成巨型狼妖扑入火海漫天的皇宫,而那人儿却早已化为灰烬消失在了火海中……

"海儿!!"

端木卿绝突然歇斯底里地大喊起来,眼前的幻象突然消失,他震天的怒气骤然在瞬间消散,就要变为妖狼本尊的他恢复了理智,浑身衣衫破裂,满额的汗珠划过脸颊——

就像经历了那一场浩劫,品味了一番和心爱的人生离死别的痛苦……

海儿,他还有海儿,还有他们的孩子……

前世他没能保护到她们母子,所以他追入地狱,将他的力量化入她的身子里,生生世世不论几多轮回,哪怕他们无法相遇,他的力量也将永永远远地保护着她——

端木卿绝想到了龙嗣山上,念沧海因为他喊出了忘莫离的名字而选择坠崖而去,那时他要去救却被相同的力量弹开,而之后从崖底蹿起的白光其实皆是源自他本身的力量。

是的,他就是妖狼王,而海儿就是他深爱的人类的妻子。

他一直爱着她,生生世世,从不曾改变……

正午,念元勋就派遣了林将辉和一干将领同军师来和端木卿绝商讨如何攻破皇宫。

据他们说皇宫包围着一股妖气,端木离是用了可怕的巫术在暗中操纵着,贸然进攻只会中了巫术,"皇甫一族千百年来都有一套见不得人的巫术,听说不费吹灰之力就能将人操控,那些被操控的人无感无魂,如同行尸走肉,和我们真刀真枪厮杀,是杀之不尽,源不见头。"

"那不过是障眼法,如若端木离那杂种用的是巫术,只要剁了他的手,他便再也操控不了那些没有灵魂的行尸走肉!"

端木卿绝拍案冷怒,林将辉一干人等都能感觉到一股震颤人心的怒气——

第十二章 两情相悦

247

除却念元勋，这男人是这世上第二个惹不得的人。

老实说，跟着念元勋那么多年，端木卿绝还是第一个敢顶撞将军的人。

将军当初对峙那端木离，都是眼睛都不眨一下，他却有胆量把将军气得吹胡子瞪眼，末了还不得不和他讲和，同他合作。

"我等明白九王爷对端木离的憎恨，可眼下攻破宫门是个难题，要想活捉端木离必须冷静分析。"

"孤王亲自同你们将军商讨，现在那杂种身中毒咒，必会力不从心，实力大减，绝不可以错过这么好的机会。"

"九王爷是要亲自去念家军的军营？！"

一干人等好不惊讶，念将军就是放不下面子，但又为了屈就小姐才派了他们而来，可这心高气傲的九王爷又是为了什么突然大转变？！

对于端木卿绝的亲自上门，念元勋自然好不诧异，当然诧异就只是藏在心里，面上不会过于表现得惊喜。

至少他的态度谦和，比起昨日判若两人。

"你亲自而来，是老夫属下说了什么触怒你的计谋么？"

念元勋没有立刻改善自己的口吻，生硬得很，也没什么好气，"岳丈，能容孤王同你单独谈谈么？"

端木卿绝好声好气、好商量得让念元勋都不习惯了，他扫了一眼营帐中的林将辉一干人等，再睨了睨端木卿绝，他的神色凝重，势必一定有什么重要的话要同他说——

念元勋抬手做了个动作，示意其他人都退下去，营帐内一会儿就只剩他和端木卿绝二人。

"有何话就开诚布公地说吧。"

念元勋打开天窗说亮话，端木卿绝也不遮遮掩掩，势必念元勋早就知道他的真身，他也就毫无忌惮地将实情一一告知。

念元勋听着，眉宇间想要收埋的惊愕还是遮掩不了地显露出来——

他不是惊讶，端木卿绝在他跟前亲口承认他是半妖，而是他可以做到如此信任地将这些告诉他。

"为何忍下心头怒火，找老夫商谈，照你完全释放妖气，那混小子根本别想能保住命！"

"孤王不愿败露真身，孤王只想做个平凡人，只有同凡人无异，孤王才能保护海儿她们母子。"

端木卿绝淡淡道，但念元勋能感觉到他满腔的愤恨，他是为了海儿才忍下那份苦楚的——

　　试想娘亲的坟墓被掘，换作是他一个凡人，他也绝对会冲去皇宫要了端木离那人头！

　　"妖狼王的传说是真的吧……"

　　念元勋冷不丁地岔开话题，口吻比起先前软和了不少，他的心是被端木卿绝的隐忍给触动了，那是为了他的爱女而隐忍的切肤之痛。

　　"是，如果孤王说孤王就是那无能的妖狼王转世，海儿就是他深爱的妃子，岳丈大人可相信？"

　　端木卿绝凝视念元勋的双眸，他都不敢相信自己能这么平心静气地和他坦诚相待——

　　久久，久到空气好像因为念元勋的半晌不语而冻结了——

　　"信。"

　　那一个字落出念元勋的嘴唇，好像是那么不真实的事。

　　别说端木卿绝一怔，就连念元勋自己也觉得不可思议——

　　跟妖结亲家，果然脑筋都会跟着变得不正常。

　　他从来都不信什么迷信，更不信什么前世姻缘，可他也曾以为妖族不通人性，但站在他身前的男人却是个铮铮男儿。

　　他重情重义，对妻儿、对手足、对双亲皆是用着自己的血肉之躯去保护。

　　"岳丈……"

　　"别那么多情地喊老夫，老夫只是不屑那端木离，老夫知道他对你积恨已深，可那掘坟之举绝非君子所为，老夫断不会让那种伤天害理的混账玷污了北苍皇室龙颜！"

　　呵……

　　端木卿绝淡淡勾着嘴角，划开一抹清浅的笑印——

　　果然女随父，海儿嘴硬心软，老爹也是一模一样。

　　"说吧，你一定有着什么计划，告诉老夫，老夫愿意同你配合。"

　　"无论孤王说什么，岳丈都愿意配合？！"

　　端木卿绝唇角勾着笑，邪魅狡黠。

　　呵，臭小子，给个三分颜色就开起染坊了？

　　"老夫愿意合作，只是为了海儿，你若不好好保护自己，又怎能好好保护她们母子？"

　　念元勋放下成见，渐渐能感觉端木卿绝并非一介莽夫，他聪明狡诈，绝不会挖个陷阱给他跳！

　　"被孤王娘亲妖气施下巫术的士兵，可以变为半狼半人，但他们并不是刀枪不入，又或者身兼数条命，他们的本质仍旧是血肉之躯，只要刺中心脏要害，必定一命呜呼！"

第十二章　两情相悦

249

念元勋静静听着，给了端木卿绝一个眼神，示意他继续说。

"孤王不便于显露真身，但是孤王可以妖气施法给所有念家军的士兵，有了孤王的妖气保护，他们的实力便是和端木离的士兵旗鼓相当，在同等条件下，攻破宫门不成问题！"

"可那不是会消耗你过多元气？莫不是北域军皆是妖族后裔？"

"不，北域子民皆是凡人，他们亦不知道孤王的真身。"

"你爱民如子，就不怕你的妖气都保护了念家军，还无暇顾及他们。"

"念家军同北域军同为一家，孤王相信念家军定不负众望，不会伤及北域一兵一卒。"

"哈哈哈！！你个臭小子，真是够胆！"

念元勋突然放声朗笑，端木卿绝的言下之意不就是让他的念家军冲锋陷阵，只要攻破了宫门，他就能手刃端木离，不需要北域军的一兵一卒，也不会让北域的子民陷入妖魔怀疑之中——

他果然是个足智多谋、待民如子的好君王。

"行了，回营陪着海儿吧，告诉老夫，你需要多少兵力，你只有半天养足元气的时间，今夜老夫就会安排你要的大军听候发令！"

"多谢岳丈，三万足矣。"

端木卿绝回到营中，念沧海正和小幽坐在榻上绣着女红，两人有说有笑，那笑清纯可人，如同其他同龄女子一般——

端木卿绝看得入神，他好久没有见海儿这么笑过，他希望这样的笑容能永远相伴……

"卿绝……？"

察觉到落在身上那炙热深情的眼神，念沧海抬起头来，放下手中女红，"王爷。"小幽跟着起身行礼，随即退了下去。

"几时回来的，和爹爹谈得怎么样？"

端木卿绝只是淡淡笑着，拉着她的手来到榻边坐下，拿起她方才绣的女红，"这是什么？"

"是给孩子绣的肚兜。"

"上面绣的是什么图腾？"

端木卿绝看着蓝色底金色线的图案，总有着几分熟悉，"是雪狼。"

"狼？"

"嗯，他是妖狼的后裔，他爹爹是堂堂威武的妖狼王，有爹爹贴身保护，就不需要其他多余的护身符了。"

念沧海笑得甜美如蜜,端木卿绝猿臂一揽将那娇小又丰韵的身子靠在他的胸膛,"我会一直守护你们母子的。"

念沧海将手揽在他的腰上,力道收紧,眷恋地埋在他的胸膛里,"是不是有什么事?"

他的心事总是瞒不过她。

"呵,无事,和你爹爹商谈好了讨伐那杂种的计谋,今夜就会行动,所以你要好好地待在营里,不要离开逍遥的视线范围。"

"你要领军和爹爹的念家军一起攻打皇宫了?为何不等东炙军来支援,你不是说烈焰一定会来的。"

"北苍是我的,就如你和宝贝都是我的,不能谦让的东西,我谁都不会让步!"

他的霸道总是蛮不讲理,可又让她心暖情动,"嗯,我听你的话,会乖乖待在营里等你回来。"

"不可以到处乱跑,给逍遥添乱,他还要照看小幽丫头,和整个军营。"

"知道了,啰唆鬼!"

念沧海拧了下端木卿绝的鼻子,"不过你也要答应我一个要求。"

"什么要求?"

"只许你平安归来。"

托起她白玉般纯洁的脸蛋,在那粉若花瓣的唇上印上承诺一吻,"遵命。"

端木卿绝就这么陪着念沧海,不管营帐外阴晴圆缺,他看着她绣着女红,笨手笨脚地帮着她做着下手,时而被她敲着爆栗,娇嗔他是个大笨蛋。

原来就这么伴着妻儿会是这么幸福,幸福得忘却时光仍在流逝。

营帐外夜幕降临,醉逍遥走了进来通报,"念家军派人来接九哥你了。"

"嗯,知道了。"

端木卿绝依依不舍地从榻上站起身,念沧海跟着拉住他的手,"海儿……"以为她不舍放人,她却是拿来一件外袍给他披上,"夜里风寒,小心着凉。"

念沧海是不舍的,但她不是为了一己私欲就不顾天下的女子。

小手自他的掌心滑落,依依不舍地松开……

看着弥留着她温度的掌心,为何一离开她的触碰,他的身子就会如此之冷呢——

端木卿绝动作如风地忽地搂着念沧海,深深地一拥,"乖乖等我回来。"

"嗯。"

念沧海不舍万分地目送端木卿绝走出营帐,脚步离营帐越来越远——

远到就要出了营地,醉逍遥终是打破沉默,低声道:"九哥,让我一同去,我的元气

第十二章 两情相悦

251

可为九哥挡去一半。"

聪明如他，醉逍遥知道端木卿绝是要去念元勋的营地做什么，所以他知道要将元气施法给三万大军，那几乎是在拿自己的性命开玩笑，就是端木离拥有伯母的尸骨，也不足以施法给那么多人。

他知道九哥是孤注一掷，他要在一夜间将北苍铲平！

"不，你要养足元气保护北域军，那是你的责任。"

"可，九哥……"

"无须多言。"

端木卿绝脚步迈出营地，他的一个动作，一个眼神不是君王的命令，而是君王的恳求，恳求他好好保护自己，自己的妻儿，还有他所珍视的那个女子……

到达念家军的营地，三万大军已经整装待发，念元勋一声令下，他们声势浩大地喊着口号，喝下一碗酒水，那酒水中下了药，喝下的人都会暂时的昏厥，以便端木卿绝在不暴露身份的情况下将妖气注入给他们，庇护他们——

念家军拥有十万大军，为不打搅剩余的七万大军，迦楼是幕后的大功臣，他布下幻阵，才没有引起任何骚动。

端木卿绝便得以安定地开始施法——

整整一个时辰，端木卿绝极尽将周身的妖气都注入给了三万大军，因为元气大伤，他整个人如同虚脱般倒了下来，"九弟！"

迦楼跑到他的身边将他扶起来，"我没事，我只有半日休憩的时间，通知念元勋，晨曦之时，就是出兵之际！"

端木卿绝被扶到某个营帐里，那是念元勋给他安排休息的地方，无人会来打扰。

他脸色灰白，情况极差——

"九弟，我将灵气传给你。"

"不，你我元气不同，灵气同妖气相冲，只会适得其反，亦会伤了你的身，何况你身子有伤，动不得元气。"

"九弟……"

"别在这里哭鼻子了，我若死了，你不是该高兴才对么，对莫离，对海儿，我总是夺你所爱。"

端木卿绝淡淡地笑着，那份笑中的苦涩只有同甘共苦过的手足才明白……

"我可不要人家丢下的，你答应海儿要平安归去的，你就一定要说到做到，不然下地狱，我也不会让你太平的！"

"呵，那就别再这里磨叽了，还不跟去皇宫，莫离还被困在里面呢，不是么。"

迦楼为难地沉默了一会儿，"你保证，你没事？！"

"只要攻破宫门，逼入龙景宫，我定会如时出现！"

"知道了，我一定会在那儿等你！"

迦楼言罢，形如影地出了营地——

念家军势如破竹，皇宫之外是一片屠杀的海洋，北苍军显然不敌技艺高超的念家军，连连败退，有不少人露出了半人半狼的容貌，然而却奈何不了身负妖气保护的念家军——

就连念家军的士兵们自己都煞是惊讶，他们感觉到身子里有着源源不断的力量，好像刀枪不入似的，就是见着那人不人鬼不鬼的狼人，就连惧怕都被抵去了一大半。

"杀！！"

"杀！！"

念家军气势如虹，北苍军连连败退，宫门之上，突然有人射箭，数百名弓箭手齐齐发箭，顿时胜券在握的念家军死伤递增——

就见此时，天际一道轰隆，迦楼如闪电出现，他施下保护屏障，挡去那源源不断而来的利箭，"不许后退，一个都不可放过，杀啊！！"

念家军视死如归地破开宫门，三万大军攻入宫内，北苍军大乱，迦楼率领几百将士冲上宫门一举将弓箭手铲灭——

皇宫里火光剑影，嘶喊呻吟漫天，鲜血汇流成河，将一片宫殿、石砖小路染成血色的海。

"杀！！"

念家军气势高涨，念元勋率军直逼龙景宫，"保护皇上！！保护皇上！！"

混乱中，北苍军一边惨叫一边大喊，几万人大军只剩零星几千统统守卫到宫内唯一没有被攻破的龙景宫。

那里面安静得就像一座陵墓。

"冥顽不灵者，杀无赦。"

念元勋一声令下，厮杀再度开始，那几千人怎奈何得了念元勋庞大的三万大军，一具具残垣断壁的尸首倒在龙景宫的每一个角落——

"端木离，出来！！"

"别躲在暗处做缩头乌龟，出来！！"

念元勋踏入龙景宫，脚下跨过一具具触目惊心的尸首，宏亮深沉的呵斥萦绕深宫四壁——

没有人回应他，这里比外面感觉上更像是一座早已没了人气的陵墓。

莫不是，端木离那混账东西早已趁机潜逃了？！

第十二章　两情相悦

念元勋眉头深锁，脚步赫然停留在偌大的庭院前，仿佛有种无法解释清楚的味道扑面而来，看不到却浑身不自在，如若有着一张看不见的网在向他拢来——

那种感觉让人恶心极了，仿佛有什么无形的东西像极了一只只的手在触碰着他，试图拉扯着他进去——

"将军，小心！！"

迦楼追了上来，一把拉住就要踏入其中的念元勋，"怎么了？"

念元勋知道迦楼一定是感觉到了什么，他知道他是忘莫离的亲兄长，拥有比她更甚的灵气，是凡人中的异类。

从方才攻入龙景宫起，龙景宫就和以往大不同，它是这么的深，仿佛没有尽头，引诱着人一直走，直到精疲力竭才发现自己是走入了一座迷宫——

那庭院里泛着股股泥沼恶臭的味道，"是结界，结界里可能设下了什么幻阵，抑或是符咒，将军，不可贸然进入，其他将领也不行！"

迦楼严峻道，他闻到危险的味道，不，是死亡的味道——

也许结界里并不单单是个幻阵，或者什么陷阱，而是另一个世界——

阴曹……

异界……

凡人一旦进入，就再难返还……

念元勋知道迦楼不会是在开玩笑，立刻传令下去，所有将领听候发令，杀尽所有中了巫术的北苍士兵，将宫中的一干人等捆绑软禁，敢反抗的一律杀无赦！

"端木离一定就藏在里面，他握有大妖怪的妖气，又熟晓巫术，谁知道他会在那里面造出个什么荒唐的人间炼狱。"

念元勋眉头不展，看得出他在按捺怒火，对纵横沙场的老将来说，明知敌人就在眼前却捉不到，该是何等的挫败感——

但是对付端木离要知趣，莽撞行事，逞英雄之为，只会累人累己。

"交给端木卿绝吧，老夫已经替他清理了门户，那最后的垃圾，该他上场收拾干净了！"

念元勋看向迦楼，他却是若有所思，眉头紧蹙，眼神极深意地看着那道无形的扭曲屏障，他感觉到那里面弥漫着绝望的气息，那是端木离做好了要抱着九弟一起死的准备的气息……

他是个疯子，什么都干得出来！

海儿给他心口的那记毒咒必定让他元气大伤，所以他只能躲在那里面诱惑九弟，就是揽着他同归于尽也好！

"我先进去探探！"

迦楼道，他不能让端木卿绝元气还未恢复就冒险进入，然而念元勋刚要阻拦，那一只有力的手就握住了他的臂膀——

"七哥，你做什么？"

"九弟？！"

迦楼回过头，不可置信地看着出现在眼前的男人——

仿佛才三个时辰不见，他已经恢复完全，他手上的力道源源不断，不像是个刚被疏散了一身元气的人。

端木卿绝神采奕奕，月色映入那双冰眸金瞳，眼角勾起无比耀目的金色流光。

一切比他设想中的发生得更顺利。

但就是一切都太顺利，反而不容人放松神经，端木离不是傻子，他早就料到他抗拒不了念家军和北域军联合，所以他握着娘亲的尸骨，用尽娘亲的妖气将他保护，造出了个这么恶心的结界——

管他在里面藏着什么，阴曹地府也好，异界鬼蜮也好，他端木卿绝是去定了！

"你们都留在外面，谁都不准跟着进来！"

端木卿绝一声令下，尽管身周尽是念家军，但谁人都不敢违抗，他顶天立地的男儿身影震慑着每一个将领，无一不对他折服——

几个聪明人仿佛猜到自己身上源源不断的力量应该就是源自于他……

"别让老夫失望！"

念元勋将手搭在端木卿绝的肩上，语重心长道。

男人邪魅的脸扬起一轮诱人窒息的笑靥，"孤王天不怕地不怕，最怕家里的大肚婆。"

他有心说笑，迦楼都替他捏把汗，"九弟，切记小心，端木离彻底疯了，为了杀了你，他宁愿揽着你一起死。"

端木卿绝唇角的笑意加深了轮廓——

所谓兄弟连心其利断金，手足心系那便是一个眼神就能知道他绝不会允许自己有事！

北域营地。

前方攻破皇宫的喜报连连来到，静静待在营帐中等待的念沧海愁眉大开，不禁破涕为笑——

"小姐，都说不用担心的，那狗皇帝根本奈何不了王爷的，更何况还有老爷一同作战，念家军那边已经在欢呼了，又有两万大军杀上去了，围追堵截那些破网之鱼，这一次

255

王爷是动真格的,绝对不会再给那狗皇帝一次苟活的机会了!"

小幽兴奋地说个不停,念沧海跟着张望营帐外,若是这场仗就这么赢了,卿绝是不是很快就会回来了。

只是为何……

为何看着相隔不远的营地欢呼连连,欢呼动天,念沧海的心却是一点点绕着不安惶惶,她在端木离的心脏里下了毒咒,他若死了,她便再也感觉不到他的气息——

但是就在方才的一霎,她感觉到的是更加强烈的气息,"他还活着。"

"什么,小姐,你说谁还活着?!"

小幽听不懂念沧海冷不丁吐出的几个字,"小姐,你怎么了,都说不要担心了,你瞧瞧,你的脸色又不好了。"

小幽摸摸念沧海的额头,就这么眨眼工夫她冒出了一身冷汗,好像是着凉了——

"小姐,过来先坐下。"

"幽,我好不安,不是爹爹他们已经赢了,卿绝已经手刃了端木离,而是我能感觉到端木离的气息,他还活着。"

"哎?!"

小幽一怔,一时半会儿不太明白念沧海的意思,"小姐,你是不是出现了什么幻觉?那狗皇帝做尽那么卑鄙的事,王爷肯定已经将他手刃了。"

"不,我真的感觉到他还活着。"

念沧海反握住小幽的手,神情紧张,心口好像堵着什么东西似的,"不,是小姐你太紧张了,小姐,你瞧瞧你的双手都紧张得在颤,都是因为你太在乎王爷了,可是你要对王爷有信心,就是王爷不杀那狗皇帝,有老爷的三万大军,他又怎么能活着逃出来?!"

小幽说的不无道理,难道真的是自己太敏感了,把端木离想得实在近乎于神魔,他毕竟只是个凡人罢了,一定没有让他逃脱的可能的。

龙景宫内,端木卿绝独自步入布下结界的诡异庭院中,随着脚步迈入,咔嚓一声,脚下好像踩着了什么东西,发出一道清脆刺骨的声音——

端木卿绝低头一瞧是只被他踩成两段的骷髅,再一眼见脚边到处是骷髅,是尸骨有头颅……

就好像走入了焚尸场——

这里四周昏暗,没有月光,空气中弥漫着缥缈的白烟,"端木离,狗杂种,给孤王出来!!"

"别躲在暗处装龟孙子!!"

端木卿绝骂起人来大有念元勋的风范,然而四周寂寥,偶尔好像能听见乌鸦的鸣叫,周遭皆是阴森森的寒气——

能造出这么个毛骨悚然的鬼地方，也就只有心智病态的疯子能为了！

端木卿绝越走越深，这里不存在什么迷路不迷路，因为到处都是一样的光景，光枯的大树，遍地的骷髅，忽地手边若隐若现地出现了几间屋子——

屋子的屋门残破不堪，阴风吹出来，发出咔嗞咔嗞的声响，就好像那门儿随时都会掉下来——

"狗杂种，别以为同孤王耍花样就能苟活！"

"不能么？！"

屋中突然传来端木离的应答，他口吻不屑，放肆挑衅，端木卿绝当下就冲入了屋中，他知道他是有心诱惑他进来，定是在其中布下了什么陷阱，然而——

屋中——

竟是另有一片洞天，就好像又踏入了另一个世界……

"娘亲……"

端木卿绝情不自禁地呢喃一声，因为这间屋子的摆设像极了儿时和娘亲相伴的那间屋子……

屋子的摆设是这么的简单，这么的相似，足以以假乱真，端木卿绝真的以为是自己回到了过去，然而空气里弥漫着潮湿腐败的味道，叫人恶心——

屋里的一片明媚不过是出于假象，端木离在引诱他放松戒备。

"卿儿。"

身后走来一道缥缥缈缈的白色身影，女子身形高挑微微清瘦，面容清素却是出落得一个美人儿。

她来到端木卿绝的身后，纤长的指尖儿一根根落在他的后肩，随即又拊向他的发，顺着他的发捋着，就像小时候，他趴跪在她的膝上睡去，她就会这么安抚着让他安然入眠——

"娘亲……"

心底深处的思念被勾起，端木卿绝回过身，女子手儿贴上他俊美的脸庞，拇指眷恋地一下又一下地摩挲着——

她的眼眸和他出奇的相似，淡淡金色的眼瞳闪着无比宽慰的笑，还有着点点勾人疼惜的泪光。

她好像是在欣喜他平安长大了，她是那么挂念他，"卿儿。"

"娘亲。"

端木卿绝握住女子指骨分明的手儿，贴着她的掌心眷恋地沉溺在她手心的温度中。

第十二章 两情相悦

257

她是这么，这么的像……

端木卿绝凝视女子的眼神百感交集，他是知道的，端木离那狗杂种握有娘亲的尸骨，要制造出她的魂魄是轻而易举的——

站在眼前的女人是假的，只是个幻影罢了，触碰她，对她心生眷恋会陷自己于险境——

端木卿绝的理智是清楚的——

但是明明知道，却又无法下手，任凭任何人都会和他一样。

哪怕是假象，是幻影，因为是深爱的人，重要的人，所以他要如何用这双手将这人儿无情地杀死？！

端木离，你个狗杂种，你一定正躲在某个角落里笑吧！

狗杂种，孤王会让你知道让头颅分家，大卸八块的滋味！！

端木卿绝悄然扫视着屋中的每个角落，寻觅着那隐匿在娘亲妖气之中的端木离，他终究只是个凡人，他身上有着异类的味道，只要静下心来，他能找到她他的，只是——

他元气大伤，现在也不过恢复了两三成，又挨着娘亲那么近，他的"嗅觉"变得很迟钝。

"卿儿。"

女子温婉地喊着他，是这样的暖心，她的眼神，她的笑靥更是让人不舍得伤害她。

她的表情，像极了记忆中的娘亲，端木卿绝心头阵阵抽痛，如果不再快点找到躲在幕后的始作俑者，他会渐渐沦陷入这幻局中的。

"卿儿。"

女子又在呢喃，眉宇间的小表情变得微微焦急，仿佛有着很多的话要和他说，然而纵然千言万语在心头，她唯一能喊出口的却只有他的名字。

那是等着被人救赎的眼神，那是在哀求着救救她的讯号。

端木卿绝的心隐隐地被揪痛着，他觅到她眼底深处的歉疚，她是这么，这么地不舍他——

"卿儿……卿儿……"

女子喊着，端木卿绝亦是心头繁复错杂，除了喊她娘亲不知该再说什么，明明他就是连一声娘亲都不该回应她的，但是她忽地抓着他的双臂，表情是那样的痛苦——

"娘亲？！"

端木卿绝惊呼，就在同一时间，一道白光从屋外逼来，瞬间吞噬了整座小屋，"卿儿，对不起，娘亲只能这么做。"

白光下，眼前拉开二十多年前的景象，那不是他的记忆，而是他不知道的那一段痛苦的过去——

娘亲独自站在屋后的院子里,她远远地眺望着从屋中跑出来的他,那个在寻找着娘亲的孩子,那个越跑越远,喊得越发焦急的孩子……

她是那么不舍地望着他,脚步极度控制不住就要追上去——

她眼中满满是泪,一道道如剔透的珍珠滚落下来……

"娘亲。"

端木卿绝情难尽地低喃,他多想跳入那景象里,拉回那个越跑越远的孩子,他恨不得大喊,让他知道,他要找的娘亲就躲在屋子院后。

然而他办不到,身子就像被定住了一样。

"卿儿,原谅娘亲,原谅娘亲。"

躲在屋后的女子心痛地一声声低喃,从怀间拿出一把锋利的匕首,端木卿绝一颗心提到了嗓子眼,接下来的一幕震颤着他的灵魂,教他心碎成片——

女子竟将匕首刺入自己的腹中,深深地,不留情地,随即又残忍地拔了出来,鲜血飞溅,汩汩地往外流——

她鼻间发出嘤嘤的呻吟,就这么倒在血泊中等待着死亡将她带走。

为什么?

为什么娘亲要自寻短见?!

就在悲痛至极,更为震惊的一幕出现了——

"父王……"

端木卿绝竟然看到了已经故去的父王出现在了屋后,景象中的他和此刻的他一样,心痛心碎,他将娘亲抱起,问她为何要这么做。

"照顾好卿儿,只有这样,卿儿才不会受牵连,卿儿是妖狼族最后的命脉,没有我就再也没有人知道他的出生,不要让他摘取面具,不要让他成为你最爱的孩子,只要平平凡凡地让他过上'人'的日子,那便是我唯一的心愿……"

"娘亲……"

端木卿绝几乎瘫倒在地,娘亲是因为他而死的,为了让他同父王回到皇宫过上真正为人的生活……

"娘亲是因我而死的。"

端木卿绝自责地低喃,白光消散,女子蹲下身抱住他,女子很是痛苦,仿佛并不想让他看到那教他痛苦的过去——

"卿儿。"

看到那段痛苦的记忆,端木卿绝更加不能对眼前的"幻影"下血手了!

第十二章 两情相悦

259

娘亲是因他而死，而他从不知道，他被父王接回皇宫，多年后，父王告诉他，娘亲是病故的，因为怕他伤心而一直没有告诉他。

那是个谎言，彻头彻尾的谎言——

为何就因为是妖，就不能被这个世上所容？

娘亲心地善良，从未伤害过任何无辜的生命，为何她要付上的是性命的代价！

"很痛苦吧？"

就在端木卿绝最为脆弱的时候，一只手如剑从后贯穿他的右肩——

鲜血横飞，端木卿绝一声闷哼，女子心痛搅碎，"卿儿！！"

她喊着，飞扑向那偷袭的卑鄙小人——

"娘亲，等一下！"

端木卿绝低喝，左手抓住了那贯穿他身子的端木离的手，他就等着他的显形呢！

端木离不免皇皇，他就等着他放松警惕的时候给他致命一击，他以为有着他娘亲的妖气掩护，他会浑然不知，但显然这一击并没有贯穿他的要害，反而陷自己于危机之中——

端木卿绝攥着端木离的手腕，大有将他的手臂折断的架势——

端木卿绝浑身爆发冲天怒气，强烈的气流教任何人都无法靠近，女子也被震倒在地，见情势越来越糟，端木离忽地吹起口哨，暂短的一声之后，数十个禁卫冲了进来，将女子架了起来，"不去救你的娘亲么？！"

端木离是为了分散端木卿绝的注意力，才好让自己摆脱他的束缚！

"你骗不了孤王的，那不过是幻象罢了！"

"是么？"

端木离笑得阴冷，"你没有瞧见她脚上的铁链么？"

顺着他的视线，端木卿绝这才看到娘亲脚下的确有着一条铁链，而那架着她的人群之后，出现一道巨大的黑色旋涡，那是阴曹之门——

"那可不是什么幻象，那是朕特地打开阴曹的门，'请'伯母重回人间，不过看来探访的时间到了，阎罗王又来招人了！"

端木离笑了，笑得残忍冷酷，端木卿绝攥着他的手腕一折，清脆的一声，他的手被折断耷拉了下来，耳边皆是他痛苦的痛叫——

端木卿绝放开那残败的臂膀，端木离的手臂自他的右肩脱离，端木卿绝不顾伤势追了上去——

该死的畜生！！

他让娘亲又一次品尝着深陷地狱生离死别的痛苦——

"娘亲！！"

端木卿绝喊着，追着，"不要过来，我的卿儿！！"女子喊着，被吞入了黑色旋涡中，架着她的禁卫们撕心裂肺地喊叫，活生生地将她拉入了阴曹地府！

"娘亲……"

端木卿绝扑空，跪倒在门栏前，就只能这么眼睁睁地看着娘亲被揪扯入地狱而无能为力——

明媚一片的屋子顿然灰暗，所有的摆设盖上了一层灰尘，盛开芬香的花朵凋零，漫在鼻下的就只有陈旧的，腐败的味道……

"娘亲。"

"将他拿下！"

端木离又一声令下，数十个禁卫又冲了过来，可那些人怎奈何得了正在盛怒之中的端木卿绝？！

他不过站起身，抬起那一双犀利晶亮的金瞳，那些人不人鬼不鬼的禁卫就发出狼崽儿畏怯时的呻吟，真是可悲的一群杂种！

"少在那儿丢狼族的脸了！"

端木卿绝抬手在空气中比画了几下，那些禁卫的胸前跟着被划开相同的刀痕，鲜血破膛而出——

来不及尖叫，八九个人就已经倒在了血泊中！

"端木卿绝，住手，你若还想要你娘亲的尸骨的话——"

端木离惊恐无措地大喊，他不敢去想，再放任他这么屠杀下去，他就会是那最后一个靶子——

那一句警告是有效的，端木卿绝停下了动作，转而愤怒地冲向端木离，"狗杂种！"

他低咒着，身后一群禁卫手握一只只巨大的铆钉刺入端木卿绝的双肩，"呃嗯！！"身体受到巨大重创，原本这些伤势并奈何不了他，但是那铆钉上涂抹着娘亲尸骨磨成的粉末，相同的力量抵触，越是挣扎越是无法挣脱——

转眼，端木卿绝就被锁在了一座铁架子上，铁架被施过法，藏有捉妖的符咒，他越是挣扎，捆绑他全身的铁链就越是收得紧。

"狗杂种！！"

端木卿绝恼怒不已，明明将他束缚在了铁架子上，但他那股慑人的魄力仍旧将一群人吓得腿骨发软，心有余悸。

"住口，闭上那该死的嘴，端木卿绝，你输了，你输给朕了！！"

端木离丧心病狂地笑着，放肆地笑着——

倒映在端木卿绝一双金瞳中的他狼狈不堪，那只被他折断的手儿耷拉着，腕间肿胀着

第十二章 两情相悦

261

越发深紫的颜色——

赢了他？

哈哈哈，瞧瞧那狼狈的模样，他是在做痴人大梦！！

"笑吧，尽情地笑着，想要笑朕就尽情地笑吧！！"

端木离大吼着，他有心激怒端木卿绝，分明他才是被困在铁架子上的人，他倒是拥着居高临下的眼神鄙视着他，轻蔑着他——

就像小时候一模一样，他到底知不知道自己的死期就要到了！

"不用怕你马上就要死了，朕不会让你那么轻易就死掉，绝不那么轻易就让你死掉！"

端木卿绝双肩上的伤口汩汩地流着鲜血，就算端木离不动手，他迟早也会因为失血过多而死。

端木卿绝冷哼一声，毫不在乎自己身处何等劣境，金瞳中只有取之不尽的痛恶——

"狗杂种，你赢不了孤王的，永不！！"

那就像一道解不开的诅咒，端木离突然大叫起来，愤怒地仰天大喝，将整个结界震破。

第十三章　新生降临

"嗬，九弟！"

守在外面的迦楼先是一道惊呼，他看到了被捆绑在铁架子上满身是血的端木卿绝。

"端木卿绝。"

跟着念元勋也看到了，他圆睁双眸，不敢置信端木离那狗崽子能将端木卿绝束缚住。

"谁都不许靠过来！不然朕就一剑穿了他的心脏！"

端木离的手中不知几时多了把剑，直指端木卿绝的心脏，迦楼同念元勋率军逼近，保持着十来步的距离，为了不激怒濒临癫狂的端木离，他们放出诱饵——

"咱们有话好说，端木离，你要的是什么？说出来，咱们可以好商量。"

迦楼道，扫了眼铁架子上的端木卿绝，他虽然伤势严重，但是气势如虹，他甘愿被锁在铁架子上是——

迦楼看到了掩藏在铁架子里的捉妖符咒，只要端木卿绝发力，就会被迫露出妖族真容，他是为了隐藏自己的真容，才在隐忍。

"朕要的很简单，海儿，把海儿带来这儿，朕要当着她的面儿杀了这个男人，朕要她死了心，再也了无牵挂！"

都到了眼下的份上，端木离就像个瞎了眼的人，纵然他握有端木卿绝在手上，他还以为自己有任何胜算么？

整个皇宫，除却在他身后的那寥寥几个禁卫，他已经什么都没有了。

宫里的所有人都成了战俘，都被软禁了起来，他逃不了的，就更别说是胜利了……

"没有听到朕在说什么？！把海儿带过来，把海儿带过来！！"

迦楼的毫无动静，逼得端木离陡然激动，剑尖就这么刺入了端木卿绝的胸膛，"让海儿来，七哥，让海儿来……"

铁架子上的人说着，迦楼和念元勋面面相觑皆是一怔——

端木卿绝最为疼爱海儿，这个时候，他又岂会因为贪生怕死而将妻儿陷入不义？！

震惊的岂止他们，端木离更是不信自己的耳朵，他不是爱海儿爱得上天入地么？

他不是将海儿一直藏着掩着，绝不让他知道么？

"哈哈哈！！你个贪生怕死的软骨头，真该让海儿看到你现在这狼狈不堪的丑样，让她知道她信错了人，爱错了人！！"

"端木卿绝……"

那边端木离斥责着端木卿绝全情投入，这边念元勋不解地似要追问什么，迦楼立刻将他拦住，"就照着九弟说的办？"

"什么？老夫不会派人将海儿带来的！"

念元勋不信自己耳朵听到了什么，虽然他不信端木卿绝是贪生怕死才顺应端木离的要求，可他绝不能把海儿推向那个疯子！

"将军不要动怒，九弟伤势严重，那铁架子里有逼他显形的符咒，九弟是怕露出真身

落入端木离的圈套而隐忍着，九弟让海儿来，是因为海儿在端木离的心脏里下了毒咒，毒咒只有在近距离下才能念咒攻击，眼下海儿是唯一可以取下端木离性命的人，端木离伤害不了海儿的。"

迦楼小声地附耳对念元勋讲清原委，那一头端木离察觉到了他们窃窃私语，"在说什么，敢打任何鬼主意，朕就要他的命！"

"你若杀了端木卿绝，就别妄想再见到海儿！"

迦楼气势凌人地威胁道，端木离握在手中的剑立刻怔住，"海儿，朕只给你半个时辰，见不到他，咱们就——同归于尽！"

他是认真的，那杀气的眼神早已是丧心病狂，"半个时辰足矣，我这就将海儿带来。"

"别耍花样，休想弄个假的海儿来骗朕，婆罗律音，你别忘了，忘莫离还在我的手上，朕都已经失去了天下，也不怕再多带条亡魂下地狱！"

见迦楼转身就走，端木离心底竟还起了怀疑，再三地威胁起来——

那边的反应实在太过乖顺，有过一次次被欺骗的经历，他不信他们会乖乖把人交过来。

迦楼脚步一定，眼色凝重，他和念元勋交换了个眼神，示意让他盯着端木离，一定要坚持到他将人带来为止，万不可让端木离出尔反尔伤了端木卿绝。

路上，念沧海魂不守舍，迦楼和她解释着发生的一切，她脑海中混乱得就只有卿绝深陷危机，"快点，再快一点！！"

念沧海催促着迦楼，脑袋仿佛已经不能思考了，"半个时辰是不是已经到了？！"

迦楼才抱着她进入宫门，念沧海仿佛就听到端木离的仰天咆哮，"在哪儿，卿绝现在在哪儿？！"

她的情绪相当激动，迦楼本身就有伤，加之过度使用灵气，这一刻体力已经处在了超负荷的状态，但他仍拼足一股力道向龙景宫奔去——

"骗朕，你们都在骗朕，时辰到了，时辰已经到了！"

龙景宫里，只有端木离触怒的嘶喊，他看着天，愤怒得歇斯底里，任凭念元勋怎么安抚，他仍旧不信，手中的剑尖儿再次没入端木卿绝的心口——

"哈哈哈！！"

他突然又放声狂笑起来，"端木卿绝，瞧瞧，你还说海儿深爱你，看到了吧，你濒临死亡，她却不来救你——"说时，剑尖儿缓慢地刺入端木卿绝的心口，仿佛享受着将他推入地狱的快感，然而——

"我来了，端木离！！"

264

那一边，忽地就传来念沧海的嘶叫，"海儿。"

念元勋一怔，他还以为迦楼会有别的法子，也许真的会找个什么人来替代海儿，却没想到竟是真真正正的海儿，她挺着便便大肚就这么来了，也不顾他试图阻拦，就这么奔入了院子里——

"海儿！"

念元勋心急追过去，"不许过来，谁越过一步，朕就杀了他！！"

端木离手中的剑没有松开，就这么停留在再深入一点点就将刺破端木卿绝心脏的距离上，念元勋不得不停下了脚步。

比起端木卿绝的性命，他更在乎的是海儿会有危险，所以是迦楼扯住他的后襟，才将他拉了回来，"海儿若是有任何事，老夫一定夷平了你们北域！"

他转身低声警告迦楼，他瞟他一个白眼，这个偏心的老头子，眼中就只有海儿，难道他以为九弟按兵不动就真的是怕了端木离，要海儿深陷危机吗？！

"端木离，松开手。"

念沧海逼着自己镇定下来，一步步地来到端木离的跟前，她的眼神离不开他手中的那把剑，剑刺入端木卿绝的心口，带出鲜血汩汩地往外流。

念沧海的心在痛，她知道卿绝比她更痛，为何总是让卿绝千疮百孔？"海儿，你心痛了么？"

端木离像是自说自问，那没有人性的眼神泛起阵阵苦涩和悲痛，他凝视着念沧海，凝视着她脸上和眼中每一个为了端木卿绝心痛怜惜的表情。

哪怕只是个小小的皱眉的动作，都是让他那么羡慕。

为何，为什么他从来没得到过她那样的眼神，哪怕是一开始夜夜同床共枕，她也从未用那种深怕失去的眼神看过他。

"海儿，你爱过我么？"

端木离仿佛被勾去了灵魂，他傻傻地迈近一步靠近念沧海，只有靠近她，感觉到她的呼吸，他才觉得自己好像还是活着的。

"呵。"

念沧海似笑非笑地勾了勾嘴角，此情此景，那个问题是多么的可笑，实在太可笑了。

"你是想说我爱过，你才会松开手中的剑么？"

念沧海双眸转向端木离的时候，眼中无尽的深情一瞬间化为一摊冰冷，她眼神寒烈得好像是一把剑，一把毫不留情就刺入了他胸膛的剑——

端木离心口阵阵作痛，"我放弃所有，只想同你白首到老，海儿，你愿意回到我的身边么。"

第十三章 新生降临

这个问，让念沧海连冷笑都无力了，本以为他只是个疯子，没想他比疯子更疯，"消失吧……"

端木离眼神一怔，盯着念沧海冷冷吐出三个字的嘴唇，心脏里突然一股无法言喻的痛楚，好像有人活生生地刺入他的胸膛，攥着他的心脏就狠狠拧了起来——

趁着他眉头一蹙，整个身子怔住的瞬间，念沧海一个闪身越过他，将他整个人向着另一边推倒——

那握在他手中的剑自然从端木卿绝的心口拔了出来，鲜血猛地飞溅起来，"卿绝！！"

念沧海被眼前血腥的一幕刺得心如针扎，她取下发髻上的几支银针，果断地拉开端木卿绝的胸襟，将银针扎入止血的穴位，"迦楼姐姐！！"

她冲着那一边愣住的迦楼和念元勋大喊，迦楼立刻明白她是需要纱布和止血药，然而那倒在地上的端木离又扑了过来——

"谁都别想动！！"

端木离震天怒吼，仿佛能将天都劈开，庭院之外从地上蹿起一股火热的雾气形成一个圆形将庭院围住，冲着天际迸发——

那是端木离释放出的源源妖气，他嘶喊着，手背上、脸孔上迅速生出了许多毛发，就像只似狼似人的怪物。

"海儿，靠过来！！"

端木卿绝看着端木离一点点异变，低声喊道，念沧海立刻跳上了铁架，将整个身子都同端木卿绝紧紧贴合，"卿绝，我要怎么做？！"

念沧海同端木卿绝心有灵犀，她知道他一定是想到了什么对付端木离的计谋——

是的，端木卿绝将嘴贴到念沧海的耳边，说了些什么。

端木离见他们贴得那么紧，心中的愤怒燃烧到了最高点，他见不得海儿和端木卿绝在一起，就是死，她都要和他在一起么？！

"海儿，走开，你被他骗了！他根本不爱你，他在拿你当他的挡箭牌，他是个贪生怕死的胆小鬼，海儿，回到我身边，下来，回到我身边！！"

端木离大叫着，撕心裂肺地大叫着，就这么一步步地靠近过来，而念沧海一声不应，紧紧地抱着端木卿绝，听着那越发靠近的脚步声——

当端木离的手抓住她的腰要将她扯下来的时候，"消失吧！"

念沧海口中落出相同的三个字，端木离心口立刻泛起方才的那种痛楚，但是这一次——

心脏不止是被狠狠拧住，而是被炸开——

被炸成了四分五裂？！

"呃嗯！！海……海……儿……"

端木离被端木卿绝折断的手抓不紧又试图抓紧地抵着自己的心口，咬紧牙关，一张脸瞬间涨成了血红的颜色，另一只手仍执著地攥着念沧海，"回到……回到……我身边……"

他动着牙齿，就见鲜血随着微微张开的牙缝流了出来，他仍坚持着，念沧海紧闭双眸，屏住了力气不让他将她拉下去，"端木离——消失吧！！"

她又冷怒着吼出一声，就听端木离一声惨叫，再也咬不住的牙关砰的一下，满腔的鲜血洒在了念沧海的后背——

端木离笔直地后仰到底，摔在了血泊之中，"海……海……"

他仍执著地喊着，而包围着庭院的冲天雾气突然消失，强大的妖气随着端木离奄奄一息而消散得无影无踪，迦楼和念元勋冲了过来，率领了一大班将领，将端木离包围——并将那零星的几个北苍军人就地擒获。

"卿绝，卿绝……"

念沧海捧着端木卿绝神色惨白的脸，他双肩的伤势不比心口的好，失血得厉害，"海儿，你先下来，我给九弟上药！"

迦楼将念沧海抱了下来，用尽最后的气力将捆绑住端木卿绝的链子震碎，随即拿出随身携带的药为端木卿绝敷上——

老实说，方才到底是发生了什么，他们站在外面根本看不真切，但是能肯定那给了端木离致命一击的是一种似曾相识又完全陌生的力量。

"九弟，你对海儿说了什么？"

将端木卿绝从铁架子上扶下来，他止不住好奇问道，端木卿绝嘴角勾起几缕神秘邪魅的笑，"秘密。"

他笑得好贼，眼神向着那他深爱的女子，"卿绝。"

念沧海松了口气，欣慰而笑——

那是只有他们知道的秘密。

方才她对端木离喊出的"消失吧"是毒咒，然而她的力量不足以教端木离毙命，所以卿绝靠在她耳边说的话，是让她将体内的另一股力量融合到她的血骨之中，这样就能将端木离一击致命——

其实她不懂什么体内的另一股力量，可就在端木离抓着她后襟的一瞬间，她为了保护卿绝，保护孩子，也不知道怎么地就从身子里迸出一股力量——

而随着那股力量的爆发，她脑海里展现出一幅奇怪的画面，她身周都是火，她深爱的人儿在遥遥之外，但他冲入满是火焰的皇宫，而她已是与他生死两隔——

第十三章 新生降临

踏入冰寒的阴曹地府，那人儿竟相伴追来，他将他的绝世妖气注入她的身子，许下誓言生生世世，不论他在不在她身边，他的力量都将伴着她，保护着她。

念沧海曾也看到过类似的景象，所以曾怀疑过自己会不会就是那景象里的王妃。

前世的记忆涌来，她终于明白她生生世世注定的真爱唯独端木卿绝，从出生开始，让她一次次逃过劫难的力量不是忘莫离，而是卿绝的妖气。

一直都是他，从来都是他，龙嗣山时亦是他的力量保护了她，还有孩子。

方才他若释放妖气就会变成妖狼的模样，招来世人的仇杀，而她是凡人，唯有她能替代他释放妖气置端木离于死地！

"笑得那么贼，不回答我不打紧，瞧瞧你那爱女成痴的岳丈，你要不给他一个解释，看他等会不扒了你的皮！！"

迦楼坏心地损道，端木卿绝低低一笑，扫了眼近在眼前的念元勋——

那老头子的脸色的确不太好，毕竟他对他保证过要好好保护海儿，方才却"窝囊"得让海儿做"挡箭牌"保护他。

"端木卿绝。"

念元勋靠过来，像是要发话了，念沧海立刻也跟了过来，但是脚下却是一滞，有什么东西拉住了她——

"海儿！！"

是端木离的嘶吼，他明明睁着双眼一动不动，该是已经死了，却突然一手拉住念沧海的裙角，"海儿！"

端木卿绝冲了过来，"海儿。"

端木离并没有更多的动作，他没有神奇地再站起来，而是可怜楚楚地一遍遍喊着海儿的名字——

他只是在求她看他一眼，"海儿。"

"海儿。"

"端木离？！"

念沧海停滞着脚步，其实那抓着她的力道并不大，她只要有心离开，只要踢开端木离的手就足以甩掉他——

然而，他的哀求让她的心口酸楚，"海儿，看看我，海儿……"

端木离的手紧紧抓着，颤着，那是他浑身仅剩的力气，念沧海脚步缓缓靠近，"海儿。"端木卿绝握住她的手腕，视线相对，他在对她说不要靠近，她则轻轻拍拍他的手臂让他放心，"也许只是最后的话，就让他说吧。"

念沧海眉宇间划过好似歉疚的神色，毕竟她从未伤害过任何一个人，更何况是杀死一个人，而那个人偏偏对全天下的都无情，却对她深情不改……

端木卿绝松开手默许她的请求，但是人就守在她的身后——

念沧海蹲下身去，握住那始终抓着她裙角的手，"海儿……"当她的掌心贴触到自己的手背，端木离一颗心都要感激得碎了，而这一刻其实他的心早已四分五裂，他是仅仅依靠着残存在体内的妖气撑着。

他以为她会毫不留情地转身走掉，因为她选择了保护端木卿绝而将他推向毁灭的地狱。

"端木离，你有什么话就说吧。"

"触碰我，不觉得脏么……"

"……"

"我现在是不是很丑，很吓人……"

"……"

"我吓到你了，对不对……"

端木离就像个孩子，一个试图讨对方喜欢的孩子，他是那样的害羞，那样的畏怯，所有的表情出现在这一刻被鲜血染红的脸孔上是那么让人心碎。

"为什么要将自己逼到这个地步，明明……明明有更好的解决方法……"

念沧海伸手轻轻拭去端木离嘴角的鲜血，他曾是那样的英俊，笑起来好比璀璨春日，而现在他变得人不人鬼不鬼。

"因为我知道你心里最爱的那个人不是我，因为无论我如何做都不能倒退光阴，将你的心留在我的身边……"

"……"

"所以，不能将你留在我的身边，那死在你的手里，也就能多得你一眼眷恋，就像现在这样……"

端木离抬起另一只手，他想要捧住念沧海的脸，然而那是被端木卿绝折断的手，抬不起的手腕就这么擦过念沧海的面颊，扑通摔在地上——

"傻瓜！傻瓜……傻瓜……"念沧海忽然哭泣起来，心口一阵阵地抽痛，往日相处的画面在脑海里走马灯似的闪过。

"念沧海……难道比不过他出色就不配爱你么，我是多么地想好好爱你，我是多么地想要爱……你……"

端木离攥紧她裙角的手突然一抽，整个人跟着抽搐，脖颈一仰，仿佛有人掐住了他的脖子，他挣扎不得，反抗不了，眼神空洞得凝望乌云密布的天际——

"端木离？！"念沧海哽咽得喉咙嘶哑，她俯下身去抓住他的衣襟，就觉他的胸膛汩

第十三章 新生降临

汩地淌着赤红的鲜血——

"不要……哭,你……笑起来的样子才最……美……"

端木离笑着,因为念沧海握起他那折断的手贴在自己的脸颊上——

她的泪眼,她的温情倒映在那一双深幽的绿眸中……

此生足矣,爱过……足矣……

"离儿!!离儿!!"

庭院外,皇甫静婉突然歇斯底里地喊着冲了过来,扑到端木离的身边,她拍着他紧闭双眸满是鲜血的脸孔,"离儿,娘亲的离儿……你睁开眼睛啊……睁开眼睛啊……"

皇甫静婉喊得声嘶力竭,将端木离紧紧地抱在怀里,然而那人儿又怎会再睁开眼睛——

忽地,皇甫静婉瞪向傻坐在一边的念沧海,"都是你,都是你这个害人精!!"

皇甫静婉发了疯一般地扑上来,端木卿绝快一步地将念沧海抱起身,而迦楼也同时将皇甫静婉按住,"将这泼妇拖下去!"

"放开本宫,放开本宫,本宫是这北苍的国母,你个杂种,有何资格独霸北苍,你个杂种,杂种!!"

迦楼拽着皇甫静婉下去的时候,才发现这老毒妇竟是骨瘦如柴,根本没力道反抗。

"是谁把这个疯婆子放进来的?"

"是我哀求念将军让我们见离儿最后一面的。"

一道熟悉又陌生的男声出现在不远的地方——

端木锦站在那儿,身形是如此消瘦,而脸上的表情是那般的憔悴欲绝——

他看着地上浑身是血的端木离,如果注定是这样的结局,他宁愿永远被软禁在地窖下……

"皇兄……"

端木卿绝认出那人儿就是端木锦,心头错杂,一时不知该用怎样的态度面对,他搂着念沧海,扶着她走出了庭院——

"注定的,原来都是注定的……"

端木锦像是自言自语着,听在端木卿绝和念沧海的耳里却是在责怪,责怪他们的残忍,责怪他们没有给端木离一次机会。

见念沧海伤心垂眸,泪水又在眼眶里打转,忽地——

"呃嗯!!"

念沧海抱着肚子痛吟起来,跟着整个身子往下沉,肚子阵痛得厉害,"海儿?!"端木卿绝急得蹲下身将她扶稳,只瞧点点鲜血从裙角下渗了出来,"卿绝……卿……"

念沧海靠在端木卿绝的怀里，一手紧攥着他的衣襟，痛得已是说不出话来——

"还傻愣在这里做什么？海儿可能是要生了！"

念元勋冲了过来，他这么一吼，端木卿绝立刻回过神来，打横将念沧海抱入最近的宫殿里，立刻找来了御医和产婆⋯⋯

一切发生得太快，御医说念沧海伤心过度，情绪起伏大引起早产，因为是初胎，又是受了刺激早产，诞下胎儿不如预想中的顺利——

念沧海出血严重，鲜血顺着那白皙稚嫩的双腿汨汨流淌，却迟迟不见胎儿的头——

"王妃，用力，用力啊！"

产婆奋力地喊着，所有人都紧张得要死，端木离死了，端木卿绝显然已是这北苍的新任君王，而这王妃就是日后的皇后。

她们之前侍候着端木离，现在是战俘，若是得罪了端木卿绝，若是念沧海死于难产，她们可是个个要人头落地陪葬的！

"王妃，用力，用力！！"

产婆一直喊着，念沧海却是怎么样都用不上力，她急喘着，满身都是汗，满身都在痛，她神智迷离，脑袋里昏昏沉沉，"卿⋯⋯卿绝⋯⋯卿绝！！"

她挥动着双手有气无力地喊着，睁开的双眸里满是陌生的脸孔，周遭萦绕着血腥的味道，那味道提醒着她，她亲手杀了端木离——

"不要⋯⋯唔唔⋯⋯呃嗯！！"

"王妃，用力啊，羊水破了，你要是放弃了，小皇子就会活生生闷死在你的肚子里！"

一阵痛楚袭来，伴着产婆的大喊，念沧海整个人惊回了神，她双手紧抓住幔帐，将浑身的力气凝注在张开的双腿间，"不要，孩子⋯⋯我的孩子⋯⋯"

拉开的屏风外，端木卿绝的心狠狠揪着，听着念沧海的嘶喊，他几度忍不住冲进去都被迦楼拦下，而产婆的话他听得一清二楚，教他再次如坐针毡，脑海一片混乱——

"海儿不可以有事！！"

"保孩子，保大人，王妃要是有事，谁都别想留着脑袋走出这里！！"

隔着屏风，那咆哮吓得产婆和端着一盆盆血水出来的女婢个个惊魂不定，"九弟，你冷静点，你要吓坏了那些个女人，只会害了海儿！"

迦楼按住身子又往里面冲的端木卿绝。

"呃嗯！！唔唔⋯⋯"

屏风里传来念沧海的痛吟，下体传来阵阵切肤之痛，好像有着数把刀子活生生地割开她的皮肉，"呃嗯⋯⋯唔唔⋯⋯唔嗯！！！"

痛！！

痛！！

豆大的汗珠从念沧海额上滚落下来，她不给自己喘息的时间，一直用力着，直到——

"看到了，看到小皇子的头了，王妃，再用力，再用一点力就好了！！"

念沧海咬着唇，牙尖儿都咬破了唇瓣，她用尽气力地努力着，直到呱呱落地的哭啼声响起——

"哇啊，哇啊，哇啊，哇啊！"

清脆爽亮的哭啼声瞬间响彻整座宫殿，产婆抱着刚诞下的大胖小子，"恭喜王妃，贺喜王妃，是个男孩儿，是个男孩儿……"

产婆的笑音传到了屏风外面，端木卿绝傻傻地怔在原地，倒是迦楼欣喜若狂地先大喊起来，"九弟，听到了么，海儿生了，给你生了个大胖小子呢！"

"海儿……孩子……"

端木卿绝激动得眼眶被泪水打湿，他笑着，那张俊邪的脸孔第一次笑得那么傻乎乎，他不敢相信自己当爹了，兴奋得就要走进去却听见——

"海儿。"

比任何一次都要动情，两人相依抱着襁褓里的孩子，小家伙竟破涕为笑，眼神晶亮，仿佛预示着悲伤的一切终究过去，幸福的帷幕正在拉起……